Annales Brevet 2023

NOUVEAU BREVET

SUJETS et CORRIGÉS

Français

Brigitte Réauté
Professeure agrégée de Lettres classiques

avec la collaboration de

Michèle Laskar
Professeure certifiée de Lettres modernes
Professeure en collège

hachette
ÉDUCATION

MODE D'EMPLOI

19 sujets conformes à l'épreuve officielle du brevet.

Sujet 1 — Simone de Beauvoir, *La force de l'âge*

Partie I : Travail sur le texte littéraire et sur une image

1 heure 10 min — 50 points

Document 1 Texte littéraire

Simone de Beauvoir vient d'avoir vingt ans : en s'installant à Paris dans une pension tenue par sa grand-mère, elle obtient enfin la liberté dont elle avait tant rêvé pendant ses années d'études… Elle raconte cette installation au deuxième tome de son œuvre autobiographique.

Ce qui me grisa lorsque je rentrai à Paris, en septembre 1929, ce fut d'abord ma liberté. J'y avais rêvé dès l'enfance, quand je jouais avec ma sœur à « la grande jeune fille ». Étudiante, j'ai dit avec quelle passion je l'appelai. Soudain, je l'avais : à chacun de mes gestes, je m'émerveillais de ma légèreté. Le matin, dès que j'ouvrais les yeux, je m'ébrouais, je jubilais. Aux environs de mes douze ans, j'avais souffert de ne pas posséder à la maison un coin à moi. Lisant dans Mon journal[1] l'histoire d'une collégienne anglaise, j'avais contemplé avec nostalgie le chromo[2] qui représentait sa chambre : un pupitre, un divan, des rayons couverts de livres ; entre ces murs aux couleurs vives, elle travaillait, lisait, buvait du thé, sans témoin : comme je l'enviai ! J'avais entrevu pour la première fois une existence plus favorisée que la mienne. Voilà qu'enfin moi aussi j'étais chez moi ! Ma grand-mère avait débarrassé son salon de tous ses fauteuils, guéridons, bibelots. J'avais acheté des meubles en bois blanc que ma sœur m'avait aidée à badigeonner d'un vernis marron. J'avais une table, deux chaises, un grand coffre qui servait de siège et de fourre-tout, des rayons pour mettre mes livres, un divan assorti au papier orange dont j'avais fait tendre les murs. De mon balcon, au cinquième étage, je dominais les platanes de la rue Denfert-Rochereau et le lion de Belfort. Je me chauffais avec un poêle à pétrole rouge et qui sentait très mauvais : il me semblait que cette odeur défendait ma solitude et je l'aimais. Quelle joie de pouvoir fermer ma porte et passer mes journées à l'abri de tous les regards ! Je suis très longtemps restée indifférente au décor dans lequel je vivais ; à cause, peut-être, de l'image de Mon journal je préférais les chambres qui m'offraient un divan, des rayonnages ; mais je

22

DICTÉE 20 min — 10 points

Voilà pourquoi en rencontrant Herbaud j'eus l'impression de me trouver moi-même : il m'indiquait mon avenir. Ce n'était ni un bien-pensant, ni un rat de bibliothèque, ni un pilier de bar : il prouvait par son exemple qu'on peut se bâtir, en dehors des vieux cadres, une vie orgueilleuse, joyeuse et réfléchie : telle exactement que je la souhaitais.

Cette fraiche amitié exaltait les gaietés du printemps. Un seul printemps dans l'année, me disais-je, et dans la vie une seule jeunesse : il ne faut rien laisser perdre des printemps de ma jeunesse.

Simone de Beauvoir, *Mémoires d'une jeune fille rangée*, © éditions Gallimard, 1958.

Écrire au tableau : Herbaud.

SUJET 1

Partie II : Rédaction

1 heure 30 min — 40 points

Vous traiterez au choix le sujet A ou B.

Sujet A : Réflexion

En quoi la lecture peut-elle être selon vous une source de liberté ?

Vous répondrez à cette question en envisageant notamment différentes pratiques ou différents supports de la lecture.

Votre rédaction sera d'une longueur minimale d'une soixantaine de lignes (300 mots environ).

Sujet B : Imagination

La narratrice rencontre sa grand-mère dans la pension : cette dernière exprime ses sentiments face à la liberté et au bonheur de sa petite fille. Elle lui raconte ce qu'était sa vie au même âge.

Votre rédaction sera d'une longueur minimale d'une soixantaine de lignes (300 mots environ) et mêlera dialogue et narration.

25

Une couleur spécifique pour chaque partie du sujet.

Conception graphique

Couverture : Mélissa Chalot

Intérieur : Mélissa Chalot

Mise en pages : Médiamax

ISBN : 978-2-01-718626-7

Cartographie : Hachette Éducation

58 rue Jean Bleuzen CS 70007 92178 Vanves Cedex

www.parascolaire.hachette-education.com

Tous les corrigés

Des **corrigés détaillés** et rédigés.

Sujet 1 CORRIGÉ

CORRIGÉ

Partie I : Travail sur le texte littéraire et sur une image

Premier réflexe : observer le texte

• Ce texte, par son écriture à la 1re personne et son retour sur la jeunesse de l'auteur, illustre l'enjeu littéraire « Se raconter, se représenter ». Il s'agit pour cette jeune fille de 1929 d'affirmer sa liberté dans l'optique de mener ses études à une époque où ce n'est pas du tout le destin habituel des jeunes femmes. Il y a donc bien une volonté d'émancipation qui s'inscrit en lien avec le thème d'Histoire « Femmes et hommes dans la société des années 1950 aux années 1980 ».

• Ce texte, en dépit de sa date et de sa localisation à Paris, ne présente quasiment pas de difficulté de compréhension ni de vocabulaire pour des collégiens. Au contraire la satisfaction de jouir de la liberté de cette jeune femme de vingt ans correspond bien aux aspirations des adolescents et les projette dans leur avenir.

QUESTIONS

Remarques préalables

• Peu de questions dont une qui porte sur une analyse comparée de l'imag[e] et du texte.

• Un certain nombre de questions qui font appel à vos connaissances lingui[s]tiques : champ lexical en 4, procédés de mise en relief en 5, valeur des tem[ps] en 1, rapports logiques en 2.

Grammaire et compétences linguistiques

1. La forme verbale « j'avais rêvé » est un plus-que-parfait de l'indicatif. Il se ju[stifie] car il renvoie à l'enfance, époque antérieure à celle de 1929 où la narratrice év[oque] ses vingt ans. Donc on est bien dans l'évocation d'une période qui se place ava[nt un] moment déjà situé dans le passé (« plus-que-parfait » c'est « plus-que-passé »).

2. a) Les deux phrases sont dans un rapport logique d'opposition : la première é[voque] la lutte et les obstacles rencontrés dans le passé, la seconde affirme la victoire [sur] ces obstacles et la liberté.

b) Pour exprimer un rapport d'opposition par la subordination, on peut utilis[er plu]sieurs conjonctions mais celles qui conviennent le mieux seraient ici : « Al[ors que] j'avais durement peiné, **que** j'avais eu peur d'échouer, **que** je butais contre d[es obsta]cles et **que** je me fatiguais, désormais (ou dorénavant ou maintenant), null[e pa]rt je ne rencontrais de résistances, je me sentais en vacances, et pour toujours. »

26

Sujet 1 CORRIGÉ

mes livres » l. 15-16. C'est son activité principale : elle est capable de « lire au lit toute la nuit » (l. 28). La lecture lui offre en effet une source d'information sur le monde extérieur : c'est par la lecture de sa revue qu'elle découvre la collégienne anglaise qui dispose d'un espace à elle. Les livres sont également nécessaires à ses études qui lui assureront l'indépendance intellectuelle et une profession.

Image

8. La jeune femme du tableau peint par Vittorio Matteo Corcos est assise sur un banc à l'extérieur. Trois livres sont posés sur le banc. La jeune femme semble plongée dans la méditation : sa tête appuyée sur son poing évoque « Le Penseur » de Rodin. Elle a l'air de regarder droit devant mais son regard semble plutôt tourné vers l'intérieur, comme si elle réfléchissait à ce qu'elle vient de lire.

Ce tableau met en valeur la réflexion solitaire que la lecture enclenche le plus souvent. À la différence de Simone de Beauvoir qui a besoin de s'enfermer dans sa chambre pour satisfaire son besoin de lire, cette jeune femme préfère lire au cours d'une promenade en plein air (chapeau et ombrelle sur le banc à côté des livres). La lecture semble ici associée au loisir plus qu'au travail, aux études.

DICTÉE

Repérer les difficultés

• **Difficultés grammaticales :**
– Attention aux infinitifs « me trouver » et « laisser perdre » qu'il ne faut pas confondre avec des participes passés écrits en -é ;
– Pas d'autre difficulté que de penser aux accords avec « une vie » : on entend le féminin pour « orgueilleuse » et « joyeuse » mais pas pour « réfléchie » ni « telle », la présence du pronom féminin « la » peut vous servir d'alerte (« Ai-je bien mis des féminins ? »).

• **Difficultés de conjugaison :** à part le passé simple « j'eus » de la première ligne et les présents de vérité générale (« on peut » et « il faut » à la fin), les autres formes verbales sont des imparfaits à la 1re personne du singulier en -ais (« je souhaitais », « me disais-je ») ou à la 3e personne en -ait (« il m'indiquait », « il prouvait », « exaltait »)

• **Difficultés lexicales :** « bien-pensant » n'est pas difficile dès qu'on le décompose ; « orgueilleux/se » provoque souvent des erreurs sur la place de « u » et de « e » ; « exalter » n'a pas besoin de « h » pour s'écrire.

28

Des **rappels de cours** synthétiques et des **conseils** méthodologiques.

Et aussi !

LE BREVET

TOUT CE QU'IL FAUT SAVOIR POUR BIEN RÉUSSIR SON ÉPREUVE

Une présentation de l'épreuve du brevet.

LE BREVET

CONSEILS GÉNÉRAUX DE MÉTHODE POUR LE FRANÇAIS

Des conseils de méthode.

FICHES DE MÉTHODE ET DE VOCABULAIRE

Des fiches de méthode et de vocabulaire

SOMMAIRE

Sujets complets

Sujets 2022

LE BREVET

TOUT CE QU'IL FAUT SAVOIR POUR BIEN RÉUSSIR LE BREVET

MODALITÉS D'ATTRIBUTION DU DIPLÔME NATIONAL DU BREVET

> À compter de la session 2018, le diplôme national du Brevet (DNB) s'obtiendra en ajoutant deux types de résultats :

Résultats acquis en cours de scolarité (maîtrise du socle commun)	Notes obtenues aux cinq épreuves terminales de l'examen du DNB
✓ Total maximum de **400 points**	✓ Total maximum de **400 points**

> Pour être **déclaré admis** au diplôme national du brevet, vous devez obtenir un **minimum de 400 points sur le total de 800.**

Le jour de l'épreuve, prévoyez d'avoir **votre carte nationale d'identité** ou un autre document officiel comportant une photographie : vous devez faire preuve de votre identité au moment de l'examen.

Le niveau de maîtrise du socle commun

Les résultats obtenus au cours du cycle sont pris en compte dans toutes les disciplines pour évaluer votre niveau de maîtrise des compétences attendues dans les huit composantes du socle commun.

Pour chaque composante, il est attribué :

- **10 points** si vous avez obtenu le niveau maîtrise insuffisante ;
- **25 points** pour le niveau maîtrise fragile ;
- **40 points** pour une maîtrise satisfaisante ;
- **50 points** pour une très bonne maîtrise.

Peuvent s'y ajouter 10 points (objectifs atteints) ou 20 points (objectifs dépassés) si vous avez suivi un enseignement facultatif (latin, grec, langues et cultures européennes, langue et culture régionale, langue des signes française...).

L'examen

L'examen terminal comporte 5 épreuves.

- **quatre épreuves écrites distinctes**, passées, en fin d'année scolaire dans un centre d'examen, dans cet ordre :

– épreuve écrite de **français**, notée sur 100 points ;
– épreuve écrite de **mathématiques**, notée sur 100 points
– épreuve écrite d'**histoire – géographie – enseignement moral et civique**, notée sur 50 points ;
– épreuve écrite de **sciences**, notée sur 50 points : 2 disciplines sur les 3 (physique – chimie, SVT, technologie) sont évaluées ; à la session 2018 c'est **SVT et technologie en série générale, physique – chimie et technologie en série professionnelle** ;

- **une épreuve orale** sur 100 points qui vous amène à présenter un projet interdisciplinaire dans le cadre des EPI ou de l'enseignement de l'histoire des Arts.

L'ÉPREUVE ÉCRITE DE FRANÇAIS

Durée de l'épreuve : 3 heures

Notation : 100 points

Nature de l'épreuve : L'épreuve prend appui sur un texte littéraire, éventuellement accompagné d'un document iconographique.
Elle comprend 4 parties correspondant aux exercices suivants :

Partie I : Travail sur le texte littéraire et sur une image

1 h 10 min — 50 points

Compréhension et compétences d'interprétation

Questions portant sur l'analyse d'un texte littéraire, et de son éventuel document d'accompagnement (image).

Grammaire et compétences linguistiques

- **Réécriture :** court fragment de texte dont il s'agit de transformer les temps et/ou l'énonciation et/ou les personnes et/ou les genres, etc.
- **Dictée**

20 min — 10 points

Un texte de 600 signes environ est dicté aux candidats.

Pause de 15 min.

Partie II : Rédaction

1 h 30 min — 40 points

- **Rédaction :** un sujet de rédaction à traiter parmi deux sujets proposés : un sujet de réflexion et un sujet d'imagination.

La rédaction doit faire au moins deux pages (environ 300 mots).

Pensez à apporter un dictionnaire le jour de l'épreuve

1 L'esprit du Brevet

À compter de la session 2018, l'épreuve de Français du Brevet met l'accent sur vos **compétences linguistiques**, c'est-à-dire sur la qualité de votre maîtrise de la langue française, **tout autant que sur vos capacités à comprendre et interpréter un texte littéraire**. Des questions portant sur l'**orthographe** – dont notamment l'exercice de réécriture –, la **grammaire** et le **vocabulaire** sont formulées séparément. **La compréhension et l'interprétation du texte** font l'objet d'autres questions qui peuvent elles aussi faire appel à des connaissances linguistiques. N'oubliez pas en effet que la compréhension d'un texte repose en grande partie sur l'analyse des faits de langue et des effets stylistiques que l'auteur a voulus pour traduire ses idées et ses sentiments.

La ou les **questions sur l'image** sont dans le même esprit : il s'agit de faire des croisements entre vos savoirs pour leur donner ainsi plus de sens et de cohérence.

Enrichissez votre réflexion sur le texte, puis votre rédaction, en vous servant éventuellement des connaissances acquises dans d'autres cours.

2 Modalités de l'épreuve

Le premier jour de l'examen, l'épreuve de français se déroule ainsi :

• **une première partie d'1 heure et 30 minutes**, consacrée à évaluer vos compétences linguistiques (maîtrise de la langue française, c'est-à-dire en orthographe – avec une dictée et un exercice de réécriture –, en grammaire et en vocabulaire) ainsi que votre compréhension et vos compétences d'interprétation d'un texte littéraire et éventuellement d'une image ;

• **une pause de 15 minutes** qui permet aux surveillants de ramasser les copies de la première partie, de distribuer les copies de la deuxième partie et aux candidats de prendre leur dictionnaire ;

• **une deuxième partie d'1 heure 30** également, consacrée à l'écriture d'un texte : la rédaction.

L'épreuve, dans son ensemble, prend appui sur **un texte littéraire** et, éventuellement, **une image** qui répondent aux objectifs et aux enjeux littéraires et de formation personnelle des programmes du cycle 4.

PARTIE I : Travail sur le texte littéraire et sur une image (1 heure 30)

La première partie de l'épreuve consiste en un **travail sur le texte littéraire et, éventuellement, sur une image (50 points)**. La maîtrise de vos compétences linguistiques, de compréhension et d'interprétation d'un texte est évaluée par une série de questions.

Les premières questions portent sur des **connaissances grammaticales ou lexicales**. Un exercice de réécriture en fait partie.

La réécriture

Un court texte est proposé dont il s'agit de transformer les temps et/ou l'énonciation et/ou les personnes et/ou les genres, etc. de manière à obtenir cinq ou dix formes modifiées dans votre copie. Attention, les erreurs de pure copie ne portant pas sur les formes à modifier sont prises en compte dans l'évaluation.

Les questions suivantes portent sur la **compréhension du texte littéraire**. Celles-ci vous amènent encore à analyser des faits de langue ou des effets stylistiques grâce auxquels vous approfondissez votre interprétation. Certaines questions vous engagent à formuler vos impressions de lecture et à exprimer votre sentiment personnel sur le texte en justifiant votre point de vue.

Une ou deux questions portent sur **l'analyse de l'image** (s'il y en a une) : il faut toujours penser à la mettre en relation avec le texte.

Enfin, la **dictée** porte sur un texte de 600 signes environ (un paragraphe environ), dont le thème est en lien avec le texte littéraire. La difficulté correspond aux attentes orthographiques des programmes.

PARTIE II : Rédaction (1 heure 30)

Deux sujets d'écriture vous sont proposés. Il s'agit de traiter, au choix, l'un des deux. Les deux sujets traitent de la même thématique que le texte littéraire. Vous pouvez être autorisés à utiliser un dictionnaire. Vous devez produire un texte cohérent d'une longueur de deux pages au moins (environ 300 mots). Ce texte doit être construit et respecter les principales normes de la langue écrite.

Le sujet A d'imagination

Le sujet d'imagination vous invite généralement à raconter une situation. Vous devez respecter une forme attendue (une lettre, une scène de théâtre...) et penser à animer votre récit : insérer un dialogue, une description d'un lieu ou d'un personnage...

Le sujet B de réflexion

Le sujet de réflexion vous invite à argumenter sur un thème en relation avec le texte. Organisez votre argumentation : elle doit au minimum (comporter une introduction…).

Ce texte doit être construit et doit respecter les principales normes de la langue écrite : comporter une introduction, un développement et une conclusion. Le texte doit être structuré en paragraphes : un paragraphe pour une idée nouvelle.

CONSEILS GÉNÉRAUX DE MÉTHODE

1 Comprendre le texte

> **Pour commencer, lisez le texte du sujet au moins deux fois** sans regarder les questions. Si vous survolez la lecture, vous risquez de ne pas comprendre le sens global du texte ou de ne pas saisir l'enchaînement de certaines questions.

> **Une lecture attentive**, avec un crayon ou un surligneur à la main, vous aidera à bien répondre aux questions. Demandez-vous à quelle époque et en quel lieu se déroule l'action, qui sont les personnages et ce qui leur arrive. Notez vos remarques sur vos feuilles de brouillon.

> **Relevez les particularités du texte** : soyez sensible notamment à la façon dont le texte est mis en page, à sa typographie (caractères **gras**, *italique*, CAPITALES). Demandez-vous de quel type de texte il s'agit et à quel genre littéraire il s'apparente. Quand vous passerez aux questions, relisez les notes que vous avez prises lors de vos premières lectures du texte car elles peuvent vous aider à répondre.

> **Lisez également attentivement le paratexte**, c'est-à-dire le titre s'il y en a un, le nom de l'auteur, la date de parution du livre, le chapeau d'introduction et les notes explicatives. Ces informations peuvent vous aider à mieux situer le texte et vous préparent aux exercices de Seconde.

2 Comprendre l'image

> Vous avez déjà analysé des images en français, en histoire ou en histoire des arts. Pour répondre aux questions posées, il vous faut être attentif(ve) aussi bien au sujet de l'image qu'à la façon dont il est traité (couleurs, orientation, cadrage ...). Votre réponse sera d'autant mieux évaluée que vous aurez montré que vous avez été sensible à l'aspect artistique de l'image.

3 Comprendre et traiter les questions

> **Lisez toutes les questions d'emblée** : cela vous permettra de mieux saisir leur enchaînement et leur progression.

> Ces questions sont conçues pour vous initier au commentaire que vous aurez à composer au lycée. Certaines vous incitent à réagir au texte. D'autres sont des questions de grammaire ou de vocabulaire pour vous amener à une compréhension plus fine.

> Commencez par traiter les questions portant uniquement sur la grammaire (morphologie et syntaxe) ou le vocabulaire. Si vous avez bien révisé vos cours, vous y répondrez rapidement et facilement car on vous interroge sur des notions basiques.

> Si vous ne comprenez pas bien une question, n'hésitez pas à proposer quand même une réponse sur ce que vous croyez avoir compris. Trop souvent les élèves n'osent pas répondre par peur de se tromper : mieux vaut au contraire montrer que vous avez fait l'effort de réfléchir et d'essayer de comprendre. Votre initiative sera le plus souvent valorisée.

> Certaines questions peuvent être des « questionnaires à choix multiple » (QCM) ou des « Vrai/Faux » : réfléchissez bien avant de répondre, tenez compte des nuances.

> Pour les autres questions, **IL EST OBLIGATOIRE DE RÉDIGER VOS RÉPONSES ! Faites des phrases complètes et ne vous contentez pas de n'indiquer que deux ou trois mots.**

> Repérez combien de points sont attribués à chaque question : plus il y en a, plus on attend de vous une réponse détaillée. Ainsi, si une question vaut 2 ou 3 points, cela signifie que votre réponse doit faire au minimum 4 à 5 lignes. Dans les corrigés que nous vous proposons ici, nous développons parfois plus qu'il n'est nécessaire en apportant des précisions et des explications. Celles-ci apparaissent le plus souvent en italique et en couleur afin que vous puissiez repérer qu'elles ne font pas partie de la réponse attendue.

> Si l'on vous demande : « Quelles expressions le prouvent ? » ou « Justifiez votre réponse par des **éléments du texte**. », vous devez relever un **passage précis et complet**. Ne vous contentez pas, dans ce cas, de ne citer que le premier et le dernier mot du passage en question, en mettant des points de suspension entre eux, ou de ne mentionner que des numéros de lignes !
En revanche, lorsque la consigne exige des **mots précis**, ne relevez que les **mots attendus** et non la phrase entière.

> Ce sont généralement les mêmes points de langue ou effets de style qui sont analysés d'un texte à l'autre.

> Si une question porte sur un point que vous n'avez pas vu en cours, ne vous laissez pas troubler et réagissez avec bon sens.

❹ Soigner la réécriture

> L'exercice de réécriture consiste à modifier un passage du texte en fonction d'une consigne. **N'OUBLIEZ PAS DE FAIRE CET EXERCICE :** trop de candidats, pressés par le temps, omettent cet exercice ou le bâclent.

> Faites la réécriture posément : lisez la consigne en soulignant les mots qui indiquent les transformations à effectuer. Attention : on peut vous demander de faire deux modifications au lieu d'une seule.

> Localisez avec attention quel passage du texte est concerné par le changement demandé : inutile d'en faire plus.

❺ Réussir la dictée

> Pour réussir sa dictée, il faut réfléchir à la situation d'énonciation : comprendre qui « parle » dans le texte, de quoi, où, quand et pourquoi.

> **La dictée est un exercice de concentration :** écoutez attentivement le texte que l'on vous lit. La dictée sera peut-être plus longue que celles présentées ici : restez concentré(e) jusqu'au bout.

> **Écoutez bien la première lecture du texte,** sans vous demander constamment comment on écrit tel ou tel mot. Cherchez plutôt à saisir le sens des phrases.

> **Suivez attentivement la relecture finale.** N'hésitez pas à demander que l'on relise un passage.

> **Pour chaque verbe, demandez-vous qui fait l'action,** donc quel est le sujet, et si le sujet est au masculin ou au féminin, au singulier ou au pluriel.

> **Veillez aux automatismes d'accord.** Si le groupe nominal commence, par exemple, par un déterminant pluriel, avez-vous pensé à mettre au pluriel les adjectifs et le nom qui constituent ce groupe ? – sauf, bien sûr, s'il y a des mots invariables.

> **Relisez-vous une dernière fois** après avoir fait, si possible, le vide dans votre esprit : le but est de regarder votre texte d'un œil neuf.

6 Réussir la rédaction

> **Choisissez rapidement** entre le sujet d'imagination et le sujet de réflexion car si vous hésitez trop longtemps, vous risquez de « bâcler » la fin de votre rédaction ou de ne pas avoir le temps de la relire.

> **Pour le sujet d'imagination**, il vous faut bien connaître la forme demandée (lettre, récit, scène, dialogue...) et avoir une situation assez précise (personnages, évènements, enjeux...) à développer.

> **Pour le sujet de réflexion**, il faut que vous ayez en tête des arguments variés et appuyés sur des références (livres étudiés, films vus, exemples des cours d'histoire ou d'une autre discipline...).

> **Il EST IMPORTANT DE FAIRE DES PARAGRAPHES !** C'est la première chose à laquelle vous devez penser. Beaucoup trop de copies ne contiennent qu'un seul « pavé » : **AÉREZ votre présentation**. À vous d'adapter les paragraphes à la structure de votre rédaction. Si vous adoptez, par exemple, un plan traditionnel, consacrez un paragraphe à l'introduction, au moins un autre au développement et un dernier à la conclusion. Mais l'idéal consiste à changer de paragraphe dès que votre récit aborde un élément nouveau ou important, ou à chaque fois que votre pensée amorce une idée nouvelle (dans une argumentation, par exemple).

> **Lisez attentivement le sujet :** c'est important !

Vous avez appris, pendant vos années de collège, à repérer ce que doit contenir votre rédaction : insérer un dialogue, une description, écrire sous la forme d'une lettre, d'une scène de théâtre... Il est temps de les appliquer tout(e) seul(e). Faites la liste, sur votre brouillon, de tout ce que devra comporter votre texte (parfois, les consignes elles-mêmes le précisent). Avant de recopier votre brouillon, vérifiez que tous ces éléments figurent bien dans ce que vous avez écrit. Sachez que des points sont attribués à chacun de ces éléments.

Vous trouverez, p. 13 à 21, quatorze fiches de méthode et de vocabulaire pour traiter les sujets de rédaction les plus fréquemment demandés. Elles sont complétées de quatre autres fiches au fil des corrigés.

7 Présenter correctement sa copie

> **Soignez la présentation de votre copie :** une copie propre et bien lisible disposera favorablement le correcteur. Évitez donc les ratures, les gribouillages et les « pâtés ». Évitez également de ne pas sauter de ligne, ou d'écrire tout serré ! Si votre correcteur doit relire votre copie plusieurs fois pour la déchiffrer, il risque d'être de fort mauvaise humeur !

Il serait donc préférable :
- d'écrire au stylo à plume ;
- d'écrire gros et en écartant les mots ;
- de sauter des lignes entre chaque réponse ;
- de respecter l'ordre des questions ;
- de reprendre les titres ou les numéros de ces questions ;
- de barrer proprement à la règle ce que vous souhaitez raturer ;
- de souligner les titres sans forcément mettre beaucoup de couleurs.

FICHES DE MÉTHODE ET DE VOCABULAIRE

L'épreuve de français vous propose le choix entre deux sujets pour le travail d'écriture : un sujet de réflexion qui s'apparente à un texte argumentatif (Fiche 1 : écrire un texte argumentatif) ; ou un sujet d'invention (Fiche 2 : écrire un texte narratif) qui peut prendre différentes formes ou répondre à des critères particuliers. Comme vous vous êtes entraîné(e) depuis longtemps à toutes ces formes d'écrit, le sujet d'examen ne comporte pas de consignes qui vous rappellent ce que vous devez faire. C'est à vous de vous en souvenir. Alors révisez bien ces fiches !

FICHE 1

Écrire un texte argumentatif pour le sujet de réflexion

Le programme officiel de cycle 4 demande aux élèves de savoir « communiquer [...] un jugement argumenté » et « passer du recours intuitif à l'argumentation, à un usage plus maîtrisé ». On n'exige pas que vous présentiez l'opinion contraire en contre-argumentant. Les corrigés incluront souvent néanmoins des nuances par rapport à la position soutenue, afin de vous préparer aux travaux de Seconde. Pour écrire la rédaction d'un sujet de réflexion :

> **Rassemblez toutes les idées** qui vous viennent sur le sujet et écrivez-les en désordre sur votre brouillon.
Pensez à vous remémorer les textes et œuvres étudiés en cours : certains seront en rapport avec le sujet et vous pourrez y puiser des idées ; pensez aussi à vous demander quel serait le point de vue de vos parents, de vos professeurs, d'autres adultes… pour enrichir votre réflexion.

> **Dégagez l'opinion** que vous en tirez sur le sujet : avec quelle position parmi les avis que vous avez rassemblés êtes-vous le plus d'accord ? Énoncez clairement cette opinion.

> **Classez les idées :** mettez le même numéro ou faites des flèches de liaison entre les idées qui sont proches. Si une idée s'oppose complètement à une autre, mettez le signe ≠ : cela vous permettra de nuancer votre propos.

> **Rédigez en appuyant votre « thèse »** (votre opinion) **sur des arguments et des exemples :** les arguments sont les idées que vous avez collectées pour dégager votre opinion ; les exemples sont les faits que vous tirez de votre expérience, de vos lectures, de votre culture (cours d'Histoire, actualité…).

- **Consacrez un paragraphe à chaque idée importante ;** introduisez-la par un connecteur marquant l'enchaînement *(d'abord, ensuite, puis, enfin…).*
- **Si vous voulez nuancer votre thèse en contre-argumentant,** vous pouvez soit le faire après chaque idée dans le même paragraphe, soit y consacrer un paragraphe différent.
- **Exprimez vos idées en utilisant des rapports logiques :** la cause et la conséquence, l'opposition, l'hypothèse, le but, la comparaison…
- **Exprimez les rapports logiques par des connecteurs** de coordination : *car, donc, mais, pourtant…* ; de subordination : *parce que, puisque, si bien que, bien que…*

FICHE 2

Écrire un texte narratif pour le sujet d'invention

Le programme officiel de cycle 4 demande aux élèves de savoir « produire un écrit d'invention s'inscrivant dans un genre littéraire du programme, en s'assurant de sa cohérence »... Vous en trouverez les critères de rédaction dans les fiches qui suivent.

> Choisissez un narrateur :

– Si vous choisissez de faire une narration à la 3e personne, le narrateur sera une sorte de « voix off » qui raconte.
– Si vous choisissez un narrateur omniscient, cela vous permettra de décrire aussi bien les événements et les actions que les sentiments intérieurs des personnages.
– Si vous choisissez de faire une narration à la 1re personne, votre narrateur se confondra alors avec l'un des personnages de l'histoire, ce qui donnera plus de réalisme, de vivacité et d'émotion à votre récit.

> Structurez votre récit, c'est-à-dire organisez le récit selon un plan :

1) L'**introduction** peut présenter le **thème** du récit et les circonstances dans lesquelles il a lieu. Elle peut exposer la **situation initiale** : où ? quand ? qui fait/faisait quoi ? dans quelle ambiance ? dans quel but ? Votre récit peut aussi commencer *in medias res*, c'est-à-dire en plein milieu de l'action, sans préambule.
2) Continuez par un **développement** : les faits devront s'y enchaîner selon un **schéma narratif**. À un **événement perturbateur** de la situation initiale va répondre un **élément de résolution** : le héros rencontre, par exemple, un obstacle, un problème (dispute familiale, hostilité, accident, rencontre imprévue, événement qui fait peur...) et va essayer d'y remédier par son action.
3) Terminez votre récit par une **conclusion**. Exposez la **situation finale**, c'est-à-dire expliquez comment le problème a été résolu, comment les personnages ont évolué, ce qui a été modifié par rapport à la situation initiale. Vous pouvez ajouter quelques éléments de réflexion sur ce qui s'est passé, une sorte de « morale » telle qu'on en trouve à la fin des fables.

> Choisissez un système de temps :

– **Au présent :** situez votre récit par rapport à **l'instant présent**. Utilisez le présent, le passé composé (pour les faits passés) et le futur (pour les faits à venir).
– **Au passé :** écrivez un récit coupé du moment où se place le narrateur. Utilisez le passé simple pour les actions de premier plan, l'imparfait pour ce qui se situe au second plan (décor, ambiance, réflexions, sentiments...), le plus-que-parfait pour ce qui s'est passé avant une autre action passée, le conditionnel pour les actions à venir.

> Ne relatez pas que des actions :

Mentionnez également des descriptions, une analyse des sentiments, un passage argumentatif si le sujet l'implique...

FICHE 3

Écrire une suite de texte

> Respectez les informations qui sont données dans le texte initial :

– **Le lieu :** gardez le même lieu pour la suite immédiate du texte. Si vous changez de lieu, précisez-le et justifiez-le.

- **L'époque :** ne faites pas d'anachronisme si le texte initial se déroule à une date ancienne. Si vous devez faire évoluer l'histoire dans le temps, mentionnez ce déroulement chronologique par des connecteurs de temps.
- **Les personnages :** respectez leur nombre, leur physique, leur caractère, leur registre de langue.
- **La situation :** demandez-vous : que s'est-il passé ? Qu'est-il logique d'attendre ? Quelles sont les solutions possibles pour faire évoluer l'action ?

> **Respectez les choix narratifs :**

- Continuez la narration à la **3e personne** si c'était le cas dans le texte initial.
- Gardez comme narrateur le personnage qui racontait l'histoire, si la narration était faite à la **1re personne**.
- Faites attention à changer habilement de narrateur ou de point de vue si la suite du récit vous l'impose (par exemple, si le personnage-narrateur disparaît de l'action).

> **Respectez le système des temps :** si le récit est engagé au passé (cas le plus fréquent), continuez à utiliser imparfait, passé simple, plus-que-parfait et conditionnel ; le présent ne sera utilisé que dans les dialogues ou comme présent de vérité générale, ou encore comme présent de narration pour mettre en relief un fait précis dans le récit au passé.

ICHE 4

Écrire un texte autobiographique

> **Écrivez à la 1re personne,** car c'est le personnage lui-même qui raconte sa propre histoire.

> **Racontez les événements** du passé (enfance, adolescence, passé récent…) : utilisez alors les temps du récit au passé (voir Fiche 2, p. 14).

> **Ajoutez des commentaires :** l'autobiographie se caractérise par un retour réflexif sur ce que le personnage a vécu ; on doit donc prendre le temps d'analyser ce qui s'est passé et les sentiments que le personnage a éprouvés. Vous pouvez glisser les commentaires du narrateur au fil des souvenirs ou les grouper dans un paragraphe bien distinct.

> **Utilisez le vocabulaire des sentiments** (voir Fiche 13, p. 20).

ICHE 5

Écrire une lettre

> **Vous devez définir la situation d'énonciation, en précisant :**

- Qui est l'émetteur de la lettre, c'est-à-dire qui écrit la lettre ?
- Qui est le destinataire ?
- Quel est l'objet précis de cette lettre ? Que doit-on y formuler ?
- Dans quel but écrit-on cette lettre ?

> **Vous devez respecter les codes de présentation :**

- En haut et à droite, il faut mettre le lieu et la date.
- Plus bas et au milieu de la page, il convient de mettre la formule d'adresse, laquelle doit être adaptée au destinataire et au but de la lettre.

– Le contenu de la lettre doit être réparti en plusieurs paragraphes.
– En bas et à droite, on doit ajouter une signature, mais pas la vôtre.
– Ajoutez un éventuel post-scriptum.

> **Vous devez utiliser les temps** en fonction du **moment présent de l'écriture**.

> **Vous devez adapter votre style** à la situation d'énonciation : il faut utiliser le registre soutenu si vous devez être respectueux(se), le registre standard si vous vous adressez à un proche. Évitez le registre familier.

FICHE 6

Écrire un article de journal

> **Choisissez un titre :** il doit être court, clair, « accrocheur » (il doit donner envie de lire la suite).

> **Expliquez les faits ou le sujet :** commencez par un texte explicatif qui expose clairement le sujet, écrivez des phrases courtes, faites appel à un vocabulaire précis, utilisez des expressions de la cause et de la conséquence.

> **Donnez votre opinion :** un article de journal est rarement neutre ; argumentez pour convaincre le lecteur d'adhérer ou non à ce que le texte explicatif a présenté.

> **Structurez votre article :** l'écriture journalistique doit être « nerveuse », facile à lire. Faites un petit paragraphe pour chaque aspect du sujet.

> **Adaptez votre style au public visé :** selon que le journal s'adresse à des jeunes ou à des adultes, choisissez un registre de langue adapté.

FICHE 7

Écrire un texte descriptif

Qu'il s'agisse d'un portrait (de personnage) ou d'une description (de lieu, d'objet, d'ambiance...), les critères sont les mêmes : il faut écrire un texte qui remplace une photographie et qui permette de se représenter ce que l'on décrit.

> **Choisissez les caractéristiques principales** de ce que vous avez à décrire : il n'est pas question de vouloir tout dire.

> **Employez essentiellement l'imparfait.**

> **Utilisez beaucoup de groupes nominaux :** la description est un moment de pause dans l'action, on a donc moins besoin de verbes.

> **Choisissez avec précision le vocabulaire :** faites appel à un vocabulaire spécifique ou technique au besoin.

> **Choisissez un point de vue :** avec un **point de vue externe**, on ne décrit que ce que l'on voit avec le plus de neutralité possible. Avec un **point de vue omniscient**, on décrit aussi bien l'aspect extérieur que l'intérieur, invisible à l'œil, ou le passé ou le caractère (pour un portrait). Avec un **point de vue interne**, la description est faite progressivement, au fur et à mesure que l'œil d'un personnage découvre le lieu, l'objet ou la personne. Les observations et les impressions du personnage se mêlent.

> **Utilisez du vocabulaire axiologique** (sauf pour un point de vue externe) : selon le but recherché, choisissez un vocabulaire mélioratif pour faire ressortir les aspects positifs de ce qui est décrit ou un vocabulaire péjoratif si vous voulez créer une impression négative.

> **Évitez les répétitions**.

ICHE 8

Écrire un dialogue

> **Si c'est un dialogue de théâtre :**

- Écrivez le nom du personnage, dans la marge ou au milieu de la ligne.
- Écrivez seulement les paroles prononcées : ne mettez pas de phrase de récit.
- Allez à l'essentiel : n'encombrez pas le texte de banalités.
- Ajoutez des didascalies : écrivez-les entre parenthèses, en les soulignant, pour faire comprendre les mouvements, les réactions et les sentiments du personnage.

> **Si c'est un dialogue dans un texte narratif :**

- Présentez les personnages et les circonstances du récit dans lequel vous allez insérer un dialogue. On peut aussi commencer abruptement.
- Terminez la dernière phrase du récit par deux points.
- Allez à la ligne et ouvrez les guillemets pour la première réplique.
- Allez à la ligne pour la réponse et introduisez-la par un tiret.
- Répétez cette disposition à chaque changement d'interlocuteur.
- Utilisez des verbes introducteurs de parole variés : choisissez ces verbes en fonction des sentiments et réactions que vous voulez traduire (la colère, l'étonnement, la curiosité… ; voir Fiche 10 p. 18).
- Fermez les guillemets à la fin du dialogue.
- Employez les temps du discours (présent, passé composé, futur).
- Employez un registre de langue adapté pour chaque personnage.

CHE 9

Écrire un journal intime

Peut-être tenez-vous, vous-même, un journal intime ?

> **Le « journal intime » fait partie des récits autobiographiques** que vous avez étudiés en classe de troisième, il répond donc aux mêmes règles :

– l'auteur (qui peut être tout un chacun) y relate, au fil des jours et de manière plus ou moins régulière, les événements qu'il vient de vivre, ses sentiments, ses réactions et celles d'autrui, ainsi que les réflexions qu'il peut se faire… ;
– c'est donc un récit à la 1re personne ;
– on y emploie les temps de l'énoncé ancré : présent, passé composé, futur et **éventuellement imparfait**.

> **Cependant, il présente ces particularités :**

– il comporte généralement la mention de la date et du lieu où s'est déroulée la scène décrite ;
– comme c'est une écriture personnelle, intime, qui n'est pas en principe destinée à être lue, l'auteur parle avec sincérité et dévoile le fond de son cœur ;

– le style peut être proche de l'oral, admettre certaines tournures familières... mais n'en abusez pas, cela ne plaît jamais trop au correcteur ! Préférez des tournures expressives (phrases exclamatives, interrogatives, emphatiques, etc.) ;
– l'écriture permettant de « se défouler », d'exprimer ce qui fait mal et d'analyser dans le calme les événements et certaines réactions, le journal intime sert souvent de confident. Voyez le très célèbre *Journal* d'Anne Frank.

FICHE 10

Vocabulaire du dialogue

Choisissez un verbe introducteur qui respecte le sens que vous voulez donner à vos propos.

> **L'intensité de la voix :** crier, hurler, rugir, tonitruer, vociférer, s'égosiller.

> **La nature des propos :**

– **question :** demander, interroger, questionner, s'enquérir, solliciter ;
– **réponse :** répondre, reprendre, renchérir, répliquer, opposer, réagir ;
– **intervention :** interrompre, couper, intervenir, s'interposer, s'intégrer, s'immiscer ;
– **début/fin :** commencer, débuter, conclure, achever, finir.

> **Le sens des propos :**

– **information :** dire, affirmer, expliquer, développer, prétendre, soutenir ;
– **ordre :** ordonner, enjoindre, sommer, imposer, commander, exhorter ;
– **prière :** inviter, implorer, supplier, adjurer, conjurer, invoquer ;
– **protestation :** protester, réfuter, répondre, répliquer, se justifier ;
– **adhésion :** concéder, accorder, admettre, reconnaître, convenir, avouer ;
– **suggestion :** suggérer, exposer, émettre, insinuer ;
– **opinion :** supposer, imaginer, présumer, postuler, croire, déduire, induire.

> **Les sentiments éprouvés :**

– **colère :** protester, grogner, répliquer, grommeler, rétorquer, riposter ;
– **crainte :** murmurer, susurrer, balbutier, bafouiller, bredouiller, bégayer ;
– **ironie :** ironiser, railler, persifler, se moquer, plaisanter, rire ;
– **tristesse :** gémir, pleurer, geindre, sangloter, déplorer, se plaindre, regretter, se lamenter ;
– **souvenir :** se souvenir (de quelque chose), se rappeler (quelque chose), se remémorer (quelque chose) ;
– **doute :** hésiter, balancer, tergiverser.

FICHE 11

Vocabulaire pour écrire un portrait en action

Les sujets de rédaction demandent souvent de mélanger les discours : narratif, descriptif, argumentatif. Il peut alors être habile de tracer le portrait d'un personnage, non pas dans un paragraphe séparé, mais au fil de la narration, pendant que le personnage se déplace ou agit par exemple. Voici quelques pistes de vocabulaire à employer.

> **Les verbes de mouvement :**

– aller, marcher, cheminer, arpenter, enjamber, trotter, trottiner, déambuler, se promener, se traîner ;

- avancer, progresser, gagner, se diriger, s'acheminer, s'orienter, se guider ;
- reculer, rétrograder, revenir, lâcher pied, plier, flancher, se replier, se rejeter, battre en retraite, refluer ;
- filer, se faufiler, se glisser, se couler, s'immiscer, s'insinuer, s'introduire, s'imposer, s'incruster ;
- piétiner, fouler, piaffer, trépigner, faire du sur-place ;
- franchir, enjamber, sauter, sautiller, bondir, rebondir, gambader ;
- s'élancer, se précipiter, débouler, charger, foncer sur, se jeter, se ruer, piquer vers, fondre sur ;
- tourner, contourner, virer, pivoter, virevolter, pirouetter, tournoyer, tourbillonner.

> Qualifier la silhouette ou l'allure :

- **la silhouette** (*féminin*) *ou* la taille, la stature, la carrure, la corpulence, la ligne : mince, svelte, élancée, longiligne ; menue, fine, gracile, grêle, fluette, chétive ; maigre, décharnée, osseuse, squelettique ; *ou au contraire* robuste, bien charpentée, vigoureuse, puissante ; ramassée, trapue, râblée, courtaude, massive ; grasse, ventrue, ventripotente, obèse ; cambrée, bossue, courbée, cassée ; de nabot, de nain, de géant ;
- **l'allure** (*féminin*) *ou* la démarche : libre, souple, déliée ; ferme, assurée, résolue, décidée, déterminée ; hésitante, vacillante, titubante, chancelante ; dégingandée, déhanchée, claudicante ;
- **le maintien** (*masculin*) *ou* la posture, le port : souple, leste, décontracté, dégagé, désinvolte, gauche ; élégant, distingué, racé, affecté, altier, hautain.

> Qualifier l'expression :

- **la physionomie** (*féminin*), la mine, l'humeur *ou* le tempérament, le naturel, le caractère (*masculin*) : mobile, expressive, grimaçante ; immobile, impassible, impénétrable ; ouverte, tranquille, sereine, affable, engageante, souriante, ravie, épanouie, rayonnante, hilare ; fermée, sérieuse, butée, sévère, maussade, compassée, sombre, sournoise, mélancolique, renfrognée ; espiègle, effrontée, tourmentée, bouleversée ; gentille, aimable, gracieuse, sympathique, avenante, amène ; désagréable, désobligeante, revêche, rébarbative, bourrue, acariâtre, grincheuse, hargneuse ; résolue, volontaire, active, entreprenante, dynamique ; faible, molle, indolente, velléitaire, amorphe ;
- **avec des tics**, des manies, des caprices, des marottes...

FICHE 12

Vocabulaire de la situation dans l'espace

Pour décrire les différents éléments d'un paysage, d'un édifice ou même d'un personnage, évitez d'utiliser sans arrêt les expressions « *il y a* » et « *on voit* ». Ayez recours aux verbes de situation qui servent à décrire ce qui se trouve :

> Au premier plan :

apparaître, surgir, se montrer, se présenter, s'offrir, s'avancer, se détacher,se profiler, se distinguer, ressortir, poindre, percer.

> Au-dessus :

dominer, surmonter, surplomber, trôner, coiffer, se dresser, saillir, écraser.

> Au-dessous ou au milieu :
s'enfoncer, s'enfouir, se blottir, plonger, (se) grouper, se rassembler, se mêler, s'entremêler, (se) composer, se combiner, s'insérer, s'intercaler.

> Sur les côtés :
border, encadrer, entourer, clôturer, envelopper, ceindre, embrasser, (en)fermer, enserrer, enclaver.

FICHE 13

Vocabulaire des impressions et des sentiments

Quand il vous faut évoquer l'impression qu'un lieu, un personnage ou un objet vous « fait », évitez d'employer la tournure « *me fait penser à ...* » ou « *me fait l'effet de ...* », et variez les verbes. Mais, attention, vérifiez que l'expression que vous utilisez est correctement employée.

> Les verbes d'impression :
évoquer, exprimer, indiquer, rappeler, entraîner, suggérer, produire, inspirer, révéler, susciter, présenter, représenter, offrir, manifester, signifier, prouver, témoigner (de), accentuer, souligner, éclater (de), prodiguer, dégager, traduire, transcrire, livrer, imposer, répandre, respirer, étaler, conférer, affecter.

> Les verbes de sentiment :
- **pour décrire n'importe quel sentiment :** émouvoir, toucher, attendrir, remuer, impressionner, saisir, frapper, bouleverser, secouer, ébranler, déchirer, ronger, ravager, (s')alarmer, (s')agiter, remplir (de) ;
- **pour décrire un sentiment positif :** (se) maîtriser, calmer, apaiser, pacifier, tranquilliser, rasséréner, goûter, savourer, se délecter, jouir, exulter, s'extasier, être ravi, enchanté, transporté, plongé ;
- **pour décrire un sentiment négatif :** supporter, éprouver, endurer, subir, souffrir, pâtir, se lamenter, (s')affliger, (se) désespérer, (se) tourmenter, (se) torturer, (s') angoisser.

FICHE 14

Vocabulaire de la peur

Beaucoup de sujets de rédaction vous invitent à raconter une expérience, une aventure qui, entre autres sentiments, ont pu susciter la peur. Comment la décrire autrement qu'en disant : « *J'ai eu peur.* » ? Détaillez les étapes de cette expérience en choisissant les mots parmi ceux proposés ici. Mais attention à en vérifier le sens et l'intensité ! Ne les employez pas au hasard.

> Qu'est-ce qui fait peur ?
- un danger, un péril, un risque, un hasard ;
- quelqu'un ou quelque chose de mauvais, dangereux, nuisible, pernicieux, malfaisant, nocif, malsain, maléfique, fatal ; inquiétant, alarmant, angoissant, menaçant ; sinistre, sombre, patibulaire, affreux, horrible, monstrueux ; effrayant, effroyable, épouvantable, terrible, terrifiant ; dantesque, apocalyptique.

> Ressentir la peur ou...
- une appréhension, une inquiétude, une alarme, une crainte ;

- le trac, une angoisse, une anxiété, une obsession, une phobie ;
- l'épouvante, l'effroi, l'affolement, la stupeur, une frayeur, une terreur, la panique, l'horreur ;
- avoir peur *ou* s'alarmer, s'inquiéter, appréhender, craindre, redouter ;
- être effarouché, effaré, effrayé, affolé, épouvanté, terrifié, terrorisé, halluciné.

> Les réactions physiques

- Ressentir un malaise, un picotement, un frisson, une oppression, une palpitation, un tremblement, une sensation de vertige, les affres d'une peur bleue, inexplicable.
- Être transi, engourdi, glacé, gelé, paralysé, pétrifié, figé par la peur.
- Tressaillir, palpiter, trembloter, trembler (comme une feuille), frémir, frissonner, grelotter ; pâlir, blêmir, se raidir, haleter, suffoquer, rester coi, crier, hurler, pleurer.
- Se hérisser, claquer des dents, avoir les genoux qui s'entrechoquent, les jambes coupées, des sueurs froides, le cœur qui bat à tout rompre, le souffle (*ou* la respiration) coupé(e), respirer à peine, être en transe ; être vert de peur, être tenaillé par la peur, mourir de peur, avoir tout le corps froid comme du marbre.

> Que faire alors ?

- Se soustraire, fuir, s'enfuir, s'échapper, se sauver, s'esquiver, s'évader.
- (Se) rassurer, calmer, apaiser, tranquilliser, encourager, exhorter.
- Affronter, braver, défier, provoquer, menacer, narguer ; réagir, résister, tenir bon, tenir tête, s'opposer à, se révolter, s'insurger, se cabrer, se rebeller.

Sujet 1

Simone de Beauvoir *La force de l'âge*

Partie I : Travail sur le texte littéraire et sur une image

1 heure 10 min — 50 points

Document 1 Texte littéraire

Simone de Beauvoir vient d'avoir vingt ans : en s'installant à Paris, dans une pension tenue par sa grand-mère, elle obtient enfin la liberté dont elle avait tant rêvé pendant ses années d'études... Elle raconte cette installation au deuxième tome de son œuvre autobiographique.

Ce qui me grisa lorsque je rentrai à Paris, en septembre 1929, ce fut d'abord ma liberté. J'y avais rêvé dès l'enfance, quand je jouais avec ma sœur à « la grande jeune fille ». Étudiante, j'ai dit avec quelle passion je l'appelai. Soudain, je l'avais ; à chacun de mes gestes, je m'émerveillais de ma légèreté. Le matin, dès que j'ouvrais les yeux, je m'ébrouais, je jubilais. Aux environs de mes douze ans, j'avais souffert de ne pas posséder à la maison un coin à moi. Lisant dans Mon journal[1] l'histoire d'une collégienne anglaise, j'avais contemplé avec nostalgie le chromo[2] qui représentait sa chambre : un pupitre, un divan, des rayons couverts de livres ; entre ces murs aux couleurs vives, elle travaillait, lisait, buvait du thé, sans témoin : comme je l'enviai ! J'avais entrevu pour la première fois une existence plus favorisée que la mienne. Voilà qu'enfin moi aussi j'étais chez moi ! Ma grand-mère avait débarrassé son salon de tous ses fauteuils, guéridons, bibelots. J'avais acheté des meubles en bois blanc que ma sœur m'avait aidée à badigeonner d'un vernis marron. J'avais une table, deux chaises, un grand coffre qui servait de siège et de fourre-tout, des rayons pour mettre mes livres, un divan assorti au papier orange dont j'avais fait tendre les murs. De mon balcon, au cinquième étage, je dominais les platanes de la rue Denfert-Rochereau et le lion de Belfort. Je me chauffais avec un poêle à pétrole rouge et qui sentait très mauvais : il me semblait que cette odeur défendait ma solitude et je l'aimais. Quelle joie de pouvoir fermer ma porte et passer mes journées à l'abri de tous les regards ! Je suis très longtemps restée indifférente au décor dans lequel je vivais ; à cause, peut-être, de l'image de Mon journal je préférais les chambres qui m'offraient un divan, des rayonnages ; mais je m'accommodais de n'importe quel réduit : il me suffisait encore de pouvoir fermer ma porte pour me sentir comblée.

Je payais un loyer à ma grand-mère et elle me traitait avec autant de discrétion que ses autres pensionnaires ; personne ne contrôlait mes allées et venues. Je pouvais rentrer à l'aube ou lire toute la nuit, dormir en plein midi, rester claquemurée vingt-quatre heures de suite, descendre brusquement dans la rue. Je déjeunais d'un bortsch chez Dominique[3], je dînais à la Coupole d'une tasse de chocolat. J'aimais le chocolat, le bortsch, les longues siestes et les nuits sans sommeil, mais j'aimais surtout mon caprice. Presque rien ne le contrariait. Je constatai joyeusement que le « sérieux de l'existence », dont les adultes m'avaient rebattu les oreilles, en vérité ne pesait pas lourd. Passer mes examens, ça n'avait pas été de la plaisanterie ; j'avais durement peiné, j'avais eu peur d'échouer, je butais contre des obstacles et je me fatiguais. Maintenant, nulle part je ne rencontrais de résistances, je me sentais en vacances, et pour toujours.

Simone DE BEAUVOIR,
La Force de l'âge, © éditions Gallimard, 1960.

1. Mon journal : mensuel de l'époque, pour filles et garçons de cinq à dix ans.
2. Chromo : illustration en couleur.
3. Dominique : restaurant russe qui servait entre autres choses le bortsch, un potage traditionnel de l'Est.

Document 2 Image

Rêverie, Vittorio MATTEO CORCOS, 1896.
© Archives Alinari, Florence,
Dist. RMN-Grand Palais / Carlo Brogi

QUESTIONS

Les réponses aux questions doivent être entièrement rédigées.

Grammaire et compétences linguistiques

1. « j'y avais rêvé dès l'enfance » (ligne 2)
Dans cette proposition, à quel temps le verbe est-il conjugué ? Expliquez son emploi. **(2 points)**

2. « j'avais durement peiné, j'avais eu peur d'échouer, je butais contre des obstacles et je me fatiguais. Maintenant, nulle part je ne rencontrais de résistances, je me sentais en vacances, et pour toujours. » (lignes 35-37)
a) Quel est le rapport logique entre ces deux phrases ?
b) Transformez ces deux phrases en une phrase complexe contenant une proposition subordonnée. **(4 points)**

Réécriture

3. « Je suis très longtemps restée indifférente au décor dans lequel je vivais ; à cause, peut-être, de l'image de *Mon journal* je préférais les chambres qui m'offraient un divan, des rayonnages ; mais je m'accommodais de n'importe quel réduit ».
Réécrivez ce passage en remplaçant la première personne du singulier (je) par la première personne du pluriel (nous) désignant la narratrice et sa sœur. Vous ferez toutes les modifications nécessaires. **(10 points)**

Compréhension et compétences d'interprétation

4. Lignes 1 à 35 : relevez trois mots qui illustrent le sentiment dominant de ce passage. Quelle en est la cause ? **(4 points)**

5. « J'aimais le chocolat, le bortsch, les longues siestes et les nuits sans sommeil, mais j'aimais surtout mon caprice. » (lignes 31-32)
Quels sont les goûts évoqués par la narratrice dans cette phrase ? Lequel est mis en avant et comment ? **(6 points)**

6. Que représente la nouvelle chambre dans la vie de la narratrice ? Vous développerez au moins deux idées. **(8 points)**

7. Quelle est la place de la lecture dans la liberté nouvelle de la narratrice ? Justifiez en citant le texte. **(6 points)**

Image

8. Décrivez l'attitude de la jeune femme dans ce tableau.
Quelle image particulière de la lectrice introduit-il ? Cette vision rejoint-elle celle que propose le texte ? **(8 points)**

DICTÉE 20 min 10 points

Voilà pourquoi en rencontrant Herbaud j'eus l'impression de me trouver moi-même : il m'indiquait mon avenir. Ce n'était ni un bien-pensant, ni un rat de bibliothèque, ni un pilier de bar ; il prouvait par son exemple qu'on peut se bâtir, en dehors des vieux cadres, une vie orgueilleuse, joyeuse et réfléchie : telle exactement que je la souhaitais.

Cette fraiche amitié exaltait les gaietés du printemps. Un seul printemps dans l'année, me disais-je, et dans la vie une seule jeunesse : il ne faut rien laisser perdre des printemps de ma jeunesse.

Simone DE BEAUVOIR, *Mémoires d'une jeune fille rangée,* © éditions Gallimard, 1958.

Écrire au tableau : Herbaud.

Partie II : Rédaction

1 heure 30 min 40 points

Vous traiterez au choix le sujet A ou B.

Sujet A : Réflexion

En quoi la lecture peut-elle être selon vous une source de liberté ?
Vous répondrez à cette question en envisageant notamment différentes pratiques ou différents supports de la lecture.
Votre rédaction sera d'une longueur minimale d'une soixantaine de lignes (300 mots environ).

Sujet B : Imagination

La narratrice rencontre sa grand-mère dans la pension : cette dernière exprime ses sentiments face à la liberté et au bonheur de sa petite fille. Elle lui raconte ce qu'était sa vie au même âge.
Votre rédaction sera d'une longueur minimale d'une soixantaine de lignes (300 mots environ) et mêlera dialogue et narration.

CORRIGÉ

Partie I : Travail sur le texte littéraire et sur une image

Premier réflexe : observer le texte

• Ce texte, par son écriture à la 1re personne et son retour sur la jeunesse de l'auteur, illustre l'enjeu littéraire « Se raconter, se représenter ». Il s'agit pour cette jeune fille de 1929 d'affirmer sa liberté dans l'optique de mener ses études à une époque où ce n'est pas du tout le destin habituel des jeunes femmes. Il y a donc bien une volonté d'émancipation qui s'inscrit en lien avec le thème d'Histoire « Femmes et hommes dans la société des années 1950 aux années 1980 ».

• Ce texte, en dépit de sa date et de sa localisation à Paris, ne présente quasiment pas de difficulté de compréhension ni de vocabulaire pour des collégiens. Au contraire la satisfaction de jouir de la liberté de cette jeune femme de vingt ans correspond bien aux aspirations des adolescents et les projette dans leur avenir.

QUESTIONS

Remarques préalables

• Peu de questions dont une qui porte sur une analyse comparée de l'image et du texte.

• Un certain nombre de questions qui font appel à vos connaissances linguistiques : champ lexical en 4, procédés de mise en relief en 5, valeur des temps en 1, rapports logiques en 2.

Grammaire et compétences linguistiques

1. La forme verbale « j'avais rêvé » est un plus-que-parfait de l'indicatif. Il se justifie car il renvoie à l'enfance, époque antérieure à celle de 1929 où la narratrice évoque ses vingt ans. Donc on est bien dans l'évocation d'une période qui se place avant un moment déjà situé dans le passé (« plus-que-parfait » c'est « plus-que-passé »).

2. a) Les deux phrases sont dans un rapport logique d'opposition : la première évoque la lutte et les obstacles rencontrés dans le passé, la seconde affirme la victoire contre ces obstacles et la liberté.

b) Pour exprimer un rapport d'opposition par la subordination, on peut utiliser plusieurs conjonctions mais celles qui conviennent le mieux seraient ici : « **Alors que** j'avais durement peiné, **que** j'avais eu peur d'échouer, **que** je butais contre des obstacles et **que** je me fatiguais, désormais (ou dorénavant ou maintenant), nulle part je ne rencontrais de résistances, je me sentais en vacances, et pour toujours. »

Ou bien « Même si j'avais durement peiné, même si j'avais eu peur d'échouer, même si je butais contre des obstacles et même si je me fatiguais, désormais (ou dorénavant ou maintenant), nulle part je ne rencontrais de résistances, je me sentais en vacances, et pour toujours. »
Si on utilise « bien que » il faut employer le subjonctif pour les verbes : « **Bien que** j'aie durement peiné, **bien que** j'aie eu peur, **bien que** j'aie buté, **bien que** je me sois fatiguée (plus heureux que « bien que je butasse…, que je me fatiguasse… »).

3. Réécriture

Repérer les difficultés

- La première modification est de changer le pronom personnel sujet : passer de « je » à « nous ». Il faut aussi, par conséquent, changer les pronoms compléments (« qui m'offraient » devient « qui nous offraient »).
- Les accords doivent se faire au féminin pluriel : vous y penserez plus facilement car l'accord est déjà fait au féminin dans le texte d'origine : par exemple, « indifférente » devient « indifférentes ».

Nous sommes très longtemps rest**ées** indifférent**es** au décor dans lequel **nous vivions** ; à cause, peut-être, de l'image de *Mon journal* **nous préférions** les chambres qui **nous** offraient un divan, des rayonnages ; mais **nous nous accommodions** de n'importe quel réduit.

Compréhension et compétences d'interprétation

4. Le champ lexical qui s'impose dans ces cinq premières lignes est celui d'une joie puissante : on peut relever « ce qui me grisa » (l. 1), « je m'émerveillais » (l. 4), « je jubilais » (l. 5) et éventuellement, comme traduction physique de ce sentiment, « je m'ébrouais » (l. 5).
Cette joie est due à la liberté qu'elle découvre en pouvant disposer d'un « coin à elle » où elle peut vivre comme bon lui semble, sans contrôle.

5. La narratrice exprime des goûts contradictoires et qui sortent de l'ordinaire : sur le plan alimentaire, le goût sucré et raffiné du « chocolat » s'oppose au côté rustique du potage « bortsch », les « longues siestes » dans la journée s'opposent aux « nuits sans sommeil » et supposent un mode de vie très décalé du rythme ordinaire. Elle surenchérit par l'expression de mise en relief « mais surtout » sur son « caprice », c'est-à-dire sur ses souhaits sans entrave, sans justification. Aimer son caprice, c'est aimer faire ce qu'on veut quand on veut, sans écouter la raison.

6. La chambre représente pour la narratrice un havre de solitude et de liberté : être chez soi, disposer de sa liberté d'allure et y faire ce que l'on veut à l'abri des regards intrusifs. Ce n'est pas du tout une pièce à décorer : elle y met les seuls meubles utiles et les plus simples. Ce qui compte à ses yeux, ce sont les rayonnages couverts de livres pour pouvoir lire et travailler.

7. La lecture est une priorité pour la narratrice : sa première préoccupation est de pouvoir ranger ses livres. (« des rayons couverts de livres » l. 9, « des rayons pour mettre mes livres » l. 15-16. C'est son activité principale : elle est capable de « lire au lit toute la nuit » (l. 28). La lecture lui offre en effet une source d'information sur le monde extérieur : c'est par la lecture de sa revue qu'elle découvre la collégienne anglaise qui dispose d'un espace à elle. Les livres sont également nécessaires à ses études qui lui assureront l'indépendance intellectuelle et une profession.

Image

8. La jeune femme du tableau peint par Vittorio Matteo Corcos est assise sur un banc à l'extérieur. Trois livres sont posés sur le banc. La jeune femme semble plongée dans la méditation : sa tête appuyée sur son poing évoque « Le Penseur » de Rodin. Elle a l'air de regarder droit devant mais son regard semble plutôt tourné vers l'intérieur, comme si elle réfléchissait à ce qu'elle vient de lire.
Ce tableau met en valeur la réflexion solitaire que la lecture enclenche le plus souvent. À la différence de Simone de Beauvoir qui a besoin de s'enfermer dans sa chambre pour satisfaire son besoin de lire, cette jeune femme préfère lire au cours d'une promenade en plein air (chapeau et ombrelle sur le banc à côté des livres). La lecture semble ici associée au loisir plus qu'au travail, aux études.

DICTÉE

■ Repérer les difficultés

• **Difficultés grammaticales :**
– Attention aux infinitifs « me trouver » et « laisser perdre » qu'il ne faut pas confondre avec des participes passés écrits en –é ;
– Pas d'autre difficulté que de penser aux accords avec « une vie » : on entend le féminin pour « orgueilleuse » et « joyeuse » mais pas pour « réfléchie » ni « telle », la présence du pronom féminin « la » peut vous servir d'alerte (« Ai-je bien mis des féminins ? »).
• **Difficultés de conjugaison :** à part le passé simple « j'eus » de la première ligne et les présents de vérité générale (« on peut » et « il faut » à la fin), les autres formes verbales sont des imparfaits à la 1re personne du singulier en -ais (« je souhaitais », « me disais-je ») ou à la 3e personne en -ait (« il m'indiquait », « il prouvait », « exaltait »)
• **Difficultés lexicales :** « bien-pensant » n'est pas difficile dès qu'on le décompose ; « orgueilleux/se » provoque souvent des erreurs sur la place de « u » et de « e » ; « exalter » n'a pas besoin de « h » pour s'écrire.

Partie II : Rédaction

Sujet A : Réflexion

Comprendre le sujet A

• Pour élargir votre réflexion, pensez aux textes que vous avez abordés pendant vos cours de français ou en lecture individuelle : quelles émotions, quelles découvertes, quelles réflexions vous ont-ils apportées ? Vous ferez ensuite la sélection des idées qui sont plus en relation avec la notion de liberté.
• Envisagez, comme le suggère le sujet, tous les modes et tous les supports de lecture, à savoir le livre en papier mais aussi la liseuse, la tablette, le téléphone portable ; le roman mais aussi le livre documentaire, le magazine, le journal…
• Ne raisonnez pas que pour vous-même : la lecture est aussi un partage. Quelles réflexions la lecture peut -elle provoquer dans la classe, dans un groupe ?

[Introduction] Chez les adolescents, la lecture peut apparaître comme une contrainte : on nous enjoint de lire le roman ou le texte documentaire imposés par nos professeurs, au lieu de nous consacrer à notre sport favori, à nos confidences entre ami(e)s ou à notre farniente préféré, allongé(e)s sur le canapé… Et pourtant la lecture est provocatrice de liberté.

[Premier argument] La lecture est source de liberté individuelle.

En effet lire est d'abord un moyen de s'informer, de sortir de l'ignorance, en particulier quand on est issu d'un milieu modeste ; avoir accès aux connaissances, qu'elles appartiennent à la culture scientifique ou littéraire, permet de sortir de sa condition. C'est d'ailleurs le rôle émancipateur de l'éducation : ainsi par les programmes du collège, nous découvrons les événements passés qui nous font comprendre l'évolution des pays ou les explications scientifiques qui enclenchent les progrès techniques dont nous profitons pour améliorer nos vies.

La lecture est aussi source d'évasion : quand on est coincé dans un endroit, l'univers imaginaire que propose un roman d'aventures par exemple nous ouvre toutes les portes. C'est particulièrement le cas grâce aux nouveaux supports de la lecture : les liseuses, les tablettes, les portables, facilement disponibles, nous proposent des lectures multiples qui nous font ainsi échapper à un contexte contraignant. Ne voit-on pas des gens lire dans le métro et s'évader au milieu des steppes, dans la galaxie ou au plus intime des rêves selon le livre choisi ? Ainsi l'enfant du roman de Jules Vallès, alors qu'il est censé être puni à l'étude s'évade en lisant Robinson Crusoë et se retrouve vivant les aventures du héros sur son île.

En découvrant dans un livre les expériences vécues ou les émotions ressenties par des personnages, chacun peut se libérer de ses angoisses et trouver des réponses à ses doutes. En particulier un adolescent en train de construire sa personnalité et en proie à des complexes ou des contradictions peut tirer profit de la même expérience racontée par un personnage, parfois issu du réel. Par exemple, un collégien harcelé peut trouver un exutoire à sa souffrance et une solution pour sortir de cette « prison » dans le récit de cette expérience par un auteur comme Noémya Grohan (*De la rage dans mon cartable*).

[Second argument] La lecture est également source de liberté collective.

Les livres ont été symboles d'émancipation : l'invention de l'imprimerie a permis la diffusion accrue des idées et a permis à l'éducation de progresser, libérant ainsi de plus en plus de gens de l'ignorance, comme il l'a été dit supra au niveau individuel.

C'est par les écrits en particulier que les philosophes ont diffusé les idées de progrès, d'abolition des privilèges, d'égalité au Siècle des Lumières. Leurs textes sont toujours les supports d'une réflexion qui peut se dégager des idées reçues pour apprendre à raisonner en toute indépendance et avec objectivité. D'ailleurs un texte célèbre de Voltaire porte un titre révélateur : « De l'horrible danger de la lecture ». Ainsi, les écrits sur les Noirs de Montesquieu ou le mythe du bon sauvage chez Diderot nous guident vers une critique des injustices et de la société. C'est par la diffusion de ces idées par les livres que les peuples ont mené leur conquête de la liberté.

D'ailleurs les livres ont tellement été les véhicules d'une pensée libératrice que l'on a inventé le format « de poche » de façon à pouvoir le dissimuler ou le transmettre dans la poche de son vêtement.

[Restriction] Le livre peut néanmoins être utilisé pour asservir les gens.

En Chine, au moment de la Révolution culturelle, le « Petit Livre rouge » a été imposé pour conditionner le peuple : il était impossible de penser autrement que ce que disait ce livre de façon à imprimer les idées de la révolution chinoise dans tous les esprits. Ne lire toujours que le même ouvrage ou les mêmes idées devient dans ce cas une aliénation.

En revanche, pendant cette même révolution chinoise, les intellectuels étaient interdits de lecture car les tenaillait le désir de lire autre chose, d'avoir accès à d'autres idées dont ils savaient, eux, qu'elles existaient (voir le texte de Dai Sijie, p. 129).

Sous le nazisme, on a fait des autodafés de livres d'auteurs juifs mais aussi de tous les penseurs qui pouvaient s'opposer à cette doctrine.

Mais c'est précisément le signe que la lecture est une puissante source de réflexion.

[Conclusion] La lecture est donc source de libération, de progression personnelle à condition qu'on ait le choix de ce qu'on lit et que l'on maintienne la diversité de ses lectures.

Sujet B : Imagination

■ Comprendre le sujet B

• Ce sujet d'imagination demande que vous racontiez une rencontre entre la grand-mère et sa petite fille, que la grand-mère fasse part de ses sentiments et réactions et qu'elle évoque sa propre vie de jeune fille. Voilà qui n'est pas forcément facile pour vous car vous avez sans doute du mal à imaginer la vie d'une jeune femme à la fin du XIXe siècle. En effet si Simone de Beauvoir a vingt ans en 1929, cela signifie que sa grand-mère a eu cet âge vers 1880-1890.

• Appuyez-vous sur vos lectures (romans de la fin du XIXe siècle de Zola, Maupassant...), sur des films retraçant cette période ou sur vos connaissances en histoire sur la condition féminine.

• Vous n'êtes pas obligé(e) de faire une introduction et une conclusion mais on vous demande de mêler du dialogue à la narration.
• Comme il est précisé « La narratrice rencontre… », mieux vaut rester dans un récit à la 1re personne, comme dans le texte initial.

Ce matin, en rentrant à l'aube après une nuit passée chez des amis à refaire le monde et écouter de la musique, j'avais trouvé un petit mot glissé sous ma porte par ma gentille grand-mère, si discrète, qui ne voulait jamais me déranger : « Ma chère Simone, cela fait bien longtemps que je ne t'ai vue et n'ai pu parler un peu avec toi. Voudrais-tu passer un de ces jours pour prendre un thé avec moi ? Vers 16 heures, c'est un moment où je suis assez tranquille avec mes pensionnaires. Je t'embrasse et te dis à bientôt, ma chère petite, puisque tu seras toujours ma petite malgré tes vingt ans rayonnants ! ».

Je m'en voulais d'avoir un peu négligé ma grand-mère et de ne pas être allée la voir plus souvent depuis mon arrivée dans sa pension : j'étais complètement éblouie et accaparée par ma nouvelle vie, je n'avais pensé qu'à moi-même… Le jour même, à 16 heures, je descendis frapper à la porte de ma grand-mère et je l'embrassai bien fort en la serrant dans mes bras :

« Je suis désolée de ne pas t'avoir fait signe plus tôt mais, tu sais, depuis mon arrivée chez toi, je n'ai pas vu le temps passer ; j'ai eu tant de choses nouvelles à découvrir ! Je me sentais à l'étroit chez mes parents alors qu'ici, c'est le monde qui s'offre à moi. Et puis, pendant toute cette période d'examens, j'ai dû travailler dur, j'étais presque complètement cloîtrée, juste avec mes livres et mes devoirs à rendre. Mais si tu savais comme je suis heureuse maintenant : je fais ce que je veux, je n'abuse pas de ma liberté, je ne fais pas n'importe quoi mais uniquement ce qui me plaît ! et ça, tu peux me croire, c'est un bonheur indicible !

– Justement est-ce que tu ne te couches pas un peu trop tard ? je te trouve bien pâlotte !… »

Ma pauvre grand-mère ! si elle avait su que parfois, comme ce matin justement, je ne rentrai qu'à l'aube… Je préférais lui laisser ses illusions pour ne pas trop l'inquiéter ; et je n'avais pas envie non plus que, croyant bien faire, elle ne prévienne mes parents… J'allais avoir vingt-et-un ans mais n'étais pas encore majeure et mes parents pouvaient me rappeler sous le toit familial…

« Il faut que je te dise, grand-mère, je suis allée au musée du Louvre et j'ai pu y admirer « La Joconde » et bien d'autres chefs-d'œuvre ; je suis montée à la Tour Eiffel ». Je sentais intuitivement qu'il était peut-être préférable que je ne lui raconte pas mes nuits blanches ou mes siestes au milieu de l'après-midi, elle qui n'avait jamais connu que le travail acharné…

« Tu sais, moi, à ton âge, reprit-elle avec un regard intérieur, plongé vers le passé, j'étais déjà mariée et je venais d'avoir mon premier enfant, ta mère ; alors il n'était pas question d'aller s'amuser ! Je suis quand même allée voir la Tour Eiffel un dimanche mais je n'ai jamais visité Paris : il y avait d'abord l'hôtel à faire marcher et je ne vois pas comment j'aurais pu parler de liberté à mes beaux-parents, les parents de ton grand-père (tu te souviens un peu de lui ? il est décédé dès les premiers jours de la guerre, me laissant veuve, avec un hôtel à tenir). Ils étaient âpres au gain et durs à la tâche… Je devais tout assumer : pendant que ma belle-mère accueillait les clients et gérait la comptabilité, j'enchaînais l'entretien du linge de l'hôtel, je supervisais la cuisine tout en m'occupant de mon bébé que je traînais partout avec moi. Quand arrivait le soir, j'étais épuisée et je n'aurai jamais eu la force de sortir de toute façon. On croit que les femmes ne travaillaient pas au xixe siècle mais c'est faux : elles pratiquaient toutes sortes de métiers mais ce n'était pas reconnu. Et pas le droit de sortir sans être « chaperonnée », c'est-à-dire surveillée par une parente ou son mari. Mais enfin je ne me plains pas et de te savoir sous mon toit me réchauffe le cœur ! Je te le dis en toute sincérité : amuse-toi tant que tu peux, ma petite Simone, profite bien de ta liberté et de ta jeunesse ! »

Pendant ce temps-là le thé avait refroidi, je me levai de ma chaise et serrai sur mon cœur ma chère grand-mère en lui promettant de venir la voir plus souvent et de lui parler de ma joie à découvrir un monde nouveau qui s'offrait à moi dans toute sa splendeur !

Sujet 2

Ernest Pépin
Coulée d'or

Partie I : Travail sur le texte littéraire et sur une image

1 heure 10 min 50 points

Document 1 Texte littéraire

Dans Coulée d'or, *Ernest Pépin, écrivain guadeloupéen, fait vivre les émerveillements d'un enfant.*

Je me ris de la tempête car le souffle de ma mère est plus fort que tous les vents contraires. Alors, ne la regardez pas comme ça ! Vous ne verrez qu'une mère comme les autres ! Moi seul connais…

Sa main sur mon visage.

Sa voix dans mes oreilles.

Son cœur immense.

Un fluide mystérieux nous relie même dans le silence. Et ce sont des éclairs de bonté, des savanes de patience, des oasis d'amour. À cause de ma mère j'ai appris à aimer toutes les mères de la création et à vénérer toutes les femmes de la terre. Petit oiseau auquel elle donne la becquée, poussin enfoui sous ses ailes, petit poisson sous son sillage, je me métamorphose au gré de l'énergie de ses sentiments. J'habite la cascade de ses rires. J'habite la forêt de ses paroles. J'habite les profondeurs de ses silences. J'habite le cyclone de ses contrariétés et de ses peines.

Elle m'emmenait partout. Je marchais à côté d'elle, m'efforçant de garder le même pas sans me plaindre d'une quelconque lassitude. Je la suivais sur les routes empierrées de Castel, dans les rues de Pointe-à-Pitre. Un jour je la perdis. Voici le comment.

Elle portait une jupe rouge et nous circulions dans la cohue de la halle aux viandes. Si beaucoup de bouchers étaient des hommes, ils avaient pour pratiques[1] une nuée de femmes. Elle allait, virevoltant par-ci, marchandant par-là. Je la suivais, agrippé à sa jupe, remorqué par ses pas. Soudain une bousculade nous dessouda. Je pris courir[2] et ayant repéré une jupe rouge je me ressoudai à elle. Je continuais à me laisser entraîner lorsque la jupe effectua un demi-tour agacé. Le visage d'une femme inconnue me considéra avec surprise.

– Qui es-tu ?

– Ernest…

– Et pourquoi tires-tu ma jupe ?

– Je n'ai pas tiré ta jupe, *hon* !

– Comment ? Je suis une menteuse alors ?

– Je n'ai pas dit ça, Madame !

– Où est ta maman ?

– Je ne sais pas, Madame !

– Comment tu ne sais pas ?

J'éclatai en un pleurer hoquetant. Un attroupement nous encercla. La pauvre femme répétait :

– *I pèd manman a-y*[3] !

Ce fut bientôt l'affaire de tous. Les commentaires bouillonnaient. Les questions fusaient.

– *Mézanmi gadé jan chaben la ka pléré*[4] !

– *I lèd kon kochon siam*[5] !

– *Fanm aprézan pa ka pwan pon pwékosyon èvè ayen*[6] !

– *Ou pé di mwen on manmam ka pèd ti moun a-y*[7] !

– Comment elle est ta maman ? Quelle est sa couleur ? Comment s'appelle-t-elle ? Où habites-tu ?

De temps en temps, je lâchais un maigre morceau de réponse dans une mare de pleurer. Je m'étais trompé de jupe. Ma mère réapparut sous les regards plus ou moins réprobateurs des badauds. Elle remercia la dame, me happa et nous repartîmes emportant avec nous le silence des grandes émotions. J'ai retenu de cet incident que ne pas avoir de maman c'est tomber dans un trou noir sans fond.

Ernest Pépin, *Coulée d'or*, © Gallimard Jeunesse, 1995.

Les notes 3 à 7 restituent en français courant les expressions du texte en créole, parlé aux Antilles-Guyane.

1. Pratiques : clients habituels.
2. Je pris courir : je me mis à courir.
3. Il a perdu sa mère !
4. Oh ! regardez comme il pleure ce chabin [enfant à la peau claire] !
5. Il est aussi laid qu'un cochon de Siam [variété de cochon presque albinos] !
6. Les femmes d'aujourd'hui n'attachent d'importance à rien !
7. Ce n'est pas possible qu'une mère perde son enfant !

Document 2 Image

Portrait d'une mère et son enfant,
Alexandra L. Smith et sa fille Charleigh
© D.R., 2014.

QUESTIONS

Compréhension et compétences linguistiques

Réécriture

1. En respectant les temps du récit, réécrivez les lignes 44-45 sous forme de paroles rapportées indirectement, en commençant la phrase par : « La dame lui demande… ». **(10 points)**

Grammaire et compétences d'interprétation

2. a) Quel « incident » raconte ce texte ? Résumez-le. **(2 points)**
b) S'agit-il toujours d'un récit dans les lignes 4 à 14 ? Pourquoi ? **(2 points)**

3. Quels temps différents sont employés entre les lignes 1 à 14 et les lignes 15 à 25 ? Justifiez leur emploi. **(4 points)**

4. En vous appuyant sur vos réponses précédentes et sur les indices du texte, identifiez à quel genre appartient ce texte. **(4 points)**

5. Lignes 7 à 14 :
a) Relevez quatre termes se rapportant au champ lexical de la nature. **(2 points)**
b) Relevez d'autres termes qui désignent le narrateur : que veut-il montrer par le choix de ces termes ? **(2 points)**
c) Quels procédés de style sont employés dans ces lignes ? Quel effet produisent-ils ? **(2 points)**

6. Citez au moins trois passages qui vous auraient permis de comprendre que ce texte est extrait de la littérature d'outremer. Comment les appréciez-vous ? **(4 points)**

7. Pourquoi, selon vous, les badauds ont-ils des « regards plus ou moins réprobateurs » (l. 47-48) ? **(4 points)**

8. Expliquez, en vous appuyant sur l'ensemble du texte, pourquoi le narrateur dit que « ne pas avoir de maman c'est tomber dans un trou noir sans fond ». **(6 points)**

Image

9. Que représente cette photographie ? Quelle impression s'en dégage ? **(3 points)**

10. Vous semble-t-elle bien illustrer le texte d'Ernest Pépin et en particulier sa dernière phrase ? Pourquoi ? Proposez un titre pour cette photographie. **(5 points)**

DICTÉE 20 min 10 points

Est inscrit au tableau : icaques.

Les jours suivants ma petite case ne désemplit pas. Tranquille et fraîche au milieu de la savane, avec son bouquet de roses fanées, sur le toit, elle semblait attirer les femmes comme une chapelle solitaire. Il fallait qu'elles y entrent, qu'elles la visitent, la réchauffent de leur présence et y laissent ne serait-ce qu'une poignée d'icaques ou de pois doux. Le plus souvent, elles n'éprouvaient même pas le désir de parler, elles touchaient ma robe avec un léger soupir d'aise, et puis me regardaient en souriant, avec une confiance absolue.

Simone SCHWARZ-BART, *Pluie et vent sur Télumée Miracle,* éditions du Seuil, 1995.

Partie II : Rédaction

1 heure 30 min **40 points**

Vous traiterez au choix le sujet A ou B.

Sujet A : Imagination

Vous aussi, vous avez conservé le souvenir précis d'un événement de votre petite enfance. Vous le racontez à un ami proche. Vous vous efforcerez de lui faire partager les émotions que vous éprouvez en évoquant ce souvenir.
Votre texte fera une quarantaine de lignes.

Sujet B : Réflexion

Quels rôles jouent dans la vie des adolescents les adultes qui leur sont proches ? Vous distinguerez plusieurs cas selon que vous parlez de la famille ou d'autres personnes fréquentées.
Votre texte fera une quarantaine de lignes.

CORRIGÉ

Partie I : Travail sur le texte littéraire et sur une image

■ Premier réflexe : observer le texte

• Ce texte illustre **l'enjeu littéraire « Se raconter, se représenter »** : l'auteur expose des souvenirs d'enfance qui lui ont permis de construire sa personnalité.
• Il appartient à la littérature antillaise : Ernest Pépin (né en 1950) écrit en français et introduit quelques passages en créole guadeloupéen pour relater les réactions des personnages.
• Ce qu'il décrit évoque la culture antillaise : force de la femme antillaise qui élève souvent seule ses enfants, ambiance animée des marchés, capacité à commenter un incident…

QUESTIONS

■ Remarques préalables

• Les premières questions portent sur des points précis : le genre autobiographique, le champ lexical… Il vous faut mobiliser vos connaissances acquises en cours de français au cycle 4.
• Les questions 6 et 7 portent plus sur le sens global du texte : n'hésitez pas à développer votre réponse pour montrer que vous avez une compréhension en profondeur des relations entre la mère et le fils et des réactions des gens qui les entourent.

Grammaire et compétences linguistiques
1. Réécriture

■ Repérer les difficultés

• La consigne de l'exercice vous demande de passer du style direct au style indirect. Cela impose, comme vous l'avez appris, de supprimer les signes de ponctuation et inversions du discours direct, de modifier les pronoms et déterminants utilisés.
• Le verbe introducteur qu'on vous propose – « demande » – est au présent : il n'y a donc pas à modifier les temps des verbes.

La dame lui demande comment **est sa** maman, quelle est sa couleur (**ou** de quelle couleur elle est), comment **elle s'appelle** et où **il habite**.

Compéhension et compétences d'intepétation

2. a) Ce texte raconte comment un jeune garçon perd sa maman sur un marché antillais.
b) Ces premières lignes du texte exposent la qualité des relations entre l'auteur et sa mère et les conséquences sur le caractère de l'auteur. C'est un passage réflexif, de commentaire.

3. Les lignes 1 à 14 sont majoritairement écrites au présent de l'indicatif (« je me ris », l. 1, « relie » l. 7, « j'habite » l. 12...) : c'est un présent à la fois d'énonciation car il correspond au moment où l'auteur s'exprime sur son passé et le commente ; mais c'est aussi un présent d'éternité car il dit ce qui caractérise sa personnalité à jamais.
Les lignes 15 à 25 sont écrites avec les temps de la narration au passé : les imparfaits d'habitude (« elle m'emmenait », l. 15) ou de description (« elle portait » l. 19) et les passés simples des événements ponctuels, soudains (« dessouda » l. 23, « considéra » l. 25).

4. L'auteur raconte, à la première personne (« je » à la première ligne et dans tout l'extrait) un souvenir d'enfance illustrant l'amour maternel mais il le fait pour expliquer la personnalité confiante et forte que cet amour lui a donnée (lignes 1 à 14). Ainsi narration (l. 15 à 49, verbes aux temps de la narration au passé) et retour réflexif (l. 1 à 14 et l. 50, verbes au présent d'énonciation ou d'éternité) s'entrecroisent dans ce texte qui appartient au genre autobiographique.

5. a) « Savanes », « oasis » (l. 8), « cascade », « forêt » (l. 12) appartiennent au champ lexical de la nature.
b) Le narrateur est désigné par les termes « petit oiseau auquel elle donne la becquée » (l. 10), « poussin enfoui sous ses ailes » (l. 10), « petit poisson sous son sillage » (l. 11) : ils montrent comment la mère protège son enfant encore fragile. Ces emprunts au règne animal mettent aussi en relief la force de l'instinct maternel.
c) Cette écriture utilise beaucoup de métaphores (par exemple « savanes de patience » l. 8, « poussin enfoui » l. 10, « cascade de ses rires » l. 12) : elles créent des images fortes et inhabituelles qui traduisent la richesse de la relation d'amour entre mère et fils.

6. Le dialogue en créole (l. 37 à 43), certaines expressions inhabituelles comme « je pris courir » (l. 23), les métaphores empruntées à des paysages ou des climats exotiques (« j'habite le cyclone de ses contrariétés », l. 13 ou « savanes de patience », l. 8, ou « oasis d'amour », l. 8) et également une ambiance différente sur le marché font comprendre qu'on est ailleurs et, si l'on connaît l'outre-mer, deviner que la scène du texte se passe aux Antilles. *[Pour apprécier ces marques d'exotisme, c'est votre avis qu'on attend.]*

7. « Réprobateur » signifie « qui fait des reproches ». Comme le dialogue le suggère, les badauds ne comprennent pas comment une mère peut laisser son enfant se perdre dans la foule du marché et n'acceptent pas qu'elle ne l'ait pas protégé, gardé près d'elle : pour eux, elle est une mauvaise mère.

8. L'expression « tomber dans un trou noir sans fond » signifie le chagrin, le désespoir, l'échec, quelque chose dont on ne se relève pas. L'auteur considère que ne pas (ou ne plus) bénéficier de l'amour d'une mère est un handicap très lourd pour réussir dans la vie. Il a le sentiment que sa mère lui a apporté non seulement la protection nécessaire au développement d'un enfant mais aussi toute l'éducation à la vie grâce aux valeurs qu'elle lui a transmises : ses joies, ses colères, sa bonté, sa force morale. *[Il est reconnu qu'un enfant qui ne reçoit pas d'amour pendant sa petite enfance, sans que ce soit nécessairement celui de sa mère, risque de ne jamais combler ce manque et aura du mal à se construire une personnalité équilibrée.]*

Image

9. Cette photographie représente une jeune femme et sa fille, en mode portrait, l'une – la mère sans doute – « chapeautant » de ses bras et de ses mains la tête de l'enfant d'une manière protectrice et nonchalante. Toutes deux ont une coiffe faite d'un tissu entrecroisé et noué qui fait penser aux costumes traditionnels des Antilles à base de tissu madras. La femme porte aux poignets de nombreux bracelets. Toutes deux ont l'air joyeux, la mère arbore même une sorte de moue épanouie, presque gourmande. Leur aisance devant l'objectif est évidente, comme si elles se savaient toutes deux belles et tendrement unies dans cette attitude.
Il en ressort une impression de joie de vivre, de complicité entre la femme et l'enfant, heureuses de poser pour le photographe. L'attitude très enveloppante de la mère exprime la protection qu'elle apporte à son enfant – tel un « poussin sous ses ailes » – sans qu'on ait une impression de pesanteur, d'étouffement de l'enfant car la gaieté règne (de plus l'espace ménagé sur la droite de la photographie accentue cette impression de liberté : l'enfant n'est pas étouffé). Cela tient peut-être au fait que l'espèce de chignon de tissu très haut sur la tête enturbannée de la mère est repris par le mouvement des mains et du tissu sur la tête de l'enfant : une espèce de jeu en cascade sur le chapeau (on s'attendrait à ce que l'enfant en fasse de même sur une poupée ou sur un animal domestique).
Beaucoup d'esthétisme aussi de par la beauté naturelle des deux personnages féminins et par la coquetterie de la mère.

10. Cette photographie s'inscrit à l'exact antipode de la dernière phrase du texte : il s'en dégage l'idée que la protection de la mère est lumineuse, solaire et créatrice de liberté alors qu'au premier coup d'œil, on aurait pu croire que la mère « emprisonnait » son enfant de ses bras. Effectivement ne pas connaître cette protection joyeuse peut être un « trou noir ». En cela la photographie illustre bien cette autre phrase du texte de E. Pépin : « Je me ris de la tempête car le souffle de ma mère est plus fort que tous les vents contraires. » L'enfant qui connaît cette protection souriante peut aborder la vie avec confiance.
Ce portrait pourrait s'intituler : « Protection maternelle » ou « Confiance et gaieté » ou « Gaieté confiante » ou « La joie en protection » ou encore « Cocon de confiance »…

DICTÉE

Repérer les difficultés

• Difficultés de conjugaison :

– les temps du récit au passé ne posent pas de problème particulier : les imparfaits sont simples et un seul passé simple « désemplit » présente la désinence *-it* du 2e groupe ;

– après « il fallait que » on a des subjonctifs présents (« entrent », « visitent », « réchauffent » et « laissent ») mais, à la 3e personne du pluriel, ils sont identiques aux présents de l'indicatif ;

• Difficultés grammaticales :

– la principale difficulté est de distinguer le pronom sujet « elle » au singulier, qui remplace « ma petite case » dans la deuxième phrase, du « elles » au pluriel

qui remplace « les femmes » dans tout le reste de la dictée ; cela conditionne l'accord des verbes et pour ceux qui doivent être au pluriel, vous n'avez qu'un indice à l'oral qui vous permet de le confirmer (la liaison [el s-y entrent] ;
– attention aux accords des adjectifs ou participes : « les jours suivants », « de roses fanées », « une confiance absolue » ;

• **Difficultés lexicales :**

Retenez « ne serait-ce que », « un soupir d'aise » ; distinguez « une poignée », désignant le contenu de ce qu'on peut prendre dans la main fermée, du « poignet », entre main et avant-bras.

Partie II : Rédaction

Sujet A : Imagination

■ Comprendre le sujet A

• Vous devez raconter un événement de votre enfance à un ami : cela signifie que vous devez utiliser le dialogue et le récit au passé. Rien de compliqué, vous avez l'habitude de ces deux modes d'expression (fiches sur le dialogue, 8 p. 17 et 7 p. 16 sur le récit). Veillez à ne pas faire des « pavés » de récit ou des « pavés » de dialogue mais à les alterner fréquemment. Vous pouvez même, si vous êtes à l'aise, faire dialoguer les personnages en discours direct et indirect.

• Le sujet vous demande de faire partager vos sentiments : mieux vaut choisir un événement riche en émotions et non pas banal. N'hésitez pas à utiliser le vocabulaire adapté (par exemple fiche 10 p. 18 et fiche 13 p. 20). Pensez également à varier ces sentiments, notamment en faisant évoluer l'ambiance (*cf.* fiche 18 ci-dessous).

CHE 18

■ Comment faire évoluer l'ambiance

• Pour passer d'une ambiance triste ou même inquiétante à une ambiance joyeuse, tout va dépendre des **désignations**, des **comparaisons** et des **métaphores** que vous allez employer.

• Les **désignations** sont les groupes nominaux qui caractérisent les personnages ou les objets : si vous faites appel à des adjectifs péjoratifs ou à des noms dévalorisants, vous tirez le texte vers une ambiance sombre. Par exemple, ci-dessous, les passants sont qualifiés de « tas informes », ce qui ne les rend pas sympathiques.

• De même pour les **comparaisons et métaphores** : les passants sont comparés à « une armée », à « des scarabées », les parapluies sont « des antennes menaçantes »... Autant d'images qui traduisent le désarroi et la peur d'un enfant.

• En revanche, au fil du texte, les désignations et les images vont devenir positives : les magasins deviennent des « cocons » protecteurs ou des « phares » qui éclairent la route... Ainsi on fait évoluer la perception du monde et des gens qu'a l'enfant.

• Pour vous aider à repérer ces moyens stylistiques, nous avons, dans le corrigé qui suit, souligné tous les termes péjoratifs et mis en gras **toutes les expressions mélioratives**.

Nous avions étudié en classe plusieurs textes variant les aspects de la ville et j'avais été amené à citer l'impression que m'avait faite New York que j'avais visitée avec mes parents à l'âge de dix ans. Parce que, même si on connaît, dans nos villes, des quartiers de gratte-ciels – on dit plutôt de « tours » maintenant – rien ne ressemble à New York.

Mon ami, Victor, au sortir des cours m'avait dit : « Tu en as de la chance d'être allé là-bas !

– Eh bien ! je n'ai pas dit cela tous les jours ! », lui répondis-je avec un rictus amusé.

Et devant son air interrogateur, je lui racontai comment je m'étais perdu dans cette ville époustouflante.

« Nous retournions à notre studio loué dans Manhattan, épuisés après une journée de marche et de visites. Il était environ 18 heures et, début avril, la lumière du jour baissait. Soudain mon père s'exclama : “La caméra ! j'ai oublié la caméra au magasin !”. Nous nous étions effectivement arrêtés dans un magasin de souvenirs de la célèbre 5e Avenue pour acheter des babioles à rapporter aux amis. Et le voici qui rebrousse chemin avec mon frère aîné. La consigne était de se retrouver au studio.

Je continuai donc dans cette rue perpendiculaire à “the Fifth” avec maman, partageant une anse avec elle pour porter le sac de souvenirs : “Il est bien lourd, ce sac, merci de ton aide”, me dit-elle et à l'instant où elle disait cela, je vis son expression se figer, tu sais, comme dans les films policiers, quand l'enquêteur vient de saisir le détail qui va résoudre l'énigme.

Le sac, trop lourd pour trois mugs et cinq porte-clés, contenait en fait la caméra, sortie de son étui !

Sans réfléchir, je courus en sens contraire, criant à maman : “Je vais prévenir papa !”

Et c'est là que mon calvaire commence.

– Ton “calvaire” ? À ce point ? murmura Victor.

– « Oui, repris-je, j'ai vraiment ressenti la plus grande peur de mon enfance. Arrivé sur la 5e, je tournai à gauche et je commençai à remonter l'avenue, persuadé que j'allais soit croiser papa et mon frère, soit les retrouver à la boutique. Je remontai, je remontai. Il s'était mis à pleuvoir dru et les gratte-ciels n'avaient plus rien de grandiose. La nuit se faisait opaque, épaisse et les façades des immeubles, rayées de pluie, semblaient les cloisons métalliques d'un monde futuriste et déshumanisé.

Pourtant, au début, je ne désespérai pas : je scrutai tous les passants qui s'avançaient vers moi, dans l'espoir d'apercevoir les deux silhouettes de mon père et mon frère.

– Mais tu es remonté jusqu'où, comme cela ? C'était loin, le magasin ? Tu n'avais pas d'adresse ?

– Non, justement. Je me suis dit que j'avais dû louper la boutique, trop occupé à dévisager les passants. Alors j'ai fait demi-tour. La pluie redoublait et mon angoisse commençait à poindre. Bien sûr, je savais que maman avait glissé dans ma poche l'adresse de notre hébergement mais je voulais me débrouiller tout seul. Et puis il aurait fallu demander, en anglais, aux passants. Et les passants… Il n'y avait plus, autour de moi, que des tas informes, la tête engoncée sous leur armure pour échapper à l'humidité. Ces scarabées à la carapace luisante d'eau ruisselante agitaient leurs parapluies comme autant d'antennes menaçantes pour se frayer un chemin.

Personne ne me voyait, avec mon visage effaré. Pourtant je commençai à balbutier quelques mots : “I am…” et je m'aperçus que je ne savais pas dire “perdu”.

– Mais tu étais toujours sur la 5e avenue ?

– Mais je ne retrouvais rien ! Pas de boutique ! pas de repère ! Je regardais à chaque croisement mais les rues portaient toutes le même nom “One way”, “One way” ! Quels idiots, ces Américains ! »

Victor partit d’un fou rire :

« Tu sais maintenant, j’espère, que cela veut dire “sens unique” ?

– Ben oui, maintenant, mais à dix ans… Je marchai, je marchai mais les trottoirs glissants ralentissaient ma course. J’avais l’impression que je ne rattraperais jamais mes parents. La mécanique de mes jambes se grippait, dans mes yeux se mêlaient la pluie et les larmes. Enfin, je crus reconnaître une boutique : elle m’attira **comme un phare dans la tempête, sa vitrine illuminant ma route**. Je restai collé à la devanture, échappant à l’enfer de la rue, comme si la lumière et la chaleur qui en émanaient allaient me **tisser un cocon protecteur**. Mais, au bout de quelques minutes, je compris que ce n’était qu’un magasin de vêtements. Toujours pas ma boutique de souvenirs. Alors je crois bien que je suis reparti dans l’autre sens. Et j’ai remonté l’avenue, et je l’ai redescendue, et je l’ai remontée… J’étais complètement hagard, anéanti, incapable de réfléchir.

– Oui, je comprends ton angoisse. Mais comment t’en es-tu sorti ? La police ?

– Papa et moi, on a fini par se croiser et là, quand je l’ai vu, ce fut comme si les lumières de New York étaient devenues les guirlandes lumineuses des fêtes, comme si les klaxons des voitures chantaient Noël, comme si les passants dansaient le plus dynamique des rock and roll ! En le retrouvant, je suis tombé à ses genoux, de bonheur et d’épuisement. Et là, comme par hasard, **le déluge a cessé, les murs, comme lavés par la pluie, se sont mis à scintiller et…**

– Mais il avait perdu ton frère ?

– Non : mes parents s’étaient organisés. Ma mère, qui les avait rejoints, avait posté mon frère devant la boutique – la bonne boutique – et avait arpenté le trottoir pair, mon père le trottoir impair. Parce qu’en fait, j’étais bien sûr “The Fifth Avenue” mais pas sur le bon trottoir : j’avais oublié qu’on avait traversé l’avenue avant de tourner. Je ne risquais pas de trouver la boutique !

– Sans doute, mais au moins tu as trouvé des souvenirs ! » s’esclaffa Victor.

Et je pus continuer à lui vanter le charme de « The Big Apple » qui avait failli m’avaler.

Sujet B : Réflexion

■ Comprendre le sujet B

• Le texte d’E. Pépin est centré sur l’amour entre mère et fils mais le sujet vous invite à élargir la réflexion aux relations que vous entretenez aves les adultes différents qui vous entourent : vos parents, votre famille, vos professeurs, vos entraîneurs sportifs ou même des artistes ou des personnages contemporains ou historiques que vous estimez.

• Ce qu’il faut, c’est que vous organisiez vos idées selon les sentiments différents que provoque chaque relation avec les adultes : l’affection, la complicité, le conseil, l’admiration…

• Vous pouvez rédiger à la première personne puisque c’est votre expérience, nourrissant votre réflexion, que l’on attend. Par exemple, par rapport au corrigé proposé, n’hésitez pas à ajouter vos propres exemples, votre expérience.

[Introduction] L'adolescence apparaît comme un âge intermédiaire au cours duquel l'adolescent va devoir quitter son enfance protégée, exempte de responsabilités et de soucis, pour accéder à l'âge adulte avec ses aspects positifs – plus de libertés et d'autonomie – mais aussi ce qui peut le stresser : assumer la responsabilité totale de ses actes et de ses choix. Pour accomplir ce passage l'adolescent a besoin de s'appuyer sur des relations avec les adultes qui l'aident à se construire.

[Premier type de relation : aimer] Le premier rôle est celui que jouent les parents. Ils ont accompagné leur enfant depuis sa naissance, l'ont protégé et entouré de tout leur amour. Ils vont bien sûr continuer à le faire maintenant que celui-ci a grandi. Mais l'« ado » étouffe parfois sous les attentions de ses parents : il revendique une certaine liberté, se veut maître de son corps et de sa vie… d'où parfois des crises d'énervement de part et d'autre et de vives discussions familiales ! L'adolescence provoque des transformations rapides (croissance soudaine, signes de puberté, décalage entre l'âge physique et l'âge mental…) auxquelles il est difficile pour tout le monde de s'adapter. Les parents sont partagés entre le souci qu'ils se font pour leur enfant et la fierté de le voir prendre son envol : ils doivent continuer à accompagner l'adolescent de leur amour sans que leurs recommandations deviennent des entraves. Ils doivent être présents mais pas pesants. L'adolescent(e), qui a toujours besoin d'être sécurisé(e) dans cette période complexe, cherche aussi ce réconfort dans son groupe d'ami(e)s.

[Deuxième type de relation : éduquer] Si l'on élargit au-delà du cercle familial le nombre des adultes qui gravitent autour de l'adolescent, on va rencontrer des adultes qui ont davantage un rôle de guide par rapport à ses apprentissages : enseignants, entraîneurs sportifs… Il s'agit pour ces adultes de donner des atouts intellectuels, techniques ou pratiques au moment crucial où l'adolescent est en pleine construction. Or leur rôle est de lui transmettre des qualités de rigueur, de persévérance, de sérieux pour l'aider au mieux dans sa vie future. Parfois cette relation se passe dans la confiance et l'équilibre, en particulier quand l'adolescent rencontre ce « guide » dans le cadre de sa passion : les conseils du moniteur de tennis, de l'entraîneur de football peuvent être bien acceptés. En revanche, les « leçons » des professeurs du collège ou du lycée ne provoquent pas toujours la même adhésion et les relations peuvent être plus houleuses… car les adolescents ne comprennent pas toujours l'intérêt d'une formation intellectuelle qui passe par toutes les disciplines qu'on leur enseigne.

[Troisième type de relation : admirer] Sans qu'ils soient forcément dans l'entourage immédiat des adolescents, certains adultes peuvent parfois servir de modèle à atteindre. Le jeune admire un artiste, un penseur, un sportif, un homme d'État, l'un pour ses créations, un autre pour sa philosophie, un autre encore pour sa volonté et ses performances… Ces personnes admirées ne sont pas forcément des célébrités, elles peuvent aussi venir des formateurs évoqués ci-dessus.

L'adolescent voue un culte, parfois exagéré, à son « idole » mais cette figure peut aussi l'aider à se forger sa personnalité. Ainsi l'adolescent calque parfois son mode de vie sur celui de la personnalité qu'il admire et cela peut contribuer à lui faire développer sa ténacité, son courage. En tout cas cela lui dessine un horizon et c'est toujours utile pour se construire même si le jeune doit changer d'avis plus tard et abandonner sa « passion » pour tel ou tel.

[Conclusion] En conclusion, il faudrait trouver le moyen de persuader les adolescents que les différents rôles joués par les adultes autour de l'adolescent n'ont qu'un but : les aider à passer ce cap pour pouvoir aborder le mieux possible l'âge adulte. Quant aux adultes, il serait bon qu'ils se souviennent qu'eux aussi ont été des adolescents !

Sujet 3

Guy de Maupassant
Bel-Ami

Partie I : Travail sur le texte littéraire et sur une image

1 heure 10 min — 50 points

Document 1 Texte littéraire

Le héros, Georges Duroy, est journaliste dans un grand quotidien parisien à la fin du XIXe siècle. Provoqué par le rédacteur d'un autre journal, il décide de se battre en duel, au pistolet, pour défendre son honneur. Le duel aura lieu le lendemain, à l'aube...

Dès qu'il fut au lit, il souffla sa lumière et ferma les yeux.

Il avait très chaud dans ses draps, bien qu'il fît très froid dans sa chambre, mais il ne pouvait parvenir à s'assoupir. Il se tournait et se retournait, demeurait cinq minutes sur le dos, puis se plaçait sur le côté gauche, puis se roulait sur le côté droit.

Il avait encore soif. Il se releva pour boire, puis une inquiétude le saisit : « Est-ce que j'aurais peur ? »

Pourquoi son cœur se mettait-il à battre follement à chaque bruit connu de sa chambre ?

Quand son coucou allait sonner, le petit grincement du ressort lui faisait faire un sursaut ; et il lui fallait ouvrir la bouche pour respirer pendant quelques secondes, tant il demeurait oppressé.

Il se mit à raisonner en philosophe sur la possibilité de cette chose : « Aurais-je peur ? »

Non certes il n'aurait pas peur puisqu'il était résolu à aller jusqu'au bout, puisqu'il avait cette volonté bien arrêtée de se battre, de ne pas trembler. Mais il se sentait si profondément ému qu'il se demanda : « Peut-on avoir peur malgré soi ? » Et ce doute l'envahit, cette inquiétude, cette épouvante ! Si une force plus puissante que sa volonté, dominatrice, irrésistible, le domptait, qu'arriverait-il ? Oui, que pouvait-il arriver ?

Certes il irait sur le terrain puisqu'il voulait y aller. Mais s'il tremblait ? Mais s'il perdait connaissance ? Et il songea à sa situation, à sa réputation, à son avenir.

Et un singulier besoin le prit tout à coup de se relever pour se regarder dans sa glace. Il ralluma sa bougie. Quand il aperçut son visage reflété dans le verre poli, il se reconnut à peine, et il lui sembla qu'il ne s'était jamais vu. Ses yeux lui parurent énormes ; et il était pâle, certes, il était pâle, très pâle.

Tout d'un coup, cette pensée entra en lui à la façon d'une balle : « Demain, à cette heure-ci, je serai peut-être mort. » Et son cœur se remit à battre furieusement.

Il se retourna vers sa couche et se vit distinctement étendu sur le dos dans ces mêmes draps qu'il venait de quitter. Il avait ce visage creux qu'ont les morts et cette blancheur des mains qui ne remueront plus.

Alors il eut peur de son lit, et afin de ne plus le voir il ouvrit la fenêtre pour regarder dehors.

Guy de MAUPASSANT, *Bel-Ami*, Ire partie, chapitre 7, 1885.

Document 2 Image

Gustave COURBET, *Le désespéré*, 1843-1845.

QUESTIONS

Grammaire et compétences linguistiques

1. Justifiez l'emploi du présent « ont » dans la phrase des l. 31-32 (« Il avait ce visage creux […] ne remueront plus. »). Quel peut être l'effet de cet usage du présent sur le personnage ? **(2 points)**

2. Relevez et identifiez avec précision les formes verbales en « -rais » et en « -rait » des lignes 13 à 21 (de « Il se mit à raisonner » jusqu'à « voulait y aller »). Justifiez leur emploi. **(4 points)**

Réécriture

3. Recopiez le passage de « Et un singulier besoin... » jusqu'à « ... jamais vu » (l. 24 à 26), en opérant simultanément les transformations suivantes :
– le récit sera fait par une narratrice et à la 1re personne du singulier ;
– « visage » sera remplacé par « traits » ;
– « dans le verre » sera remplacé par « sur la surface ». **(10 points)**

Compréhension et compétences d'interprétation

4. a) Qui raconte et à quelle personne est faite la narration ? Justifiez votre réponse par une citation du texte. **(2 points)**
b) Qui s'exprime dans les passages au style direct ? Citez un exemple. **(2 points)**
c) Comment interprétez-vous les remarques faites en a) et b) pour définir l'enjeu littéraire de ce texte ? **(2 points)**

5. Comment caractériseriez-vous le rythme du récit ? Appuyez votre réponse sur les connecteurs temporels qui le font progresser (l. 1 à 7 et l. 24 à 35) et sur le nombre de paragraphes. **(4 points)**

6. a) Quel sentiment domine le personnage ? À quoi est-il dû ? Appuyez votre réponse sur les termes du lexique qui marquent cette émotion. **(2 points)**
b) Comment cette émotion se traduit-elle physiquement ? Relevez les termes. **(2 points)**

7. À propos des lignes 13 à 23 (« Il se mit à raisonner ... à son avenir. ») : qu'est-ce qui l'emporte, du sentiment ou de la raison, dans l'esprit du personnage ? Appuyez votre opinion sur les différents rapports logiques que vous relèverez dans le texte, sur les outils grammaticaux et lexicaux ainsi que sur le rythme de ce passage. **(6 points)**

8. En vous appuyant sur vos réponses précédentes, diriez-vous que la fin du texte est fantastique, tragique, dramatique ? Justifiez votre réponse par des exemples. **(4 points)**

Image

9. a) Quelles caractéristiques de l'autoportrait ce tableau de et par Gustave Courbet présente-t-il ? **(2 points)**

b) En quoi se distingue-t-il des tableaux du même genre ? **(2 points)**

10. Ce tableau s'intitule « Le désespéré ».

a) Comment ce sentiment est-il représenté ? **(3 points)**

b) Quel(s) lien(s) voyez-vous avec le texte de Maupassant ? Développez votre opinion. **(3 points)**

DICTÉE 20 min 10 points

Sont écrits au tableau : Duroy, Rival, Boisrenard.

Duroy marmottait toujours :
« Quand on commandera feu, j'élèverai le bras. » Et il pensa qu'un accident de voiture arrangerait tout. Oh ! Si on pouvait verser, quelle chance ! S'il pouvait se casser une jambe !
Mais il aperçut au bout d'une clairière une autre voiture arrêtée et quatre messieurs qui piétinaient pour s'échauffer les pieds ; et il fut obligé d'ouvrir la bouche tant sa respiration devenait pénible.
Les témoins descendirent d'abord, puis le médecin et le combattant. Rival avait pris la boîte aux pistolets et il s'en alla, avec Boisrenard, vers deux des étrangers qui venaient à eux. Duroy les vit se saluer avec cérémonie puis marcher ensemble dans la clairière en regardant tantôt par terre et tantôt dans les arbres, comme s'ils avaient cherché quelque chose qui aurait pu tomber ou s'envoler. Puis ils comptèrent des pas et enfoncèrent avec grand-peine deux cannes dans le sol gelé. Ils se réunirent ensuite en groupe et ils firent les mouvements du jeu de pile ou face, comme des enfants qui s'amusent.

Guy de Maupassant, *Bel-Ami*, 1885.

Partie II : Rédaction

1 heure 30 min 40 points

Vous traiterez au choix le sujet A ou B.

Sujet A : Imagination

Vous racontez, dans votre journal intime, un moment de grande peur qui eut une fin heureuse.
Votre texte fera au moins deux pages (soit une cinquantaine de lignes).

Sujet B : Réflexion

De quoi peut-on avoir peur ? Analysez les causes de la peur.
Votre texte fera au moins deux pages (soit une cinquantaine de lignes).

CORRIGÉ

Partie I : Travail sur le texte littéraire et sur une image

■ Premier réflexe : observer le texte

• Ce texte de Maupassant illustre **l'enjeu littéraire « Se raconter, se représenter »**. Certes il ne s'agit pas d'une autobiographie car Maupassant choisit pour héros de son roman un personnage, Duroy connu sous le surnom de Bel-Ami, dont il parle à la 3e personne. Il n'est pas censé parler de lui-même.
• Cependant cette introspection du héros à la veille d'un duel correspond bien à l'analyse et aux sentiments que n'importe quel individu pourrait éprouver, confronté à la mort. Maupassant donne à cette scène du roman un ton grinçant car il aime à se moquer de son personnage très suffisant, très content de lui mais c'est aussi l'être humain, en général souvent lâche devant l'imminence de la mort, sur lequel il ironise.
• Comme toujours, mettez-vous « dans la peau » du personnage pour bien comprendre ses réactions et sentiments. Et pour cela, ne négligez pas le chapeau d'introduction qui vous explique les circonstances.

QUESTIONS

■ Remarques préalables

• Ne vous fiez pas au nombre restreint de questions : elles sont souvent démultipliées en a, b, c et demandent des réponses précises et élaborées. Donc ne perdez pas de temps.
• Certaines font appel à des notions littéraires (question sur le narrateur, sur l'emploi des temps...) : c'est le moment de rassembler les connaissances que vous avez révisées en vous préparant à l'examen.

Grammaire et compétences linguistiques

1. Le présent dans l'expression « ce visage creux qu'ont les morts » est un présent de vérité générale : c'est un fait constant (« les morts ont le visage creux ») qui n'est pas lié à l'histoire. Cependant ce présent de vérité générale fait encore plus sentir la menace de la mort et donne de l'intensité à cette vision qui explique l'effroi du personnage au paragraphe suivant.

2. Les formes « aurais-je », « aurait », « arriverait », « irait » sont des conditionnels présents, à la première personne du singulier pour « aurais », à la troisième personne du singulier pour les autres. L'emploi de ce mode se justifie puisqu'il exprime des hypothèses, autrement dit des potentiels (ce qui peut se produire) et que tout est supposition dans ce passage.

3. Réécriture

■ Repérer les difficultés

• Cet exercice comporte plusieurs consignes, ce qui signifie qu'il y a beaucoup de changements à faire !
• Soyez donc vigilant(e) et restez concentré(e) jusqu'au bout. Pointez les changements à faire et vérifiez plutôt deux fois qu'une :
– Ai-je bien réécrit au féminin (« une narratrice ») ? ;
– Ai-je bien mis le texte à la première personne ? ;
– Ai-je bien remplacé « visage » par « traits » masculin pluriel et fait les changements qui s'imposent ?
– Ai-je bien remplacé « dans le verre » par « sur la surface », mot féminin singulier, et fait les changements qui s'imposent ?

Et un singulier besoin **me** prit tout à coup de **me** relever pour me regarder dans **ma** glace. **Je rallumai ma** bougie. Quand **j'aperçus mes traits** reflétés **sur la surface** pol**ie**, **je me** reconn**us** à peine et il **me** sembla **que je** ne **m'étais** jamais **vue**.

Compréhension et compétences d'interprétation

4. a) La narration est faite à la troisième personne par un narrateur extérieur à l'histoire. Il ne se confond pas avec le personnage de Duroy, mais exprime tout ce qu'il ressent, livrant ainsi au lecteur ses sensations (ex. : « Il avait très chaud dans ses draps », l. 2) et ses réflexions intérieures (ex. : « Certes il irait sur le terrain puisqu'il voulait y aller. », l. 21). C'est donc un narrateur omniscient.
b) « Est-ce que j'aurais peur ? » (l. 7) ou « Aurais-je peur ? » (l. 14) ou « Peut-on avoir peur malgré soi ? » (l. 17-18) ou « Demain, à cette heure-ci, je serai peut-être mort. » (l. 28-29) sont au discours direct : ce sont les pensées de Duroy, le personnage, à moins qu'il ne les dise à haute voix et que ce soit bien des paroles.
c) *[Cette question vous demande de prendre du recul par rapport au texte et de vous situer dans le programme de l'année. La réponse est déjà en grande partie formulée dans le paragraphe « Observer le texte », nous en reprenons l'essentiel ici.]* La présence du « je » est très forte dans les passages au discours direct et le narrateur se glisse dans la peau du personnage. Néanmoins ce texte n'est pas réellement autobiographique : il répond pourtant à la volonté d'introspection, d'analyse face à un danger. En cela il répond à l'enjeu littéraire « Se raconter, se représenter » qui se traduit par « percevoir l'effort de saisie de soi et de recherche de la vérité ».

5. L'abondance des connecteurs temporels qui rythment le récit et la multiplicité des paragraphes créent un rythme saccadé et haché. On peut aussi parler de rapidité ou d'accélération. En effet au début du texte, les connecteurs temporels sont : « dès que » (l. 1), « cinq minutes » (l. 4), trois fois « puis » (l. 4, 6). À la fin du texte, nous trouvons « quand » (l.25), « Tout d'un coup » (l. 28) et « Alors » (l. 33). *[Ne relevez pas « Demain », l. 28, qui ne ponctue pas le récit mais apparaît dans les paroles du personnage ; cela dit, il projette le lecteur dans un avenir immédiat.]* Le texte de 34 lignes est effectivement divisé en douze paragraphes, ce qui donne des paragraphes très courts : le passage à la ligne rend compte du trouble du personnage qui passe d'une impression à l'autre, qui tergiverse et se tourne et se retourne aussi bien physiquement que mentalement.

6. a) Duroy est dévoré par la peur et l'angoisse de la mort qui peut résulter du duel. Savoir que l'on est mortel est une chose, être confronté à l'idée que la mort vous attend très prochainement est autrement plus angoissant. Cette angoisse se traduit par un champ lexical riche : « inquiétude » (l. 6), « sursaut » (l. 11), « oppressé » (l. 12), « avoir peur » (l. 14), « trembler » (l. 16), « doute, inquiétude, épouvante » (l. 18), le « cœur » qui bat « furieusement » (l. 30).
b) Les manifestations physiques de son angoisse sont d'abord qu'il a chaud et soif (l. 2 à 6) alors qu'il fait froid dans la chambre, qu'il s'agite dans son lit (l. 3 à 5) puis que les battements de son cœur s'accélèrent (l. 8 et 30), que sa respiration est gênée (l. 11-12), enfin que son visage pâlit (l. 27).

7. L'expression de rapports logiques est très dense dans cette partie du texte comme si le personnage conviait toutes les ressources de sa raison : expression de la cause avec « puisque » (l. 15, 16 et 21), de la conséquence avec « si profondément ému que » (l. 17), de l'opposition avec « certes » (l. 15 et 21) et « mais » (l. 16 et 21) et des hypothèses (« si » aux l. 18, 21 et 22). La présence des nombreux connecteurs logiques et le fait que ce passage articule bien arguments (deux au début, un seul ensuite, introduits par « puisque ») et contre-argument (introduit par « mais ») ou restriction (annoncée par « certes ») pourraient faire croire que la raison l'emporte. Mais, peu à peu, on voit le sentiment de panique s'imposer : en effet « ce doute » qui marque l'irruption du sentiment dans le raisonnement est repris par deux groupes nominaux plus amples (quatre syllabes au lieu de deux) et de sens plus fort : « cette inquiétude », « cette épouvante ». Il y a donc gradation. On remarque la même amplification quand le narrateur évoque la « force plus puissante que sa volonté » : puis la qualifie ensuite par l'intermédiaire de deux adjectifs plus forts et plus longs (« dominatrice, irrésistible »). D'ailleurs, le troisième « puisque » (l. 21) n'introduit aucun argument nouveau : on ne fait que reprendre ceux des l. 15 et 16. On constate également que la ponctuation, de neutre, devient expressive : point d'exclamation (l. 18) et points d'interrogation (l. 14, 18, 19, 20, 21 et 22). Un autre élément marque la faillite de la raison : les répétitions, comme si la pensée ne pouvait plus progresser, piétinait, se figeait sur quelques mots. C'est illustré par « qu'arriverait-il ? » repris par « que pouvait-il arriver ? ». De la même façon, au paragraphe suivant, seules les hypothèses de malheur sont exprimées sous la forme de subordonnées conditionnelles (« s'il tremblait », « s'il perdait connaissance », l. 21-22) sans qu'aucune proposition principale n'apporte de solution.

8. La fin du texte s'apparente plutôt au genre fantastique puisque le héros subit un phénomène de dédoublement – le thème du double est un thème fantastique pour lequel Maupassant a une certaine prédilection (*cf. Le Horla*) – : il voit son propre corps mort (« il se vit distinctement étendu sur le dos dans ces mêmes draps qu'il venait de quitter », « Il avait ce visage creux qu'ont les morts », « Il eut peur de son lit »). Mais on peut objecter que le personnage n'est pas en proie à l'hésitation : il croit tellement s'être vu mort qu'il a peur de son lit et s'en détourne pour aller regarder par la fenêtre. Or l'hésitation est caractéristique du fantastique. En revanche, ce peut être le lecteur qui hésite : faut-il croire à cette vision surnaturelle ? Par ailleurs, l'évocation de la mort donne une coloration tragique à ce texte. Donc la réponse la plus sensée serait : la fin du texte évoque le genre fantastique par les thèmes du dédoublement et de la vision surnaturelle mais la menace de la mort et l'angoisse qu'elle crée tirent le texte vers le tragique.

Image

9. a) Gustave Courbet se représente lui-même de face, en gros plan : souvent l'autoportrait cadre uniquement le visage, c'est le cas ici. Son regard semble plonger dans le regard du spectateur : c'est également la loi du genre.

b) En revanche l'autoportrait est le plus souvent en format « portrait », c'est-à-dire vertical, alors qu'ici Courbet a choisi le format « paysage » (horizontal) comme s'il voulait « écraser » le personnage. Par ailleurs, pour faire son autoportrait, l'artiste se représente le plus souvent de façon neutre ou flatteuse, souvent « au travail ». Certes il y a une tradition romantique du portrait marqué par une émotion mais celle ici représentée est si forte qu'on ne peut s'empêcher de penser que le tableau a un autre sens que de représenter l'artiste.

10. a) Ici Courbet se représente bouche entrouverte, les yeux écarquillés, les deux mains s'arrachant les cheveux, le visage très pâle et contrastant avec la noirceur de la barbe et des cheveux. La lumière venant de la gauche est crue et accentue la violence des contrastes. On se demande ce que le personnage a vu qui provoque en lui une telle émotion à moins que ce ne soit, justement, de se trouver face au spectateur, un autre homme, qui provoque son désespoir. Son expression, son regard font peur ou au moins inquiètent : est-ce si effrayant d'être un homme ?

b) On verrait volontiers dans ce tableau la représentation de Duroy se regardant dans la glace aux lignes 24 à 29 : « il se reconnut à peine », « ses yeux lui parurent énormes », « il était pâle, très pâle ». Et le titre se comprendrait alors comme le désespoir de la condition humaine, la peur irrépressible de l'homme devant le gouffre béant de la mort qui annihile tous ses efforts pour dépasser cette condition mortelle.

Là apparaît non seulement le mal de vivre romantique, poussé jusqu'à un certain cynisme à la fin du XIXe siècle mais également le tragique de la condition humaine tel qu'il se manifestera dans les œuvres des artistes du XXe siècle.

DICTÉE

Repérer les difficultés

Ce texte est très long, plus long que la moyenne des dictées du Brevet et, en plus, il n'est pas facile ! Restez donc concentré(e) jusqu'au bout.

- **Difficultés de conjugaison :**

– Il est nécessaire de maîtriser le futur et de ne pas le confondre avec le conditionnel-temps : « on commandera » et « j'élèverai » (sans « -s ») sont des futurs ; « arrangerait » est un conditionnel-temps (futur dans le passé).

– Il faut également maîtriser le passé simple : on vous fait conjuguer beaucoup de troisièmes personnes du singulier et du pluriel.

- **Difficultés grammaticales :**

– Il faut maîtriser l'accord du participe passé, dont les trois cas illustrés ici : employé seul, il s'accorde comme un adjectif avec le nom auquel il se rapporte (ex. : « une voiture arrêtée ») ; employé avec l'auxiliaire « être », il s'accorde avec le sujet (ex. : « il fut obligé ») ; employé avec « avoir », il s'accorde avec le cod seulement s'il est placé avant (ex. : « ils avaient cherché quelque chose », pas d'accord à faire).

– Il faut maîtriser l'emploi de l'infinitif. C'est l'infinitif que l'on met après une préposition (à, de, par, pour, sans + infinitif, ex. : « pour s'échauffer ») ou après un premier verbe qui n'est pas l'auxiliaire « être » ou « avoir » (ex. : « si on pouvait verser », « s'il pouvait se casser », « qui aurait pu tomber ou s'envoler ») ou encore comme forme verbale de la subordonnée infinitive après un verbe de perception (ex. : il « les vit se saluer... puis marcher »).

– Pensez aux accords quand le sujet est le pronom relatif qui : « quatre messieurs qui piétinaient », « deux des étrangers qui venaient », « des enfants qui s'amusent ».

• **Difficultés lexicales :**

Retenez l'orthographe de « marmotter », « une clairière », « tantôt », « avec grand-peine », « une canne » (bâton pour marcher).

Partie II : Rédaction

Sujet A : Imagination

■ Comprendre le sujet A

Vous devez écrire une page de journal intime à la première personne. Reportez-vous à la fiche 9 p. 17-18.

• Pensez à varier les formes de discours :

– narratif : racontez les circonstances de la naissance de votre peur, le déroulement de l'action et la fin heureuse ;

– descriptif : pour exprimer ce que vous ressentez moralement et physiquement (c'est ce que le sujet appelle « expression des sentiments ») ;

– argumentatif : vous vous dédoublez et vous essayez de faire dialoguer les deux parties de vous-même, celle qui a peur et celle qui essaie de raisonner cette peur.

• Inspirez-vous des procédés d'écriture de Maupassant pour faire comprendre la peur ressentie par son personnage :

– un point de vue omniscient puis interne ;

– des manifestations physiques de la peur (mots soulignés dans le texte) ;

– le vocabulaire spécifique de la peur ou des sentiments contraires (en gras ici) ;

– des modalisateurs pour traduire le trouble de la raison ;

– des connecteurs logiques quand la raison essaie de l'emporter, etc.

[Entrée en matière du journal intime] Mon cher journal, si tu savais ce qui vient de m'arriver et la peur que j'ai eue ! Heureusement, maintenant, il fait jour et les grandes terreurs de la nuit se sont envolées.

[Narration des circonstances] Hier soir, je devais aller à une soirée chez Sophie. Maman était très réticente : quand je sors, elle ne peut pas s'endormir avant mon retour et cela ne l'arrangeait pas du tout de veiller ce soir-là.

Heureusement que la mère de Sophie a téléphoné à la maison pour proposer que je reste dormir chez eux : cela a résolu le problème. Seulement voilà : Sophie et moi, nous nous étions confié notre attirance pour Benjamin, un garçon de la classe.

J'espérais bien danser avec lui mais Sophie l'a accaparé. J'ai été tellement déçue, vexée et humiliée que j'ai immédiatement quitté la soirée. Je décidai de prendre le dernier car pour rentrer à la maison sans prévenir personne. Je voulais pouvoir cacher mes larmes et ne pas avoir à entendre les réflexions extasiées de Sophie commentant les charmes de Benjamin !

[Mise en condition psychologique] Heureusement le car est arrivé assez vite. Le chauffeur parlait et riait avec un inconu. Moi, je ruminais ma déception. Je me sentais laide, idiote et empotée. D'un seul coup, j'eus comme un mauvais pressentiment : ce n'était pas mon jour de chance et si cela continuait… « Tu ne vas pas revenir en bus, c'est trop risqué » : cette phrase de mes parents me trottait dans la tête…

À ce moment-là, j'aurais donné n'importe quoi pour rester dans le car toute la nuit, pour n'avoir jamais obtenu la permission de mes parents ou même pour contempler Sophie pâmée entre les bras de Benjamin.

[Narration de la peur et expression des sentiments] Comment allais-je parcourir le kilomètre qui me séparait de la maison ? La nuit était vraiment très noire, un vent violent me glaçait. Et pourquoi cet homme prenait-il la même rue que moi ?

[Manifestations physiques] Je voulais marcher rapidement vers la maison, mais mes jambes semblaient extrêmement lourdes. J'avais l'impression que mes articulations étaient bloquées et je peinais à chaque pas. À un moment, je m'aperçus que je n'entendais plus que les battements de mon cœur. Je fis un effort surhumain pour me retourner et je constatai que l'inconnu avait pris une autre direction. Soulagée, je respirais profondément. Je m'étais fait des idées ! Je m'étais laissée emporter par mon imagination ! Du coup, mes jambes se délièrent et j'eus l'impression de marcher plus vite. Or, tandis que je me rassurais, j'entendis soudain un claquement régulier : c'était l'inconnu, il me suivait !... Tu ne peux t'imaginer la brusque montée de panique que j'ai ressentie à ce moment-là : toutes les histoires les plus horribles de jeunes filles assassinées me revinrent en mémoire et ma gorge se dessécha.

[Tentatives de raisonnement] Que faire ? La maison était encore loin : si je criais, personne ne m'entendrait… Accélérer le pas ? Courir ? L'angoisse commençait déjà à me couper les jambes. Il se rapprochait, je sentais déjà son souffle chaud sur mon cou… Mais non ! ce n'était qu'une bouche de ventilation. « Du calme, Sarah ! Tu vas te retourner, l'affronter, lui demander ce qu'il veut », me dis-je. *[Dédoublement]* Mais, aussitôt après, j'y avais renoncé, terrifiée par ce claquement comme s'il me frappait.

Une sueur glacée coula dans mon dos… « Sarah, arrête ! » arrivais-je parfois à penser. Je finis par m'efforcer de marcher presque normalement : si j'étais calme, cela l'impressionnerait forcément. Si…

Mais entendre ces pas derrière moi **m'affolait**. Et si je me retournais et que je l'attendais de pied ferme : en attaquant la première, j'aurais pour moi l'effet de surprise, il serait peut-être dérouté et prendrait la fuite ? Heureusement la maison se rapprochait et j'allais bientôt pouvoir échapper à toutes ces **frayeurs** ; je commençais à chercher mes clés quand je m'aperçus que je ne les avais pas dans mon sac. Je blêmis. Mes pensées se précipitaient : sonner ? Mais mes parents dormaient, ils ne m'attendaient pas, ils ne m'entendraient pas. Tambouriner ? Crier ? Aucun son ne sortit de ma gorge.

[Fin heureuse] La porte s'ouvrit enfin et je pus voir le visage de ma mère : « Oh ! ce bruit de l'éolienne, ça m'empêche de dormir ! »

Sujet B : Réflexion

■ Comprendre le sujet B

• Il s'agit ici d'une réflexion « libre » sur la peur, mais pas « désordonnée ». Organisez-la autour de questions simples : qu'est-ce qui fait peur ? pourquoi ?
• Pensez à élargir la réflexion : la question n'est pas « De quoi avez-vous peur ? » mais « De quoi a-t-on peur ? ». Analysez des cas plus généraux.
• Maupassant le fait dans une nouvelle intitulée « La peur » où il explique que la peur surgit quand on ne comprend pas le danger, quand on ne sait pas quoi faire pour lutter contre quelque chose d'insaisissable.

[Introduction] La peur accompagne sans doute l'homme depuis les débuts de son évolution parce qu'elle fait partie intégrante de sa vie : peur de la guerre, des famines, des épidémies, des phénomènes naturels, en bref peur de ce qui fait mal et, en fin de compte, peur de la mort, résultat ultime de tous ces fléaux.

[Variations de la peur] La peur se décline selon une palette variée de sentiments, de sensations et de manifestations physiques. Elle va de la simple peur à l'angoisse la plus profonde ; elle va du simple frisson, du cri ou du sursaut quand quelqu'un vous surprend, comme elle peut s'accompagner de « chair de poule » ou de palpitations et de sueurs froides : c'est le cas de Duroy, à la veille de son duel, qui se voit déjà mort. Ou vous étreindre jusqu'à ne plus pouvoir sortir un son ou se sentir paralysé.

On peut être complètement tétanisé(e) sur place par une phobie qui semblera puérile et stupide aux autres : phobie des araignées, des serpents… Il y a même des noms médicaux pour nommer la peur des espaces fermés (la claustrophobie) ou ouverts (l'agoraphobie). Ces peurs nécessitent l'aide de médecins pour les surmonter alors même que les autres ne les comprennent pas.

[Causes de la peur] La plupart du temps, nous avons peur de ce que nous ne connaissons pas : depuis la petite peur du bruit inattendu, du mouvement imprévu jusqu'à la peur moins fugace des étrangers parce qu'ils ne parlent pas la même langue et ne vivent pas comme nous, peur de l'ailleurs qui pourrait être différent de notre nid douillet, peur de demain quand la civilisation évolue trop vite et qu'on y perd ses repères.

[Remèdes à la peur] Pour essayer de conjurer tous ces dangers et ces peurs qui l'assaillent de toutes parts, l'homme invente des mythologies : l'orage, que l'on peut expliquer scientifiquement actuellement, était incarné dans l'Antiquité gréco-latine par Zeus qui, mécontent des hommes, lançait sur eux ses foudres et faisait tonner sa colère. Ou bien l'homme invente de conjurer la peur par des rituels : le pharaon mort est momifié et accompagné dans sa tombe de nourriture et d'objets qui lui serviront dans l'au-delà où il sera immortel. Les rites mortuaires se sont développés dans toutes les civilisations pour amadouer « la Faucheuse ». Et s'il ne peut pas inventer une explication, alors l'être humain se recroqueville sur ce qu'il connaît et se ferme.

[Aspects positifs de la peur] Mais la peur n'est pas entièrement négative et a aidé à la survie de l'espèce humaine en permettant de prendre conscience des dangers et ainsi de les éviter. Quand on dit de quelqu'un qu'il n'a peur de rien, qu'il est téméraire, ou plus familièrement « casse-cou », son courage n'est pas valorisé : on considère

qu'il prend des risques inutiles et qu'il ne contribue pas à protéger l'ensemble de l'humanité. C'est au contraire en cherchant à se prémunir contre un risque qu'on fait avancer la science.

[Peur et imagination] Si les peurs sont si diverses, si c'est « à chacun sa peur », c'est en effet parce que dans la peur intervient le rôle de l'imagination, « la folle du logis » « maîtresse d'erreur et de fausseté » comme l'écrivait Blaise Pascal au XVIIe siècle. Maupassant, relatant dans sa nouvelle « La peur » le roulement d'un tambour insaisissable dans le désert, insiste bien sur le fait qu'elle n'est jamais aussi forte que lorsqu'on ne comprend pas d'où peut venir le danger. On imagine tout ce qui pourrait nous arriver faute de savoir quelle est la menace réelle.

Et les auteurs de contes, de livres fantastiques ou de films d'horreur, les concepteurs de parcs d'attraction ont bien compris que c'était un extraordinaire filon à exploiter ! Quel plaisir d'avoir peur à condition de se sentir et de se savoir en sécurité ! Avoir peur du loup quand un adulte vous raconte « le Petit Chaperon rouge » et que vous êtes bien au chaud dans votre lit, loin de la sinistre forêt ! Un roman fantastique comme « Le Horla » instille graduellement la peur chez son personnage mais aussi chez le lecteur, sans lui donner d'explication rationnelle. Pouvoir se moquer du psychopathe qui rôde ou des zombies quand on sait que la porte d'entrée est bien fermée et que de toute façon « ça n'existe pas ! » ! Certain(e)s recherchent même ces sensations fortes, cette décharge d'adrénaline, en faisant des sports extrêmes comme le saut à l'élastique. Mais ils ont auparavant vérifié les conditions de sécurité.

[Conclusion] La peur est un sentiment à multiples variations individuelles. Elle naît de l'inconnu plus que du connu, qu'elle soit le fruit de notre imagination ou de ce que nous ne maîtrisons pas – comme l'avenir.

Sujet 4

Soraya Nini
Ils disent que je suis une beurette

Partie I : Travail sur le texte littéraire et sur une image

1 heure 10 min   50 points

Document 1 Texte littéraire

Samia habite « le Paradis », une cité de Toulon dans le sud de la France.

Je me suis inscrite à la bibliothèque. À vrai dire, la première fois, je n'ai pas su quoi choisir. Je me suis laissé inspirer par les titres, et par les auteurs féminins. C'est ainsi que je me suis avalé tous les Sagan[1] en commençant par *Bonjour tristesse*. Puis j'ai cherché des histoires où les femmes avaient le rôle le plus important ou celles qui parlaient des peuples opprimés. Je peux rester des heures à la bibliothèque à chercher le livre qui saura me captiver, et m'enfermer avec lui pendant toute une journée, à ne rien faire que suivre l'imagination de celle ou celui qui l'a écrit. [...]

Puis j'ai demandé conseil à madame Sallibert. Le premier livre qu'elle m'a proposé était : *Mémoires d'une jeune fille rangée* de Simone de Beauvoir. Je l'ai pris à la bibliothèque et me suis forcée à le lire. J'avoue que j'ai eu du mal à me concentrer sur l'histoire, je ne comprenais pas très bien où elle voulait en venir. Mais je suis allée jusqu'au bout. J'ai terminé le livre par curiosité, et surtout pour faire plaisir à madame Sallibert. Qu'elle soit fière de moi... Ce n'est pas toujours facile à respecter, mais je m'oblige à ne pas fermer un livre uniquement parce que je ne comprends pas tout de suite. J'essaie d'appliquer ce conseil que nous a donné madame Sallibert en classe :

« Il reste toujours quelque chose de ce que nous lisons, même si nous pensons ne pas avoir tout compris sur l'instant. »

Bien sûr, il m'arrive souvent de ne pas tout comprendre de ce qu'elle me conseille de lire, alors, j'alterne ses choix avec les miens. Les siens me permettent d'apprendre, de mettre de côté ce que je n'ai pas compris mais que, d'après elle, je saisirai plus tard ; les miens me permettent de m'échapper toujours un peu plus loin. J'aime lorsque j'arrive à entrer dans une histoire bien racontée et que je ne peux plus me passer d'elle. Je ressens la même chose lorsque je vais au cinéma. Je me retrouve devant un écran blanc, géant, et quand les histoires me plaisent et qu'elles sont belles, je me surprends à avoir envie de rentrer dans le film, pour passer un moment parmi ces personnages que je trouve super, les connaître vraiment pour qu'ils m'aident à tenir le coup, avant de rencontrer et connaître enfin la liberté. [...]

J'ai aussi commencé mon premier journal, celui à qui je confie ma tristesse et mon désarroi quand ceux-ci s'imposent à moi trop longtemps. La cachette n'est connue que de moi seule, et dans un endroit que même le KGB[2] ne pourrait pas trouver. Et j'écris autant que je lis. Souvent je le fais dans mon lit, le soir, quand tout est éteint dans la maison, et que je me sais seule à veiller avec ma petite lampe de poche pour seule lumière.

Les livres et mon cahier sont devenus mes plus chers complices et amis...

Soraya Nini, *Ils disent que je suis une beurette*, éditions Robert Laffont, 1993.

---

1. Sagan (Françoise) : écrivain français contemporain.
2. KGB : (police politique du temps de l'Union soviétique) surnom donné à son frère Yacine, en raison de son comportement trop répressif.

Document 2 Image

Partir en Livre 2016, affiche, événement organisé par le ministère de la Culture et le Centre national du livre.

QUESTIONS

Grammaire et compétences linguistiques
Réécriture

1. « J'ai aussi commencé mon premier journal, celui à qui je confie ma tristesse et mon désarroi quand ceux-ci s'imposent à moi trop longtemps. » (lignes 31-32).
Réécrivez ce passage en remplaçant le pronom personnel « je » par « elle ». Faites les transformations qui s'imposent dans la phrase. **(6 points)**

2. « ... je me suis avalé tous les Sagan... » (ligne 3)
Réécrivez cette phrase en langage courant. **(2 points)**

3. « Les livres et mon cahier sont devenus mes plus chers complices et amis... » (ligne 37)
Réécrivez cette phrase au futur simple de l'indicatif. **(2 points)**

Compréhension et compétences d'interprétation

4. a) Qui est le personnage qui dit « je » dans ce texte ? Caractérisez-le. **(2 points)**
b) À quel genre littéraire appartient ce texte ? Relevez les indices qui le prouvent. **(4 points)**

5. Qui est Madame Sallibert pour Samia ? Quel rôle joue-t-elle auprès d'elle ? Justifiez votre réponse par des éléments du texte. **(4 points)**

6. a) Quel(s) genre(s) de livres lit Samia ? **(2 points)**
b) Pour quelles raisons Samia pousse-t-elle jusqu'au bout la lecture du livre de Simone de Beauvoir ? **(2 points)**

7. a) Que signifie « je saisirai plus tard » (l. 23) ? Rédigez une phrase où le verbe « saisir » aura un autre sens. **(2 points)**
b) Comment comprenez-vous la phrase de Madame Sallibert : « Il reste toujours quelque chose de ce que nous lisons, même si nous pensons ne pas avoir tout compris sur l'instant » (l. 18-19) ? **(2 points)**

8. a) Pourquoi Samia cherche-t-elle « des histoires où les femmes [ont] le rôle le plus important ou celles qui parl[ent] des peuples opprimés » (l. 4-5) ? **(2 points)**
b) Quels pouvoirs sont attribués au cinéma et à la lecture, d'après ce texte ? Justifiez votre réponse par des éléments du texte. **(4 points)**

9. Expliquez la dernière phrase : « Les livres et mon cahier sont devenus mes plus chers complices et amis... » (l. 37) en vous appuyant sur l'ensemble du texte. **(6 points)**

Image

10. a) Identifiez la nature de ce document. **(2 points)**

b) Quel jeu de mots contient le titre de l'opération ? Quel en est l'objectif ? **(2 points)**

11. a) Décrivez le document dans ses différents aspects. **(3 points)**

b) Quelles impressions et quel message se dégagent de ce document ? Correspondent-ils à ce que dit le texte de S. Nini ? **(3 points)**

DICTÉE 20 min 10 points

Été

La chaleur était partout : dans le ciel, sur la terre, dans le fond de la terre et même dans les eaux. L'été était arrivé. Le monde avait de plus en plus besoin de vie. Les petits oiseaux quittaient les nids, se posaient sur les branches pour la première fois de leur vie mais, dès qu'ils fermaient les yeux, ils perdaient l'équilibre.

Jean GIONO, *Que ma joie demeure*, © éditions Gallimard, 1935.

Partie II : Rédaction

1 heure 30 min 40 points

Vous traiterez au choix le sujet A ou B.

Sujet A : Imagination

« Les livres et mon cahier sont devenus mes plus chers complices et amis... » (ligne 37), écrit Samia.

Imaginez un événement (rencontre, moment de joie, injustice, peur, déception...) que Samia a confié à son journal intime.

Votre texte fera au moins deux pages (soit une cinquantaine de lignes).

Sujet B : Réflexion

De nos jours, beaucoup de jeunes n'aiment pas lire. Vous rédigez une lettre à la bibliothécaire de votre quartier. Vous lui proposez des pistes, des actions, des animations, etc. pour attirer les jeunes dans sa bibliothèque afin qu'ils empruntent des livres et les lisent.

Votre texte fera au moins deux pages (soit une cinquantaine de lignes).

CORRIGÉ

Partie I : Travail sur le texte littéraire et sur une image

Premier réflexe : observer le texte

• Ce texte, par son genre littéraire – le journal intime – illustre **l'enjeu littéraire « Se raconter, se représenter »** qui, par le biais de l'écriture de soi, permet à l'auteur en quête de vérité sur sa nature intime de cerner son identité et de retracer son parcours : c'est particulièrement le cas du personnage de Samia qui cherche à s'émanciper de sa condition sociale par la lecture. Même si ce personnage s'appelle Samia et non Soraya (Nini), on peut penser que les points communs sont nombreux entre le personnage et l'auteur (voir question 1).

• Mais c'est aussi un texte militant : il illustre comment l'accès à la culture, s'il demande des efforts, est possible et s'inscrit dans le temps. Cette jeune fille, qui a publié ce livre, jette un regard rétrospectif sur la difficulté qu'elle a éprouvée à lire certains livres mais cet effort l'a portée à se libérer aussi par l'écriture.

• C'est un texte facile à comprendre même si vous n'êtes pas de la même origine sociale que le personnage.

QUESTIONS

Remarques préalables

• Il y a peu de questions : attention car cela signifie que chaque question compte pour beaucoup de points et attend une réponse développée.

• En particulier peu de questions sur la langue ou le style car ce texte est écrit avec beaucoup de simplicité.

Grammaire et compétences linguistiques
Réécriture

Repérer les difficultés

Attention ! Il vous faut effectuer trois transformations sur trois passages différents : donc traitez bien un exercice après l'autre en ne confondant pas les modifications à effectuer. Relisez chaque consigne avant de commencer à écrire pour ne pas « tomber à côté » de ce que l'on vous demande.

• **Premier exercice :** rappelons que passer de « je » à « elle » implique que l'on modifie non seulement les pronoms personnels et les verbes mais aussi les déterminants adjectifs possessifs.

• **Deuxième exercice :** limitez-vous aux sept mots donnés, il est inutile d'en écrire plus. En revanche, il n'y a pas que le verbe « avaler » qui appartienne au registre familier : « tous les Sagan » est aussi une tournure négligée.

• **Troisième exercice :** attention au piège. Ce n'est pas le verbe « être » qui doit passer au futur simple : il n'est ici qu'un auxiliaire servant à former le passé composé. C'est le verbe « devenir » qu'il faut passer du passé composé au futur simple.

1. **Elle a** aussi commencé **son** premier journal, celui à qui **elle** confie **sa** tristesse et **son** désarroi quand ceux-ci s'imposent à **elle** trop longtemps.

2. J'ai lu avec avidité tous les livres de Françoise Sagan. (ou « J'ai lu rapidement et en entier... » ou « J'ai lu d'une traite » ou « Je me suis obligée à lire jusqu'au bout... »).

3. Les livres et mon cahier **deviendront** mes plus chers complices et amis...

Compéhension et compétences d'inteprétation

4. a) Le personnage qui dit « je » est Samia, une jeune fille sans doute d'origine maghrébine d'après le titre « Ils disent que je suis une beurette ». Elle semble être de condition sociale modeste (elle vit dans une cité, d'après le chapeau d'introduction) et aspire à se cultiver, à s'évader de sa situation très contrainte par son frère qui la surveille. On ne connaît pas son âge exact mais elle pourrait, d'après ses occupations, son expression, être une collégienne en classe de troisième.
b) Le texte présente plusieurs caractéristiques de l'autobiographie : le personnage dit avoir commencé son « journal » intime (l. 31) ; il écrit à la première personne et raconte des événements et émotions de sa vie ; les temps utilisés sont ceux du discours : passé composé (« je me suis inscrite », l. 1), présents d'énonciation ou d'habitude (« j'aime lorsque j'arrive à entrer », l. 24). On peut opposer que l'auteur se prénomme Soraya et non pas Samia, néanmoins on peut penser que auteur et personnage sont extrêmement proches s'ils ne coïncident pas exactement : c'est peut-être une sorte d'autobiographie masquée.

5. Madame Sallibert est certainement le professeur de français de Samia puisqu'elle « essaie d'appliquer (le) conseil que (leur) a donné Madame Sallibert en classe » (l. 16-17) et que ce conseil porte sur les livres à lire. Madame Sallibert joue le rôle d'un guide *[ou on peut dire d'un mentor, d'une initiatrice comme l'est d'ailleurs souvent un professeur]*. Elle initie Samia non seulement aux charmes mais à l'enrichissement de la lecture et lui fait comprendre quelle formation intellectuelle les livres apportent car lire va bien au-delà de la simple distraction selon la nature de ce qu'on lit. *[Si vous répondez que Madame Sallibert est la documentaliste, vous n'êtes pas loin de la vérité, bien qu'une documentaliste n'intervienne pas « en classe », du moins pas souvent, son lieu de travail étant plutôt le CDI.]*

6. a) Samia lit des textes narratifs qu'elle choisit elle-même : en lui racontant une histoire, ils lui apportent la distraction, l'évasion (c'est le cas des romans, surtout les romans d'aventures). Elle choisit notamment des récits où les femmes sont des héroïnes et où figurent des « peuples opprimés » (l. 4-5). Elle lit également les livres de réflexion, des « essais », que lui conseille Madame Sallibert, ou peut-être d'autres livres qui, tout en étant narratifs, enrichissent la perception que l'on a du monde.
b) Samia n'a pas abandonné la lecture du livre *Mémoires d'une jeune fille rangée* de

Simone de Beauvoir d'abord par curiosité, puis pour faire plaisir à son professeur et pour que cette dernière soit fière de son élève, enfin parce qu'il reste toujours quelque chose de ce que nous lisons, une « leçon » qui peut nous être utile plus tard.

7. a) « Je saisirai plus tard » signifie « je comprendrai plus tard » *[on a plusieurs fois le verbe « comprendre » dans le texte ; « saisir » est ici un synonyme]*. Vous pouvez créer une phrase avec n'importe lequel des autres sens de « saisir » : 1. mettre la main sur (sens concret) ; 2. mettre à profit quelque chose (sens abstrait) ; 3. faire une impression vive sur quelqu'un ; ou encore 4. soumettre à un tribunal la solution d'un problème. Nous vous proposons ces phrases :
1. Le policier saisit le voleur au bras.
2. Il a saisi le prétexte de cette panne d'électricité pour ne pas venir travailler.
3. J'ai été saisi(e) en apprenant le cataclysme qui s'est abattu sur ces pays.
4. Le tribunal a été saisi d'une plainte pour escroquerie.

b) La phrase de Madame Sallibert signifie qu'un livre laisse une trace en vous, qu'une histoire que vous n'avez pas forcément comprise car vous n'étiez pas assez mûr(e) ou concerné(e) vous revient en mémoire ou qu'un héros ou une héroïne vous offre un exemple et vous aide à mûrir sans que vous en soyez conscient(e).

8. a) Samia souffre de ses conditions de vie et cherche un soutien : elle est « opprimée » par son frère – qu'elle appelle du nom d'une police très dure –, elle ne mène pas la vie qu'elle souhaite et aspire à soulager son désarroi et sa tristesse. Son désir d'évasion apparaît dans les expressions « suivre l'imagination de celle ou celui qui a écrit (le livre) » (l. 7-8), « m'échapper toujours un peu plus loin » (l. 23-24), « rencontrer et connaître enfin la liberté » (l. 29-30).

b) La lecture et le cinéma offrent cette évasion : ils vous font « entrer dans une histoire » (l. 24), vivre des aventures inconnues et, de cette façon, vous ouvrent des portes de liberté. Ils ont aussi l'avantage de vous aider à « tenir le coup » (l. 29) : en exposant des exemples de peuples ou d'héros qui se sont libérés de ce qui les opprimait, lecture et cinéma aident à croire en son idéal de liberté, à rester combatif.

9. *[Pour expliquer cette phrase, il faut bien voir que le cahier est le journal intime que Samia tient en cachette et que le mot « complices » suggère qu'elle fait des choses qui lui sont interdites par sa famille (son frère sans doute, en particulier, qu'elle appelle « le KGB ») et sa culture. Donc il ne faut pas expliquer seulement que ce soit des « amis ». Il y a 3 points attribués à cette question : c'est beaucoup et c'est le signe qu'il faut développer votre réponse. Ne répondez pas en une seule ligne : d'ailleurs la consigne vous dit de vous appuyer « sur l'ensemble du texte ».]*
Samia, la jeune héroïne, qui écrit ici son journal intime dit que les livres et son cahier sont ses « plus chers complices et amis » car la lecture et l'écriture l'aident à la fois à se construire et à soulager ses tourments. Écrire dans son journal intime lui permet d'exprimer combien sa famille la fait souffrir en voulant l'obliger à vivre de manière traditionnelle alors qu'elle aspire à plus de liberté et enfreint les règles strictes de sa culture. Elle confie ainsi à son cahier ses désirs, ses peurs, ses colères et cela l'aide à les analyser donc à les maîtriser.
Par ailleurs, même si, sur le moment, elle ne comprend pas tout ce qu'elle lit, les ouvrages que lui conseille son professeur lui permettent d'acquérir des idées qui pourront lui servir plus tard. Quant aux livres qu'elle choisit elle-même, ce sont des livres

qui lui parlent de femmes qui se sont construites contre l'adversité, ou de peuples opprimés, ouvrages qui lui permettent sans doute de voir comment on fait pour « tenir le coup » comme elle dit, ou pour trouver des solutions quand on subit une tyrannie. Elle trouve du réconfort et de la sympathie dans ses livres et son cahier ; ces derniers sont donc en quelque sorte des amis mais aussi des complices car ils lui permettent d'enfreindre les interdits ou d'échapper à la condition qu'on veut lui imposer.

Image

10. a) Ce document est une affiche réalisée à partir d'un dessin *[réalisé par l'auteur de bandes dessinées, Joann Sfar]* pour annoncer l'opération « Partir en livre » de l'été 2016.
b) Ce titre « Partir en livre » évoque un voyage que l'on pourrait faire pendant ses vacances d'été comme on dirait « partir en Thaïlande, partir en Italie ou partir en mer ». Et, vu la façon dont le mot « livre » est écrit, avec un « r » presque fondu dans le « v », on peut aussi penser à l'expression *« partir en live »* : cette expression, dans le langage actuel, signifie qu'on sort de ce qui était prévu, qu'on perd sa maîtrise habituelle sous le coup d'une émotion forte, qu'on fait un écart improvisé comme si la pulsion de la vie l'emportait (*to live* : vivre, en anglais). L'objectif de ce slogan est d'inciter les gens à lire : le livre leur apportera un voyage, une évasion, une émotion forte, plus puissante que l'ordinaire du quotidien.

11. a) Ce dessin représente un bord de mer, une plage où sont rassemblés toutes sortes de personnages plongés chacun dans la lecture d'un livre. Il y a aussi bien des humains que des personnages caractérisés (des pirates), des créatures fantastiques, plus fréquentes dans la littérature de jeunesse (une sirène, un personnage à gros yeux et oreilles en pointe, une créature féminine verte à la chevelure comme des algues...) et des animaux (un alligator, une sorte de coyote, des poissons...), ainsi qu'un personnage de bande dessinée emblématique : *Le chat du rabbin*, héros de Joann Sfar. Cette plage évoque les vacances avec des châteaux de sable, des cocotiers. Mais tous ont délaissé leurs activités (nager, bronzer, bâtir des châteaux de sable...) pour dévorer des yeux (souvent représentés écarquillés) leur livre.
b) Il se dégage beaucoup de gaieté de cette affiche grâce aux couleurs vives (jaune du soleil en haut, bleu de la mer), à la densité de personnages très divers, à l'évocation des vacances ; il y a même des poissons qui sourient. Du dynamisme également même si beaucoup sont assis ou statiques car ils sont concentrés sur leur lecture : à l'arrière-plan, le décor de collines faisant penser aux îles exotiques (les cocotiers) ou au Moyen Âge crée une perspective et donne de la profondeur.
On en déduit que la lecture permet de découvrir des mondes, des époques, des personnages très variés et que cela vous captive. Ce message est plus restreint que celui du texte de S. Nini car si les aspects distrayants et captivants de la lecture sont bien présents, il manque l'aspect formateur, la qualité d'enrichissement, de soutien dans la lutte qu'évoquait Samia.

DICTÉE

Repérer les difficultés

• Difficultés de conjugaison :

– Pas de difficulté particulière car le texte est surtout à l'imparfait et les verbes sont sans piège.

– Attention cependant à repérer le plus-que-parfait « était arrivé » pour bien écrire le participe passé « arrivé » et non un infinitif.

• Difficultés grammaticales :

– Repérez les sujets des verbes pour faire l'accord : ce n'est pas difficile pour « quittaient » car le sujet est juste avant (« les petits oiseaux ») mais c'est moins évident pour « se posaient », « fermaient », « perdaient » pour lesquels vous risquez d'oublier qu'il s'agit toujours des « petits oiseaux ».

– Pensez à vérifier tous les pluriels en « -s » ou en « -x » : « les eaux », « les oiseaux », « les nids », « les branches », « les yeux ».

– En revanche, laissez bien « leur vie » au singulier car chaque oiseau n'en a qu'une.

• Difficultés lexicales :

Le mot « chaleur » fait partie des noms féminins en *-eur* qui ne prennent pas de -e final (comme la « valeur », la « couleur », la « vapeur »...).

Partie II : Rédaction

Sujet A : Imagination

Comprendre le sujet A

• Vous devez écrire une page de journal intime : voyez la fiche 9 p. 17-18 les caractéristiques de ce type d'écrit.

• Que signifie « structurer votre récit » ? Cela veut dire que vous devez faire un plan : ne pas jeter toutes vos idées en vrac, mais les organiser :

– selon une progression chronologique, c'est-à-dire selon le déroulement de l'histoire : avant l'événement, l'événement lui-même, ce qu'on peut envisager après ;

– en racontant d'abord l'événement mais en exprimant aussi vos émotions, vos sentiments, vos réflexions. Le journal intime n'est pas seulement un cahier où l'on raconte, c'est aussi une sorte d'ami qui permet de faire le point.

• Parmi toutes les pistes qui vous sont proposées, nous avons retenu la peur de déménager, mais vous pouvez choisir un tout autre sujet.

[Date et lieu] Sous mes draps, mercredi soir, 8 janvier 1993

[Formule montrant que c'est un journal intime] Heureusement que tu es là, mon cher journal, mon ami fidèle, car à toi seul je peux raconter tous les événements de ma vie.

[Rappel de ce qui s'est passé avant] Voilà ce qui s'est passé aujourd'hui : tu sais que papa était au chômage depuis un certain temps. Je t'avais souvent dit combien c'était difficile à supporter pour toute la famille, pour lui bien sûr qui ne comprenait pas pourquoi il était devenu inutile dans une entreprise où il avait travaillé de si longues années ; pour maman aussi qui avait du mal à joindre les deux bouts ; et pour mon frère aîné qui réclamait sans cesse de l'argent pour s'acheter un scooter : ce qui provoquait des scènes à n'en plus finir…

[Narration de l'événement] Eh bien ce soir, au dîner, papa a pris un air grave pour nous dire qu'il avait une bonne nouvelle à nous annoncer : il avait enfin obtenu une réponse positive à l'une de ses nombreuses lettres de demande d'emploi ; le poste semblait intéressant et lui convenait à tous points de vue mais… (je sentais bien qu'il allait y avoir un « mais » car cela me semblait trop beau) l'entreprise était en région parisienne ! Papa a ajouté qu'il avait bien réfléchi, qu'il en avait parlé longuement avec maman et qu'ils ne voyaient pas d'autre solution : il allait falloir déménager car nous avions besoin d'argent, et parce qu'à son âge, il ne pourrait jamais retrouver une autre offre aussi intéressante. Mon frère a tout de suite demandé s'il pourrait enfin avoir son scooter : il n'y a que cela qui l'intéresse !

[Expression des sentiments] Mais moi, cela m'a fait froid dans le dos. L'idée de devoir m'éloigner de mes amies que je connais depuis que je suis toute petite m'a coupé la respiration. Comment pourrais-je les quitter alors qu'il suffit d'un regard pour que nous nous comprenions ou que nous éclations de rire ? Partir de cet endroit où j'ai toujours vécu, où j'ai mes repères, c'est impossible : j'ai bien trop peur ! Maman a bien vu que j'étais au bord des larmes ; elle m'a suivie du regard quand je me suis levée de table.

Me voici à présent dans mon refuge et je peux enfin te confier cette nouvelle. En écrivant, il me semble que je me calme un peu et que tu m'aides à mieux voir les choses : d'un côté, je ne veux pas partir car c'est ici que j'ai toutes mes attaches mais, de l'autre côté, comment faire autrement ? J'ai peur d'aller dans une ville inconnue : d'ailleurs on dit tant de choses sur la région parisienne, sur le stress, la violence... Ici ce n'est pas toujours facile mais, au moins, il y a le soleil !

Comment retrouver des amies aussi proches que Nadia, Yamina et Audrey ? Est-ce que mon père se rend compte que je vais devoir interrompre ma Troisième pour aller dans un autre collège ? Pour une fois que je m'entendais bien avec mon professeur de français ! Je sens déjà combien ses conseils vont me manquer… Je pourrais peut-être demander à ma tante de m'héberger jusqu'à juin ? Oh ! je connais déjà la réponse de mes parents. Je crois qu'il va malheureusement bien falloir déménager, même si c'est la mort dans l'âme… J'ai beau réfléchir, je ne vois pas d'autre solution.

[Envisager l'avenir] Peut-être qu'avec le temps je finirai par voir les bons côtés de la chose : la nouvelle qui est arrivée cette année a d'ailleurs été finalement bien acceptée alors pourquoi pas moi ?… Je me doute que cela va être très dur mais ce sera peut-être comme pour les livres que je ne comprends pas au début mais dont je me sers souvent après coup.

Essayons de rendre cette nouvelle expérience intéressante. De toute façon, toi, mon journal, tu viens avec moi et tu seras toujours mon confident : j'espère juste que j'aurai de belles choses à te dire…

Sujet B : Réflexion

Comprendre le sujet B

• Vous devez rédiger une lettre : voyez la fiche 5 p. 15-16 quelles contraintes vous devez respecter.
• C'est un texte argumentatif qu'on vous demande : regardez p. 15 les règles qu'il vous faut suivre. Cependant, comme vous devez inclure votre argumentation dans une lettre, vous pourrez respecter ces critères avec plus de souplesse.
• N'oubliez pas qu'on vous recommande de donner « des solutions précises » : il vaut mieux mettre deux idées précises plutôt que d'en mettre quatre floues et qui risquent de se répéter.
• Faites un paragraphe distinct pour chaque idée.
• Nous avons ici adopté le point de vue de Samia, jeune fille tiraillée entre deux cultures et vivant dans un quartier très modeste. Mais le sujet demande que ce soit vous qui écriviez la lettre : vous devez donc adapter les arguments proposés ici à votre environnement géographique (ville, campagne...) et social (modeste, aisé...).

Toulon, le 20 novembre 2017

Madame,

[Capter l'attention] Vous me connaissez bien car je viens presque chaque semaine dans votre bibliothèque choisir des livres. J'ai toujours apprécié la manière dont vous me guidez dans mes choix sans jamais rien m'imposer et en me suggérant simplement ce qui pourrait me convenir.

[Objet de la lettre] Je vous écris car la lecture est un tel enrichissement pour moi que je voudrais en faire profiter tous les autres enfants. Je vois bien que pour beaucoup de jeunes les livres n'ont aucun intérêt et qu'ils préfèrent passer leur temps à ne rien faire plutôt que de venir à la bibliothèque. Mais il me semble qu'ils ne savent pas ce qu'ils perdent et j'aimerais donc leur faire comprendre ma passion et essayer de la leur transmettre. Nous pourrions peut-être faire quelque chose ensemble dans votre bibliothèque, qu'en pensez-vous ?

[Première idée] Tous les deux mois, par exemple, on pourrait organiser une animation sur un pays donné : on aménagerait un coin de la bibliothèque en coin goûter et on ferait déguster les spécialités de ce pays : cornes de gazelle d'Algérie, mangues juteuses du Mali... Ensuite, vous présenteriez des livres d'écrivains originaires de ce pays. Les jeunes verraient alors que les livres sont universels et qu'ils peuvent parler de divers horizons et de différentes cultures. Leurs parents, même ceux qui n'ont pas eu la possibilité d'apprendre à lire dans leur jeunesse ou qui sont intimidés par les lieux de lecture, pourraient venir parler de leur pays d'origine.

[Deuxième idée] De temps en temps, on pourrait demander à un conteur de venir lire le premier conte d'un recueil et il faudrait ensuite que chacun lise les suivants. La semaine d'après, chacun aurait à raconter son conte préféré aux petits, lesquels feraient des dessins qu'on exposerait ensuite.

[Troisième idée] Notre quartier pourrait aussi organiser un prix littéraire : on constituerait ainsi un jury, qui aurait par exemple à choisir un ouvrage parmi dix. Je suis sûr(e) que l'auteur élu serait très content de venir parler de son livre. Quel succès

pour votre bibliothèque ! On en parlerait peut-être même dans les journaux !

Des idées comme celles-ci, j'en ai encore bien d'autres : on pourrait aussi mettre en scène l'histoire d'un livre, ou faire un concours du meilleur lecteur…

J'ai confiance : cela peut sembler un peu difficile à organiser au début mais je vous ferai de la publicité dans mon quartier et dans mon collège, je collerai des affiches… et je suis sûr(e) que nous aurons du succès. Les gens seront contents de venir car ils participeront aux animations, ils prépareront les expositions et découvriront avec étonnement et plaisir que l'on ne s'ennuie pas quand on lit.

Seriez-vous d'accord ? Puis-je passer vous voir samedi prochain ? Cela vous laisse le temps de réfléchir à mes propositions et nous pourrons voir ensemble comment organiser la prochaine animation.

[Formule de politesse] Recevez, Madame, mes salutations distinguées.

[Signature]

Sujet 5

Maylis De Kerangal
Naissance d'un pont

Partie I : Travail sur le texte littéraire et sur une image

1 heure 10 min — 50 points

Document 1 Texte littéraire

John Johnson, dit le Boa, a été élu maire de Coca, ville imaginaire des États-Unis. Il a de grands projets pour sa ville. Quelques semaines après son élection, il fait un séjour à Dubaï. C'est son premier voyage hors du continent américain.

Ce qu'il voit entre l'aéroport et la ville provoque chez lui une sensation ambivalente d'euphorie[1] et d'écrasement.

Les grues d'abord lui éberluent[2] la tête : agglutinées par centaines, elles surpeuplent le ciel, leurs bras comme des sabres laser plus fluorescents que ceux des guerriers du Jedi, leur halo blafard auréolant la ville chantier d'une coupole de nuit blanche. Le Boa se tord le cou à les compter toutes, et l'homme en *dishdash*[3] blanche qui le coudoie sur la banquette, le voyant faire, lui signale qu'un tiers des grues existant à la surface du globe est réquisitionné en ces lieux : une sur trois répète-t-il, une sur trois est ici, chez nous. Sa toute petite bouche soulignée d'un trait de moustache articule très doucement nous construisons la cité du futur, une entreprise pharaonique. Le Boa ne dit plus rien. Il salive, émerveillé. La prolifération des tours le sidère, si nombreuses qu'on les croit multipliées par un œil malade, si hautes qu'on se frotte les paupières, craignant d'halluciner, leurs fenêtres blanches comme des milliers de petits parallélogrammes aveuglants, comme des milliers de pastilles de Vichy effervescentes dans la nuit délavée ; ici on travaille vingt-quatre heures sur vingt-quatre, les ouvriers sont logés à l'extérieur de la ville, les rotations se font par navette – l'homme susurre chaque information, escortant l'étonnement du Boa avec délicatesse. Plus loin, il pointe d'un index cireux un édifice en construction, déjà haut d'une centaine d'étages, et précise : celle-ci sera haute de sept cents mètres. Le Boa hoche la tête, s'enquiert soudain des hauteurs de l'Empire State Building de New York, ou du Hancok Center de Chicago, questionne sur les tours de Shanghai, de Cape Town, de Moscou, il est euphorique et médusé[4]. À Dubaï donc, le ciel est solide, massif : de la terre à bâtir. Le trajet est long dans la longue voiture, la mer tarde à venir, le Boa l'attend plate, inaffectée, lourde nappe noire comme le pétrole dont le pourtour s'effacerait dans la nuit, et il sursaute à la découvrir construite elle aussi, rendue solide, croûteuse, et apte à faire socle pour un archipel artificiel qui reproduirait un planisphère – la Grande-Bretagne y est à vendre trois millions de dollars – ou un complexe d'habitations de luxe en forme de palmier : elle aussi, donc, de la terre à bâtir.

Le Boa arrive à l'hôtel bouleversé, les joues rouges et les yeux exorbités, il peine à s'endormir, la nuit est trop claire, comme filtrée par une gaze[5] chaude, lui-même trop excité – le Burj Al-Arab est l'hôtel le plus haut du monde, une immense voile de verre et de Téflon gonflée face au golfe Persique qui est absolument noir à cette heure, et clos comme un coffre […]. Au réveil, le Boa est convaincu d'avoir trouvé l'inspiration qui manquait à son mandat. C'est un espace maîtrisé qui s'offre à ses yeux, un espace, pense-t-il, où la maîtrise se combine à l'audace, et là est la marque de la puissance.

Maylis DE KERANGAL, *Naissance d'un pont*, éditions Verticales, 2010.

1. Euphorie : sensation intense de bien-être, de joie, d'optimisme.
2. Éberluer : étonner vivement, stupéfier.
3. *Dishdash :* longue robe blanche, vêtement traditionnel.
4. Médusé : qui manifeste un grand étonnement, de la stupeur.
5. Gaze : tissu léger, utilisé en couture (gaze de soie ou de coton) ou en compresses et pansements (gaze de coton).

Document 2 Image

Philip Lange, « Site de construction à Dubaï », © Shutterstock.

QUESTIONS

Grammaire et compétences linguistiques

1. À quel temps les verbes sont-ils majoritairement conjugués dans le texte ? Comment comprenez-vous ce choix de l'auteur ? **(4 points)**

Réécriture

2. Réécrivez cette phrase en remplaçant « Le Boa » par « Ils » et en procédant à toutes les transformations nécessaires.
« Le Boa arrive à l'hôtel bouleversé, les joues rouges et les yeux exorbités, il peine à s'endormir, la nuit est trop claire, comme filtrée par une gaze chaude, lui-même trop excité ». **(10 points)**

Compréhension et compétences d'interprétation

3. Quelles sont les caractéristiques principales de la ville décrite dans le texte ? **(4 points)**

4. Étudiez précisément la progression des émotions et sensations ressenties par le personnage principal au fil de l'extrait. **(6 points)**

5. « Sa toute petite bouche soulignée d'un trait de moustache articule très doucement nous construisons la cité du futur, une entreprise pharaonique » : comment dans cette phrase les propos tenus par le personnage sont-ils rapportés ? Est-ce une manière de faire habituelle ? À votre avis, pourquoi l'auteur procède-t-il ainsi ? **(4 points)**

6. « Une entreprise pharaonique » (l. 11) : **(3 points)**
a) Comment le mot souligné est-il construit ?
b) Que signifie-t-il généralement ?
c) Le contexte lui donne-t-il une valeur particulière ?

7. « Un espace, pense-t-il, où la maîtrise se combine à l'audace, et là est la marque de la puissance » (l. 37-38) :
a) Expliquez le sens de cette phrase en vous aidant de ce qui la précède. **(4 points)**
b) À votre avis, l'auteur partage-t-il ici la pensée du personnage ? **(2 points)**

8. Proposez un titre pour ce texte, puis expliquez vos intentions et ce qui justifie votre proposition. **(4 points)**

Image

9. Quels sont les éléments qui rapprochent l'image et le texte ? **(4 points)**

10. Quelles impressions suscite en vous cette photographie ? Sont-elles comparables à celles produites par le texte ? Pourquoi ? **(4 points)**

DICTÉE 20 min 10 points

Sont inscrits au tableau : au-delà, Aragon, Aurélien, 1944.

Les Parisiens n'ont jamais de leur ville le plaisir qu'en prennent les provinciaux. D'abord, pour eux, Paris se limite à la taille de leurs habitudes et de leurs curiosités. Un Parisien réduit sa ville à quelques quartiers, il ignore tout ce qui est au-delà qui cesse d'être Paris pour lui. Puis il n'y a pas ce sentiment presque continu de se perdre qui est un grand charme. Cette sécurité de ne connaître personne, de ne pouvoir être rencontré par hasard. Il lui arrive d'avoir cette sensation bizarre au contraire dans de toutes petites villes où il est de passage, et le seul à ne pas connaître tous les autres.

Louis ARAGON, *Aurélien,* © éditions Gallimard, 1944.

Partie II : Rédaction

1 heure 30 min 40 points

Vous traiterez au choix le sujet A ou B.

Sujet A : Réflexion

Selon vous, la vie au sein d'une ville moderne est-elle source de bonheur et d'épanouissement ?

Vous répondrez à cette question dans un développement argumenté en vous appuyant sur votre expérience, sur vos lectures, votre culture personnelle et les connaissances acquises dans l'ensemble des disciplines.

Votre rédaction sera d'une longueur minimale d'une soixantaine de lignes (300 mots environ).

Sujet B : Imagination

Vous êtes un architecte et vous proposez au pays imaginaire d'Utopia la fondation d'une ville idéale. Écrivez la lettre que vous adressez aux dirigeants d'Utopia pour expliquer votre vision de la ville, justifier vos choix et les inviter à retenir votre projet.

Votre rédaction sera d'une longueur minimale d'une soixantaine de lignes (300 mots environ).

CORRIGÉ

Partie I : Travail sur le texte littéraire et sur une image

■ Premier réflexe : observer le texte

• Il s'agit d'un texte récent (publié en 2010) d'un auteur contemporain, Maylis de Kerangal, sur une ville qui incarne la modernité car elle est en devenir : Dubaï.

• Lisez bien le chapeau d'introduction qui vous situe le personnage : le Boa est maire d'une ville imaginaire et vient visiter cette ville futuriste.

• Soyez sensibles à toutes les comparaisons que l'on n'attendrait pas dans une description de ville : les sabres laser, les pastilles Vichy dans le texte de M. de Kerangal… qui soulignent le caractère surréaliste de cette ville un peu folle.

SUJET 5

QUESTIONS

■ Remarques préalables

• Sept questions allient vos connaissances en langue (emploi des temps, vocabulaire…) et votre compréhension des intentions de l'auteur du texte.

• N'hésitez pas à développer la question 2 : l'adverbe « précisément » vous incite à détailler les émotions du personnage et la question vaut 3 points.

• Attention aux deux dernières questions qui vous demandent plus de réflexion : question 6, la phrase est plus complexe à comprendre ; on vous précise de vous appuyer sur ce que vous avez lu avant. Question 7, il s'agit de proposer un titre.

Grammaire et compétences linguistiques

1. Le temps majoritairement utilisé pour conjuguer les verbes du texte est le présent de l'indicatif. Ce temps donne au lecteur l'impression qu'il est plongé, comme le personnage, dans le spectacle de cette ville, qu'il participe à sa découverte, qu'il la vit. C'est un présent de narration qui donne plus de force, plus d'impact aux événements racontés.

2. Réécriture

■ Repérer les difficultés

• Les modifications sur les deux formes verbales sont simples : il suffit de mettre à la 3e personne du pluriel ces verbes du 1er groupe, sans piège (« ils arrivent », « ils peinent »).

• En revanche il faut bien repérer les termes (pronom, adjectif, participe) qui renvoient à ce sujet devenu pluriel « ils » : il faut accorder au masculin pluriel ces termes (« bouleversés », « eux-mêmes », « excités »).

• Repérer que les autres participes et adjectifs ne doivent pas être modifiés car ils ne se rapportent pas aux personnages (ainsi « claire » et « filtrée » se rapportent à « la nuit », féminin singulier).

Ils arrivent à l'hôtel bouleversé**s**, les joues rouges et les yeux exorbités, **ils peinent** à s'endormir, la nuit est trop claire, comme filtrée par une gaze chaude, **eux-mêmes** trop excit**és**.

Compréhension et compétences d'interprétation

3. La ville décrite – Dubaï – est en pleine construction, puisque le narrateur est d'abord éberlué par le nombre extrême de grues (un tiers des grues existant au monde est ici concentré). Cette ville se caractérise donc par son gigantisme : les tours prolifèrent (l. 12) plus hautes les unes que les autres (l. 13). Elle semble en proie à une folie de la construction parce qu'elle veut transformer en « terre à bâtir » le ciel « solide, massif » (l. 24) et la mer « rendue solide, croûteuse » (l. 27). On pourrait qualifier d'orgueil excessif, d'arrogance cette volonté de construire plus haut et plus dense que partout ailleurs au monde.

4. Le personnage est en proie à des sensations et des sentiments ambivalents, comme cela est dit dès le début du texte (l. 2). Il est d'abord très étonné (« éberlu(er) », l. 3), puis admiratif (« émerveillé », l. 12) devant cette volonté insatiable de construire toujours plus et toujours plus haut. Ce défi provoque en lui de l'enthousiasme (« euphorique et médusé », l. 23) et de l'excitation (« bouleversé », l. 31, « excité », l. 33) : il pense avoir trouvé dans la démesure de cette ville l'esprit, la marque de la gouvernance qu'il mettra en place pour diriger la ville américaine dont il est maire : « maîtrise » et « audace ».

5. Les propos du personnage à « trait de moustache » sont rapportés sans respecter les règles de présentation du discours direct, c'est-à-dire sans la ponctuation qui le marque (: pour annoncer les paroles et guillemets pour les délimiter). On pourrait parler de discours indirect libre mais les paroles rapportées ne nous font pas pénétrer dans l'esprit du personnage. C'est plutôt comme si ces paroles parvenaient tout doucement à l'esprit du Boa, sans qu'il parvienne à les comprendre, tellement il est sidéré. Il n'y a pas dialogue entre les deux personnages, le Boa entend cela sans vraiment écouter.

6. a) L'adjectif « pharaonique » est construit avec un suffixe d'adjectif (« -ique ») ajouté au nom « pharaon ».
b) Il sert, usuellement, à caractériser ce qui se rapporte à ces anciens souverains de l'Égypte.
c) Mais dans la mesure où ils ont été des bâtisseurs prodigieux de pyramides, l'adjectif prend le sens de magnifique, voire démesuré, mégalomane, c'est-à-dire désireux de faire toujours plus grand, voire trop grand.

7. a) Le Boa, en constatant la frénésie de construction qui caractérise cette ville ambitieuse, pense qu'il faut faire preuve d'audace, oser des défis (toujours plus haut, gagner sur le ciel et sur la mer) tout en étant capable de maîtriser techniquement ces défis, donc de les réaliser. Pour lui qui va avoir à gérer sa ville, il faut associer des rêves de grandeur (l'audace) avec les moyens réels (les grues, les ouvriers vingt-quatre heures sur vingt-quatre) de les faire exister (la maîtrise) et que c'est cela qui donne à une ville, à un pays, voire à un homme, la puissance.

b) L'auteur ne semble pas partager la pensée du Boa. On perçoit une distance critique, voire un avertissement, à travers quelques expressions dont notamment le « pense-t-il » qu'il prend soin d'insérer dans la phrase. La ville de Dubaï apparaît souvent comme surréaliste ou inhumaine. Les grues sont comparées à des sabres laser de guerriers du Jedi (l. 4-5), comme s'il s'agissait d'un jeu de pure fiction. Les tours sont si nombreuses qu'on les croirait « multipliées par un œil malade » (l. 13) et si hautes que l'on pense à une hallucination (l. 14) : on n'est donc pas dans le raisonnable. Cela semble folie (le prix exorbitant de trois millions de dollars pour acheter un « fac similé » de Grande-Bretagne souligne l'aspect démesuré du projet) que de vouloir bâtir le ciel et la mer.

8. *[Il n'y a pas qu'une seule réponse possible pour formuler ce titre mais pensez à évoquer la construction ou la ville et la démesure.]* Comme titre on peut proposer « Folie de bâtisseur » ou « Une ville mégalomane » ou « Dubaï, la ville qui exagère/de l'audace » ou « Dubaï, un défi inhumain », etc. En effet le texte de M. de Kerangal montre à quel point les bâtisseurs de Dubaï sont les pharaons de l'ère moderne, rêvant de conquérir terre, ciel et mer pour y implanter des projets architecturaux toujours plus audacieux.

Image

9. La photographie de P. Lange montre un chantier où l'on voit au moins cinq grues sur un espace limité, des échafaudages et de constructions vides, des tours très hautes à l'arrière-plan ainsi que des tas de sable et le désert au premier plan. Cela correspond à ce que dit le texte de cette frénésie de construction et de l'avancée des constructions sur le désert.

10. Comme la photographie est prise en format paysage et qu'on a au premier plan le « désert », on est plus sensible ici à l'environnement naturel et sec opposé au monde minéral du chantier (fer, pierre) : on se demande quand la construction des tours cessera. Il s'agit bien de Dubaï mais on ne partage pas l'émerveillement du Boa pour la splendeur des constructions : c'est une autre réalité de ce délire architectural que la photographie nous montre, une réalité où l'humain ne semble guère avoir sa place.

DICTÉE

Repérer les difficultés

• Difficultés de conjugaison :

– Tous les verbes sont au présent de l'indicatif, à la 3e personne ; cela ne présente pas de grandes difficultés mais faire attention au verbe « réduire » (du 3e groupe) qui fait « il réduit » à la 3e personne du singulier.

– Pour tous les verbes du 1er groupe, la 3e personne du singulier au présent est en -e : « Paris se limite », « il ignore », « qui cesse », « il lui arrive ».

• **Difficultés grammaticales** :
– Bien repérer le verbe « prendre » dans la proposition subordonnée « qu'en prennent les provinciaux » : le sujet inversé et le pronom « en » risquent de brouiller votre compréhension de la phrase ; rétablir l'ordre habituel : « les provinciaux prennent du plaisir de Paris » ; cela vous permet de moins hésiter sur l'orthographe de la forme verbale.
– Attention à « tout » qui apparaît sous toutes ses formes dans ce texte : le pronom neutre invariable dans « tout ce qui » à distinguer de « tous ceux qui » qui désignerait un nom pluriel, par exemple, « tous les Parisiens qui » ; l'adjectif qui s'accorde avec « villes » au féminin pluriel « dans de toutes petites villes » ; le déterminant pluriel « tous les autres ».
– Bien repérer le pronom réfléchi « se », toujours devant un verbe (« se limite », « se perdre ») à ne pas confondre avec le démonstratif « ce » qui ne peut se trouver que comme déterminant devant un nom (« ce sentiment ») ou comme pronom (« ce qui est »).

Partie II : Rédaction

Sujet A : Réflexion

Comprendre le sujet A

• Bien identifier ce qu'il faut entendre par « ville moderne » : c'est l'exemple de Dubaï illustré par le texte de M. de Kerangal, ou encore de New York (pourtant ancienne), du quartier de La Défense en région parisienne ou de ville construite récemment comme Shanghai – c'est-à-dire des villes hérissées de tours, très denses, très hautes –. Cela pose la question des espaces verts, du bruit, de la densité de population…
• Prendre en compte les deux termes proposés de « bonheur » et « épanouissement » : ce sont deux notions subjectives, propres à chacun. Par conséquent, vous ne pourrez pas envisager tous les arguments, il faudra les sélectionner en fonction de choix personnels.
• Comme indiqué dans la consigne, pensez à utiliser vos lectures, notamment ce texte de M. de Kerangal ou celui de É. Zola.

[Introduction] Si on nous dit « ville moderne », que voit-on en imagination ? New York, pourtant construite aux débuts du XXe siècle, reste l'archétype de ces villes hérissées de gratte-ciels. Ont suivi le quartier de La Défense à Paris, Shanghai, Lagos… et l'exemple actuel de Dubaï, que décrit le texte de M. de Kerangal, ville résolument moderne qui se construit sur le sable du désert et même s'étend sur la mer ! En dehors de leurs tours, comment sont conçues ces villes pour répondre aux besoins de leurs habitants ?

[Premier argument : l'esthétique de l'architecture] Construire en hauteur répond à un accroissement très rapide de la population urbaine qu'il faut faire travailler, vivre

et habiter sur une surface restreinte. Ces « villes-champignons », qui « poussaient » très rapidement, là où il n'y avait avant que des champs, ont parfois illustré les rêves futuristes des architectes… Est-ce que ces innovations ou ces splendeurs architecturales signifient pour autant bonheur et épanouissement des résidents ? Pour être sensible à l'esthétique d'une architecture, il ne faut pas être submergé par d'autres problèmes : un immeuble magnifique mais peu pratique ou bien réservé à une certaine clientèle, par exemple.

Il faut d'ailleurs nuancer : toutes les villes modernes ne sont pas forcément des prodiges séduisants d'architectes qui rivalisent d'imagination pour donner la forme la plus originale possible à leurs bâtiments. Certaines alignent les formes grisâtres parallépipédiques de leurs bâtiments de façon très monotone, sans aucune variation, sans aucune couleur, comme si on alignait des dortoirs. Or la première nécessité est de respecter les règles de l'urbanisme, c'est-à-dire un équilibre entre l'habitat et les autres espaces de vie de l'homme urbain.

[Deuxième argument : le souci de l'urbanisme] L'urbanisme regroupe l'ensemble des techniques qui doivent assurer un développement harmonieux des espaces urbains. Les architectes actuels s'en soucient et l'idée des concepteurs des villes modernes est de réunir dans un même espace tout ce dont peuvent avoir besoin les habitants, qu'ils soient de passage ou non : aux différents niveaux des tours vont s'étager les centres commerciaux, les bureaux, les appartements, les centres de loisir et de sport, les appartements dont les fenêtres offrent une vue magnifique sur la ville (et la nuit, avec toutes les lumières, c'est féérique). Tout est pensé pour atteindre un niveau maximum de confort, d'hygiène et de sécurité.

Pour les architectes et urbanistes de ces villes nouvelles il apparaît donc comme une évidence que la vie doit s'y dérouler de manière heureuse et épanouissante.

Mais est-ce que le tout à portée de main est une garantie du bonheur pour chacun ? En effet, avoir tout proposé dans son immeuble peut amener l'individu à perdre toute curiosité, tout désir d'aller voir ailleurs, au risque de perdre ces conditions de vie que l'on prétend idylliques. Ces citadins vont évoluer vers un « entre soi » qui prend des allures de ghetto car les prix des appartements dans ces villes résolument modernes sont si élevés que seuls les plus riches peuvent y habiter.

Par conséquent coexistent à quelques mètres les uns des autres, des quartiers d'affaires aux buildings orgueilleux et des quartiers sordides, comme c'est le cas à Rio de Janeiro, par exemple, où les gratte-ciels côtoient les favelas. Dans un film comme *Metropolis* de Lang ou le dessin animé de Grimault et Prévert *Le Roi et l'Oiseau* les villes modernes se développent à deux niveaux : les étages supérieurs pour les nantis oisifs et les bas-fonds sans air pour les ouvriers nécessiteux.

[Troisième argument : ville et liberté] Dans les villes modernes y a-t-il une réelle place pour l'être humain dans son individualité ? Bonheur et épanouissement découlent de choix personnels : peut-on les privilégier en ville ? Il semblerait qu'en apparence du moins ce soit le cas puisque de nombreux pays connaissent un exode rural important et que des paysans quittent leur lopin de terre pour tenter leur chance en ville dans l'espoir de trouver un travail et une vie meilleure, mais les trouvent-ils ? Certes les villes modernes sont des villes où la vie « pulse » à un rythme souvent effréné, où les distractions et les services abondent, où il y a toujours quelque chose à faire, à voir, où l'anonymat est garanti… mais n'est-ce pas une illusion de vie véritable ? Très souvent les habitants des villes, qu'elles soient modernes ou non

d'ailleurs, partent le week-end à la campagne pour retrouver une maison individuelle dans un village certes où il y a moins de confort mais où les voisins se connaissent, où on entend moins de bruit, où on peut prendre son temps, flâner… Ils vont donc chercher autre chose.

[Conclusion] Répondre à la question posée est une question de sensibilité personnelle mais aussi et surtout de niveau de vie : apparemment il n'y a pas de règle absolue.

Sujet B : Imagination

Comprendre le sujet B

• On vous demande d'écrire une lettre : cela peut vous sembler peu moderne (vous auriez pensé à un courriel) mais cela reste une forme communément employée car elle conserve un caractère officiel. Consultez la fiche 5 p. 15-16 pour vous en remémorer les critères.
• N'oubliez pas en particulier que, dans une lettre, il y a un expéditeur – l'architecte qui conçoit la ville – et un destinataire – les habitants d'Utopia – : vous devez les rendre présents, surtout l'architecte qui présente son projet.
• Vous êtes dans un pays imaginaire et vous devez construire la ville idéale : soyez audacieux ! Mieux vaut développer deux ou trois idées très innovantes plutôt que de vouloir décrire toute la ville. Adoptez un ton enthousiaste, propre à persuader : voyez quels procédés utiliser grâce à la fiche qui suit.

FICHE 16

Utiliser des procédés de persuasion

• **Pour « persuader » son interlocuteur, on joue sur ses sentiments alors que, pour le « convaincre », on fait plus appel à sa logique.** Les deux types de procédés sont utiles dans une argumentation.
• **Pour persuader, il faut user :**
– de phrases interrogatives pour interpeller l'interlocuteur et retenir son attention (il peut même s'agir d'interrogations rhétoriques, c'est-à-dire de fausses questions) ;
– de phrases exclamatives pour manifester les sentiments du locuteur : ici son enthousiasme, ailleurs sa colère, son indignation ;
– de tournures emphatiques (inversion dans l'ordre normal de la phrase, emploi de superlatifs comme « le concentré parfait », exagérations comme « Quel bonheur incroyable ») ;
– de figures de style : la répétition (ex. « Rêvez, rêvez »), pour bien marteler ses idées, la personnification, la comparaison, la métaphore… pour surprendre ;
– d'un vocabulaire fort qui crée des images parlantes pour susciter l'émotion de l'interlocuteur ;
– de phrases elliptiques (ex. « Abolie l'injustice !»), d'expressions paradoxales (c'est-à-dire contraires à ce qu'on attendait), de tournures ironiques pour « réveiller » l'interlocuteur ;
– de jeux sur les sons, comme l'allitération pour mettre en valeur le texte.

Mesdames et Messieurs, Chers Utopiens,

[Prise en compte du destinataire] J'ai pris connaissance de votre appel d'offres pour construire une ville nouvelle mais surtout une ville idéale dans votre beau pays d'Utopia !

Je m'empresse donc de vous présenter mon projet qui, je l'espère, saura répondre à vos attentes. Vous avez déjà dû entendre mon nom. Sachez que pour moi il n'y a pas de projet irréalisable ! J'ai mené à bien la construction d'une ville sous-marine, j'ai conçu des immeubles qui, tels des héliotropes, suivent le soleil : conséquence… leurs appartements sont toujours ensoleillés. Pour construire votre ville je n'aurai que ces guides en tête : l'imagination au service de la beauté et de la fonctionnalité !

[Développement des idées] Le maître mot de ma ville idéale est la diversité. Avez-vous envie de continuer cette vie monotone du citadin qui fait chaque jour la même chose, le même trajet et doit attendre le week-end pour s'échapper vers un environnement plus séduisant en s'infligeant des heures sur les routes ?

Premier aspect de cette diversité : la nature est complètement associée à la ville car je tiens à la faire entrer par tous les moyens dans la vie de vos concitoyens. À Utopia, les tours seront comme les troncs d'arbres gigantesques auxquels s'accrochera toute la végétation. On s'y promènera dans une forêt tropicale puis dans un jardin zen, une forêt de mélèzes ou une allée de palmiers au gré des quartiers. Par conséquent on pourra aussi varier son habitat : dormir dans une cabane perchée dans un arbre ou sous une tente : en effet, chaque quartier bénéficiera d'un climat différent sous sa bulle immense.

Diversité des loisirs aussi : les lieux de vie et de distraction seront disséminés dans toute la ville et non pas réservés à un seul quartier. Ils s'adapteront instantanément à la personne qui les choisit. Par exemple tout le monde pourra s'asseoir dans une grande salle de cinéma, ce qui mêlera les générations, et selon son âge ou ses envies chacun verra son film sur l'écran, grâce à un système particulier de lunettes : ainsi le grand-père verra un western assis à côté de son petit-fils qui, lui, regardera un film de science-fiction.

Rêvez ! Rêvez ! Je vous offre une ville entièrement modulable, au service de ses habitants, c'est-à-dire que les lieux changeront au gré des humeurs ou des envies de leurs utilisateurs : par exemple les habitants pourront le matin choisir de travailler dans une boulangerie, un hôpital ou un atelier de gravure et le soir changer de résidence comme décrit plus haut : cabane dans un arbre, suite dans un palace ou tente dans un camping au bord de la mer… et cela pour le même prix.

Abolie l'injustice ! Les pauvres pourront profiter, comme les riches, de conditions agréables de vie ! Ainsi régnera l'harmonie entre les classes sociales.

Imaginez votre plaisir de vivre dans cette ville changeante ! Vous êtes d'humeur mélancolique ? Vous arpentez des allées de jardins publics fleuries de chrysanthèmes et ombragées de saules pleureurs. Vous avez envie de retrouver le moral ? Vous contemplez des massifs d'azalées aux couleurs éclatantes ou des parterres de coquelicots …

Dans les rues, rectilignes ou sinueuses, les maisons de différents styles se succèdent : maisonnettes de village aux murs colorés, villas des siècles précédents, gratte-ciels aux formes évocatrices… Quel bonheur incroyable de changer d'endroit plusieurs fois par jour ! Finis la monotonie et l'ennui ! On pourra le matin se retrouver avec des amis dans un bar italien pour prendre un cappuccino, le midi dans un grand restaurant gastronomique français et le soir dans une boîte de nuit londonienne, non sans être passé, dans l'après-midi, par une forêt de sapins enneigés, à moins que vous n'ayez choisi une baignade dans une mer tropicale.

La ville idéale que vous cherchez à construire vient de naître sous ma plume ! C'est le concentré parfait de tous les plaisirs de vivre et de toutes les beautés du monde. Je vous joins les plans, du moins les plans de départ puisque, je vous le rappelle, le secret de cette ville idéale est qu'elle ne peut exister de manière définitive mais qu'elle va changer de forme, aussi souple et évolutive qu'un nuage dans le ciel !

Vous allez adorer venir habiter dans ma ville qui est déjà LA VÔTRE !

Et qui sera aussi la mienne ! Car si on dit toujours que les architectes n'aimeraient pas vivre dans les bâtiments qu'ils ont imaginés ! eh bien moi, je vais venir m'installer parmi vous, dans cette ville qui sera l'apothéose de ma carrière !

Veuillez recevoir, mes chers futurs concitoyens, l'assurance que je ferai le maximum pour être à la hauteur de vos attentes, ainsi que mes sentiments les plus chaleureux !

Votre architecte dévoué

Sujet 6

Didier Daeninckx *Cannibale*

Partie I : Travail sur le texte littéraire et sur une image

1 heure 10 min — 50 points

Document 1 Texte littéraire

Un vieil homme raconte comment, en compagnie d'hommes et de femmes de son village de Nouvelle-Calédonie, il a été désigné par les autorités françaises pour représenter l'Océanie à l'Exposition coloniale de 1931, à Paris.

Nous avons embarqué le 15 janvier 1931, sur le « Ville de Verdun ». Nous vivions sur le troisième pont, comme des passagers de dernière catégorie. Il faisait trop chaud le jour, trop froid la nuit, et plusieurs d'entre nous ont contracté la malaria[1] lors d'une escale aux Nouvelles-Hébrides. Il y a eu trois morts, si mes souvenirs sont exacts, dont Bazit, un Kanak[2] albinos de Wé. L'équipage a jeté leurs corps à la mer sans nous laisser le temps de leur expliquer que l'on naît pour vivre avec les vivants et que l'on meurt pour vivre avec les morts. Les morts ne peuvent vivre dans l'océan, ils ne peuvent pas trouver leur tribu… Nous sommes arrivés à Marseille au début du mois d'avril, sous la pluie. Des autocars militaires attendaient sur le quai de la Joliette pour nous conduire directement à la gare Saint-Charles. Je ne connaissais que la brousse de la Grande-Terre[3], et d'un coup je traversais l'une des plus vastes villes de France… À l'époque, je n'étais jamais allé au cinéma. J'avais mal aux yeux à force de les tenir ouverts pour ne rien perdre du spectacle ! Les lumières, les voitures, les tramways, les boutiques, les fontaines, les affiches, les halls des cinémas, des théâtres… Parvenus à la gare, nous n'osions pas bouger. Nous restions collés les uns aux autres, comme des moutons, effrayés par le bruit, les fumées, les râles de vapeur et les sifflements des locomotives. La fatigue m'a terrassé. Je n'ai presque rien vu du voyage, sauf un moment magique : un peu de neige qui tombait sur le Morvan[4]. Je restais le plus près possible de Minoé[5]. Elle m'était promise, et j'avais fait le serment à son père, le petit chef de Canala, de veiller sur elle.

À Paris, il ne subsistait rien des engagements qu'avait pris l'adjoint du gouverneur à Nouméa[6]. Nous n'avons pas eu droit au repos ni visité la ville. Un officiel nous a expliqué que la direction de l'Exposition était responsable de nous et qu'elle voulait nous éviter tout contact avec les mauvais éléments des grandes métropoles. Nous avons longé la Seine, en camion, et on nous a parqués derrière des grilles, dans un village kanak reconstitué au milieu du zoo de Vincennes, entre la fosse aux lions et le marigot des crocodiles. Leurs cris, leurs bruits nous terrifiaient. Ici, sur la Grande-Terre, on ne se méfie que du serpent d'eau, le tricot rayé. Et encore… les gamins s'amusent avec. C'est rare qu'il arrive à ouvrir sa gueule assez grand pour mordre ! Au cours des jours qui ont suivi, des hommes sont venus nous dresser, comme si nous étions des animaux sauvages. Il fallait faire du feu dans des huttes mal conçues dont le toit laissait passer l'eau qui ne cessait de tomber. Nous devions creuser d'énormes troncs d'arbres, plus durs que la pierre, pour construire des pirogues tandis que les femmes étaient obligées de danser le pilou-pilou à heures fixes. Au début, ils voulaient même qu'elles quittent la robe-mission[7] et exhibent leur poitrine. Le reste du temps, malgré le froid, il fallait aller se baigner et nager dans une retenue d'eau en poussant des cris de bêtes. J'étais l'un des seuls à savoir déchiffrer quelques mots que le pasteur[8] m'avait appris, mais je ne comprenais pas la signification du deuxième mot écrit sur la pancarte fichée au milieu de la pelouse, devant notre enclos : « Hommes anthropophages[9] de Nouvelle-Calédonie ».

Didier Daeninckx, *Cannibale*, © Éditions Verdier, 1998.

1. Malaria : maladie transmissible par les moustiques, qui entraîne de fortes fièvres.
2. Kanak : peuple d'Océanie (appelé aussi « mélanésien »). Ce nom, en polynésien, signifie « homme ».
3. Grande-Terre : nom de l'île principale qui constitue la Nouvelle-Calédonie.
4. Morvan : région de Bourgogne.
5. Minoé : nom féminin.
6. Nouméa : capitale de la Nouvelle-Calédonie.
7. Robe-mission : robe préconisée par les missionnaires, lorsqu'ils ont converti les Kanaks au christianisme.
8. Pasteur : prêtre chez les Protestants.
9. Anthropophages : qui mangent de la chair humaine (synonyme de « cannibales »).

Document 2 Image

« Jardin zoologique d'acclimatation : Indiens Galibis », affiche de Jules Chéret, 1882.
Le Jardin d'acclimatation se trouve dans le bois de Boulogne, en bordure de Paris. Les Indiens Galibis sont des Amérindiens vivant en Amazonie, en Guyane française.

QUESTIONS

Grammaire et compétences linguistiques

1. « Les lumières, les voitures, les tramways, les boutiques, les fontaines, les affiches, les halls des cinémas, des théâtres... » (lignes 14 à 16).

a) Quelle est la particularité grammaticale de cette phrase ? **(1 point)**

b) Quel effet est produit par la construction de cette phrase ? **(2 points)**

2. « Un officiel nous a expliqué que […] avec les mauvais éléments des grandes métropoles » (lignes 24 à 27).

a) Comment sont rapportées les paroles de l'officiel ? Quelles caractéristiques grammaticales vous permettent d'identifier ce type de discours rapporté ? **(2 points)**

b) Que pensez-vous de l'explication avancée par l'officiel ? **(2 points)**

Réécriture

3. Réécrivez le passage suivant à la troisième personne du pluriel et au féminin. Vous effectuerez toutes les modifications nécessaires.
« Parvenus à la gare, nous n'osions pas bouger. Nous restions collés les uns aux autres, comme des moutons, effrayés par le bruit, les fumées, les râles de vapeur et les sifflements des locomotives. La fatigue m'a terrassé. » (lignes 16 à 18) **(10 points)**

Compréhension et compétences d'interprétation

4. D'après les lignes 1 à 5, comment s'est déroulé le voyage en bateau ? Relevez trois indices dans ce passage pour justifier votre réponse. **(3 points)**

5. Dans le passage qui s'étend de la ligne 5 à la ligne 8 :
a) Pour quelle raison l'équipage du navire a-t-il « jeté leurs corps à la mer » ? **(1 point)**
b) De quelle manière le narrateur perçoit-il ce geste ? Justifiez votre réponse. **(2 points)**

6. « Nous restions collés les uns aux autres, comme des moutons, effrayés par le bruit, les fumées, les râles de vapeur et les sifflements des locomotives. » (lignes 16 à 18).
a) Relevez et identifiez la figure de style utilisée dans cette phrase. **(1 point)**
b) Expliquez-la : que met ainsi en valeur le narrateur ? **(2 points)**

7. Dans le passage qui s'étend de la ligne 18 à la ligne 22 (« Je n'ai presque rien vu [...] de veiller sur elle. ») :
a) Expliquez le choix de l'adjectif « magique » par le narrateur. **(1 point)**
b) Expliquez l'expression : « Elle m'était promise ». **(1 point)**
c) Qu'apprend-on dans ces phrases sur le caractère du personnage ? **(4 points)**

8. Dans le passage de la ligne 27 à la ligne 44, comment les Kanaks sont-ils traités ? Développez votre réponse en vous appuyant sur des citations de ce passage. **(4 points)**

9. Quelle image des Kanaks la direction de l'exposition veut-elle montrer ? Selon vous, le narrateur correspond-il à cette image ? Développez votre réponse en prenant appui sur l'ensemble du texte. **(4 points)**

Image

10. a) Que représente cette affiche ? **(2 points)**
b) Quel(s) lien(s) pouvez-vous faire avec le texte de D. Daeninckx ? **(2 points)**

11. Quels peuvent être les réactions et les sentiments des personnages présents sur l'affiche ? Et des visiteurs de ce Jardin d'acclimatation en 1882 ? Développez votre opinion. **(6 points)**

DICTÉE 20 min 10 points

On précisera aux élèves que le narrateur est un homme.

Je me suis précipité sur les uniformes, les poings dressés. Ils n'attendaient que cela pour sortir leurs gourdins et me frapper sur les épaules, la tête. J'ai réussi à m'agripper à un des surveillants, à m'en servir comme d'un bouclier. J'avançais en le tenant par la gorge. Je montrais les dents, comme ils nous avaient appris à le faire pour impressionner les visiteurs. Ils avaient formé le cercle et riaient.

Mais c'est qu'il mordrait, le cannibale !

L'un des gardiens s'était faufilé derrière moi, et quand j'ai pris conscience de sa présence, il était trop tard. La matraque s'est abattue sur ma nuque. Je suis tombé sur les genoux, à demi assommé. J'ai rassemblé toutes les forces qui me restaient pour ne pas fermer les yeux.

Didier DAENINCKX, *Cannibale*, © Éditions Verdier, 1998.

Partie II : Rédaction

1 heure 30 min 40 points

Vous traiterez au choix le sujet A ou B.

Sujet A : Imagination

Un journaliste a visité l'Exposition coloniale de 1931. Imaginez l'article qu'il rédige pour dénoncer le traitement infligé aux Kanaks. Vous signerez votre article des initiales du journaliste (A. B.)
Votre texte fera environ 300 mots.

Sujet B : Réflexion

Selon vous, en quoi la rencontre d'une autre culture est-elle une expérience enrichissante ? Vous donnerez votre réponse selon un développement argumenté et organisé.
Votre texte fera environ 300 mots.

CORRIGÉ

Partie I : Travail sur le texte littéraire et sur une image

Premier réflexe : observer le texte

• Ce texte répond à **l'enjeu littéraire : « Dénoncer les travers de la société »**. En effet, même s'il n'utilise pas les procédés stylistiques propres à la satire, l'auteur, D. Daeninckx, qui écrit ce texte en 1998, met en évidence le traitement que l'on a infligé aux populations des colonies quand, dans les années 1930, on les considérait comme des « sauvages », au mépris de leur culture.
• C'est un texte écrit à la première personne, un témoignage mais pas une autobiographie : l'auteur, D. Daeninckx, n'est pas le narrateur, il donne la parole à un Kanak.
• Il faut bien prendre conscience de l'époque des faits racontés : en 1931, on a encore peu d'informations et d'images sur les pays et les peuples éloignés. C'est cette ignorance qui crée le décalage important entre les Kanaks, venus de Nouvelle-Calédonie, et les Français des villes. Chaque peuple paraît « exotique » à l'autre car ils ignorent tout de leurs coutumes et de leur mode de vie respectifs.

QUESTIONS

Remarques préalables

• N'oubliez pas que le texte est écrit du point de vue du Kanak : mettez-vous à la place de ce personnage venu d'un pays lointain pour bien comprendre le texte et répondre aux questions.
• À la question 7, la dernière partie doit tenir compte de ce qu'on vous a fait remarquer en 7. a) et en 7. b) : les qualités d'émerveillement en a) et la loyauté, la fidélité à la parole donnée en b). Le c) attend une réponse de synthèse.
• Les questions 8 et 9 exigent des réponses développées : elles font la synthèse de ce que vous avez analysé avant. Donc relisez vos premières réponses avant de les rédiger.

Grammaire et compétences linguistiques

1. a) Le passage « Les lumières, les voitures, les tramways, les boutiques, les fontaines, les affiches, les halls des cinémas, des théâtres… » est une énumération de groupes nominaux, sans verbe : c'est une phrase nominale *[ou elliptique du verbe]*.
b) Cette accumulation de groupes nominaux traduit l'éblouissement des Kanaks devant le foisonnement de la ville, la multiplicité des choses qu'ils découvrent jusqu'à en être étourdis, voire enivrés ; ils sont comme dans un tourbillon.

2. a) Les paroles de l'officiel sont rapportées au discours indirect : elles rapportent l'essentiel du message, elles dépendent d'un verbe de parole (« expliquer »), elles ne sont pas encadrées de guillemets, elles respectent la concordance des temps pour les

verbes et la modification des pronoms (au discours direct, on aurait dit : « La direction [...] est responsable de vous. »).
b) L'officiel n'a sans doute pas menti : il est vraisemblable qu'on ait voulu protéger les Kanaks car on était conscient que le dépaysement allait être brutal pour eux et que les gens, en 1931, pouvaient avoir des réactions surprenantes à leur égard. Mais l'officiel ne dit pas toute la vérité : vouloir leur éviter des contacts avec « les mauvais éléments » ne nécessitait pas de les parquer. En fait ils voulaient les exhiber dans l'Exposition comme une espèce rare d'animaux.

3. Réécriture

■ Repérer les difficultés

- L'exercice repose uniquement sur les problèmes d'accord au féminin pluriel.
- Il faut bien repérer tous les mots (adjectifs, participes, pronoms) qui doivent passer au féminin pluriel : par exemple, « effrayés » se rapporte bien à « elles » et non pas aux « moutons » de la comparaison.

Parvenues à la gare, **elles** n'os**aient** pas bouger. **Elles** rest**aient** coll**ées** **les unes** aux autres, comme des moutons, effray**ées** par le bruit, les fumées, les râles de vapeur et les sifflements des locomotives. La fatigue **les** a terrass**ées**. *[ou « l'a terrassée », si on considère qu'on peut passer du « elles » pluriel au « elle » singulier comme le texte passe du « nous » au « je »]*

Compréhension et compétences d'interprétation

4. Le voyage en bateau s'est passé dans des conditions difficiles d'inconfort et d'insalubrité : les Kanaks sont entassés au troisième pont, la plus basse classe, alors qu'on leur avait annoncé qu'ils représenteraient l'Océanie à l'Exposition coloniale ; ils souffrent de la chaleur et du froid, ils attrapent la malaria et trois d'entre eux en meurent.

5. a) L'équipage jette les corps à la mer parce qu'ils sont morts, sans doute de malaria, maladie des zones chaudes et humides qui peut être mortelle. Dans la marine, il était d'usage de se débarrasser des corps par-dessus bord, car il était impossible de conserver les cadavres à bord (à cause de la chaleur et des risques sanitaires).
b) Ce traitement choque les Kanaks car ils n'ont pas le temps de rendre les hommages aux morts selon leurs coutumes. Les vivants ne peuvent plus se recueillir sur la dépouille du défunt. Pour eux, avoir jeté les corps à la mer est un acte impie, un sacrilège. *[Pensez à Priam qui vient réclamer à Achille le corps d'Hector pour lui rendre les honneurs funèbres, dans* L'Iliade *d'Homère.]*

6. a) La figure de style utilisée est une comparaison : « comme des moutons ».
b) Cette comparaison avec des animaux, que l'on voit souvent vivre en troupeau, souligne que ces hommes sont traités comme des bêtes, qu'on cherche à les avilir. Eux-mêmes sont si apeurés qu'ils se sentent amoindris et se comportent comme tels, obligés de se regrouper pour conjurer leur peur.

7. a) La neige qui tombe est déjà un émerveillement pour les enfants ou même les adultes qui connaissent ce phénomène météorologique. Alors, pour le

narrateur et ses compagnons qui viennent d'un climat tropical et ne connaissent que la pluie, le spectacle des flocons, à la fois très visibles et si légers, si vite fondus est « magique ».

b) « Elle m'était promise » signifie qu'elle était comme sa fiancée : les parents avaient dû convenir que les deux jeunes gens se marieraient quand ils en auraient atteint l'âge.

c) Le narrateur présente de nombreuses qualités morales : il est capable de s'émerveiller du spectacle de la nature, quand la neige tombe ; il est loyal et fidèle à ses engagements car il tient à respecter la promesse qu'il a faite de veiller sur sa « promise ». Il est également courageux puisqu'il s'affirme prêt à affronter les dangers pour honorer sa promesse.

8. Les Kanaks sont maltraités : non seulement les autorités ne respectent pas les promesses qui leur ont été faites de visiter Paris mais on les méprise en les traitant comme « des animaux sauvages » (l. 34). On les oblige à vivre dans des conditions difficiles qui ne correspondent pas à leurs habitudes de vie – contrairement à ce que pensent les autorités – : ils sont « parqués derrière des grilles » (l. 27-28), dans le zoo, près d'animaux dangereux (les lions, les crocodiles) qui les « terrifiaient » (l. 30) car ce n'est pas du tout leur milieu de vie naturel. On essaie de les « dresser » (l. 33), de leur faire faire des activités sur commande comme à des animaux de cirque : « faire du feu » (l. 34), « construire des pirogues » (l. 36), « danser le pilou-pilou à heures fixes » (l. 37), « se baigner et nager » malgré le froid (l. 39), voire que les femmes « exhibent leur poitrine » (l. 38).

9. Les autorités veulent montrer les Kanaks comme des hommes préhistoriques ou des sauvages, non civilisés. On essaie même de faire croire qu'ils sont « anthropophages » (l. 43), qu'ils mangent de la chair humaine en l'écrivant sur la pancarte. En réalité, non seulement les Kanaks ont leur propre culture (rites d'hommages funèbres l. 6 à 8, fabrication de huttes et de pirogues l. 35 et 36, pudeur des femmes qui refusent d'exhiber leur poitrine l. 38) mais le narrateur témoigne d'une lucidité qui prouve son esprit critique : il voit bien que les huttes sont mal conçues (l. 34-35), signe qu'il s'y connaît en construction, que le bois n'est pas approprié pour creuser des pirogues. De plus il sait lire (l. 40-41) et il fait preuve de curiosité : il a très envie de découvrir ce monde inconnu de la ville : « J'avais mal aux yeux à force de les tenir ouverts pour ne rien perdre du spectacle. » (l. 13-14). Ce ne sont donc pas des « sauvages » mais des hommes qui ont une culture différente de la civilisation occidentale *[qui, à l'époque, se croit supérieure à toutes les autres.]*

Image

10. a) Ce document est une affiche publiée dans le cadre de l'Exposition universelle de 1882 au Jardin zoologique d'acclimatation, en bordure de Paris : elle présente une famille (un homme, une femme et des enfants), peut-être avec d'autres adultes, dans un décor exotique et dans leur tenue habituelle, adaptée au climat tropical. Mais comme l'exposition a lieu à Paris, cela devient étrange, voire choquant, de les montrer ainsi. On note en particulier que la femme se détache, debout, mais n'est-ce pas pour exhiber sa nudité ? L'homme a le privilège d'être assis alors qu'il n'a pas d'enfant à porter. En 1882, cette exposition a pour but d'informer les Européens sur les populations des colonies dont on ne sait rien, les voyages étant réservés à quelques privilégiés.

b) Même s'il s'agit des Kanaks (de Nouvelle-Calédonie) venus pour l'Exposition coloniale dans le texte de D. Daeninckx et des Indiens Galibis (de Guyane) exhibés au Jardin d'acclimatation sur l'affiche, le thème de ces deux documents est identique : montrer des populations exotiques aux Européens. Cependant l'intention n'est pas identique : le texte de D. Daeninckx, écrit en 1998, cherche à dénoncer les mauvais traitements infligés aux Kanaks et le ridicule de la démarche alors que l'affiche de 1882 n'a pas de visée satirique en cette fin de XIXe siècle. Le terme « zoologique » qui figure sur l'affiche est particulièrement choquant, à nos yeux de contemporains, puisqu'il ne s'agit pas d'animaux mais bien d'êtres humains. C'est nous, lecteurs du XXIe siècle, qui trouvons scandaleux cette exploitation des hommes.

11. *[Beaucoup d'éléments de réponse à cette question ont déjà été formulés dans les réponses précédentes ; essayez surtout de montrer le contraste entre ce que ressentent les Indiens et les visiteurs de l'époque.]* Comme les Kanaks du texte, ces Indiens doivent être stupéfaits d'être ainsi montrés dans des conditions qui ne sont pas celles de leur véritable milieu : on ne vit pas revêtu d'un pagne en climat tempéré (d'ailleurs plusieurs tombèrent malades et certains en moururent), tout doit leur paraître artificiel jusqu'au faux décor reconstitué. Ils ne doivent pas comprendre pourquoi on les traite comme des animaux alors que, eux, savent bien que leur vie authentique n'a rien à voir avec cette situation.

Les visiteurs peuvent être partagés entre un voyeurisme, en partie explicable par l'ignorance des gens (voir « Observer le texte »), face à ce que les gens appellent à l'époque des « sauvages » ; un sentiment de compassion car ils doivent se rendre compte des conditions de vie pénibles ; peut-être même un sentiment de révolte, trouvant scandaleux qu'on exhibe ainsi des êtres car, dès le XVIIIe siècle, les Lumières ont dénoncé l'exploitation humaine et la religion catholique, plus pratiquée dans la première moitié du XXe siècle qu'aujourd'hui, proclame l'égalité des hommes.

SUJET 6

DICTÉE

■ Repérer les difficultés

• Difficultés de conjugaison :

La plupart des verbes sont à l'imparfait ou au passé composé. Ce sont des temps que vous maîtrisez bien généralement : terminaisons *-ais, -ais, -ait, -ions, -iez, -aient* pour l'imparfait (« ils attendaient », « j'avançais », « je montrais », « qui restaient ») ; présent de l'auxiliaire « avoir » ou « être » pour le passé composé + participe passé. Il faut néanmoins faire attention aux accords du participe.

• Difficultés grammaticales :

– Accord du participe passé employé avec « avoir » : il ne s'accorde pas sauf si le COD du verbe est placé avant lui ; ce n'est jamais le cas dans ce texte, donc on a « j'ai réussi », « ils nous avaient appris », « ils avaient formé », « j'ai pris », « j'ai rassemblé ».

– « Frapper » (l. 2) est un infinitif car il dépend de la préposition « pour » comme le verbe « sortir » auquel il est relié.

– Attention à l'accord au pluriel de « restaient » (l. 11) : il faut penser à accorder le verbe avec son sujet « toutes les forces » remplacées par « qui » dans la subordonnée relative.

• **Difficultés lexicales :**

– Lettre finale du participe passé : pour savoir comment se termine un participe passé, il faut le mettre au féminin car on entend alors la consonne finale s'il y en a une ; ainsi la leçon est « apprise », la direction est « prise » alors que l'épreuve est « réussie ».

– Quelques mots à retenir : « agripper », « impressionner », « cannibale », « se faufiler », « conscience », « assommé ».

Partie II : Rédaction

Sujet A : Imagination

Comprendre le sujet A

• C'est un article de journal qu'il faut écrire : voyez la fiche n° 6 p. 16.

• Le journaliste doit rapporter les faits : vous pouvez reprendre les éléments donnés dans le texte, il vous suffit de les exposer du point de vue du visiteur et non du point de vue du Kanak.

• L'article doit « dénoncer le traitement infligé aux Kanaks » : ce n'est donc pas un exposé neutre. Il vous faut orienter l'expression pour provoquer l'indignation du lecteur. Cherchez à susciter ses réactions et sentiments en utilisant, par exemple, le « pathos ».

FICHE 17

Donner un ton pathétique

Donner un ton pathétique permet d'émouvoir le destinataire du texte par l'expression douloureuse de la situation et des sentiments. Voici quelques moyens pour créer ce qu'on appelle du « pathos » :

• Parler des malheurs de l'existence (mort, accident, misère, maladie…) ou des déceptions morales (être trahi ou abandonné, perdre un être cher…).

• Utiliser certains procédés de style, dont notamment :

– l'apostrophe pour que le récepteur soit directement interpellé et s'apitoie ;

– les champs lexicaux de la douleur, de la souffrance, de la mort, de la fatalité (ex. « désastreux », « effroyable », « honteux », « épouvantable », « terrible », « affreux », « sordide », « débris », « lambeaux », « cendres », « larmes », « détruire », « morceler », etc.) ;

– l'hyperbole (ou exagération) pour amplifier l'expression de cette situation ;

– les interrogations et les exclamations qui traduisent le bouleversement ;

– l'emploi de la 1re personne (« je ») pour exprimer la souffrance et de la 2e personne (« tu », « vous ») pour impliquer le récepteur ;

– si possible, du rythme, donné à la phrase par groupes de mots de volume croissant.

SCANDALE À L'EXPOSITION COLONIALE

[Introduction de l'article]

L'événement à ne pas manquer du moment est cette « Exposition coloniale » dont tout Paris parle. Chacun s'extasie sur les merveilles dont regorgent nos colonies : il y a tant de choses à voir et à commenter ! On ne sait où poser les yeux au milieu de tant de splendeurs ! Fruits exotiques, plantes inconnues et impressionnantes, vêtements multicolores, produits d'artisanats aux ressources méconnues… Pour ces découvertes de la nature ou d'objets exotiques, l'Exposition coloniale est un régal de tous les sens, une belle réussite.

Mais il y a des hommes qu'on a aussi fait venir de nos colonies… Et là, le spectacle est affligeant, bouleversant, scandaleux même *[rythme et champ lexical de l'indignation]*. Imaginez une pancarte où est écrit « Hommes anthropophages de Nouvelle-Calédonie » ! Le visiteur s'offrirait bien quelques frissons de peur dans ce siècle qu'on dit de progrès et de civilisation : voir de féroces cannibales, de dangereux mangeurs d'hommes ! Quelle sensation !

[Exposé des faits]

On s'approche alors des grilles – il faut bien appeler les choses par leur nom : l'endroit où ces hommes sont regroupés ne diffère pas beaucoup des enclos des bêtes sauvages qui les entourent : ils sont littéralement parqués entre la fosse aux lions et le marigot des crocodiles – et on découvre un village kanak reconstitué. Mais c'est la honte qui doit vous submerger et non la curiosité…

Derrière ces grilles, au lieu de cannibales redoutables, on découvre en fait de pauvres bougres, transis de froid, qui sursautent à chaque rugissement des lions… Certains, l'air morne, essaient de creuser des pirogues dans des troncs de bois trop dur pour les outils dont ils disposent. Leurs gestes sont habiles, mais aux paroles qu'ils échangent, on comprend qu'ils critiquent le bois qu'on leur a choisi. D'ailleurs pourquoi creuser des pirogues dont ils n'ont pas l'usage ? Veut-on pousser le ridicule jusqu'à les faire naviguer sur la Seine ? On les voit patauger dans une mare : qui les oblige à cette mascarade ?

Des femmes sont assises en rond, désœuvrées. Avez-vous souvent vu des femmes ne rien faire ? mais elles, elles sont arrachées à leur milieu naturel. Parfois, sans qu'on sache pourquoi, elles se lèvent et, d'une manière mécanique, un peu comme des automates, se mettent à danser… On voit bien que le cœur n'y est pas. D'ailleurs, il leur échappe souvent une larme…

Quel rôle veut-on faire jouer à ces êtres humains ? Servir de distraction du dimanche à des spectateurs qui, derrière les grilles, leur jettent des cacahuètes, comme à des singes ? À l'expression étonnée de leur regard, on comprend que les Kanaks se demandent pourquoi ils sont là. Ils ont un air plutôt affolé mais très doux, alors qu'on s'attendrait à leur révolte.

[Passage à la 1re personne]

Un homme jeune s'est approché, il parlait assez bien le français et m'a interpellé : « Pourquoi nous a-t-on menti ? Pourquoi nous a-t-on promis de faire un magnifique voyage, bien au-delà des mers, et de visiter Paris, la Ville Lumière dont nous avait parlé le pasteur, avec des étoiles dans les yeux ? Pour nous retrouver là, prisonniers ? Trois de nos compagnons sont morts au fond du navire, victimes des terribles conditions de voyage. Pourquoi les ont-ils jetés à la mer comme de vulgaires sacs d'ordures : c'était tellement contraire à nos coutumes ! Comment allaient-ils pouvoir rejoindre leurs ancêtres, perdus au milieu de cet océan si vaste ?... Nous avons essayé de nous révolter contre cela mais on nous a brutalement intimé l'ordre de nous taire. Ils ont même voulu que nos femmes se dénudent : quelle honte ! Mais on n'a pas cédé. Ah ! les anciens avaient bien raison de dire qu'ils se trouvaient bien sur notre île et qu'ils n'avaient pas besoin d'aller voir ailleurs. »

Il a soupiré, s'est un instant tu puis a repris : « Il n'y a qu'une chose que je ne regrette pas. Pendant le voyage en train, j'ai vu comme des pétales de fleurs blanches tomber sur le sol : c'était beau ! »

Le jeune homme a ensuite apostrophé les visiteurs : « Que sommes-nous devenus ? Qui sommes-nous finalement ? Pouvez-vous me dire ce qui est écrit sur la pancarte ? J'arrive à lire les mots mais je ne comprends pas ». Je n'ai pas eu le cœur de lui dire la vérité, je lui ai répondu que c'était un mot savant que moi non plus je ne comprenais pas…

[Commentaire du journaliste]

Lesquels d'entre nous sont les plus dignes de recevoir le nom d'hommes ? Ces Kanaks à qui nous avons volé leur culture en leur imposant notre civilisation ou nous qui leur avons menti en leur promettant monts et merveilles pour ne finalement leur accorder qu'un enclos au milieu des bêtes sauvages ? Nous leur mettons une étiquette sans même nous intéresser à leur culture, simplement pour flatter notre prétendue supériorité ou exciter notre voyeurisme !

Chers lecteurs, vous qui êtes des citoyens responsables, respectueux des droits de l'homme ici bafoués, signez la pétition du journal pour dénoncer les ignobles conditions de vie de ces Kanaks, nos frères !

A. B.

Sujet B : Réflexion

■ Comprendre le sujet B

• Insistez sur l'aspect « argumenté et organisé » de votre rédaction. Voyez la fiche 1 p. 13 pour vérifier ce que qu'implique « argumenté et organisé ». Pensez en particulier à faire des paragraphes pour les idées distinctes.

• À notre époque, vous avez maintes occasions de rencontrer d'autres cultures : vos camarades de classe qui sont peut-être d'origine différente, vos lectures, les médias, les transports, les voyages… Partez de ces expériences pour analyser ce que vous apportent ces échanges : de l'étonnement ? de l'intérêt ? du rejet ? un regard différent sur votre propre façon de vivre ?

• Pensez à utiliser le texte proposé pour les questions : il présente justement un contre-exemple car il n'y a guère d'enrichissement ni pour les Kanaks ni pour les Français lors de cette « rencontre » entre métropole et colonies.

• Ne soyez pas effrayés par le mot « culture ». La culture est une notion vaste et assez difficile à définir en quelques mots : d'une manière abstraite et intellectuelle elle est à la fois une manière d'être, un système de valeurs, des arts et une écriture ; mais de façon plus prosaïque et concrète elle peut aussi englober la gastronomie, la manière de s'habiller, certaines coutumes quotidiennes… Vous pouvez donc vous appuyer sur vos expériences de la vie de tous les jours.

[Introduction]

Le livre de Didier Daeninckx, *Cannibale*, nous fait remonter à l'époque de l'Exposition coloniale de 1931 : la France, extrêmement fière des richesses variées de son empire colonial très étendu, fait construire une Exposition dans le Bois de Vincennes à la fois pour montrer sa puissance aux autres pays européens et faire admirer aux Parisiens, aux Français et aux touristes étrangers les différents aspects de ses colonies en Afrique, en Asie ou en Océanie. Cette exposition offrait l'occasion d'une réelle rencontre avec d'autres civilisations : à quelles conditions peut-on dire que c'est une expérience enrichissante ?

[Développement]

Dans le texte de Daeninckx nous ne pouvons pas dire que nous assistons à la rencontre véritable de deux civilisations : les Kanaks se retrouvent parqués dans un enclos, comme des bêtes sauvages. Au mépris de la réalité, ils sont présentés comme des cannibales ; on leur fait faire des gestes sur commande en leur demandant d'accentuer leur aspect « sauvage ». En effet, à cette époque, les civilisations occidentales se considèrent comme supérieures à toutes les autres. Dans ce cas on peut dire que nous avons la caricature d'une rencontre intercivilisations parce que la différence est vue comme la marque d'un rapport de valeurs et non justement comme l'acceptation d'une différence. Pour qu'il y ait enrichissement, il faut accepter de regarder l'autre, venu d'une autre culture, comme un égal. Le premier apport de cette rencontre entre cultures est donc d'abord de développer notre sens de l'égalité entre les humains. L'autre est notre égal même s'il agit différemment : il suffit de le regarder vivre avec intérêt et empathie.

La découverte d'une autre culture est nécessairement une expérience qui nous sort de notre quotidien, de nos habitudes. Nous sommes amenés à découvrir d'autres saveurs, d'autres habitudes alimentaires si nous goûtons à la cuisine d'autres pays. Ou bien d'autres paysages, d'autres climats et nous pouvons en tirer des plaisirs insoupçonnés. C'est donc un enrichissement personnel sur le plan des sensations. En découvrant d'autres cultures, nous apprenons aussi d'autres mœurs. Nous constatons par exemple que la politesse ou l'affection s'expriment par des gestes différents : on peut se serrer la main en Europe mais aussi s'incliner au Japon ou se tirer la langue au Tibet (alors que c'est vu comme une impolitesse en France), on peut s'embrasser (mais c'est jugé comme trop familier dans certains pays) mais aussi se frotter le nez chez les Esquimaux… Cela nous permet de réfléchir sur ce que nous pouvions penser comme universel simplement parce que nous le faisions. Nous y apprenons le sens de la relativité.

Ces expériences nous aident à surmonter les préjugés : Montaigne, écrivain du XVIe siècle, dit qu'« il faut voyager pour frotter et limer sa cervelle contre celle d'autrui » : il veut dire que cela nous oblige à devenir plus poli, au sens propre du terme, ce qui doit déboucher sur plus de tolérance. Pascal, auteur du XVIIe siècle, lui, déclare que ce qui est « vérité en deçà des Pyrénées [est] erreur au-delà » : ce que nous admettons comme évident est vu de manière différente ailleurs ; cela doit nous obliger, en nous montrant la relativité des coutumes, à plus de modestie et de réflexion. Les autres hommes arrivent aussi à vivre, même si c'est d'une façon différente de la nôtre. En revanche, nous nous apercevons parfois de faits qui nous choquent : des sociétés où les individus n'ont pas tous les mêmes droits selon leur origine, la place inférieure réservée aux filles, des traitements infligés aux animaux… Dans ce cas, même si nous rejetons ces aspects culturels qui nous révoltent, l'expérience nous fait grandir car elle nous permet de prendre conscience de qui nous sommes, avec notre propre culture.

[Conclusion]

La découverte d'une autre culture va au-delà d'un simple enrichissement culturel ; elle est aussi un enrichissement beaucoup plus profond et intime ; en découvrant l'autre et sa culture nous nous découvrons nous-mêmes.

Sujet 7

Émile Zola
L'Assommoir

Partie I : Travail sur le texte littéraire et sur une image

1 heure 10 min — 50 points

Document 1 Texte littéraire

Une jeune femme, blanchisseuse dans un quartier nord de Paris, guette à sa fenêtre, au petit matin, son amant, Lantier, qui n'est pas rentré de la nuit.

L'hôtel se trouvait sur le boulevard de la Chapelle, à gauche de la barrière Poissonnière C'était une masure de deux étages, peinte en rouge lie-de-vin jusqu'au second, avec des persiennes pourries par la pluie.

Au-dessus d'une lanterne aux vitres étoilées, on parvenait à lire entre les deux fenêtres : *Hôtel Boncœur, tenu par Marsoullier*, en grandes lettres jaunes, dont la moisissure du plâtre avait emporté des morceaux. Gervaise, que la lanterne gênait, se haussait, son mouchoir sur les lèvres. Elle regardait à droite du côté du boulevard de Rochechouart, où des groupes de bouchers, devant les abattoirs, stationnaient en tabliers sanglants ; et le vent frais apportait une puanteur par moments, une odeur fauve de bêtes massacrées. Elle regardait à gauche, enfilant un long ruban d'avenue, s'arrêtant presque en face d'elle, à la masse blanche de l'hôpital de Lariboisière, alors en construction. Lentement, d'un bout à l'autre de l'horizon, elle suivait le mur de l'octroi[1], derrière lequel, la nuit, elle entendait parfois des cris d'assassinés ; et elle fouillait les angles écartés, les coins sombres, noirs d'humidité et d'ordure, avec la peur d'y découvrir le corps de Lantier, le ventre troué de coups de couteau. Quand elle levait les yeux, au-delà de cette muraille grise et interminable qui entourait la ville d'une bande de désert, elle apercevait une grande lueur, une poussière de soleil, pleine déjà du grondement matinal de Paris. Mais c'était toujours à la barrière Poissonnière qu'elle revenait, le cou tendu, s'étourdissant à voir couler, entre les deux pavillons trapus de l'octroi[1], le flot ininterrompu d'hommes, de bêtes, de charrettes, qui descendait des hauteurs de Montmartre et de la Chapelle. Il y avait là un piétinement de troupeau, une foule que de brusques arrêts étalaient en mares sur la chaussée, un défilé sans fin d'ouvriers allant au travail, leurs outils sur le dos, leur pain sous le bras ; et la cohue s'engouffrait dans Paris où elle se noyait, continuellement. Lorsque Gervaise, parmi tout ce monde, croyait reconnaître Lantier, elle se penchait davantage, au risque de tomber ; puis, elle appuyait plus fortement son mouchoir sur la bouche, comme pour renfoncer sa douleur.

Émile ZOLA, *L'Assommoir*, 1877.

---

1. Octroi : sorte de péage à l'entrée du Paris de l'époque.

Document 2 Image

JR, série *Les sillons de la ville*, Shanghai, 2010 (© JR).

QUESTIONS

Grammaire et compétences linguistiques

Réécriture

1. Réécrivez le passage allant de « Gervaise, que la lanterne gênait... » (l. 6-7) à « ... en construction » (l. 12) au présent de l'indicatif et à la première personne du singulier. **(10 points)**

Compréhension et compétences d'interprétation

2. Dans quel décor habite Gervaise (lignes 1 à 7) ? Relevez les éléments qui le caractérisent. **(4 points)**

3. a) De quel point de vue est décrit Paris ? Quels éléments du texte l'indiquent ? **(2 points)**
b) Quelles caractéristiques ressortent de la description qui est faite de la ville ? Relevez les expressions qui illustrent votre réponse. **(2 points)**

4. En quoi la phrase : « Quand elle levait les yeux [...] du grondement matinal de Paris » (lignes 16 à 19) se différencie-t-elle du reste du texte ? Développez votre réflexion. **(6 points)**

5. a) Dans quel état d'esprit se trouve Gervaise tout au long de la scène ? **(2 points)**
b) Quel lien peut-on faire entre le lieu où elle vit et cet état d'esprit ? **(2 points)**

6. Comment est évoquée la population qui vit à Paris ou dans ses alentours ? Relevez les expressions qui la décrivent. **(4 points)**

7. D'après ce texte, par quel symbole (objet, lieu, tout signe concret) représenteriez-vous Paris ? Expliquez votre choix. **(4 points)**

8. Proposez un titre pour ce texte. **(4 points)**

Image

9. Quels éléments différents sont représentés sur cette photographie ? En quoi s'opposent-ils ? **(5 points)**

10. Quelles relations pouvez-vous établir entre ce document et le texte littéraire d'une part, le sujet de géographie d'autre part ? **(5 points)**

DICTÉE 20 min 10 points

Sont écrits au tableau : la Seine, la Marne, Paris, Rome, Londres. Deux mots sont expliqués à l'oral après la première lecture du texte : le mot « armes » qui a ici le sens de « armoiries », « blason » et le mot « organique » qui signifie ici « qui constitue un tout ».

Paris a pour armes un vaisseau. Primitivement il est lui-même un vaisseau, une île qui nage entre la Seine et la Marne, déjà réunies, mais non confondues.

Au sud la ville savante, au nord la ville commerçante. Au centre de la cité, la cathédrale, le palais, l'autorité. Cette belle harmonie d'une cité flottant entre deux villes diverses, qui l'enserrent gracieusement, suffirait pour faire de Paris la ville unique, la plus belle qui fût jamais. Rome, Londres, n'ont rien de tel ; elles sont jetées sur un seul côté de leur fleuve. La forme de Paris est non seulement belle, mais vraiment organique.

Jules MICHELET, *Histoire de France*, tome IV, livre VI, chapitre III.

Partie II : Rédaction

1 heure 30 min 40 points

Vous traiterez au choix le sujet A ou B.

Sujet A : Imagination

Lantier revient enfin : racontez la scène de retrouvailles entre Gervaise et lui, sans oublier de tenir compte du décor qui les entoure.

Sujet B : Réflexion

Souhaitez-vous vivre en ville ou ailleurs ? Confrontez les avantages et inconvénients de chaque mode de vie.

CORRIGÉ

Partie I : Travail sur le texte littéraire et sur une image

■ Premier réflexe : observer le texte

• Ce texte est extrait de la littérature du XIXe siècle : ce ne sont pas les œuvres directement au programme de la classe de 3e mais c'est un texte qui, sans être satirique, répond à **l'enjeu littéraire de « Dénoncer les travers de la société »** : même s'il n'utilise pas les procédés de la satire, il met en évidence des aspects de la vie en ville liés à la condition misérable des personnages.

• Ce texte est celui d'un auteur de romans du XIXe siècle très connu : Émile Zola (1840-1902). Il écrit toute son œuvre, « Les Rougon-Macquart » pour appliquer l'observation scientifique – la science fait d'énormes progrès à cette période – à la société de cette fin de XIXe siècle qu'il étudie dans ses évolutions humaines et sociétales (grands magasins, halles de ravitaillement, mines de charbon…).

• Un texte dense, pas forcément facile à comprendre. Mais soyez sensible à la présence d'un champ lexical riche de la détérioration ou de la souffrance (par exemple « moisissure », « sanglants »…), certaines sensations (« odeur fauve de bêtes massacrées », l. 10, « des cris d'assassinés », l. 14) pour bien saisir l'ambiance particulière de ce texte qui illustre la théorie développée dans l'œuvre romanesque de Zola : le milieu influence, voire conditionne, l'individu.

QUESTIONS

■ Remarques préalables

• Aucune question ne vous est posée sur le Paris de l'époque de Zola car cela défavoriserait les élèves qui ne connaissent pas la capitale. Mais sachez qu'à la fin du XIXe siècle, Paris n'a pas les mêmes limites qu'actuellement : Montmartre et la Chapelle sont des villages hors les murs de Paris (le « mur de l'octroi », l. 13, ou « la muraille grise », l. 17) alors qu'actuellement ils sont devenus des quartiers du nord de la ville ; les marchandises ne rentrent pas dans la ville sans payer une taxe (« l'octroi », l. 13 et 21).

• Les questions essaient, dans leur progression et leur regroupement, de vous faire comprendre que le milieu de vie influence les personnages (*cf.* le « naturalisme » dans les romans de Zola).

Grammaire et compétences linguistiques

1. Réécriture

Repérer les difficultés

- Passer les formes verbales au présent n'est pas difficile ici car les verbes sont du 1er groupe.
- Attention à ne pas oublier de passer à la 1re personne tous les adjectifs possessifs et les pronoms personnels qui se rapportent à Gervaise dans le texte.

Moi, que la lanterne **gêne**, **je me hausse, mon** mouchoir sur les lèvres. **Je regarde** à droite du côté du boulevard de Rochechouart, où des groupes de bouchers, devant les abattoirs, **stationnent** en tabliers sanglants ; et le vent frais apporte une puanteur par moments, une odeur fauve de bêtes massacrées. **Je regarde** à gauche, enfilant un long ruban d'avenue, s'arrêtant presque en face **de moi**, à la masse blanche de l'hôpital de Lariboisière, alors en construction.

Compréhension et compétences d'interprétation

2. Gervaise habite dans un hôtel délabré, indice qu'elle n'a pas les moyens d'avoir un logement à elle. Le bâtiment est vraiment sordide : c'est une « masure » (l. 2), les persiennes sont « pourries » (l. 3), et on arrive à peine à lire le nom de cet hôtel car la « moisissure » (l. 6) a effacé l'inscription. Les vitres de la lanterne sont cassées, « étoilées ». *[Vous pouvez élargir la description de son habitat au quartier où elle vit, même si cela est mentionné dans les lignes suivantes.]* Par ailleurs son quartier est délimité d'un côté par les abattoirs et ses « bêtes massacrées » dont le sang est rappelé par la couleur « lie-de-vin » de l'hôtel, de l'autre par un hôpital en construction et enfin par « le mur de l'octroi ».

3. a) Paris est décrit du point de vue de Gervaise : c'est son œil qui parcourt le quartier. En effet le texte dit qu'« elle regardait à droite » (l. 7), « elle regardait à gauche » (l. 10), « lentement ... elle suivait » (l. 13), « elle fouillait » (l. 14), « Quand elle levait les yeux, ... elle apercevait » (l. 18), « elle revenait » (l. 20). Tous ces verbes indiquent que la description se fait selon le regard de Gervaise, comme si elle tenait une caméra et l'orientait.

b) Paris apparaît comme un endroit inquiétant et inhumain ; inquiétant par la présence de la mort dès le premier élément décrit (les abattoirs et les bouchers qui y travaillent (« en tabliers sanglants », l. 9 ; « bêtes massacrées », l. 10, les « cris d'assassinés », l. 14). et de la maladie (« la masse blanche de l'hôpital », l. 12). Elle est inhumaine car elle enferme les êtres par « une muraille grise et interminable » et « une bande de désert », signifiant l'enfermement, l'absence de vie. Paris est un gouffre qui dévore les hommes : « la cohue s'engouffrait dans Paris où elle se noyait, continuellement » (l. 26). À cette impression de mort s'ajoute celle de noirceur, de saleté. Rien n'est dit des autres bâtiments, des boutiques, des rues, des éventuels arbres.

4. Cette phrase s'oppose au reste de la description de Paris car elle est la seule qui se termine sur une image positive : « une grande lueur », « une poussière de soleil » (l. 18) ; même si la poussière indique que ce soleil est faible, il est présent et l'arrivée du jour peut apaiser la peur de Gervaise. Cet élément positif, lumineux s'oppose aux « coins sombres, noirs d'humidité et d'ordure » (l. 15). Cette notation visuelle est également qualifiée comme « pleine du grondement matinal » (l. 19) : ce grondement n'est pas menaçant mais signe d'une vie qui commence. Cela s'oppose à la « bande de désert » (l. 17-18) qui isole la ville, c'est-à-dire une zone où rien ne pousse, une zone stérile. D'ailleurs cette opposition est soulignée par le « mais » qui introduit la phrase suivante.

5. a) Gervaise est inquiète et dans l'expectative : elle regarde partout « d'un bout à l'autre de l'horizon » (l. 12-13), « elle fouill[e] les angles écartés, les coins sombres » (l. 15). Cette attente lui cause une douleur physique : « le cou tendu ». Son angoisse l'obsède : elle presse « son mouchoir sur les lèvres » (l. 7), elle a « peur » (l. 15), elle ne parvient pas à fixer son attention sur « une poussière de soleil » (l. 18), qui pourrait la réconforter. Aussitôt elle revient au passage (« la barrière Poissonnière », l. 1-2 et 19).

b) Gervaise semble conditionnée par le décor médiocre où elle vit : elle ne voit que l'horrible et le négatif dans ce quartier de Paris. Comme dit en 2. b), elle ne mentionne rien d'autre que des lieux de mort, de maladie, signifiant l'emprisonnement (« muraille ») ou l'absence de vie (« désert »). Quand elle a l'occasion de regarder au-delà, vers un horizon plus lumineux, elle renonce vite à ce regard positif.

6. À la fin du texte, Gervaise s'intéresse à la population qui n'est pas décrite par les individus qui la composent mais comme une masse indifférenciée. Les mots « troupeau », « foule », « défilé sans fin », « cohue » désignent à chaque fois un ensemble et insistent sur le nombre ; l'image de l'eau l'emporte même sur les hommes (« flot ininterrompu », l. 21, « mares », l. 23). On constate également que les hommes sont associés indistinctement aux bêtes et aux charrettes (l. 21). Cette population est déshumanisée et réduite à sa force de travail (« ouvriers allant au travail », l. 24). D'ailleurs l'idée de mort qui domine le texte se retrouve ici puisque cette foule s'engouffre dans Paris pour s'y « noyer ».

7. *[Vous pouvez choisir votre symbole, du moment qu'il évoque un aspect majeur de la description de Paris et que vous justifiez votre avis.]* D'après ce texte, on pourrait symboliser Paris par une prison (Gervaise décrit souvent la « muraille » de l'octroi), ou un lieu de crime (comme l'abattoir où sont tués des animaux), voire un tombeau, puisqu'elle craint que Lantier n'ait été assassiné. On peut également penser à une bouche de métro où tous les passants s'engouffrent, à une fourmilière à cause du nombre d'habitants.

8. *[Vous avez beaucoup de possibilités mais il faut associer, si possible, 3 informations dans cette synthèse qu'est le titre : Gervaise qui attend, son angoisse, le décor négatif de Paris.]* Proposons « Attente angoissée dans Paris mortifère » (mortifère signifie « porteur de mort ») ou « Mort dans Paris ? » (le point d'interrogation traduit l'attente de Gervaise et le mot « mort » peut s'appliquer à Paris comme à Lantier).

Image

9. Cette photographie présente à l'arrière-plan des tours d'habitation immenses et toutes semblables. Au premier plan, un mur qui semble en ruines mais décoré d'architectures à l'antique. Sur ce mur est peint l'immense visage d'une femme âgée (de type asiatique ?). Elle a les yeux fermés et se tient le visage de ses mains, donnant l'image d'une très grande inquiétude, voire d'un réel désespoir. La tête de cette femme est coupée comme si les tours avaient remplacé le haut de sa tête, comme si ces tours lui transperçaient le cerveau. Les tours très modernes s'opposent au mur qui semble illustrer le passé. Les lignes verticales des tours contrastent avec l'horizontalité de la fresque murale. Ce mur a « visage humain » grâce à la peinture alors que les tours, semblables, sont anonymes et inhumaines.

10. Cette femme, qui « habite » un mur délabré, semble éprouver du chagrin comme c'est le cas de Gervaise, mais peut-être pas pour les mêmes raisons. Elle se situe elle aussi à la limite de la ville inhumaine que l'on aperçoit derrière. Comme l'artiste n'a pas représenté d'autre personnage ni sur le mur ni dans le cadre de la photographie et comme le suggèrent les tours surgies de son crâne, on peut imaginer que le désespoir de la femme n'a pas d'autre cause que ce qui est représenté, à savoir l'irruption de cet habitat gigantesque et monstrueux qui la prive de son passé et d'une ville à taille plus humaine. On ne sait si ce document représente la ville de Shanghai (mentionnée dans le titre de l'œuvre) ou sa banlieue, en tout cas il ne correspond pas à ce que disent les documents sur la périurbanisation qui développe les villes en zones plus larges où les habitants peuvent vivre dans des maisons individuelles. Ici on est beaucoup plus dans une urbanisation utilitaire, destinée à « stocker » le maximum d'habitants, sans souci de leur bien-être.

DICTÉE

Repérer les difficultés

- **Difficultés grammaticales :** essentiellement, ici, l'accord du participe passé passif, qu'il soit employé comme adjectif et accordé avec le nom auquel il se rapporte (ainsi «réunies » et « non confondues » accordés avec « la Seine et la Marne ») ou employé avec l'auxiliaire être et accordé au sujet (« jetées » accordé avec le sujet « elles »).
- **Difficultés de conjugaison :** attention à bien repérer le subjonctif imparfait dans l'expression « la plus belle qui fût jamais » ; c'est la tournure au superlatif qui commande le subjonctif, mode utilisé pour les faits supposés, qui relèvent plus de la pensée que de la réalité.
- **Difficultés lexicales :** bien repérer les noms qui se terminent en *-té* bien qu'ils soient féminins (la « cité », l'« autorité ») ; mais la principale difficulté est le verbe « enserrer » que vous devez reconnaître comme composé de « serrer » avec ses deux *-r-* et le préfixe *en-* : le décomposer vous le rend plus facile à écrire, car vous connaissez le verbe simple « serrer ».

Partie II : Rédaction

Sujet A : Imagination

Comprendre le sujet A

• On vous demande une suite de texte : révisez ses caractéristiques avec la fiche 3 p. 14-15.

• Faites cependant attention que la consigne précise : « sans oublier de tenir compte du décor qui les entoure ». En effet le questionnement sur le texte est orienté de façon à vous faire comprendre que, chez Zola, le comportement des personnages est en grande partie conditionné par le milieu dont ils sont issus, ici par le décor dans lequel ils vivent (*cf.* réponse à la question 5b). Il ne faut donc pas réduire la suite de texte à une confrontation entre les personnages mais mentionner le décor décrit par le texte ou celui dont rêveraient les personnages ou même en faire un élément de leur évolution (les passages qui évoquent le décor sont **en gras** dans la proposition de corrigé).

• Vous êtes libre d'imaginer que Gervaise et Lantier se réconcilient ou au contraire s'affrontent.

Le temps passait et Gervaise, qui succombait désormais à de brusques accès de sommeil dont elle se réveillait en sursaut, se penchait de plus en plus dangereusement à la fenêtre en écarquillant les yeux dans l'espoir d'apercevoir Lantier.
Mais, à chaque fois qu'elle croyait le reconnaître, elle était cruellement déçue : elle était désormais convaincue qu'il s'était fait assassiner derrière le mur de l'octroi ; d'ailleurs, **cette odeur de sang écœurante que le vent charriait depuis les abattoirs du boulevard Rochechouart** ne se mêlait-elle pas à celle des blessures auxquelles avait succombé son amour ?

Décidément la vie était trop injuste : elle qui avait toujours rêvé d'avoir une vie honnête et de pouvoir s'établir **dans une boutique proprette** où elle aurait, à force de travail, gagné sa vie pour leur **installer un petit nid d'amour, au plancher tout brillant d'encaustique, avec de jolis rideaux en coton fleuri**… Mais non, elle devait **vivre dans ce taudis qui puait le moisi, dont les murs suintaient d'humidité !** À quoi cela servait-il de s'échiner à la tâche comme tous ces ouvriers qu'elle voyait défiler sous ses yeux, le dos courbé sous le poids de leurs outils, abrutis de fatigue déjà bien avant d'avoir commencé leur journée de bête de somme ? Le matin se levait à peine et **la ville pulsait d'un bruit sourd, comme un cœur usé, mais malgré tout infatigable**.

Elle avait fermé les yeux un court instant, accablée par le tourment et la fatigue d'une nuit blanche et, lorsqu'elle les rouvrit, elle crut l'apercevoir : mais oui, c'était bien lui qui arrivait ! Enfin ! Elle se précipita **dans l'escalier branlant, faillit tomber parce que la dernière marche était grasse de saleté** ; elle courut dans la rue, les cheveux au vent (elle n'avait même pas pris le temps de se faire un chignon et de mettre un chapeau pour se rendre respectable : au diable le regard des autres, alors qu'elle était sur le point de pouvoir serrer dans ses bras l'homme qu'elle aimait !).

Elle allait se jeter dans les bras de Lantier quand quelque chose l'arrêta brusquement : il était complètement saoul ! Elle, qui avait tant souffert dans son enfance de l'ivrognerie de son père, retrouvait les mêmes ravages de l'alcool chez Lantier : une démarche hésitante, des paroles balbutiées, un vague sourire sur les lèvres… Il semblait tout réjoui d'avoir passé une bonne nuit à boire **dans un cabaret sordide** avec des amis de fortune, rencontrés autour d'un verre d'eau-de-vie… et elle qui s'était morfondue toute la nuit, qui l'avait imaginé le ventre lardé de coups de couteau !…

Elle avait été bien bête de se faire tant de souci pour lui, un ivrogne pour lequel elle gâchait sa vie, qui buvait les quelques sous qu'elle gagnait durement ! Mais elle devait bien reconnaître aussi que, malgré ses défauts, elle l'aimait passionnément, d'un amour fou et irraisonné.

Elle l'apostropha brutalement : « D'où viens-tu à cette heure ? Tu sais que je me suis fait du souci toute la nuit à t'attendre ? Je croyais ne jamais te revoir… ». Lui la regardait, l'air hébété, comme s'il ne savait plus où il était. Ils se faisaient face **sur le trottoir maculé par les immondices, bousculés par la cohue incessante des ouvriers**. Il se détourna : elle crut qu'il regardait en arrière, **vers la menace sombre des abattoirs**, comme à regret. Le vent charriait les odeurs âcres du sang qui coulait dans les abattoirs. Lantier se détourna, eut un violent haut-le-cœur et il vomit : **les éclaboussures se confondirent avec le crépi rouge lie-de-vin de la façade de l'hôtel**.

Elle le prit sous le bras pour le ramener **vers leur minable « chez eux »**. Il s'appuyait sur elle, murmurait des « Ma douce, tu m'aimes, toi » un peu indistincts, mais qui finirent par l'attendrir. Étrangement, elle avait retrouvé de l'énergie, de l'espoir : elle l'aida à s'étendre **sur le lit dont les draps illuminaient la pièce de leur blancheur** (elle connaissait son métier ! elle en était fière !). C'était comme une promesse de jours meilleurs…

Sujet B : Réflexion

■ Comprendre le sujet B

- Il s'agit d'un sujet d'argumentation assez simple pour vous car, quel que soit l'endroit où vous habitez, vous avez une opinion sur la question.
- En fin de cycle 4, vous devez produire des « textes défendant une opinion en réponse à un texte argumentant en faveur d'un point de vue différent » (programme de français du cycle 4, *BO* n° 11 du 2 novembre 2015) : vous devez confronter le pour et le contre, la thèse et l'antithèse (voir Fiche 1 p. 13) mais vous n'êtes pas tenu(e) de développer aussi longuement les deux.
- Pensez à envisager les différents aspects de la ville : architecture, mode de vie, relations sociales, distractions.

[Introduction] Gervaise ne tire aucun plaisir du quartier de Paris où elle vit et elle aimerait sans doute habiter ailleurs, peut-être dans cette campagne, au-delà du mur de l'octroi, où le soleil a l'air de briller. Pourtant, vivre en ville offre de nombreux avantages.

[Premier argument : diversifier les occupations] La ville offre d'abord une grande diversité d'activités et de loisirs. Vous y trouvez aussi bien des cafés, des

restaurants que des endroits où acheter des livres, des journaux, de la musique. Dans les grandes villes, vous avez le choix d'entrer dans un musée ou dans un cinéma à presque toute heure du jour et, le soir, les théâtres ou les salles de concert vous offrent encore d'autres distractions. Les lieux culturels sont accessibles à toutes catégories de publics, depuis les enfants jusqu'aux adultes ou aux seniors et, souvent, les municipalités proposent des tarifs très intéressants pour y accéder.

C'est également souvent plus facile de trouver du travail en ville : les offres d'emploi y sont plus variées.

Certes, les amoureux de la nature diront que la campagne regorge d'activités diverses : travailler la terre, observer les oiseaux ou les animaux, ou encore rêver en suivant des yeux les merveilleux nuages. Ils ajouteront que ces activités n'ont pas besoin d'être monnayées : la nature s'offre gratuitement à vos yeux ou à vos bras, alors qu'en ville il faut payer pour tout, pour les fleurs chez le fleuriste, les fruits chez l'épicier, alors que les prés ou les arbres fruitiers vous tendent leurs offrandes… Enfin, à condition que ce soit des fleurs et des fruits sauvages ou que vous soyez propriétaire du champ…

[Deuxième argument : multiplier les rencontres] La ville présente aussi la possibilité de multiples rencontres, d'amitiés nouvelles. Quand on habite dans un village, on croise toujours à peu près les mêmes gens. Certes, c'est très agréable de se connaître tous, de s'entraider souvent et de partager les joies et les peines de quelques familles. Cela crée le sentiment d'avoir des racines quelque part, d'exister. En ville, en revanche, on peut souffrir de l'anonymat : tous ces gens qui défilent sous vos yeux sans se parler, comme le décrit Gervaise, un « flot ininterrompu », déshumanisé dans lequel on se noie…

Mais cette densité est aussi propice aux rencontres : au collège, au lycée, sur les lieux de travail, on découvre des visages nouveaux et la sympathie crée des liens avec une ou plusieurs personnes différentes. Même si notre voisin de palier, de classe ou de bureau vient d'un horizon très différent du nôtre, il peut partager nos goûts, nos réactions et devenir un complice, un ami. Ses racines différentes nous enrichissent en nous dévoilant d'autres coutumes, d'autres modes de vie. Et c'est le brassage de la ville qui offre cette opportunité.

[Troisième argument : admirer l'architecture] Enfin, c'est la ville qui inspire aux architectes leurs plus belles créations, mais aussi aux urbanistes leurs agencements réussis ou aux artistes leurs œuvres de « street art » : gratte-ciel de New York, tours rivalisant d'audace de Shanghai ou Kuala Lumpur, sculptures ornant les centres de ronds-points, pyramide du musée du Louvre, harmonieuse perspective de la Défense à la Concorde passant par l'Arc-de-Triomphe de l'Étoile à Paris, fresques… la ville fournit au passant de quoi s'émerveiller, s'indigner ou s'interroger.

[Conclusion] La ville a le grand mérite de titiller notre curiosité, de susciter l'intérêt, même si parfois ce qu'elle propose nous irrite plus qu'il ne nous convient.

Sujet 8

Henri Barbusse
Le Feu

Partie I : Travail sur le texte littéraire et sur une image

1 heure 10 min — 50 points

Document 1 Texte littéraire

Nous traversons nos fils de fer par les passages. On ne tire encore pas sur nous. [...] Bertrand nous crie d'économiser nos grenades, d'attendre au dernier moment.

Mais le son de sa voix est emporté. Brusquement, devant nous, sur toute la longueur de la descente, de sombres flammes s'élancent en frappant l'air de détonations épouvantables. En ligne, de gauche à droite, des fusants sortent du ciel, des explosifs sortent de la terre. C'est un effroyable rideau qui nous sépare du monde, nous sépare du passé et de l'avenir. On s'arrête, plantés au sol, stupéfiés par la nuée soudaine qui tonne de toutes parts ; puis un effort simultané soulève notre masse et la rejette en avant, très vite. On trébuche, on se retient les uns aux autres, dans de grands flots de fumée. On voit, avec de stridents fracas et des cyclones de terre pulvérisée, vers le fond, où nous nous précipitons pêle-mêle, s'ouvrir des cratères çà et là, à côté les uns des autres, les uns dans les autres. Puis on ne sait plus où tombent les décharges. Des rafales se déchaînent si monstrueusement retentissantes qu'on se sent annihilé[1] par le seul bruit de ces averses de tonnerre, de ces grandes étoiles de débris qui se forment en l'air. On voit, on sent passer près de sa tête des éclats avec leur cri de fer rouge dans l'eau. À un coup, je lâche mon fusil, tellement le souffle d'une explosion m'a brûlé les mains. Je le ramasse en chancelant et repars tête baissée dans la tempête à lueurs fauves, dans la pluie écrasante des laves, cinglé par des jets de poussier[2] et de suie.

Henri Barbusse, *Le Feu*, éditions Flammarion, 1916.

1. Annihilé : réduit à rien.
2. Poussier : poussière de charbon.

Document 2 Image

Inscription sur la carte postale : « *Congrès de la paix, Versailles, 28 juin 1919, Délégation des mutilés français* »

QUESTIONS

Toutes vos réponses seront rédigées et prendront appui sur des éléments précis du texte que vous relèverez.

Grammaire et compétences linguistiques
Réécriture

1. Réécrivez les deux dernières phrases du texte d'H. Barbusse (l. 16-19) en prenant « nous » comme sujet, en passant le premier verbe au passé composé et en appliquant les transformations nécessaires pour l'ensemble de cet extrait :

« À un coup, je lâche mon fusil, tellement le souffle d'une explosion m'a brûlé les mains. Je le ramasse en chancelant et repars tête baissée dans la tempête à lueurs fauves, dans la pluie écrasante des laves, cinglé par des jets de poussier et de suie. » **(10 points)**

Compréhension et compétences d'interprétation

2. Que comprenez-vous de ce qui se passe dans cette scène ? Racontez-le à votre façon, votre récit étant résumé en cinq lignes maximum. **(4 points)**

3. Si vous aviez à représenter la scène en tableau, en photographie ou en film, quel décor imagineriez-vous ? Décrivez-le. **(4 points)**

4. a) Quelle impression dominante ressent-on à lire ce texte ? **(2 points)**
b) Relevez les métaphores qui contribuent à créer cette impression. **(4 points)**

5. a) Quel traitement subissent les êtres humains dans cette scène ? **(2 points)**
b) Appuyez votre réponse sur des indices lexicaux et syntaxiques. **(4 points)**

6. a) Quel est le temps majoritairement employé dans ce texte ? **(2 points)**
b) Expliquez son emploi : quelle impression crée-t-il ? **(2 points)**

7. Expliquez la phrase : « C'est un effroyable rideau qui nous sépare du monde, nous sépare du passé et de l'avenir. » **(6 points)**

Image

8. Quel aspect de la guerre est illustré à la fois par la carte postale et par le texte ? **(4 points)**

9. Quelles impressions suscitent en vous cette photographie ? Sont-elles comparables à celles produites par le texte ? Pourquoi ? **(6 points)**

DICTÉE 20 min 10 points

Ma tête lourde ne m'obéit plus. Mon esprit engourdi se perd en titubant dans une rêverie confuse.

La guerre… Je vois des ruines, de la boue, des files d'hommes fourbus, des bistrots où l'on se bat pour des litres de vin, des gendarmes aux aguets, des troncs d'arbres déchiquetés et des croix de bois, des croix, des croix… Tout cela défile, se mêle, se confond. La guerre…

Arrivé sur la hauteur, je m'arrête et me retourne pour voir une dernière fois, emporter dans mon âme l'image de cette grande plaine couturée de tranchées, hersée par les obus, avec les trois villages que nous avons pris : trois monceaux de ruines grises.

Comme c'est triste, un panorama de victoire !

Roland DORGELÈS, *Les Croix de bois*, 1919.

Partie II : Rédaction

1 heure 30 min — 40 points

Vous traiterez au choix le sujet A ou B.

Sujet A : Imagination

Un survivant d'une guerre témoigne auprès de collégiens de ce qu'il a vécu quand il était soldat.

En vous appuyant sur les documents présentés dans ce sujet, votre culture personnelle de lecteur, de spectateur ou vos visites, et les connaissances acquises dans l'ensemble des disciplines, vous ferez décrire à ce personnage son expérience de la guerre, ses réactions et les réflexions que cela a pu provoquer chez lui. Vous pouvez choisir n'importe quelle guerre étudiée que vous situerez et évoquerez.

Votre texte fera au moins deux pages (soit une quarantaine de lignes).

Sujet B : Réflexion

La morale de la fable « Le loup et l'agneau » de La Fontaine dit : *« La raison du plus fort est toujours la meilleure. »*

Vous examinerez cette affirmation en vous appuyant sur les textes et documents proposés dans le corpus et en utilisant également votre culture personnelle de lecteur, de spectateur ou vos visites, et les connaissances acquises dans l'ensemble des disciplines.

Votre texte fera au moins deux pages (soit une quarantaine de lignes).

CORRIGÉ

Partie I : Travail sur le texte littéraire et sur une image

Premier réflexe : observer le texte

• Ce texte illustre **l'enjeu littéraire : « Agir dans la cité : individu et pouvoir »**.

• Les textes du XXe siècle appartiennent à des genres divers et sont en lien avec les bouleversements historiques majeurs qui l'ont marqué. Il s'agit de comprendre en quoi les textes littéraires dépassent le statut de document historique et visent au-delà du témoignage, mais aussi de la simple efficacité rhétorique.

• **Le titre du roman**, *Le Feu*, et **la date** à laquelle il a été publié (1916) vous font facilement comprendre tout l'enjeu de ce texte : il est écrit en pleine guerre par un témoin en première ligne, qui est « au feu ».

• Soyez sensible, dès la première lecture du texte, à la violence qui se dégage des expressions décrivant ce que les personnages vivent : ce témoignage veut traduire toute la souffrance des soldats.

QUESTIONS

Remarques préalables

• Il y a relativement peu de questions comme c'est la tendance désormais. Mais vos réponses doivent être développées et toujours appuyées sur des relevés du texte, même si la question ne le précise pas.

• La première question permet de cerner si vous avez compris l'ensemble de la scène. Ne donnez pas trop de détails. Répondez en une phrase ou deux à ces questions : qui fait quoi ? où et quand ? pourquoi ? dans quelle « ambiance » ?

Grammaire et compétences linguistiques

1. Réécriture

Repérer les difficultés

• **Passer le sujet à la première personne du pluriel ne touche pas que le sujet :** transformer « je » en « nous » est facile, mais il faut également modifier ce qui se rapporte à ce sujet, comme l'adjectif possessif « mon », transformé ici en « nos fusils ». Il n'aurait pas été impossible de laisser le singulier « notre fusil » mais on pourrait alors penser qu'il n'y en a qu'un pour tous les soldats, alors que le pluriel « nos fusils » fait plus aisément comprendre qu'ils en ont chacun un, donc qu'il y en a plusieurs.

• **Mettre le verbe au passé composé et à la 1re personne du pluriel** oblige à faire attention aux accords du participe passé : « lâché » est invariable car le participe est employé avec l'auxiliaire « avoir » et le COD (« nos fusils ») est placé après le verbe ; en revanche, « ramassés » est accordé avec « les » (mis pour « nos fusils ») placé avant le verbe ; « repartis » est accordé au pluriel avec le sujet « nous » puisque l'auxiliaire employé dans cette forme verbale est « être ».
• **Ne pas oublier d'accorder au pluriel** « cinglé », participe employé comme adjectif et se rapportant à « nous ».

À un coup, **nous avons lâché nos fusils**, tellement le souffle d'une explosion **nous avait brûlé** les mains. **Nous les avons ramassés** en chancelant et **sommes repartis** tête baissée dans la tempête à lueurs fauves, dans la pluie écrasante des laves, **cinglés** par des jets de poussier et de suie.

Compréhension et compétences d'interprétation

2. Des soldats de la Première Guerre mondiale sont lancés à l'attaque de l'ennemi : ils franchissent des barbelés mais ils se retrouvent au milieu de l'enfer des obus qui explosent et des rafales des tirs ennemis. Tétanisés par le nombre, la violence et le fracas de ces tirs, ils ont l'impression d'être transportés dans une tempête déchaînée où ils perdent toute capacité d'agir.

3. *[Cette réponse peut varier selon votre sensibilité. Il faut cependant que transparaissent les idées de tempête, de chaos, d'enfer ou de notions semblables. Regardez par exemple le tableau* Verdun *de Félix Vallotton, peint en 1917.]* Le décor peut être celui d'un fond noir avec des zones de brume grise (la « nuée » l. 8) et, dans tous les sens, des boules de feu, des éclairs ou des « étoiles » (l. 15) à multiples branches dans des couleurs agressives, de façon à ne pas en faire un ciel étoilé inspirant l'admiration, mais une menace. Pour suggérer le chaos que les obus provoquent, on peut représenter des trous profonds (les « cratères », l. 12) et des projections de terre ou de pierres pour traduire les deux dernières lignes du texte.

4. a) L'impression dominante est celle de la violence, du chaos, d'un déchaînement terrifiant de tous côtés.
b) Les métaphores commencent par « le rideau » (l. 6) symbole de ce qui cache, empêche de voir et de comprendre. Ensuite, ce sont des métaphores, empruntées à la nature ou à la météorologie dans ce qu'elles ont de plus violent, qui traduisent la force destructrice des tirs : « des cyclones de terre » (l. 10-11), « des cratères » (l. 12), « de ces averses de tonnerre, de ces grandes étoiles de débris » (l. 15), « leur cri de fer rouge » (l. 16), « dans la tempête à lueurs fauves, dans la pluie écrasante des laves » (l. 18-19).

5. a) Plus que de la maltraitance, c'est une forme de torture, d'écrasement qui provoque chez ces hommes un sentiment de perdition : ils deviennent des pantins subissant un déchaînement de violence où ils ne comprennent ni ne maîtrisent plus rien.
b) Le premier indice syntaxique est l'emploi du passif (l. 3) : « le son de sa voix est emporté », signe qu'une force supérieure les domine. Ils y perdent leur identité (le pronom personnel « nous » devient impersonnel avec l'emploi du « on » qui, à la première ligne, désignait l'ennemi invisible) ; le narrateur lui-même se qualifie, lui et ses

compagnons, de « masse » (l. 9). Autre signe qu'ils sont le jouet des tirs et non plus des « acteurs » : « notre masse » est un COD (« un effort [...] soulève notre masse », l. 8-9). Quand on retrouve l'usage du « je » (l. 16) comme sujet, le personnage n'accomplit que des actions qui traduisent sa faiblesse (« je lâche », l. 16) ou qui sont tout de suite corrigées pour souligner leur écrasement (« je le ramasse en chancelant et repars tête baissée [...] cinglé », l. 17-19). Le lexique qui s'applique aux hommes marque leur impuissance : « plantés au sol, stupéfiés » (l. 7), « on trébuche » (l. 9). Cette impuissance physique est doublée d'une confusion intellectuelle : « on ne sait plus » (l. 12-13), « on se sent annihilé » (l. 14).

6. a) Le temps majoritairement employé dans ce texte est le présent de l'indicatif (« nous traversons », « s'élancent », « se déchaînent »...).
b) Ces nombreux présents ont à la fois valeur d'actualité (le narrateur raconte ce qu'il vit à l'instant présent) mais enferme aussi les personnages dans une forme d'éternité : cela donne au lecteur l'impression qu'on ne sort pas de cet enfer, que cette situation horrible se répète à l'infini, qu'on n'en verra jamais la fin. Donc les valeurs de répétition et d'éternité sont aussi exprimées par ces formes verbales au présent.

7. La phrase : « C'est un effroyable rideau qui nous sépare du monde, nous sépare du passé et de l'avenir » rend compte du sentiment ressenti par les soldats : les explosions, les tirs qui les visent sont tellement effrayants qu'ils ont l'impression que plus rien d'autre n'existe ni n'existera, qu'ils sont prisonniers de cet enfer à jamais. Ils en perdent tout souvenir qu'autre chose, qu'un monde « normal » ait pu advenir et ils pensent également qu'il n'y a plus pour eux aucun espoir d'en sortir.

Image

8. Le texte littéraire et la carte postale ont en commun de souligner la souffrance des soldats qui ne vivent pas cette guerre comme un acte d'héroïsme, message que veut faire passer le discours de Clemenceau (sujet d'Histoire) qui la présente comme un engagement total, patriotique et généreux, de tous les Français prêts à sacrifier leur intérêt personnel pour la noble « action de guerre » dont ils seront les héros. Au contraire ces deux documents montrent que les hommes subissent la guerre et qu'elle les détruit dans leur chair et même dans leur moral et dans leur âme.

9. *[La réponse à cette question sur les impressions ressenties est libre et personnelle. Ce qui suit n'est qu'une proposition et non un corrigé.]* La photographie représente, alignés, d'anciens soldats qui ont reçu des éclats d'obus ou des balles qui leur ont massacré le visage ; c'est pourquoi on les appelle des « gueules cassées » ; ce document met en évidence leurs mutilations effrayantes et l'on en déduit que leur retour dans la société, une fois la guerre finie, est très difficile ; ils risquent plus d'être rejetés que traités en héros. Cette image suscite l'effroi, la peur d'être ainsi défiguré, sans doute la pitié et peut-être la révolte devant ce que la guerre a fait d'eux, des monstres en quelque sorte (on espère qu'elle ne provoque pas la moquerie...).
L'extrait du roman de H. Barbusse montre le personnage perdu, « annihilé » dans ce décor d'apocalypse ; il n'est pas le héros que Clemenceau vantait. Mais l'impression est sans doute moins choquante parce qu'on constate moins la réalité de la souffrance physique. Le sentiment ressenti est peut-être plus diffus : l'angoisse de se sentir perdu, de ne plus rien maîtriser.

DICTÉE

■ Repérer les difficultés

• **Difficultés grammaticales :**
– penser aux accords dans le groupe nominal, surtout quand on n'entend pas la lettre finale (« une rêverie confuse », « hommes fourbus », « arbres déchiquetés », « cette grande plaine couturée…, hersée ») ;
– attention à bien identifier la tournure de mise en relief « c'est » dans l'expression « comme c'est triste » ;
– bien comprendre que « emporter » est un infinitif actif et non un participe passé passif (« emporté ») : en effet, « emporter » dépend de la préposition « pour » et il admet un COD, alors que ce serait impossible avec une forme passive ; penser à le remplacer par un verbe du 3e groupe comme « prendre » (« pour prendre l'image de cette grande plaine… »).
• **Difficultés de conjugaison :** cet extrait est majoritairement au présent, mais attention aux formes verbales du 3e groupe dont la 3e personne du singulier peut être en *-t* ou en *-d* (« se perd », « se bat », « se confond »).
• **Difficultés lexicales :** la lettre finale de « engourdi » ; retenir « bistrot » (ou « bistro »), « aux aguets », « hersé(e) », « monceau(x) ».

Partie II : Rédaction

Sujet A : Imagination

■ Comprendre le sujet A

• C'est un sujet assez facile pour vous car vous avez dû, pendant votre année de 3e, lire beaucoup de témoignages de soldats, voire étudier les « paroles de poilus » à travers leurs lettres adressées à leur famille. Vous pouvez vous inspirer de ces lectures ou de films que vous avez vus sur les différentes guerres du XXe siècle.
• Pensez à bien préciser la situation d'énonciation : ancien combattant intervenant devant une classe (ce qui est le choix du « corrigé » ci-après), soldat intervenant dans un documentaire devant la caméra… ou – pourquoi pas ? – combattant d'une guerre futuriste transmettant sa « science » à un jeune militant.
• L'essentiel est de bien mettre l'accent sur les valeurs que le personnage veut transmettre : courage, héroïsme, pacifisme, respect des autres peuples…

[Présentation de la situation d'énonciation] Quand notre professeur fit entrer l'invité dans notre salle de classe, il y eut bien, en catimini, quelques ricanements car ce monsieur, boiteux et très ridé, avait l'air très vieux et nous avions du mal à nous imaginer le « héros » que notre professeur nous avait annoncé. Mais les clins d'œil et les moqueries disparurent rapidement car Madame R. nous avait demandé d'être

« dignes » de notre invité et nous savions qu'elle ne plaisantait pas avec la politesse. Dès que le monsieur prit la parole, il y eut quelque chose de très profond et de très grave dans sa voix qui nous captiva…

[Témoignage] « Bonjour, je me présente, je m'appelle Pierre D. Me voilà devant vous, avec mes souvenirs et mes blessures, pour vous parler de "ma" guerre… Vous avez sans doute remarqué que je marche un peu difficilement : un jour, alors que nous étions en reconnaissance sur le territoire ennemi, notre jeep a sauté sur une mine. Lorsque les secours sont arrivés ils ont trouvé trois corps complètement pulvérisés et le quatrième, c'était moi, miraculeusement vivant malgré ma jambe complètement déchiquetée : le médecin a opéré sur place et me voici encore debout avec une prothèse. »

[Réactions de l'auditoire] Il y eut un frémissement parmi mes camarades car nous, nous jouons à la guerre avec des personnages virtuels qui disparaissent de l'écran : là notre combattant réapparaissait, marqué dans sa chair.

[Témoignage] « Ce rapatriement, continua notre invité, a mis fin à mon cauchemar, à une souffrance encore plus morale que physique. Je me suis engagé en pensant que j'allais défendre une juste cause : au début, oui, j'ai été fier de toucher une cible, de réussir à "dégommer" ceux que je croyais être des ennemis.

Mais, peu à peu, sur place, j'ai compris qu'il est parfois très difficile de distinguer ce qui est juste, chacun clamant son bon droit. Il n'y avait partout que l'horreur sanglante d'une affreuse boucherie… Dans les villages, les hommes valides étaient souvent réunis sur la place centrale et tués à bout portant… Les femmes et les enfants cherchaient un refuge dans les hautes herbes mais quelqu'un mettait le feu au champ : la nuit, dans mes cauchemars, j'entends encore les hurlements de ceux qui mouraient ainsi, piégés et brûlés vifs… Les quelques rares rescapés subissaient un sort atroce… et devenaient des machines à tuer, sans état d'âme… Et, quelques jours après, c'était le village adverse qui était à son tour rayé de la carte et les réfugiés continuaient à s'entasser dans des camps surpeuplés ou des bidonvilles puants et infestés de rats. J'ai vite été frappé par l'absurdité de ce que je devais vivre. »

[Réactions de l'auditoire] Plus personne n'avait envie de ricaner : la voix du monsieur était devenue presque sourde, on sentait qu'il avait du mal à prononcer certains mots et nous étions suspendus à ses paroles.

[Témoignage] « Le soir nous rentrions à notre base ; lors du "débriefing", souvent je n'arrivais pas à parler. J'étais venu pour assurer une mission de paix et je ne voyais que des morts, les souffrances inouïes des blessés, je n'entendais que les explosions des grenades, le bruit des armes automatiques… et la nuit ne m'apportait aucun repos. J'avais constamment mal à l'âme. Il y eut aussi heureusement quelques moments qui tenaient du miracle où j'ai eu le sentiment que ma mission était pleinement justifiée. Un jour, parti en éclaireur dans les marais, je suis tombé sur une femme terrée là, dans la boue putride : on aurait pu croire qu'elle nous espionnait mais, en voyant son regard suppliant, j'ai préféré croire qu'elle s'était cachée là pour échapper à des tortionnaires. Elle était enceinte et d'une maigreur effroyable, je l'amenai à notre hôpital de fortune en la portant dans mes bras tellement elle était affaiblie. Je fis mon possible pour apporter mon aide au médecin, accomplissant des gestes que je n'avais jamais imaginés, serrant sa main dans la mienne et de l'autre, donnant au médecin les instruments dont il avait besoin. Elle réussit à mettre au monde une petite fille malingre mais en

bonne santé. Et cette jeune mère me demanda mon prénom. “Je l’appellerai Pierrette” me dit-elle. C’est peu de temps après que je me suis fait blesser à mon tour. Mais le destin me rendit le cadeau de vie : j’ai survécu à ce guet-apens. »

Le monsieur se tut, perdu dans ses souvenirs. Des filles essuyaient furtivement une larme et des garçons se rongeaient les ongles pour ne pas trahir leur émotion.

« Je sais, je sais – et c’est une joie profonde et inaltérable pour moi – qu’il y a quelque part une petite Pierrette qui me doit sans doute la vie mais qu’est cette vie actuellement ? Je lui souhaite de tout cœur de connaître la paix, ce bien si précieux. Vous, vous trouvez cela naturel de pouvoir vivre tranquillement mais dites-vous que, dans de très nombreux pays, l’enfant qui part à l’école le matin, la femme qui va au marché, l’homme qui cultive son champ n’est pas sûr(e) de rentrer vivant(e) ou indemne le soir dans sa maison. »

Notre invité n’eut pas besoin de conclure : nous avions compris que la guerre n’est pas un jeu vidéo et que personne ne se relève une fois qu’il est mort. Des applaudissements spontanés fusèrent dans la classe et nous fîmes le serment que la guerre ne puisse vaincre la paix et la vie !

Sujet B : Réflexion

■ Comprendre le sujet B

• Cette « maxime » (« La raison du plus fort est toujours la meilleure ») est le premier vers de la fable de La Fontaine « Le loup et l’agneau » et lui sert de « morale » si l’on peut dire. Mais on peut s’étonner de la violence de cette affirmation qui, précisément, va à l’encontre de la morale qui veut habituellement qu’on protège les faibles.

• Il faut vous interroger sur « force et faiblesse » : qui est vraiment fort ? qui est faible ? ; ou encore sur « violence et justice » : une société juste supporte-t-elle la violence ? peut-on être violent pour obtenir justice ?

• C’est un beau sujet qui amorce toute la réflexion que vous aurez à faire au lycée avant même l’enseignement de philosophie en Terminale. Mais ce n’est pas un sujet facile. Même si votre réflexion n’est pas aboutie, le correcteur sera favorable à vos efforts pour réfléchir à ce sujet passionnant.

[Introduction] Nous sommes souvent révoltés par des dénouements où les plus faibles sont écrasés ou n’obtiennent pas justice, que ce soit dans des situations de guerre ou de la vie quotidienne. Faut-il admettre que la « morale » de cette célèbre fable « Le loup et l’agneau » de La Fontaine – *« La raison du plus fort est toujours la meilleure. »* – soit une vérité éternelle ?

[Étude du sens de la fable : thèse] Il est étonnant que La Fontaine écrive dès le premier vers cette « morale » qui affirme que les « forts » ont toujours raison. De quels forts s’agit-il ? Des forts sur le plan du physique ou bien celui de l’habileté : à la fin d’un match, on dit fréquemment du vainqueur qu’« il était le plus fort ». Dans la fable, c’est bien le cas : le loup est plus fort physiquement que l’agneau. Mais cette morale vise aussi les « forts » sur le plan économique : ceux qui sont plus riches peuvent facilement prendre le pas sur les plus pauvres. Et sur d’autres plans également : dans

le monde, les pays les plus puissants peuvent exploiter ou ruiner des petits pays.

Pourtant, on peut s'étonner que le loup éprouve le besoin de dialoguer avec l'agneau : après tout, il aurait pu le dévorer d'emblée. Et si sa « raison » est « la meilleure », cela signifie qu'il l'emporte et non pas qu'il ait raison.

Que veut donc nous dire La Fontaine par cet échange d'arguments ? Il est troublant de constater que c'est l'agneau qui émet les arguments irréfutables : il boit l'eau en dessous du loup, il ne peut donc pas la troubler ; il n'était pas né lors des médisances dont l'accuse le loup, etc. Et les arguments qu'oppose le loup sont au contraire infondés : de mauvaise foi, il condamne à mort l'agneau par un abus de pouvoir. Est-ce que cela signifie que les puissants trouvent toujours de fausses et bonnes raisons d'écraser les faibles ? Comme le dit Phèdre, le fabuliste latin dont La Fontaine s'est inspiré : « Cette fable a été écrite à l'intention de ces hommes qui oppriment les innocents pour des raisons inventées ».

[Contradiction : antithèse] Cependant, les sociétés se sont construites en essayant de limiter cette « loi de la jungle ». Les lois que les hommes ont peu à peu mises en place tentent de donner la même chance à tout le monde : c'est, par exemple, le sens du mot « Égalité » dans la devise de la République française. C'est également le sens de la Révolution française : abolir une société de classes, de privilèges accordés à certains qui leur permettent d'écraser le peuple. L'histoire du monde a le plus souvent évolué dans cette voie, à savoir donner des droits aux plus faibles : aux enfants (Déclaration des droits de l'enfant en 1959), aux handicapés (loi de 2005)… On note aussi que, dans les organisations internationales comme à l'ONU, chaque pays a une voix égale à celle des autres, que le pays soit vaste et puissant ou petit et pauvre. Ce fut le cas lors de la COP21, où les plus petites îles avaient même pouvoir de veto que la Chine ou les États-Unis.

Et même lorsque la guerre semble annuler toutes les lois élaborées par la société civile, il existe la Convention de Genève pour protéger les civils et les prisonniers de guerre et défendre le droit international humanitaire.

Les hommes essaient donc de réguler, de réglementer ces différences de puissance entre les individus pour parvenir à plus de justice. Il n'est pas sûr que ces efforts soient récompensés, car comme le constate le fabuliste grec Ésope qui a aussi écrit une fable sur le loup et l'agneau : « Auprès des gens décidés à faire le mal la plus juste défense reste sans effet ».

[Autre contradiction] Il y a pourtant des cas où le recours à la force sert les faibles. Dans ce cas, peut-on dire que le plus fort est également le plus brutal, le plus cruel et faut-il le condamner ?

Lorsqu'un groupe est opprimé de manière physique, mais aussi et surtout économique, n'a-t-il pas raison de se révolter et d'imposer sa force et sa volonté ? Peut-on par exemple condamner la révolte des esclaves menée par Spartacus, les jacqueries des paysans écrasés d'impôts et souffrant de la faim sous l'Ancien Régime ou les mouvements des paysans sans terre au Brésil ?

Il faut dans ce cas savoir ne pas laisser la révolte dégénérer, outrepasser les limites, car elle peut devenir la « Terreur » comme cela s'est produit lors de la Révolution française en 1793. Par ces excès, les causes des faibles qui semblaient légitimes deviennent à leur tour révoltantes.

[Conclusion] Ce vers de « morale » révolte, car le lecteur est porté à soutenir l'innocence de l'agneau contre la force brutale de la « bête cruelle ». La civilisation progresse vers plus de justice entre le fort et le faible, mais il convient de rester toujours vigilant et lucide sur les « bonnes raisons » invoquées par les uns et les autres pour justifier leur action et sur leurs modalités d'action, car la fin ne justifie pas forcément les moyens.

Sujet 9

Dai Sijie
Balzac et la petite tailleuse chinoise

Partie I : Travail sur le texte littéraire et sur une image

1 heure 10 min — 50 points

Document 1 Texte littéraire

Pendant la Révolution culturelle chinoise (1966-1976), le narrateur, un jeune étudiant de 17 ans, est envoyé à la campagne dans un village pour être rééduqué par le travail. Toutes les distractions sont interdites. Un jour, il peut se procurer illégalement et secrètement un roman de Balzac traduit en chinois, « Ursule Mirouët » ; mais il faut, maintenant, rendre le livre.

Soudain, je sus ce que je voulais faire.

Je décidai de copier mot à mot mes passages préférés d'*Ursule Mirouët*. C'était la première fois de ma vie que j'avais envie de recopier un livre. Je cherchai du papier partout dans la chambre, mais ne pus trouver que quelques feuilles de papier à lettres, destinées à écrire à nos parents.

Je choisis alors de copier le texte directement sur la peau de mouton de ma veste. Celle-ci, que les villageois m'avaient offerte lors de mon arrivée, présentait un pêle-mêle de poils de mouton, tantôt longs, tantôt courts, à l'extérieur, et une peau nue à l'intérieur. Je passai un long moment à choisir le texte, à cause de la superficie limitée de ma veste, dont la peau, par endroits, était abîmée, crevassée. Je recopiai le chapitre où Ursule voyage en somnambule. J'aurais voulu être comme elle : pouvoir, endormi sur mon lit, voir ce que ma mère faisait dans notre appartement, à cinq cents kilomètres de distance, assister au dîner de mes parents, observer leurs attitudes, les détails de leur repas, la couleur de leurs assiettes, sentir l'odeur de leurs plats, les entendre converser… Mieux encore, comme Ursule, j'aurais vu, en rêvant, des endroits où je n'avais jamais mis les pieds…

Écrire au stylo sur la peau d'un vieux mouton des montagnes n'était pas facile : elle était mate, rugueuse et, pour copier le plus de texte possible dessus, il fallait adopter une écriture minimaliste, ce qui exigeait une concentration hors normes. Lorsque je finis de barbouiller de texte toute la surface de la peau, jusqu'aux manches, j'avais si mal aux doigts qu'on aurait dit qu'ils étaient cassés. Enfin, je m'endormis.

Dai Sijie, *Balzac et la petite tailleuse chinoise*, © éditions Gallimard, 2000.

Document 2 **Image**

« Autodafé », papier découpé, propagande chinoise sur la Révolution culturelle vers 1960-1969.
© Collection Kharbine-Tapabor

QUESTIONS

Grammaire et compétences linguistiques

1. « J'aurais voulu [...] pieds. » (l. 11 à 17)
Relevez deux verbes au conditionnel passé et expliquez leur emploi. **(2 points)**

Réécriture

2. Réécrivez le deuxième paragraphe (depuis « Je décidai » jusqu'à « nos parents » l. 2 à 5) au présent de l'indicatif, en remplaçant le narrateur singulier par le pluriel correspondant. **(10 points)**

Compréhension et compétences d'interprétation

3. a) Dans quelles conditions (logement, vêtements...) vit le narrateur ?
Appuyez votre réponse sur des expressions relevées dans le texte. **(2 points)**
b) Comparez avec les conditions de sa vie d'avant (l. 12 à 15). **(2 points)**

4. Qu'est-ce qui rend l'exercice de copie du texte difficile ? Comment s'y prend le narrateur pour le faire ? **(2 points)**

5. Qu'apprenons-nous sur le caractère du narrateur ? Citez les passages du texte. **(2 points)**

6. a) Décomposez le mot « somnambule » (l. 11) en deux radicaux différents et donnez son sens. **(2 points)**

b) Citez un mot de la famille de chacun de ces radicaux. **(2 points)**

c) Relevez le champ lexical du sommeil dans tout le texte. Comment peut-on interpréter cet attrait pour le sommeil ? **(4 points)**

7. « J'aurais voulu […] pieds. » (l. 11 à 17)

a) Quels sont les deux vœux que le narrateur souhaite réaliser en s'identifiant à Ursule Mirouët ? Citez le texte à l'appui de votre réponse. **(2 points)**

b) Des deux vœux, lequel lui semble préférable ? Selon vous, pourquoi ? **(4 points)**

8. Si on vous proposait comme titre pour cet extrait « Une possibilité d'évasion », le trouveriez-vous adapté ? Justifiez votre opinion. Proposez-en éventuellement un autre. **(6 points)**

Image

9. Que représente le document iconographique ? **(4 points)**

10. En reliant vos réponses aux informations données par l'ensemble du corpus (document iconographique, document historique, paratexte et texte littéraire), quelles réflexions en tirez-vous sur l'époque et la situation évoquées ? **(6 points)**

DICTÉE 20 min 10 points

Un livre peut être une forêt de signes. Mais une forêt non tropicale, une forêt domestiquée, aménagée, un parc de loisirs, un éden à portée des lèvres et des yeux. Ne dit-on pas d'ailleurs, quand on parcourt un livre, ne dit-on pas qu'on le feuillette ? Les livres auraient donc des feuilles, comme les arbres ! On n'oublie jamais un livre parlant des forêts quand il est lu dans les branches d'un arbre. Il faudrait faire aussi des livres qu'on pourrait lire sous l'eau quand ils nous parlent de la mer et d'autres, phosphorescents, pour nous raconter chaque nuit les étoiles ! Mais je rêve.

Jacques LACARRIÈRE

Partie II : Rédaction

1 heure 30 min 40 points

Vous traiterez au choix le sujet A ou B.

Sujet A : Imagination

Luo, le camarade de chambre du jeune héros, arrivant par hasard, le voit recopier le texte de Balzac et l'interroge sur les raisons qu'il peut avoir de le faire.

Racontez de manière détaillée.
Votre texte fera une quarantaine de lignes.

Sujet B : Réflexion

Quelles ouvertures sur le monde, quelles évasions peut apporter, selon vous, la culture humaniste que vous avez reçue au collège ou que vous avez acquise en dehors de celui-ci ?
Votre texte fera une quarantaine de lignes.

CORRIGÉ

Partie I : Travail sur le texte littéraire et sur une image

Premier réflexe : observer le texte

- Dai Sijie est un écrivain d'origine chinoise, né en 1954, qui vit désormais en France. L'extrait de ce roman contemporain porte un regard sur l'histoire du siècle, et notamment sur la Révolution culturelle chinoise (1966-1976). En cela il s'inscrit dans **l'enjeu littéraire « Agir dans la cité : individu et pouvoir »** : il témoigne de ce bouleversement historique mais vise également à en faire comprendre les conséquences sur le quotidien des hommes.
- Lisez attentivement chaque mot du paratexte sinon vous risquez de ne pas comprendre la situation toute particulière de ce jeune étudiant : les adverbes « illégalement et secrètement » vous montrent que son initiative de copier un livre est dangereuse et pourrait lui valoir un châtiment grave.
- Vous n'avez pas besoin de connaître le roman de Balzac ni la Révolution culturelle chinoise pour comprendre le texte : on vous dit l'essentiel sur *Ursule Mirouët*, ce personnage qui voyage par l'esprit.

QUESTIONS

Remarques préalables

La question 4 porte sur l'étymologie ou la formation d'un mot : ne paniquez pas si vous ne connaissez pas la racine de ces termes ; faites preuve de bon sens en cherchant des mots que vous connaissez et qui semblent de formation identique.

Grammaire et compétences linguistiques

1. « J'aurais voulu » et « j'aurais vu » sont les deux conditionnels passés qui expriment un irréel du présent, c'est-à-dire un souhait non réalisé dans le présent.

2. Réécriture

Repérer les difficultés

• Attention à la formulation de la consigne : pas très claire au premier abord, elle est formulée ainsi pour voir si vous avez bien compris qui est le narrateur. En fait, on vous demande de remplacer « je » par « nous » et de mettre les verbes au présent.

• Pas de difficulté particulière : les verbes à mettre au présent, 1re personne du pluriel, ne présentent pas de pièges. En revanche, il faut penser à faire aussi les autres modifications : « mes » devient « nos », « ma » devient « notre », mais « nos (parents) » reste inchangé puisqu'il renvoyait déjà aux parents des deux garçons (voir la question 3).

Nous décidons de copier mot à mot nos passages préférés d'*Ursule Mirouët*. C'est la première fois de **notre** vie que **nous avons** envie de recopier un livre. **Nous cherchons** du papier partout dans la chambre, mais ne **pouvons** trouver que quelques feuilles de papier à lettres, destinées à écrire à nos parents.

Compréhension et compétences d'interprétation

3. a) *[On n'attend pas de vous que vous mentionniez tous les éléments suivants.]*
Le narrateur semble vivre dans des conditions difficiles :
– Il ne dispose pas de feuilles de papier pour écrire (celles qu'il détient doivent uniquement lui servir pour écrire à ses parents), à tel point qu'il utilise sa veste comme support. Cette peau de mouton lui a certes été offerte mais elle est grossièrement travaillée : les poils sont « pêle-mêle », taillés n'importe comment, « tantôt longs, tantôt courts » ; la peau est « abîmée, crevassée », « rugueuse » alors qu'une peau bien tannée, de belle qualité, doit être souple.
– Il partage sa chambre. En effet, le narrateur précise que les feuilles de papier qu'il trouve dans la chambre sont « destinées à écrire à **nos** parents ». S'il était seul, il aurait dit « feuilles destinées à **mes** parents » : l'emploi de l'adjectif possessif de la 1re personne du pluriel (« nous ») prouve bien qu'ils sont plusieurs dans la chambre.
– Il est à cinq cents kilomètres de ses parents et l'on devine qu'il n'a sans doute pas le droit de les voir puisque leur présence lui manque.
[On trouve également des indications dans le paratexte : l'étudiant est envoyé dans un petit village de campagne pour « être rééduqué par le travail », ce qui signifie qu'il n'a plus le droit d'étudier ; il n'a accès à aucune distraction, en particulier il lui est interdit de lire. Il vaut mieux, cependant, relever les indications du texte proprement dit.]
b) Le narrateur doit vivre en communauté à la campagne, dans des conditions difficiles et sans le droit d'étudier ni de lire alors qu'avant il avait une vie de famille apparemment sereine, dans une certaine aisance (assiettes de couleur, plats odoriférants, repas qui doivent être raffinés puisqu'il souhaite en « observer les détails » l. 14-15) et avec des échanges intéressants (il souhaite « entendre converser » ses parents).

4. Comme il n'a pratiquement pas de feuilles de papier, il choisit de copier le texte sur l'intérieur de sa veste en peau de mouton. Mais comme cette peau est « mate, rugueuse » (l. 19), ce support n'offre pas la fluidité d'une écriture sur papier lisse.

De plus, il veut écrire le maximum de texte possible et s'oblige à une écriture « minimaliste » (l. 20). « Minimaliste » est formé sur le latin *minimus* (qui a donné minimum, mot qui existe tel quel en français), adjectif au superlatif qui signifie « le plus petit ». Une écriture minimaliste est donc une écriture formée de caractères les plus petits possibles ou une écriture simplifiée où l'on se contente du minimum de signes.

5. Le personnage-narrateur semble quelqu'un de réfléchi, de méticuleux et de précis, puisqu'il sélectionne soigneusement les passages et qu'il veut en garder l'intégralité (« mot à mot » dit le texte, à la ligne 2).

6. a) « Somnambule » est formé du radical *somn-* et du radical *-ambule*.
b) Sur le radical *somn-* on peut citer « somnoler », « somnolence », « somnifère », « insomnie » ou « insomniaque ». *[Notez, bien que ceci ne vous soit pas demandé par la question, qu'il s'agit de la racine provenant du latin somnus, le sommeil.]*
Sur le radical *-ambule* (qui vient du latin *ambulo*, marcher), on peut trouver « ambulance », « ambulant », « déambuler », « déambulateur » (appareil qui permet aux gens de prendre appui pour mieux marcher) et « préambule » qui désigne les propos tenus pour commencer un discours.
c) Le champ lexical du sommeil se compose de : « chambre », « somnambule », « endormi », « lit », « en rêvant », « je m'endormis ». Dans cet univers très surveillé, très contraignant, le sommeil est une forme d'évasion, d'une part, parce que, lorsqu'il dort, le personnage échappe au travail sans relâche et ne voit plus la médiocrité de son environnement, d'autre part parce que le rêve est incontrôlable et lui offre la liberté dont on l'a privé. En pensée, il peut aller partout et retrouver ce qu'il aime. D'ailleurs la dernière phrase du texte « Enfin, je m'endormis » (l. 23) montre bien que la personnage ne prend même pas le temps de se satisfaire de la réussite de son entreprise.

7. a) Le personnage-narrateur souhaite d'abord être somnambule comme Ursule Mirouët pour pouvoir revenir sur les lieux connus, son cadre de vie familier d'avant (« voir ce que faisait ma mère dans notre appartement, à cinq cents kilomètres de distance »). Son deuxième vœu serait de découvrir d'autres régions inconnues de lui (« j'aurais vu des endroits où je n'avais jamais mis les pieds »).
b) C'est l'attrait de l'inconnu qui l'emporte puisqu'il l'annonce en disant « Mieux encore ». On voit ressurgir son désir d'évasion, son besoin d'échapper à sa condition actuelle.

8. Le titre « Une possibilité d'évasion » convient car cette expression désigne l'évasion par le rêve, par la force de l'esprit, par l'imagination qu'offre effectivement la lecture. Il ne s'agit pas de s'évader physiquement car ils vivent dans un univers très contraint. En revanche aucune force physique ou militaire ne peut interdire à des prisonniers de penser à autre chose, de rêver – que l'on soit d'ailleurs endormi ou éveillé – et d'imaginer d'autres vies, d'autres univers et ainsi d'échapper à la surveillance de leurs geôliers. On peut toutefois reprocher à ce titre de ne pas rendre compte du contexte dans lequel vit le personnage et de ne rien dire de l'effort de copie. La seule indication que l'on a est que, si les personnages parlent d'évasion, c'est qu'ils ressentent le besoin d'échapper à un lieu ou un mode de vie qui est difficilement supportable.
On pourrait donc proposer : « L'évasion par l'écriture / la lecture / le rêve » ou « L'imagination pour fuir un univers contraignant ».

Image

9. Ce document iconographique est un papier découpé qui est un art traditionnel en Chine. Il représente des hommes – dont l'un est vêtu de l'uniforme des Gardes rouges de Mao – en train de jeter au feu des documents écrits, ce qu'on appelle un « autodafé ». Leur attitude traduit la violence (bras et poing levés de l'un, élan du personnage principal pour jeter les écrits) et la couleur rouge, le feu au premier plan renforce cette impression.

10. Ce papier découpé est en lien étroit avec le texte de Dai Sijie car son personnage résiste à cette volonté de détruire la vie culturelle en recopiant un extrait de livre sur sa veste. Il est également en lien avec le sujet d'Histoire car il montre quelles formes peut prendre le totalitarisme qui veut dominer toute activité intellectuelle pour mieux maîtriser jusqu'à l'esprit des populations : ce qu'on appelle la propagande.

DICTÉE

■ Repérer les difficultés

- **Difficultés de conjugaison :**

– Il convient de maîtriser le présent de l'indicatif : les verbes de ce texte n'ont pas les présents les plus simples. Attention à la 3e personne du singulier : « on parcourt » pour le verbe parcourir, « on feuillette » avec deux « t » pour le verbe feuilleter, « on oublie » avec un « e » final à ne pas oublier pour ce verbe du premier groupe.
– La maîtrise du conditionnel est plus facile : « ils auraient », « il faudrait », « on pourrait ».

- **Difficultés grammaticales :**

– Il faut maîtriser l'accord de l'adjectif et du participe passé : mettre au féminin singulier « tropicale », « domestiquée », « aménagée » car ils sont épithètes de « une forêt » ; « phosphorescents » est, lui, au masculin pluriel car il se rapporte aux « livres » repris par « d'autres ».
– Distinguez bien aussi le « il » impersonnel et toujours singulier (qui correspond au « it » de l'anglais) du pronom personnel qui se met au singulier ou au pluriel (comme ici, quand il renvoie aux livres) : « il faudrait » mais « ils (= les livres) nous parlent ».

- **Difficultés lexicales :**

– Ne pas confondre « à portée de » avec le participe « apporté ».
– Ne pas se perdre dans le labyrinthe des « h » et des « s » de « phosphorescent ».

Partie II : Rédaction

Sujet A : Imagination

■ Comprendre le sujet A

- **Variez les genres de discours :** narratif (raconter la scène entre Luo et le personnage), descriptif (peut-être un portrait de Luo ou une description du village dans lequel ils vivent) et argumentatif (dans l'échange entre les deux jeunes gens).

• **Insérez obligatoirement un dialogue** et faites-en la partie la plus importante de votre rédaction. Mais veillez à sa progression : les deux jeunes gens ne vont pas s'affronter tout de suite sur la question « Pourquoi recopier un livre alors que c'est interdit ? »
• **Écrivez votre récit à la 1re personne et au passé :** la consigne ne le précise pas, mais il vaut mieux respecter les données du texte de base.
• **Essayez de parsemer la description et l'argumentation** au lieu de faire un paragraphe entier de description par exemple. Ce sera beaucoup plus habile. En particulier, pour ne pas alourdir votre texte, faites deviner le caractère de chaque interlocuteur par les moyens énumérés dans la Fiche 15, ci-dessous.

Traduire le caractère des personnages dans un dialogue

Il est assez pratique de traduire le caractère des personnages – surtout s'il s'agit de deux caractères très différents, voire opposés – par les paroles que chacun prononce. En effet, selon son tempérament, chacun s'exprime à sa manière. Vous pouvez le traduire en recourant à différents moyens :
• **Un registre de langue adapté :** familier, si vous voulez traduire la simplicité d'un personnage, en utilisant une syntaxe ou un vocabulaire relâchés (par ex., ici, Luo pose de façon incorrecte sa question : « Pourquoi tu réponds pas ? ») ; courant ou même soutenu pour un personnage plus raffiné, un esprit plus cultivé (par ex., ici, le narrateur).
• **Un vocabulaire spécifique :** un champ lexical particulier traduit les préoccupations du personnage (par ex., ici, le champ lexical de la culture est fréquent dans la bouche du narrateur qui reste un intellectuel révolté : « livre », « illettré », « lire », « journal », « musique », « dessiner », « sculpter » « rêve », alors que, dans la bouche de Luo, plus timoré, apparaissent les mots « interdit », « ennuis », « surveiller »).
• **Des verbes introducteurs de la parole expressifs :** en les choisissant bien (voir Fiche 10, p. 18), on peut indiquer le ton sur lequel sont prononcés les propos et ainsi renforcer le tempérament ou les sentiments du personnage. Par exemple, en remplaçant le simple « lui dis-je » par « renchérir » ou « répliquer », on renforce le côté déterminé du narrateur ; et en écrivant « je développai » à la place de « je le lui dis », on souligne son enthousiasme. Rien n'interdit d'affirmer ces caractères par quelques notations dans les parties narratives, surtout si elles relatent les réflexions intérieures de l'un ou de l'autre (c'est alors du discours indirect libre).

[Narration] J'étais agenouillé sur le sol de la misérable chambre qui nous tenait lieu d'habitation, en train d'essayer de recopier le précieux texte de Balzac sur ma peau de mouton. C'était une tâche très délicate et douloureuse, mes doigts étaient tout engourdis à force de tenir le stylo ; mais je voulais y arriver coûte que coûte !
Tout entier absorbé par mon travail, je n'entendis pas Luo entrer dans la pièce. Surpris, je n'eus pas le temps de dissimuler la peau de mouton et il me demanda immédiatement : « Qu'est-ce que tu fais ? Tu essayes de recoudre ta vieille veste ? »

[Description de Luo] Je lui jetai un coup d'œil : il se détachait dans le clair-obscur de la porte, trapu, costaud et pourtant encore haletant des efforts fournis aux champs

et du long chemin pour en revenir. L'odeur un peu âcre de la transpiration et ses cheveux en broussaille, parsemés d'herbes, lui donnaient un air animal. Je ne voulais pas lui répondre tout de suite car même si nous partagions la même chambre, j'hésitais à lui dévoiler ce que je considérais comme mon secret. J'avais peur qu'il ne puisse me comprendre.

[Dialogue] Mais il me pressait de questions :

« Alors que fais-tu accroupi sur le sol ? Pourquoi tu réponds pas ? Tu fais quelque chose de défendu ?

[Surprise d'abord et explications] – Un peu… Ne le répète à personne : je recopie un livre !

– Tu recopies un livre ! Mais comment ?

– Tu vois : comme je n'ai pu trouver assez de papier, j'écris sur l'envers de ma veste… »

Luo, d'abord si étonné qu'il ne savait plus que dire, reprit la parole :

« Mais tu es complètement fou ! C'est impossible à faire ! »

Je lui montrai le résultat de mon travail et il put voir comment j'avais réinventé l'écriture sur parchemin… Il n'en revenait toujours pas :

[Argumentation ensuite] « Pourquoi te donnes-tu tant de mal ?

– Les livres me manquent tellement ! Ici il n'y a rien ! Les paysans de ce village sont complètement illettrés !

– C'est justement pour cela qu'on nous a expédiés ici ! Pour que l'on perde nos habitudes de jeunes gens des villes !

– Je veux bien perdre beaucoup de choses mais pas les livres ! Ils font partie de ma vie ! Si tu savais comme lire me manque ! À tel point que lorsque les paysans reviennent du marché, je me jette sur les feuilles de journal qui entourent les objets qu'ils rapportent ! Les nouvelles sont anciennes ou sans intérêt mais je peux enfin retrouver des caractères écrits ! Alors tu t'imagines pour les livres… »

Je voyais bien que Luo était impressionné par mes paroles. Il avait connu, lui aussi, la vie citadine et avait été arraché à ses études mais il s'était relativement bien adapté à cette nouvelle vie à la campagne : il aimait l'effort physique et les travaux des champs ne lui faisaient pas peur. Il avait fini par apprécier la simplicité de cette vie au grand air et il m'avait dit une fois que repiquer le riz lui paraissait plus utile et instructif que tous les livres que nous avions pu étudier. Il était donc loin de partager ma nostalgie :

« Que cherches-tu à obtenir en te donnant tant de mal ? Ne crois-tu pas qu'il vaut mieux aller de l'avant et nous adapter à notre vie ici plutôt que de regretter notre jeunesse studieuse ? Il y avait des moments où j'avais vraiment envie de jeter tous les livres qu'on nous demandait de lire !…

– Je ne suis pas comme toi ! Pour moi ce village est une prison que seule la lecture me permet d'oublier !

– Une prison ? Tu exagères ! On circule comme on veut, rectifia Luo.

[Description de l'environnement] – Mais regarde autour de toi : ce village aux maisons rudimentaires, ces rues jonchées de tas d'ordures, ces gens qui sont tellement épuisés par le travail des champs qu'ils ne pensent qu'à dormir ou à boire pour oublier. En as-tu vu un jouer un peu de musique, dessiner sur le sol, sculpter un bout de bois ou faire n'importe quelle activité créatrice ?

[Dialogue argumentatif] – Mais ils n'ont pas été éduqués…

– Évidemment ! Et on ne va surtout pas les éduquer : si jamais ils venaient à réfléchir et à trouver que leur vie est stupide ! Si jamais on leur donnait envie d'autre chose ! Non, ici, c'est pire que la prison pour les corps, c'est l'esprit qu'on assassine ! »

Luo était surpris de la violence de ma réaction. Moi aussi d'ailleurs, j'étais généralement d'un tempérament plutôt posé et je compris à cet instant, à travers ce flot de paroles brutales, à quel point j'avais été frustré depuis des mois. Je vis un voile d'incompréhension et d'inquiétude assombrir son regard.

« Et si tu te fais prendre ? Tu sais que c'est interdit ?

– Je m'en moque, je ne supporte plus cette vie de bête. Au moins, là, je peux lire en cachette.

– Mais si on trouve la veste, nous risquons de gros ennuis. »

Sa voix trembla sur le « nous » : il avait tellement envie de vivre, même sans autre horizon que le miroitement de la rizière. Je m'apaisai et le rassurai. Je ne voulais pas perdre son amitié, seul raffinement moral dans cet univers grossier, brutal.

« Ne crains rien, lui dis-je. On ne regarde jamais nos vêtements. Et puis tu n'y es pour rien. Si jamais je me fais prendre, je dirai que tu n'étais pas au courant. Mais si tu savais comme je me sens mieux, soulagé, depuis que j'ai recopié ce texte ! »

À voir mon visage sans doute transformé, Luo se rendit compte combien la lecture pouvait être vitale pour moi. Pour me faire plaisir, il me demanda ce que j'avais recopié. Je le lui dis : « Un extrait d'un très grand auteur français : Balzac. C'est l'histoire d'une jeune fille et le passage que je préfère est celui où elle peut voyager en rêvant. Elle peut voir des endroits éloignés ou encore inconnus… Et moi je voudrais tant pouvoir faire comme elle, partir d'ici, ne serait-ce qu'en imagination ! Revivre les moments passés avec mes parents autour de la table familiale, retrouver les parfums et les couleurs d'avant ! »

Je m'enflammai de nouveau, signe que ma nostalgie était profonde et douloureuse.

« J'étouffe ici ! Ah ! pouvoir enfin m'évader vers d'autres horizons…

– Ne parle pas d'évasion, me coupa brutalement Luo ; tu sais très bien que nous sommes constamment surveillés et qu'on aurait vite fait de te rattraper ! Impossible de s'échapper !

– Sauf si c'est en rêve… »

Sujet B : Réflexion

Comprendre le sujet B

• Ce **sujet de réflexion** peut et doit se traiter à votre niveau d'élève de 3e. Appuyez-vous sur ce que vous avez appris pendant votre scolarité au collège en histoire, en français, en arts plastiques, en éducation musicale… Donnez des **exemples précis** empruntés à ce que vous avez lu ou vu en classe.
Le mot important de cette consigne est le mot « **ouvertures** » au pluriel : il s'agit d'exposer les découvertes, les enrichissements en divers domaines qu'apporte la culture générale par rapport à votre milieu de vie originel.

• Comme l'indique la consigne du sujet, vous pouvez aussi faire appel à vos **expériences personnelles** : voyages, théâtre, émissions de télévision à portée culturelle, films…

[Introduction] Chacun de nous naît dans un environnement bien défini : une ville ou un village, une famille où les parents exercent des métiers du commerce, de l'artisanat, de la médecine ou de l'enseignement ou… avec des loisirs différents. Chacun est donc un peu conditionné par son milieu d'origine. Comment peut-il en sortir et découvrir d'autres voies que celles auxquelles il est presque « prédestiné » ?
C'est la culture qu'apporte en premier lieu l'école qui nous permet d'évoluer.

[Premier argument : la culture est découverte de soi]

La lecture, le cinéma permettent de mieux se connaître soi-même : les histoires des personnages que l'on rencontre éclairent l'analyse des émotions que l'on ressent car l'auteur du livre ou du film explore des situations de jalousie, de colère, de contrariété que l'on a connues soi-même. Par exemple, le personnage de Dai Sijie ne supporte pas la vie trop étroite qu'on lui impose et trouve dans le personnage de Balzac, Ursule Mirouët, une réponse à son désir d'évasion par le rêve.

Par ailleurs, les situations et les réactions rencontrées peuvent nous paraître tellement étrangères que nous percevons notre différence et que nous parvenons à mieux nous définir nous-mêmes et à déterminer nos valeurs. Ainsi on peut comprendre que tel personnage mené par l'ambition comme *Bel-Ami* de Maupassant ou au contraire trop mou et velléitaire, « ce n'est pas moi ! ».

La culture permet également d'apporter un apaisement à sa souffrance : nous comprenons, grâce à une lecture, un film, un tableau, que d'autres ont vécu les mêmes expériences douloureuses (par exemple le mal-être de l'adolescent, la douleur d'aimer qui ne vous aime pas…).

À travers les tragédies que nous découvrons en Histoire (comme la Shoah), nous apprenons à relativiser nos petits malheurs et cela nous aide à mûrir, à grandir.

[Deuxième argument : la culture est ouverture sur le monde]

La culture a aussi pour immense avantage de nous ouvrir au monde et à son histoire. Ainsi, à travers les films historiques (comme *Ridicule* de P. Leconte sur la société aristocratique du XVIIIe siècle) ou les romans de Zola (*L'Assommoir*, *Germinal* qui illustrent chacun un aspect du XIXe siècle) ou de Barbusse (*Le Feu*), nous découvrons les racines, le passé et l'évolution de nos sociétés. Ainsi nous comprenons mieux celle dans laquelle nous vivons actuellement.

La culture scientifique offre d'autres ouvertures sur le monde : elle nous permet de comprendre les phénomènes physiques comme les geysers, les volcans… ; elle nous explique les économies de pays émergents et lointains comme le Brésil. Le monde entier nous devient plus familier.

[Troisième argument : la culture invite à la tolérance]

La culture nous enrichit également sur le plan moral car, en comprenant mieux les autres pays et leurs civilisations, nous progressons en tolérance. Comme nous avons été sensibilisés à leur histoire et leurs conditions de vie, nous pouvons aborder les personnes issues de cultures différentes sans rejet. Expliquer, connaître nous permettent d'accepter les autres.

De plus, si nous comparons nos conditions de vie avec celles du passé ou celles d'autres pays contemporains, si nous rencontrons des cas de personnes que le malheur a violemment frappées, si nous sommes confrontés aux génocides, à la misère qui règne dans le Tiers-Monde ou ailleurs, nous apprécions notre chance.

[Conclusion]

Ainsi, la culture, qu'elle soit littéraire, artistique, historique ou scientifique nous permet à la fois de cerner notre personnalité, d'agrandir notre vision du monde qui n'est plus réduit à notre seul espace de vie et à notre cercle d'amis et de famille et surtout de devenir un citoyen plus averti.

Sujet 10

Romain Gary
Les Racines du ciel

Partie I : Travail sur le texte littéraire et sur une image

1 heure 10 min — 50 points

Document 1 Texte littéraire

Quelques années après la Seconde Guerre mondiale, le narrateur évoque son séjour dans un camp de prisonniers et se souvient avec tendresse de son ami Robert, avec lequel il partageait le même block.

Un jour, par exemple, il était entré dans le block[1] mimant l'attitude d'un homme qui donne le bras à une femme. Nous étions écroulés dans nos coins, sales, écœurés, désespérés, ceux qui n'étaient pas trop claqués geignaient, se plaignaient et blasphémaient à haute voix. Robert traversa la baraque, continuant à offrir le bras à la femme imaginaire, sous nos regards médusés, puis il fit le geste de l'inviter à s'asseoir sur son lit. Il y eut, malgré le marasme général, quelques manifestations d'intérêt. Les gars se soulevaient sur un coude et regardaient avec ahurissement Robert faire la cour à sa femme invisible. Tantôt il lui caressait le menton, tantôt il lui baisait la main, tantôt il lui murmurait quelque chose à l'oreille et il s'inclinait de temps en temps devant elle, avec une courtoisie d'ours ; à un moment, apercevant Janin, [...] qui se grattait les poils, il s'approcha de lui et lui jeta de force une couverture [...].

– Quoi ? piailla Janin. Qu'est-ce qui te prend ? J'ai plus le droit de me gratter ?

– Un peu de tenue, nom de nom, gueula Robert. Il y a une grande dame parmi nous.

– Hein ? Quoi ?

– T'es fou ?

– Quelle dame ?

– Naturellement, dit Robert, entre ses dents. Ça ne m'étonne pas... Y en a parmi vous qui font semblant de ne pas la voir, n'est-ce pas ? Ça leur permet de rester sales entre eux...

Personne ne dit rien. Il était peut-être devenu fou, mais il avait encore à ce moment-là des poings solides, devant lesquels les prisonniers de droit commun[2] eux-mêmes se taisaient respectueusement. Il revint auprès de sa grande dame imaginaire et lui baisa tendrement la main. Puis il se tourna vers les copains complètement ahuris, qui le regardaient, la gueule ouverte :

– Bon. Alors, je vous préviens : à partir d'aujourd'hui, ça va changer. Pour commencer, vous allez cesser de pleurnicher. Vous allez essayer de vous conduire devant elle comme si vous étiez des hommes. Je dis bien « comme si » – c'est la seule chose qui compte. Vous allez me faire un sacré effort de propreté et de dignité, sans ça, je cogne. Elle ne tiendrait pas un jour dans cette atmosphère puante, et puis, nous sommes Français, il faut se montrer galants et polis. Et le premier qui manque de respect, qui lâche un pet, par exemple, en sa présence, aura affaire à moi…

On le regardait, bouche bée, en silence. Puis quelques-uns commencèrent à comprendre. Il y eut quelques rires rauques, mais tous nous ressentions confusément qu'au point où nous en étions, s'il n'y avait pas une convention de dignité quelconque pour nous soutenir, si on ne s'accrochait pas à une fiction, à un mythe, il ne restait plus qu'à se laisser aller, à se soumettre à n'importe quoi et même à collaborer. À partir de ce moment-là, il se passa une chose vraiment extraordinaire : le moral du block K remonta soudain de plusieurs crans.

Romain GARY, *Les Racines du ciel*, © Gallimard, 1954.

1. Block : dans le langage du camp, baraque de détenus.
2. Prisonniers de droit commun : prisonniers qui ne sont condamnés ni pour leurs opinions ni pour leurs croyances ni à la suite d'une guerre perdue mais pour les délits qu'ils ont commis.

Document 2 Image

Alberto GIACOMETTI, *L'homme qui marche*, sculpture en bronze, 1947. Dimensions : 180,5 × 97 × 23,9 cm.

QUESTIONS

Grammaire et compétences linguistiques
Réécriture

1. Réécrivez le texte suivant comme si c'était Robert qui racontait, en remplaçant « il » (l. 1) par « je » et en remplaçant « Nous » (l. 2) par « Ils ».
« Un jour, par exemple, il était entré dans le block mimant l'attitude d'un homme qui donne le bras à une femme. Nous étions écroulés dans nos coins, sales, écœurés, désespérés […]. Robert traversa la baraque, continuant à offrir le bras à la femme imaginaire, sous nos regards médusés, puis il fit le geste de l'inviter à s'asseoir sur son lit. » **(10 points)**

Compréhension et compétences d'interprétation

2. « Nous étions écroulés […] à haute voix. » (l. 2-4)
a) Dans quel état d'esprit sont les prisonniers ? **(2 points)**
b) Relevez les deux énumérations qui le soulignent. **(2 points)**
c) Comment est formé le mot « désespéré » (l. 3) ? **(2 points)**

3. Quel est le comportement habituel des prisonniers avant l'intervention de Robert ? Justifiez votre réponse en relevant trois éléments dans l'ensemble du texte. **(2 points)**

4. Comment Robert fait-il croire à la présence d'une femme ? **(2 points)**

5. Comment comprenez-vous « avec une courtoisie d'ours » (l. 10-11). Quels comportements de Robert illustrent cette expression. **(4 points)**

6. Pourquoi les camarades de Robert l'écoutent-ils sans protester ? **(2 points)**

7. « Vous allez me faire un sacré effort de propreté et de dignité, sans ça, je cogne. […] Et le premier qui manque de respect, qui lâche un pet, par exemple, en sa présence, aura affaire à moi… » (l. 31-32 et 34-35). Quels sont les différents niveaux de langue utilisés dans ces deux phrases ? Pourquoi, dans son discours, Robert les mêle-t-il ? **(2 points)**

8. La réaction du groupe face à l'invention de Robert évolue. Quelles en sont les étapes successives ? Justifiez votre réponse en citant des éléments du texte. **(4 points)**

9. a) De quels risques cette fiction de la « grande dame imaginaire » protège-t-elle le groupe ? **(2 points)**
b) À quelles conditions (l. 38-40) le groupe peut-il échapper à ces risques ? Expliquez-les. **(2 points)**

10. En vous appuyant sur vos réponses précédentes, récapitulez les qualités de Robert. **(4 points)**

Image

11. a) Décrivez l'aspect physique de l'homme représenté par cette sculpture de Giacometti. **(3 points)**
b) Quel(s) rapprochement(s) avec d'autres représentations des événements de la période 1939-1945 vous suggère l'aspect de cet homme ? **(3 points)**

12. Le titre de cette sculpture est « L'homme qui marche » ; son matériau est en bronze. Ces deux choix de l'artiste vous paraissent-ils être en écho avec le texte de R. Gary ? Développez votre opinion. **(4 points)**

DICTÉE 20 min 10 points

Est inscrit au tableau : acquitte.

Je dois vous dire aussi que j'ai contracté, en captivité, une dette envers les éléphants dont j'essaye seulement de m'acquitter. C'est un camarade qui avait eu cette idée, après quelques jours de cachot – un mètre dix sur un mètre cinquante – alors qu'il sentait que les murs allaient l'étouffer, il s'était mis à penser aux troupeaux d'éléphants en liberté – et, chaque matin, les Allemands le trouvaient en pleine forme, en train de rigoler : il était devenu increvable.

Romain Gary, *Les Racines du ciel*, © Gallimard, 1954.

Partie II : Rédaction

1 heure 30 min 40 points

Vous traiterez au choix le sujet A ou B.

Sujet A : Imagination

Un ami ou un adulte de votre entourage vous a convaincu de changer votre comportement.
Vous raconterez cette expérience en rappelant d'abord comment vous vous comportiez puis comment votre interlocuteur s'y est pris pour vous amener à changer.
Votre texte fera environ 300 mots.

Sujet B : Réflexion

La politesse vous paraît-elle nécessaire pour mieux vivre ensemble ?
Pour traiter ce sujet vous mobiliserez vos lectures, les notions acquises dans les différentes disciplines et votre expérience sur le plan culturel ou personnel.
Votre texte fera environ 300 mots.

CORRIGÉ

Partie I : Travail sur le texte littéraire et sur une image

Premier réflexe : observer le texte

• Comme pour le sujet 1, **l'enjeu littéraire est « Agir dans la cité : individu et pouvoir »**. En effet, il s'agit bien d'illustrer comment l'homme lutte contre les différentes formes de tyrannie qui veulent l'écraser.
• L'extrait du roman de R. Gary fait partie de ces « œuvres et textes du XXe siècle appartenant à des genres divers et en lien avec les bouleversements historiques majeurs qui l'ont marqué » ; il permet de « s'interroger sur les notions d'engagement et de résistance, et sur le rapport à l'Histoire ». Sachez que R. Gary a obtenu deux fois le prix Goncourt (une fois sous son vrai nom, une fois sous le pseudonyme d'Émile Ajar pour le roman *La Vie devant soi*).
• Concentrez-vous bien pour lire le texte le jour de l'examen : celui-ci vous demande un effort pour imaginer un contexte (un camp de prisonniers) très éloigné de votre expérience. Le texte est néanmoins facile à comprendre grâce à une langue simple et l'usage du dialogue.
• C'est un texte qui invite à garder une certaine dignité humaine, un respect de soi et des autres, même dans un contexte difficile : une belle leçon de vie, une démonstration du pouvoir de libération que donne l'imagination.
• Soyez aussi sensible à l'humour de ce texte : le comportement de Robert, les réactions des autres prisonniers…

QUESTIONS

Remarques préalables

• Les questions sont très diverses : entre celles qui font appel à vos connaissances en vocabulaire, en effets stylistiques (énumérations) et celles qui sollicitent la compréhension, tous les sujets sont abordés.
• Veillez à traiter plus longuement les questions dont le barème est de 2 points : ce sont des questions de compréhension fine du texte qui demandent une réponse plus développée.

Grammaire et compétences linguistiques
1. Réécriture

Repérer les difficultés

Bien comprendre que c'est Robert qui devient le narrateur, donc, dans le passage concerné, il faut non seulement changer le « il » en « je » mais aussi « Robert » en « je ». En revanche, tout ce qui se rapporte à la dame imaginaire n'est pas à modifier.

• Changer les pronoms personnels sujets impose de modifier les verbes conjugués qui en dépendent mais également les adjectifs ou les pronoms possessifs qui s'y rapportent : ainsi à « je » correspond « mon », à « ils » correspond « leurs ».
• Faire attention à la 1re personne du passé simple qui est en *-ai* pour les verbes du 1er groupe : si « je fis » est la plupart du temps bien orthographié, « je traversai » risque de se transformer en un imparfait (« je traversais ») qui serait pénalisé.

Un jour, par exemple, **j'étais** entré dans le block mimant l'attitude d'un homme qui donne le bras à une femme. **Ils étaient** écroulés dans **leurs** coins, sales, écœurés, désespérés [...]. **Je traversai** la baraque, continuant à offrir le bras à la femme imaginaire, sous **leurs** regards médusés, puis **je fis** le geste de l'inviter à s'asseoir sur **mon** lit.

Compréhension et compétences d'interprétation

2. a) Les prisonniers n'ont plus d'espoir, ils ne croient plus en rien, ils commencent à renoncer à leur humanité.
b) La première proposition contient une énumération d'adjectifs : « écroulés [...], sales, écœurés, désespérés » (l. 2-3) ; la seconde proposition contient une énumération de verbes : « geignaient, se plaignaient et blasphémaient » (l. 3-4). Ces énumérations soulignent le désespoir des prisonniers (« écœurés, désespérés », « geignaient, se plaignaient ») et la déshumanisation progressive que cela entraîne : ils se comportent avec vulgarité, en perdant tout respect d'eux-mêmes et de leurs valeurs (« sales », « blasphémaient »).
c) Le mot « désespérés » est composé d'un préfixe privatif (ou négatif) « dés- » et, comme radical, de l'adjectif « espéré », formé sur le participe passé du verbe.

3. Les prisonniers se comportent avec vulgarité, presque comme des animaux : ils sont « sales » (l. 3), « écroulés » (l. 2), ils se grattent les poils (l.11), « blasphèm(ent) » (l. 4) et « lâche(nt) un pet » (l.33). Ils perdent leur dignité humaine.

4. Robert mime « l'attitude d'un homme qui donne le bras à une femme » (l. 1-2 et 5). Il fait « la cour à [une] femme invisible » (l. 8). Il se comporte donc comme si une femme était là, il ne mime pas la femme elle-même, mais le comportement qu'il aurait si une femme était présente. *[On peut aussi dire qu'il « fait semblant », qu'il « fait comme si », qu'il « imite les gestes » d'un homme galant.]*

5. L'expression est étonnante – on pourrait presque parler d'oxymore – car se comporter « comme un ours » signifie habituellement qu'on est un peu sauvage, qu'on manque de raffinement et d'élégance alors que le mot « courtoisie », surtout envers une dame, évoque la littérature médiévale, voire la préciosité, où il fallait respecter un code précis de galanterie pour faire la cour à une dame. On peut comprendre que Robert, qui n'est pas au départ quelqu'un qui a des manières distinguées (« gueula Robert » l. 15, sa manière de parler l. 20-22), s'efforce de se conduire avec galanterie, mais de façon maladroite, pataude, comme un ours. Néanmoins, en effet, il connaît les usages : il lui donne le bras (l. 2 et 5), il l'invite à s'asseoir dans une sorte de révérence (« le geste » l. 6), il lui « caress(e) le menton, lui bais(e) la main, s'inclin(e) devant elle (l. 9-10) et est capable de « murmurer » et non plus de « gueuler ».

6. Le narrateur note avec un certain humour que Robert « avait encore à ce moment-là des poings solides, devant lesquels les prisonniers de droit commun eux-mêmes se taisaient respectueusement » (l. 23-25). Robert impressionne donc les autres prisonniers qui le craignent.

7. Les niveaux de langue utilisés dans les lignes 31-32 et 34-35 sont le niveau courant et le niveau familier ou relâché (« sacré », « je cogne », « qui lâche un pet »). Robert utilise un niveau de langue familier pour se faire comprendre des autres prisonniers mais il veut aussi les impressionner et montrer l'exemple, c'est pourquoi il emploie un niveau de langue correct.

8. La réaction du groupe face à l'invention de Robert passe de l'étonnement, de la stupéfaction (« sous nos regards médusés » l. 5, « avec ahurissement » l. 8, « complètement ahuris » l. 27) à la crainte (« Il était peut-être devenu fou, mais il avait encore à ce moment-là des poings solides… » l. 23-24) et à la gêne (« quelques rires rauques » l. 37). Mais au final, tous finissent par comprendre, se rangent à son avis (« une chose vraiment extraordinaire… » l. 41-42) et retrouvent l'espoir (l. 42).

9. a) Les prisonniers risquent de perdre tout espoir, de se démoraliser complètement, ce qui les amènerait à se déshumaniser, à perdre toute forme de résistance face à l'ennemi et à « collaborer » (« au point où nous en étions, s'il n'y avait pas une convention de dignité quelconque pour nous soutenir, si on ne s'accrochait pas à une fiction, à un mythe, il ne restait plus qu'à se laisser aller, à se soumettre à n'importe quoi et même à collaborer » l. 38-41).
b) Les conditions sont exprimées par les deux propositions subordonnées conjonctives : « s'il n'y avait pas une convention de dignité quelconque pour nous soutenir » et « si on ne s'accrochait pas à une fiction, à un mythe » (l. 39-40). La « convention de dignité » désigne l'accord qu'acceptent les prisonniers en croyant à la présence « fictive », imaginaire de la dame (c'est un « mythe », une histoire qu'ils s'inventent) afin de garder leur « dignité » d'hommes, de ne pas se déshumaniser.

10. Robert fait preuve de beaucoup d'intelligence et de lucidité : il sait à la fois analyser la situation et en prévoir les risques mais il sait en même temps s'adapter aux hommes qui l'entourent : dans l'état où ils sont, il aurait été inutile de leur faire un sermon, de les obliger, il était bien plus malin de les intriguer par cette dame imaginaire et de leur donner l'exemple avec humour et fermeté. Ce sont là aussi ses qualités qu'il met au service de son orgueil, pris au bon sens du terme, c'est-à-dire la volonté de progresser, de ne pas décevoir par rapport à un certain idéal de la dignité d'un être humain. *[Votre réponse peut être formulée très différemment du moment que vous mentionnez à la fois les valeurs morales – le sens de la dignité – et le sens « pratique », l'efficacité et l'humour de Robert.]*

Image

11. a) Cet homme est représenté grandeur nature (1 m 80) mais il frappe par son extrême maigreur, en particulier celle de ses jambes décharnées. Cela lui donne un aspect aérien, dynamique car il se projette vers l'avant mais ses pieds sont disproportionnés et semblent peser, l'engluer dans une terre dont il peine à s'échapper. Il marche à grands pas.

b) On peut citer les images des camps de concentration à leur libération : les hommes et les femmes qui avaient survécu y étaient d'une maigreur effrayante.

12. *[Votre réponse peut être très variable car les interprétations le sont pour cette sculpture : certains y voient une vision pessimiste de l'homme, fragile et englué dans sa condition, subissant les atrocités du siècle ; d'autres insistent sur l'optimisme de cet homme debout qui marche d'un pas décidé malgré sa fragilité. À noter : le bronze est un matériau fréquent pour une sculpture mais qui demande un investissement de la part de l'artiste. Il y a donc volonté de donner du prix, de la solidité à son œuvre.]* Le titre de l'œuvre illustre bien la volonté de résister, de rester debout et d'avancer que manifestent Robert puis ses compagnons de captivité, en dépit de tous les malheurs subis qu'évoque la maigreur de l'homme. Il veut s'arracher à sa condition et le choix du bronze prouve sa solidité : malgré sa silhouette longiligne, décharnée, il a la force du métal. La volonté de l'homme – et de l'artiste – peut vaincre tous les maux qu'il subit.

DICTÉE

Repérer les difficultés

• **Difficultés grammaticales :**

– Le verbe se met à l'infinitif après une préposition (« à », « de », « pour »...) ou un verbe autre que « avoir » et « être » : il faut donc mettre la terminaison *-er* aux verbes (« de m'acquitter », « les murs allaient l'étouffer », « à penser », « en train de rigoler »). En revanche, « j'ai contracté » est un passé composé dont le participe s'écrit en *-é*.

– Faire attention à l'accord : « les Allemands le trouvaient ». Le sujet est bien un pluriel (« les Allemands ») même s'il est séparé du verbe par le pronom COD (« le »).

– Mettre au pluriel « aux troupeaux d'éléphants » car, d'une part, l'article défini « aux » a une valeur généralisante ici et ne désigne pas un troupeau précis et, d'autre part, il y a forcément plusieurs éléphants dans un troupeau.

• **Difficultés de conjugaison :**

– Bien connaître l'orthographe de participes passés courants comme « (j'ai) contracté », « (qui avait) eu », « (il s'était) mis », « (il était) devenu ».

– Reconnaître les verbes pronominaux : « s'acquitter » et « se mettre ».

• **Difficultés lexicales :**

– Faire attention à écrire les mesures en toutes lettres (« un mètre dix sur un mètre cinquante ») et non en abréviation.

– Repérer les noms féminins avec un suffixe en *-té* qui ne prennent pas de *e* final : « captivité » et « liberté ».

Partie II : Rédaction

Sujet A : Imagination

■ Comprendre le sujet A

• Vous devez raconter une expérience personnelle : si vous n'avez pas vécu l'expérience proposée par le sujet (un changement de comportement), il vous faut l'inventer.
• Racontez l'épisode à la première personne.
• Respectez l'« esprit » du texte en racontant une amélioration de votre comportement et non l'inverse. En revanche vous n'avez pas besoin de vous imaginer prisonnier dans un camp de la Seconde Guerre mondiale.
• Variez les types de récit : une partie narrative et un dialogue argumenté sont appropriés.

[Introduction] « Hé ! Fred, tu veux bien nous dépanner pour le relais ? Yann est blessé, on compte sur toi pour faire gagner l'équipe ! » Cette phrase me laissa incrédule. Jamais, au grand jamais, je n'aurais cru l'entendre un an auparavant. Seulement voilà, tout avait tellement changé en un an…

[Description du comportement antérieur] Je préparais mes bagages pour partir en vacances et je me gavais d'illusions : « Inutile de penser à remettre mes affaires de l'année précédente, j'ai bien trop grandi ! ». Je dus bien reconnaître que j'avais surtout énormément grossi. Et là, devant ma glace, les remarques moqueuses de mes « camarades » me revenaient : « Alors, Bouboule, dépêche-toi d'aller à la cantine, sinon tu ne vas plus avoir assez à manger ! », « Eh ! toi, ton "projet professionnel", c'est sumo ? »… Certes ces remarques me blessaient profondément mais, au lieu de répliquer, j'adoucissais ma vie en mangeant des sucreries, je cherchais une consolation dans les gâteaux et les sodas, en guise de sport je pratiquais le lancer de chips dans ma bouche et le pointage de précision sur le bouton de la télécommande. Personne ne voulait de moi dans son équipe et pourtant, j'avais été bon à la course, plus petit. Pour me faire accepter des autres, j'étais devenu le clown de la classe. Lorsque mes parents me faisaient une remarque sur mes résultats scolaires en chute libre ou ma manière de vivre, je leur répondais de manière odieuse. Sur eux retombait toute la rancœur que j'avais accumulée dans la journée. Pour oublier tout ça je m'apprêtai à prendre une barre de céréales chocolatée.

[Narration du changement de comportement] C'est alors que mon portable vibra : un SMS arrivait. J'ouvris le message : « T OK pr 1 toil tonight ? ». Cela venait d'Audrey, une fille timide et isolée dans la classe mais qui avait un sourire sympathique. J'acceptai bien sûr et enfilai un jogging bien large, assez informe, dans lequel j'avais très chaud, mais c'était ma tenue habituelle… Le soir, avant la séance, j'allai m'acheter un grand pot de pop-corn quand Audrey m'arrêta en me disant qu'elle détestait entendre quelqu'un mâcher bruyamment à côté d'elle, pendant qu'elle regardait un film. J'avais pris des gâteaux secs dans mes poches et je me promettais de les manger après la séance…

[Dialogue argumenté] Mais une fois le film fini, sur le chemin du retour, Audrey m'empêcha de les sortir de leur paquet :

« Arrête, Frédéric, je te vois tout le temps en train de manger ! Tu ne crois pas qu'il vaudrait mieux pour toi profiter de cette promenade et savourer la beauté de la nuit ? »

Je bougonnai, à la fois surpris de ces paroles et dérangé dans mes habitudes. Elle continua :

« Tu sais, je suis plutôt timide mais, comme tu me vois à peine dans le noir, je vais enfin oser te parler. Je vois bien que tu souffres et que, comme moi, tu n'as pas d'amis au collège.

– Mais si ! j'ai plein d'amis ! Tout le monde rigole avec moi !

– Pas du tout ! Je les ai entendus se moquer de toi. Ils te poussent juste à faire des bêtises.

– Ah ! tu espionnes ! », rétorquai-je, furieux qu'elle mette à nu la vérité que je sentais confusément.

« Non. Je m'intéresse à toi. »

Déconcerté, touché même par sa voix douce et son message d'amitié, je me fis moins agressif :

« Et comment peux-tu savoir ce que je ressens ?

– Je vais te confier un secret : moi aussi, j'étais grosse avant d'arriver dans ce collège. J'ai fait une dépression à cause de toutes les remarques que je devais endurer, je ne voulais plus aller en classe et j'ai perdu mon année. Voyant que les choses allaient trop loin, mes parents ont demandé le changement de collège et m'ont envoyée voir un médecin nutritionniste. Nous avons parlé longtemps, il m'a prescrit un régime tout à fait adapté et tu vois le résultat maintenant ! »

Je ne voulais pas admettre qu'elle puisse avoir raison :

« Mais qu'est-ce qui te dit que je ne suis pas heureux comme je suis ?

– Arrête Frédéric ! Tu crois que je ne te vois pas ? Tu n'oses pas te montrer, tu mets des vêtements informes, tu ne prends jamais la parole en classe, si ce n'est pour dire des bêtises… Tu fais tout pour que l'on te remarque ou que l'on t'oublie… Le problème c'est que les autres, eux, ne t'oublient pas ! »

Comment pouvait-elle ainsi pointer du doigt tout ce qui me faisait si mal ?

Et elle continuait, inexorable :

« Tu sais, ce n'est pas si compliqué de changer. Il suffit de s'y mettre. Je ne te mentirai pas : au début ce n'est pas si facile. On dit que c'est une question de volonté mais

il faut tenir : l'organisme est mal habitué, il renâcle, il proteste. Mais j'ai confiance en toi, je sais que tu as de la fierté et je te promets de t'aider. »

J'étais partagé entre la gratitude, l'espoir et la crainte. Je n'allais jamais y arriver !

Ce serait trop dur ! Audrey devinait mes réticences et poursuivait :

« Va voir un médecin nutritionniste : les régimes, maintenant, ce n'est plus juste un œuf et quelques haricots verts par repas ! Tu pourras te faire plaisir en mangeant mais il ne faut pas abuser des sucreries ni des plats trop gras… Aimes-tu les fruits ? »

Je sentais que quelque chose était en train de se mettre en place dans ma tête. J'avais de l'importance pour quelqu'un. Je retrouverais ma place parmi les autres. Il ne fallait pas décevoir Audrey. Elle poursuivait sur sa lancée : « Et il te reste juste quelque chose à faire pour que tout soit bien en place et que tu puisses perdre tes kilos. Tu devines ? Du sport ! J'aime beaucoup nager, l'été arrive… et si nous allions à la piscine tous les jours ? »

Je tentais de me défendre, je me revoyais avec mon maillot de bain devant la glace :

« Je vais bientôt partir…

– Mais il ne faut pas attendre !

– Si jamais nous allons à la piscine, au moins que ce soit très tôt le matin pour que personne ne me voie !

– D'accord, je te comprends… »

[Narration du changement de comportement] Nous nous retrouvions à la piscine dès l'ouverture et nous partions avant midi. Audrey m'imposait des longueurs ou variait les jeux et je ne sentais plus mon poids dans l'eau qui caressait agréablement mon corps, m'obligeant à l'apprécier de nouveau. J'enchaînais avec les vacances au bord de la mer ; je courais sur la plage tôt le matin ou tard le soir, je nageais beaucoup dans les vagues. Je ne montais pas sur la balance tous les jours mais je sentais bien que tout allait mieux. La chaleur, l'activité chassaient loin de moi l'envie de manger.

En septembre, j'avais perdu les cinq kilos qui étaient l'objet de mon pari avec Audrey. Quand elle me vit, elle siffla comme un garçon qui admire une fille. Surpris – cela se voyait donc tant que cela, mes cinq kilos en moins ? – je rougis de plaisir. Alors j'ai tout enchaîné : le médecin nutritionniste qui me trouva un régime adapté, l'inscription dans un club d'athlétisme, le jogging tous les soirs… Quinze minutes, puis vingt, puis trente, puis… Aller à pied au collège et non plus prendre le bus. Je croisais souvent Audrey et son regard reflétait la fierté d'être mon amie. Les autres avaient encore parfois des remarques désagréables (« Eh ! Bouboule, tu fonds, ça va mouiller partout ! »). Mais quand le professeur principal de troisième nous a expliqué qu'il fallait valider des compétences pour obtenir son brevet, il m'a pris pour exemple en disant à la classe : « Frédéric est l'exemple parfait pour que je puisse lui valider la compétence du socle "Conscient des enjeux de bien-être et de santé des pratiques alimentaires et physiques" et bien d'autres », alors ils n'ont plus rien osé dire. Les rapports houleux avec mes parents se sont arrangés comme par magie ; ils me soutiennent dans mes efforts et m'aident à composer mes menus. Mon travail scolaire s'est amélioré car je ne consacre plus mon énergie à me faire remarquer des autres.

[Conclusion] Je n'ai pas encore la silhouette dont je rêve et c'est parfois difficile de ne pas se laisser aller mais ma récompense, vous la connaissez : il n'y a pas qu'Audrey qui réclame ma présence…

Sujet B : Réflexion

■ Comprendre le sujet B

• Réfléchir sur la politesse vous paraît un sujet trop limité sur lequel vous n'avez rien à dire ? Détrompez-vous : réfléchir sur la politesse, c'est réfléchir sur les conséquences quand on n'est jamais poli, sur les contraintes que la politesse engendre, sur les excès de politesse et bien évidemment sur les avantages qu'elle procure. Vous pouvez organiser votre composition sur cette structure : un paragraphe par aspect.

• Pour point de départ, revenez au texte de R. Gary : que se passe-t-il quand les prisonniers sont polis ? que se serait-il passé si Robert ne les y avait pas contraints ?

• Cherchez dans votre dictionnaire les synonymes et les variantes autour du mot « politesse » pour en voir les différentes nuances : amabilité, courtoisie, savoir-vivre, bienséance, convenances, obséquiosité, flagornerie, hypocrisie…

[Introduction : étymologie du mot « politesse »] Lorsque l'on emploie les mots « politesse » ou « poli » on ne pense pas nécessairement à leur origine : le nom « politesse » vient de l'italien « *politezza* » qui veut dire « propreté », lui-même dérivé du latin « politus » qui signifie « lisse ». Effectivement en français on peut parler d'un galet poli par les eaux d'un torrent, d'une pierre précieuse polie par le bijoutier qui s'oppose à la pierre brute découverte dans la mine. On voit bien alors que, sur le plan métaphorique, la politesse sert à « arrondir les angles », permet de briller (ou du moins de montrer le meilleur aspect de soi-même) en société en s'opposant à la brutalité, et qu'elle nécessite un travail sur soi.

[Premier aspect : des règles à respecter] Si l'on s'interroge sur la nécessité de la politesse, on peut répondre que les « bonnes manières » dont elle est synonyme permettent une vie en société satisfaisante et acceptable : au « savoir-vivre » ancien l'époque contemporaine a rajouté l'adverbe « ensemble » pour bien insister sur le fait que l'homme est avant tout un être qui vit en société et qu'il doit observer et suivre des règles s'il veut s'y insérer. Aux anciens traités de politesse qui existent depuis fort longtemps (on recommande aux enfants du Moyen Âge de ne pas « faire le vilain », c'est-à-dire de ne pas se conduire comme un paysan rustaud, de ne pas mettre les coudes sur la table, de ne pas parler en mangeant…) répond un manuel du savoir-vivre pour lutter contre les incivilités que l'on voit affiché dans les transports en commun et souvent présenté avec humour : par exemple « Ne pas faire de son portable un insupportable ».

Certaines de ces règles peuvent paraître démodées ou d'un snobisme inutile : pourquoi ne pas mettre les coudes sur la table ? pourquoi manger le poisson avec un couteau bizarre qui ne coupe rien ? Parfois on a oublié l'origine de ces pratiques, souvent on ne sait pas quelles sont les règles de vie du voisin et on n'obéit qu'à ses propres règles.

La politesse, c'est avant tout apprendre à observer les autres, c'est avoir une forme de curiosité de la vie des autres.

[Deuxième aspect : contrainte ou qualité de vie ?] Ces règles de politesse ne vont pas de soi : elles passent par l'éducation, donnée en famille ou à l'école. L'enfant ou les adultes vont donc devoir les apprendre ou les réviser, parfois d'ailleurs sous la contrainte : punition pour l'enfant, amende pour l'adulte. Elles ne sont pas toujours écrites mais imposent un effort à tout individu vivant en société : il les connaît même s'il ne les exécute pas.

Elles vont de préconisations simples (ne pas jeter de papier par terre, dire bonjour quand on entre dans une boutique) à des recommandations comportementales plus évoluées nécessitant un respect mutuel et une certaine empathie (tenir la porte à la personne qui nous suit, porter la valise d'une personne âgée, aider une autre personne à monter une poussette dans les escaliers du métro…).

Pourquoi certains ne le font-ils pas ? Par exemple, même si des amendes sont prévues, les gens continuent à jeter leurs mégots dans la rue. Bien sûr, cela prend un peu de temps de chercher la poubelle, bien sûr on préfère s'occuper de soi avant tout. Mais si l'on respecte l'espace commun, si l'on aide le passant inconnu qui ne vous rendra jamais le service, au bout du compte, la politesse met du lien et du liant dans les relations humaines et rend la vie quotidienne un peu plus agréable pour tous.

[Troisième aspect : diversité des politesses] Les règles essentielles de politesse se retrouvent d'un pays à l'autre mais peuvent varier sur des points de détail : le rot à la fin d'un repas peut être jugé comme incorrect ou au contraire indiquer que l'on a bien mangé ; les petits Tibétains qui tirent la langue au capitaine Haddock dans *Tintin au Tibet* se font traiter d'effrontés alors que c'est réellement leur façon polie de l'accueillir… Dans certains pays, les règles de politesse régissant la vie quotidienne peuvent être parfois très sophistiquées et peu accessibles au voyageur étranger.

Par conséquent, la politesse peut être nuisible, discriminante : on exclurait quelqu'un de son groupe car il ne pratique pas les usages. Ainsi les « bonnes manières » ne sont pas les mêmes dans toutes les couches de la société. Une personne qui ne suit pas les règles au pied de la lettre parce qu'elle les ignore peut se retrouver marginalisée. C'est ce que montre le film *Ridicule* de Patrice Leconte : à la Cour excessivement policée du règne de Louis XV, celui qui, malgré ses profondes qualités personnelles, déroge à une étiquette ridicule est méprisé et rejeté.

La politesse peut donc apparaître comme inutilement contraignante et facteur d'injustices. Être poli dans ce cas n'est plus l'expression d'un respect de l'autre ou d'une conscience exigeante de sa propre dignité, mais un artifice qui ne demande pas de sincérité.

[Quatrième aspect : politesse ou mensonge ?] Quelle est la frontière entre la politesse et l'obséquiosité ? la politesse et la flagornerie ? Le corbeau de la fable de La Fontaine, flatté dans son orgueil, se laisse sottement prendre par les habiles compliments du renard :

« Sans mentir, si votre ramage
Se rapporte à votre plumage
Vous êtes le phénix des hôtes de ces bois ».

La politesse n'est plus là que pour tromper l'autre et lui nuire, l'abuser. Elle devient mensonge : c'est ce que montrent les personnages de Molière dans *Les Femmes savantes* : Trissotin et Vadius se font des compliments jusqu'à ce que, par mégarde, éclate la vérité. La politesse est alors synonyme d'hypocrisie et Alceste, le Misanthrope de Molière, la refuse, lui qui veut des rapports sincères entre les hommes. Ne dit-on pas « trop poli pour être honnête » quand on se méfie ? Et, dans le film *Ridicule*, cité plus haut, que dire des terribles méchancetés qui se cachent sous les dehors d'une exquise politesse ?

Mais cette politesse-là est celle de gens qui n'ont pas la qualité morale qui devrait fonder la politesse : le respect.

[Conclusion] La politesse joue avant tout un rôle social : elle est nécessaire et a le mérite de faciliter les rapports humains mais, pour ne pas rester une enveloppe creuse, elle doit aussi être fondée sur une forme plus personnelle de générosité qui se traduit par le respect d'autrui et l'exigence de dignité envers soi-même que chacun s'engage à développer.

Sujet 11

Charlotte Delbo
Une scène jouée dans la mémoire

Partie I : Travail sur le texte littéraire et sur une image

1 heure 10 min — 50 points

Document 1 Texte littéraire

Durant la Seconde Guerre mondiale (1939-1945), Paul a été condamné à mort par les nazis. C'est sa dernière rencontre avec sa femme.

PAUL. – Je sais que tu es brave, je sais que tu sauras vivre sans moi. Il faut que tu vives, toi.

FRANÇOISE. – Je ne sais pas Paul. *(À part)* Toute ma vie s'engloutissait et je ne voulais pas lui montrer que j'avais mal, que la douleur qui me serrait devenait insupportable.

PAUL. – Si, je sais que tu es brave. Françoise, nous avons lutté de tout notre cœur. Je tombe avant de toucher au but, mais toi, tu verras la victoire.

FRANÇOISE. – *(À part)* Et moi je pensais : que m'importe la victoire sans toi. *(À Paul)* Ô Paul, nous n'avions jamais pensé que la victoire ce serait cela.

PAUL. – Si Françoise. Souviens-toi. Nous le disions.

FRANÇOISE. – Ô Paul. Dire et savoir, quelle différence !

PAUL. – Nous gagnons. Les nôtres se lèvent de tous côtés. Georges a réussi à avoir des nouvelles du dehors. Ils reculent partout.

FRANÇOISE. – *(À part)* C'était faux. Les prisons sont toujours pleines de fausses bonnes nouvelles. En mai 1942, vous savez où étaient les armées hitlériennes. Elles avançaient partout, elles atteignaient presque la Volga.

PAUL. – C'est pourquoi ils se hâtent d'abattre ceux qu'ils tiennent. Mais ils ne nous auront pas tous. Des milliers se lèvent qui nous remplaceront et nous vengeront.

FRANÇOISE. – Hélas Paul. Toi…

PAUL. – Nous nous battons pour la liberté. Que tous les combattants ne soient pas au défilé, chacun le sait avant de s'engager et aucun ne voudrait déserter parce qu'il risque de tomber avant la fin. Ce qui serait horrible, ce serait de mourir pour rien, de mourir sans avoir rien fait de sa vie. Nous avions choisi, toi et moi.

FRANÇOISE. – Je n'avais pas choisi de te perdre, jamais. J'avais toujours pensé que nous tomberions ensemble, si nous tombions.

PAUL. – Chérie ! Tous les combattants ne sont pas frappés au même moment. Heureusement. Où serait la victoire si tous succombaient. Tu vivras, toi. Oh ! que j'en suis heureux.

FRANÇOISE. – Paul.

PAUL. – Chérie, sois forte comme tu l'as toujours été.

FRANÇOISE. – Je le suis, Paul. Je le serai. *(Silence. Elle lui caresse les cheveux.)*

Charlotte DELBO, *Une scène jouée dans la mémoire*, HB Éditions, 2001 (édition posthume).

Document 2 Image

René MAGRITTE, *La mémoire*, 1948, huile sur toile © ADAGP

QUESTIONS

Grammaire et compétences linguistiques
Réécriture

1. Réécrivez ces deux phrases en remplaçant « tu » par la troisième personne du pluriel au féminin. Vous ferez toutes les modifications nécessaires :
« Je sais que tu es brave, je sais que tu pourras vivre sans moi. Il faut que tu vives, toi. » **(10 points)**

Compréhension et compétences d'interprétation

2. « Nous avions choisi, toi et moi » (lignes 22-23). De quel choix Paul parle-t-il ? **(2 points)**

3. Françoise partage-t-elle ce choix ? Justifiez votre réponse en vous appuyant sur le texte. **(3 points)**

4. Comment l'opposition entre les deux personnages apparaît-elle dans leurs répliques ? Vous justifierez votre réponse en vous appuyant précisément sur le texte. **(4 points)**

5. Quels sont les arguments de Paul pour convaincre Françoise que leur combat en vaut la peine ? **(3 points)**

6. « J'avais toujours pensé que nous tomberions ensemble » (lignes 24-25) :

a) Quel sens donnez-vous ici au verbe tomber ? **(1 point)**

b) Identifiez le temps de ce verbe et justifiez son emploi. **(2 points)**

7. Selon vous, à qui Françoise s'adresse-t-elle dans les apartés ? **(3 points)**

8. Une scène jouée dans la mémoire : comment comprenez-vous ce titre à la lumière du texte ? **(6 points)**

9. Si vous étiez metteur en scène, quels éléments de décor (lieu, éclairages, sons...) choisiriez-vous ? Développez votre réponse en justifiant vos propositions. **(6 points)**

Image

10. a) Décrivez les éléments représentés sur ce tableau. **(2 points)**

b) Qu'évoque chacun d'entre eux, à votre avis ? Que suggère l'ensemble de la composition ? **(4 points)**

11. Quels liens pouvez-vous faire entre ce tableau de René Magritte et le texte de Charlotte Delbo ? **(3 points)**

DICTÉE 20 min 10 points

Beaucoup parmi les gens de la Résistance passent la plupart de leur temps dans les trains. On ne peut rien confier au téléphone, au télégraphe, aux lettres. Tout courrier doit être porté. Toute confidence, tout contact exigent un déplacement. Et il y a les distributions d'armes, de journaux, de postes émetteurs, de matériel de sabotage. Ce qui explique la nécessité d'une armée d'agents de liaison qui tournent à travers la France comme des chevaux de manège. Ce qui explique aussi les coups terribles qui les atteignent. L'ennemi sait aussi bien que nous l'obligation où nous sommes de voyager sans cesse.

Joseph Kessel, *L'Armée des ombres*, Plon, 1969.

Partie II : Rédaction

1 heure 30 min 40 points

Vous traiterez au choix le sujet A ou B.

Sujet A : Imagination

Rédigez la dernière lettre de Paul à ses enfants.
Votre texte fera au moins deux pages (soit une cinquantaine de lignes).

Sujet B : Réflexion

D'après vous, l'expression artistique (littérature, théâtre, cinéma, musique, peinture, etc.) apporte-t-elle quelque chose à l'évocation des événements du passé ? À l'aide d'exemples historiques et/ou personnels de votre choix, vous présenterez votre réflexion dans un développement argumenté et organisé.
Votre texte fera au moins deux pages (soit une cinquantaine de lignes).

CORRIGÉ

Partie I : Travail sur le texte littéraire et sur une image

Premier réflexe : observer le texte

• Ce texte du XXe siècle se rattache à **l'enjeu littéraire : « Agir dans la cité : individu et pouvoir »**. Ce thème est très lié à la thématique de l'engagement. La scène de théâtre illustre à la fois la volonté de se battre, d'agir pour ses idées et les risques qu'on encourt. Il témoigne d'une réalité historique mais permet aussi de prendre conscience des pouvoirs – ici le nazisme – qui s'opposent à la volonté de l'individu.
• On peut affirmer que Charlotte Delbo (1887-1951) a transposé dans le personnage de Françoise sa propre histoire : assistante de Louis Jouvet (grand acteur et metteur en scène de l'Entre-deux-guerres), résistante, elle a vu son propre mari connaître le sort de Paul, fusillé par les nazis en mars 1942 à 28 ans. Elle-même a été déportée à Auschwitz et y a survécu (1913-1985). Ce « vécu » explique sans doute l'intensité dramatique de la scène.
• Cette scène de théâtre, d'une expression simple, n'est pas si facile à comprendre car le dialogue repose sur beaucoup d'implicite : les sentiments, le vécu, la complicité de ce couple. Faites appel à ce que vous savez de la Seconde Guerre mondiale et de la Résistance et à tout ce que vous avez pu lire et voir sur le sujet pour mieux comprendre la situation.

QUESTIONS

Remarques préalables

• Des questions peu nombreuses qui font plus appel à votre sensibilité et à votre expérience de lecteur qu'à un relevé d'indices (par exemple, on ne vous demande pas d'identifier qu'il s'agit du genre théâtral mais vous avez besoin de le connaître pour comprendre ce que signifie « aparté » à la question 6) : ce n'est pas si facile.
• Attention à ne pas répondre trop rapidement aux questions : elles demandent souvent un développement, surtout quand elles sont notées sur 3 points.

• N'hésitez pas à faire preuve d'imagination pour la question 8 : il n'y a pas une « vérité » pour le décor, c'est la richesse de votre choix et la pertinence de votre justification qui emporteront l'adhésion.

Grammaire et compétences linguistiques

1. Réécriture

Repérer les difficultés

• Le pronom personnel à la troisième personne du pluriel au féminin est « elles ».
• L'accord au pluriel touche les verbes dont ce pronom est sujet en respectant leur mode (subjonctif pour « que tu vives ») et leur temps (futur pour « tu sauras »).
• L'accord au féminin pluriel touche aussi les adjectifs, épithètes ou attributs, qui s'y rapportent : ici « brave ».

Je sais qu'**elles sont** braves, je sais qu'**elles sauront** vivre sans moi. Il faut qu'**elles vivent**, **elles**.

Compréhension et compétences d'interprétation

2. Paul parle du choix qu'ils avaient fait de s'engager dans la lutte contre le nazisme *[on peut préciser : la Résistance]* en sachant qu'ils le faisaient au péril de leur vie.

3. Françoise a vraisemblablement été d'accord au début pour s'engager dans la lutte (« nous avons lutté de tout notre cœur », l. 5-6) mais elle ne comprenait pas que la prison et la mort les guettaient et en particulier qu'elle en perdrait l'homme qu'elle aime (« Toute ma vie s'engloutissait », l. 3 ; « je n'avais pas choisi de te perdre, jamais », l. 24 ; « Et moi je pensais : que m'importe la victoire sans toi. », l. 7). Elle ne réalise que maintenant ce que leur engagement signifiait : « Dire et savoir, quelle différence ! » (l. 10). À la différence de Paul, elle place l'amour au-dessus de son engagement.

4. Paul est entièrement dans l'action et la conviction : il s'exprime le plus souvent par des phrases affirmatives (alors que celles de Françoise sont souvent négatives : ex. l. 4 et l. 24), courtes (même si ses répliques sont plus longues que celles de Françoise). Le lexique, dans les phrases de Paul, est celui de la certitude (« je sais », « réussir »), du positif (« heureux », « heureusement ») et du combat (« lutter », « victoire », « gagner », « se lever », « se battre », « combattant ») alors que les paroles de Françoise expriment plus l'émotion (« Ô », « Hélas », « la douleur qui me serrait »). Le discours de Paul est entièrement dans le moment présent (verbes au présent ou au futur l. 1-2, 7, 12-13, 17-19) alors que les répliques de Françoise sont au passé (sauf la dernière) : en effet les apartés qui viennent en commentaire juxtaposent le passé du souvenir et le présent de la scène.

5. Le principal argument de Paul est l'honneur de faire de sa vie quelque chose de noble (l. 22-23) : la lutte pour une cause juste, la liberté (l. 19). Il argumente aussi de sa certitude de la victoire (l. 12-13), de la confiance qu'il a dans le collectif (beaucoup de pluriels dans ses phrases).

6. a) « Tomber » signifie ici « mourir », « être exécuté ».
b) Le verbe est au conditionnel présent qui situe ici une action future par rapport au passé « j'avais pensé », par concordance des temps.

7. *[Cette question teste implicitement vos connaissances sur les caractéristiques du texte théâtral et, en particulier, sur la double énonciation, à savoir que le personnage s'adresse aux autres personnages et au public.]* Dans les apartés, Françoise s'adresse à elle-même et au public (qui peut être désigné par le « vous savez ») : c'est ainsi qu'on comprend qu'elle est à la fois dans la scène du passé et dans un commentaire de ce qu'elle a vécu.

8. Le titre fait bien comprendre la dualité de cette scène : à la fois Françoise joue la scène face à Paul et en même temps elle la revit, elle la rejoue pour elle-même dans son souvenir en la commentant.

9. *[Cette question n'appelle pas de réponse « vraie » ou « fausse » : comme un metteur en scène, vous avez le droit de créer le décor que vous voulez dès lors que vous l'appuyez sur votre lecture du texte. Ce que nous proposons ici peut ne pas convenir à votre imagination mais nous en donnons une justification. La question ne demande pas d'indications sur le jeu des acteurs mais vous pouvez en proposer : cela montrera votre intérêt pour le texte.]*
Paul serait habillé d'un pantalon et d'une chemise clairs, de couleur unie pour marquer le caractère entier du personnage ; Françoise au contraire aurait une robe de couleurs différentes pour signifier que sa conviction est plus nuancée.
Les projecteurs pourraient diffuser une lumière très blanche sur Paul pour en faire une sorte d'archange de la Résistance alors qu'on alternerait ombre et lumière sur Françoise selon qu'elle joue la scène (lumière) ou la commente dans les apartés (ombre).
En guise de décor, comme il s'agit d'une prison, on peut se contenter d'une pièce très dépouillée, avec une fenêtre à barreaux d'où irradierait une lumière très chaude, symbolisant la liberté, la victoire.
Comme son, un bruit de bottes – qui hantait l'esprit des gens à l'époque – peut retentir quand Françoise évoque l'avancée des troupes hitlériennes (l. 14-15).

Image

10. a) *[On attend de vous que vous soyez le plus précis(e) possible. Si vous y êtes habitué(e), pensez à introduire des éléments d'analyse du cadre et pas seulement des éléments représentés, même si la consigne ne l'exige pas.]* Ce tableau, en format portrait, a un second cadre délimité par le rideau foncé sur la droite et le rebord en pierre en bas. À l'intérieur de ce nouveau cadre le ciel avec ses nuages et la mer. Sur le rebord qui peut être interprété comme celui d'une fenêtre est posée une tête qui semble celle d'une statue grecque en raison de sa coiffure « classique ». Cette tête de femme a les yeux fermés et une tache rouge, qui évoque le sang d'une blessure, à la tempe droite : le rouge de cette « plaie » tranche avec les couleurs froides – le bleu du ciel, le blanc grisé –. À côté de la tête de femme, une feuille et une boule rayée en son milieu par une sorte de fente. *[Des analyses l'interprètent comme un grelot mais ce n'est pas facile à identifier pour vous.]*

b) *[Ce tableau du peintre R. Magritte, qui a appartenu au courant surréaliste, est difficile à interpréter avec certitude : n'hésitez pas à dire ce que chaque détail évoque pour vous car c'est votre sensibilité que l'on attend de voir s'exprimer.]* Le tableau fait penser à la fois à une scène de théâtre par son rideau qui dévoile aux deux tiers le décor marin, avec sur scène une tête de femme, une boule et une feuille détachées de tout, et à une fenêtre ouverte sur l'extérieur – comme c'est souvent le cas dans les tableaux de Magritte –.

Si le ciel et la mer évoquent l'évasion, l'ouverture, les « objets » déposés sur le rebord (de la fenêtre ?) sont plus inquiétants. L'objet qui domine est cette tête de statue féminine aux yeux fermés comme si elle se recueillait. La statuaire semble grecque et cette hypothèse est renforcée si l'on songe que Mnémosyne était la déesse de la Mémoire, mère des neuf Muses. Son expression est assez sereine mais cette tache rouge, assimilée à du sang, qui se détache sur les autres couleurs, évoque la douleur ou une atteinte du cerveau, une atteinte à la mémoire peut-être.

La feuille tombée de son arbre est donc menacée de mort, même si elle est représentée encore fraîche. Quant à la boule coupée, elle reste énigmatique. Les analyses qui l'identifient comme un grelot (une bille à l'intérieur fait sonner le métal quand on l'agite, c'est souvent associé à un jouet d'enfant) évoquent l'enfance. Ces deux objets juxtaposés pourraient être une allégorie de la vie : de l'enfance au moment où l'on quitte l'arbre de vie, où l'on tombe comme la feuille.

L'ensemble de la composition se partage entre sérénité, évasion vers un ailleurs attirant, et inquiétude de cette blessure, de ces yeux fermés qui justement ne peuvent voir l'ailleurs auquel la tête tourne « le dos » si l'on peut dire.

11. *[Votre interprétation est là aussi libre, du moment que vous expliquez ce que vous ressentez.]* Le tableau se rattache à la scène de théâtre de C. Delbo par ce cadrage, ce rideau qui semble être celui de la scène. On pourrait interpréter que la « femme » se souvient et se souviendra de ce moment douloureux – les adieux à son mari – et que cela entachera sa mémoire toute sa vie. Leurs vies sont tranchées, comme la tête sans corps, comme la feuille tombée quand elle était encore verte, comme ce grelot posé qui ne tinte plus. Un ailleurs serein existe mais la douleur indélébile de la mémoire empêche de le voir et entrave l'avenir.

DICTÉE

Repérer les difficultés

- **Difficultés de conjugaison :** tous les verbes sont à l'indicatif présent qui n'est pas le temps le plus facile à orthographier ; néanmoins ici, peu de pièges, hormis « atteignent », 3e personne du pluriel du verbe « atteindre » mais la prononciation de cette forme fournit des indices précieux pour l'orthographe.
- **Difficultés grammaticales :** la principale difficulté de ce texte est l'accord des verbes ; il faut réfléchir que le sujet de « passent » est « beaucoup parmi les gens » donc un pluriel, que « tournent » a pour sujet « qui » remplaçant « agents » au pluriel et non pas « armée » ; il est plus facile d'accorder « atteignent » car l'antécédent est sans conteste « les coups terribles », forcément au pluriel.

Attention au cas des deux sujets « toute confidence, tout contact » : comme ce sont deux sujets à sens différent, le verbe s'accorde au pluriel.
Veiller aussi à l'orthographe de « tout » ici au singulier ; sinon, au pluriel, on aurait eu « tous les courriers », « toutes les confidences », « tous les contacts ».
Penser à mettre les compléments de noms au pluriel après « les distributions » : si on distribue les choses, c'est qu'il y en a forcément plusieurs (des armes, des journaux, des postes émetteurs) sauf pour « le matériel de sabotage », terme générique qui englobe toutes les pièces dont on a besoin (bâtons de dynamite, grenades…).
• **Difficultés lexicales** : retenir les lettres doubles dans « courrier », « émetteurs », « terribles », « atteignent ».

Partie II : Rédaction

Sujet A : Imagination

■ Comprendre le sujet A

• Le genre du texte demandé n'est pas difficile : il faut respecter les consignes de présentation d'une lettre privée : lieu, date, destinataire, formule finale, signature (obligatoirement « Paul » ici) ; voir fiche 5, p. 15-16.
• Même si Paul change de destinataire (il écrit à ses enfants, il ne s'adresse plus à sa femme), vous pouvez vous appuyer sur le texte de C. Delbo et sur celui de J. Kessel (la dictée). Respectez le caractère de Paul : il peut témoigner de l'attendrissement envers ses enfants mais ne rendez pas le texte trop « larmoyant » : Paul est un homme d'honneur, de devoir, qui veut transmettre ces valeurs à ses enfants.
• Une partie de la lettre pourra expliquer en quoi a consisté sa lutte (mais ne racontez pas toute la Seconde Guerre mondiale en détail, ce n'est pas le sujet), une autre partie les conseils qu'il leur donne pour leur avenir.

En prison, le 15 mai 1942

Mes enfants chéris,

Lorsque vous lirez cette lettre je ne serai plus de ce monde…

Cette lettre, sachez-le, j'y ai mis tout mon cœur et je la confie à votre mère car demain à l'aube, je verrai le soleil se lever pour la dernière fois.

Mon cœur saigne à la pensée de ne plus jamais vous revoir, mes trois enfants chéris que j'aime plus que tout, mais je meurs pour que vive la liberté et que votre avenir soit radieux, une fois que les heures sombres de la guerre seront passées.

Je meurs pour que vous puissiez être fiers de votre père, qui a choisi de lutter avec honneur contre l'occupant, qui s'est engagé dans un combat et qui, dès le début, en a connu et accepté les risques.

J'ai choisi ma vie.

J'ai choisi de porter ces courriers compromettants, de transporter des armes dans une valise à l'apparence innocente, de provoquer ces rencontres où, avec mes amis de l'ombre, nous avons échafaudé des plans de sabotage. Vous m'avez souvent vu partir de la maison, ces derniers temps : j'appartiens à un réseau de résistants mais le silence était la règle.

J'ai choisi ma vie, même si le prix est lourd à payer, et je souhaite que vous ne subissiez pas la vôtre.

Jean, tu es l'aîné. Tu sais comme je t'aime, je te le redis encore une fois; je me rappelle comme si c'était hier du moment où je t'ai tenu dans mes bras pour la première fois, j'étais si ému ! Tu te souviens de la première fois où je t'ai emmené à la pêche ? de la première fois où tu as vu la mer ? Garde ces souvenirs dans ta mémoire ! Lorsque tu te sentiras écrasé par le chagrin, repense à ces moments précieux où le bonheur était si simple et dis-toi que je n'ai pas vraiment disparu puisque je vis toujours en toi…

Ta mère va vouloir se montrer courageuse : elle a toujours partagé mon combat et je sais qu'elle sera forte pour moi et pour vous. Mais sois bien attentif à elle, offre-lui ta tendresse et n'hésite pas à lui parler d'avenir : je serai là, parmi vous, mes chéris. Jacqueline, ma grande fille, comme je suis triste de te laisser alors que j'avais encore tant de choses à t'apprendre et à te dire ! Cela peut te sembler insensé de t'écrire que l'avenir va de nouveau rayonner alors que nous traversons des temps si cruels mais fais-moi confiance comme tu l'as toujours fait : rappelle-toi quand je t'ai appris à faire du vélo ou à nager… Tu hésitais un peu, tu avais peur, mais tu savais que j'étais à tes côtés pour t'aider et tu t'es lancée avec succès !

Je connais ton bon cœur, ta bonne humeur et ta gentillesse : je ne te demande même pas de veiller sur ta mère et tes frères, je sais que tu le feras tout naturellement parce que tu es si douce et attentive aux autres. Tu chercheras à soulager leur chagrin avant de t'occuper du tien, mais en faisant cela sache que je serai à tes côtés…

Et toi, petit Pierre, tu n'es encore qu'un bébé… Tu vas voir pleurer ta mère, ton frère et ta sœur sans comprendre. Mais tes gazouillis, tes risettes vont les dérider et ils oublieront un instant leur peine devant ton innocence. J'espère du fond du cœur que tu connaîtras un bel avenir : dis-toi que ton père y a contribué, au prix de sa vie, et que cette pensée te donne le courage pour avancer en sachant faire la part de ce qui est essentiel. Je t'embrasse derrière l'oreille, là où naissent tes belles boucles, à cet endroit qui te chatouille et qui te faisait toujours rire aux éclats.

Mes enfants chéris, je voudrais que vous meniez vous aussi une vie que vous aurez choisie et que vous viviez la tête haute, en respectant les valeurs que j'aurais aimé vous inculquer : la droiture, le courage, la générosité. Ne laissez pas la peur ou la lâcheté gouverner vos vies : le bonheur n'a pas ce goût amer.

C'est l'heure ! Je vais retrouver dans ma cellule mes compagnons qui vont subir demain matin le même sort que moi. Nous allons parler une dernière fois du monde que nous laissons derrière nous mais nous vous faisons confiance pour que notre combat n'ait pas été vain, pour que demain le monde soit libre de toute tyrannie, de toute barbarie !

L'émotion m'étreint ; par la pensée je vous serre une dernière fois dans mes bras. Gardez le souvenir de votre père qui vous aime tant qu'il donne sa vie pour que vous puissiez voir la victoire !

Paul

Sujet B : Réflexion

Comprendre le sujet B

- C'est un sujet qui peut paraître difficile mais il vous prépare bien à ce que vous aurez à traiter au lycée : l'apport de la littérature, de l'art au quotidien de l'expérience vécue…
- Que faut-il comprendre ? On vous demande en fait d'utiliser vos connaissances en littérature et en histoire des arts (arts plastiques, éducation musicale, autres disciplines artistiques…) pour répondre à la question : reprenez des exemples d'œuvres qui vous ont marqué(e) et qui ont suscité des débats en classe pour illustrer votre réflexion ou même la construire à partir de ces exemples.
- Soignez les enchaînements logiques (cause, conséquence, opposition…) de votre réflexion : deux arguments bien développés et illustrés d'exemples pertinents suffisent à répondre aux attendus de la classe de troisième.

[Introduction] Comment peut-on connaître le passé ? Il y a certes des traces objectives que nous ont laissées nos ancêtres : elles peuvent être « historiques » comme des registres d'état-civil qui ont permis aux historiens de voir l'évolution de la démographie à une période donnée par exemple, mais le passé nous est plus souvent accessible à travers des « traces » liées aux divers domaines de l'expression artistique (tableaux, sculptures, œuvres musicales…). On peut alors se demander ce qu'un public, non spécialiste, en comprend et en retient.

[Développement : premier argument] Les œuvres d'art sont un moyen intéressant de faire connaître le passé car elles illustrent les faits et souvent leur donnent du relief, du pittoresque qui retiennent l'attention du public. Par exemple, un roman historique fait comprendre les événements à travers des personnages hauts en couleurs. Dans *Quatre-vingt-treize* de Victor Hugo, on pourrait penser que chaque personnage de premier plan incarne un parti et aide à comprendre les enjeux de la lutte engagée : Lantenac défend les idées des Vendéens royalistes alors que Gauvain est le champion de l'idéal révolutionnaire.

Le message que font passer les artistes ne se contente pas d'informer : le plus souvent ils soulignent un aspect marquant de ces événements.

Ainsi, même sans les moyens techniques modernes, ils nous font visualiser les aspects dramatiques, ils rendent presque palpables les horreurs. Voltaire s'inspire des atrocités commises lors de la guerre de Trente Ans pour écrire au chapitre III de *Candide* : « Ici des vieillards criblés de coups regardaient mourir leurs femmes égorgées, qui tenaient leurs enfants à leurs mamelles sanglantes ; là des filles, éventrées après avoir assouvi les besoins naturels de quelques héros, rendaient les derniers soupirs ; d'autres, à demi brûlées, criaient qu'on achevât de leur donner la mort. Des cervelles étaient répandues sur la terre à côté de bras et de jambes coupés. »

Picasso, dans *Guernica* (grande toile peinte en 1937), n'a pas besoin d'utiliser la couleur ni d'être « réaliste » dans son dessin pour faire comprendre la souffrance. La vision des différents personnages qui crient leur douleur, à la suite du bombardement de leur ville, sont à jamais dans nos mémoires comme le voulait Picasso : « La peinture n'est pas faite pour décorer les appartements. C'est un instrument de guerre offensive et défensive contre l'ennemi. » La femme qui hurle avec un enfant dans les bras sous la tête de taureau qui symbolise l'Espagne ne nous rappelle-t-elle pas d'ailleurs le texte de Voltaire ? Les horreurs sont universelles et de toutes les époques et l'art sait les évoquer avec émotion.

Dans un domaine un peu moins sombre, nous comprenons, aussi bien qu'en lisant un livre d'économie, que Chaplin, dans *Les Temps modernes*, traduit l'aliénation de l'ouvrier qui travaille à la chaîne en filmant Charlot pris dans les engrenages monstrueux d'une machine imaginaire ou cherchant à tout visser, même les gros boutons du vêtement d'une femme qui passe dans la rue, victime des gestes répétitifs qu'il doit accomplir à longueur de journée.

[Développement : second argument] L'artiste, en raison de sa sensibilité plus exacerbée, interprète la réalité et oriente la compréhension du public : ne serait-ce pas déformer la réalité historique au lieu de la servir ? Pour reprendre l'exemple de *Quatre-vingt-treize*, Victor Hugo, parce qu'il croit profondément que la nature humaine est bonne et que le progrès, aussi bien moral que technique, l'emportera, crée pour son roman une fin qui ne correspond pas forcément à la vérité historique : peu de réactionnaires ont fait passer leur « générosité » avant leur idéal politique.

Ne peut-on garantir plus d'objectivité avec les techniques plus récentes ? À partir de la fin du XIXe siècle la photographie et le cinéma ont donné à « voir » les événements aux générations postérieures : les films des reporters de guerre montrent aux (télé)spectateurs les horreurs des combats. Il ne s'agit pas alors de produire une œuvre d'art et on peut croire qu'il n'y a pas, à travers ces images « réelles », d'interprétation personnelle d'une réalité. Pourtant le cadrage d'une photographie, le montage d'un film, qui opèrent un choix, peuvent influencer la lecture que l'on fait de ce « reportage ».

Un peintre comme Otto Dix qui a vécu lui-même les horreurs de la guerre de 1914-1918 montre dans son tableau *Les Joueurs de skat* (peinture à l'huile et collage datant de 1920) que les soldats qui ont échappé à la mort sur les champs de bataille sont des invalides à qui il manque un ou plusieurs membres, qui ne respirent plus qu'à l'aide d'un tuyau. Il ne peint pas ces hommes de manière « réaliste » mais les couleurs violentes, les corps déformés, la tête de mort dans l'éclairage à l'arrière-plan, cherchent à traduire et à transmettre, dans une vision infernale, les traumatismes vécus dans la chair et l'esprit de ces anciens soldats.

Pour reprendre l'exemple de Candide, nous comprenons en fait que cette évocation dépasse un épisode historique connu et atteint une portée universelle, la peinture des atrocités commises lors de tous les conflits : dans cette énumération assez courte mais frappante, Voltaire évoque les souffrances inouïes de ces civils massacrés, femmes, jeunes filles, enfants et vieillards… Ce sont ces mêmes civils que l'on continue de voir aux actualités télévisées.

[Conclusion] L'art nous donne à voir les événements passés mais aussi les interprète pour nous. Il faut accepter que l'artiste offre quelque chose de plus personnel qui va parler à nos émotions et prendre une dimension à la fois plus humaine et universelle. Les événements du passé prennent chair dans une œuvre artistique : ils ne sont pas que des faits historiques bruts, ils s'incarnent et nous parlent, au-delà du temps et de l'espace. Il nous appartient ensuite de commenter ou réfuter l'interprétation qui nous est proposée.

Sujet 12

Alice Ferney
Cherchez la femme

Partie I : Travail sur le texte littéraire et sur une image

1 heure 10 min — 50 points

Document 1 Texte littéraire 17 points

En 1958, Nina, lycéenne de seize ans et fille de mineur, et Vladimir, jeune ingénieur des Mines de vingt-six ans, se sont rencontrés à l'orchestre. Le jeune homme est tombé amoureux de la jeune fille et lui a proposé de l'épouser. Face à cette proposition, Nina confie son impatience à sa grand-mère.

– Pourquoi es-tu si pressée ? demanda Sacha sans cacher son étonnement.

Elle était stupéfaite de l'évidence qui s'était faite chez sa petite-fille et tout de même, si forte fût-elle, l'aveu de Nina lui faisait battre le cœur plus vite.

– Je ne sais pas, dit Nina (elle osait même dire je ne sais pas !). C'est comme ça. Il faut avancer dans la vie, saisir l'occasion qui se présente. Tu ne crois pas ?

– Et le lycée, Douchka[1]. As-tu pensé au lycée ?

Sacha Javorsky quittait le champ du grand amour pour revenir aux choses sérieuses.

– Oui, dit Nina, bien sûr. Je continuerai à aller au lycée comme aujourd'hui.

– Tu ne sais pas qu'un homme dans une maison exige beaucoup de sa femme, dit Sacha Javorsky avec un air d'être sûre de ce qu'elle avançait. Tu n'auras plus le temps d'étudier !

– Vladimir ne m'empêchera pas d'étudier, souffla Nina.

Ce ton amolli et romantique eut le don d'agacer Sacha. Elle n'avait pas élevé sa petite-fille pour en faire une gourde qui s'en laisse conter par le premier garçon venu.

– Ça ma fille, nous en reparlerons ! dit-elle avec ironie.

Puis elle récita son couplet désenchanté : Les hommes, ça met les pieds sous la table et les chemises en boule au linge sale, et ça croit que les lapins naissent découpés, farcis et grillés !

Nina ne disait rien. Qu'y avait-il à répondre ? D'ailleurs sa grand-mère n'attendait pas de réponse. Elle n'avait pas fini de parler.

– Ton Vladimir, poursuivit la grand-mère, il a vingt-six ans et un métier. Des centaines de gens sous ses ordres. Ton père y est ! L'ingénieur ! Il va le commander celui-là…

– Il ne me commandera pas, répliqua Nina sur un ton décidé.

– Alors vous vous bagarrerez. Et crois-moi ce sera dur. Une femme ne fait jamais le poids.

La vieille dame s'interrompit à dessein, préservant un effet d'annonce. Puis elle acheva :

– Sauf si elle a un métier. Et un salaire ! Travaille Nina. Étudie le plus longtemps possible et gagne ta vie. Ne dépends jamais d'un homme ! Écoute ce que te dit ta grand-mère.

– J'écoute, dit Nina.

Alice FERNEY, *Cherchez la femme,* 2013.

1. Douchka : petit nom affectueux en russe signifiant « ma douce ».

Document 2 Image

Sérigraphie de Barbara KRUGER, commande du Ministère de la Culture, Bicentenaire de la Révolution française, 1989.
Barbara Kruger est une artiste contemporaine qui a été engagée dans la revendication des droits des femmes aux États-Unis.

QUESTIONS

Grammaire et compétences linguistiques

1. « désenchanté » (ligne 17) : donnez la classe grammaticale de ce mot. Expliquez sa formation puis son sens dans le texte. **(6 points)**

2. Lignes 30 à 32 : quel est le mode principalement employé dans les propos de la grand-mère ? Justifiez son emploi. **(4 points)**

Réécriture

3. « Travaille Nina. Étudie le plus longtemps possible et gagne ta vie. Ne dépends jamais d'un homme ! Écoute ce que te dit ta grand-mère. »
Réécrivez ces quatre phrases en remplaçant « Nina » par « les filles » et « grand-mère » par « grands-parents ». Vous ferez toutes les modifications nécessaires. **(10 points)**

Compréhension et compétences d'interprétation

4. Quelle est la relation qui lie Nina et Sacha ? Quel a été le rôle précis de Sacha dans l'éducation de Nina ? **(4 points)**

5. Lignes 1 à 15 : nommez les deux sentiments successifs éprouvés par la grand-mère. Quelle attitude de Nina provoque chez la grand-mère ce changement de sentiment ? Justifiez votre réponse par une expression du texte. **(6 points)**

6. Quel personnage féminin domine la conversation ? D'après vous, pourquoi se donne-t-elle le droit de parler ainsi ? **(6 points)**

7. Selon Sacha, que risque-t-il de se passer après le mariage de Nina et Vladimir ? Vous répondrez dans un paragraphe détaillé en vous appuyant sur des citations précises du texte. **(8 points)**

Image

8. Comment l'image et le texte évoquent-ils, chacun à leur manière, le pouvoir que le savoir procure aux femmes ? **(6 points)**

DICTÉE 20 min 10 points

Pas un seul petit mot ! Il ne vint pas lui rendre visite. Il fut absent aux deux répétitions, le mardi d'abord, puis le vendredi, sans s'excuser ni prévenir, ce qui n'était jamais arrivé. Les musiciens de l'orchestre demandaient des nouvelles à Nina. Elle n'en avait pas. Tout le monde vit qu'elle dansait et chantait sans entrain. Ses résultats scolaires chutèrent d'un coup. Le cartable était jeté par terre sans être ouvert. Elle n'avait pas la tête à son travail ! Elle découvrait la place que tient dans la vie un amour, celui qu'on trouve autant que celui qu'on perd ou croit perdre.

Alice FERNEY, *Cherchez la femme,* 2013.

Partie II : Rédaction

1 heure 30 min 40 points

Vous traiterez au choix le sujet A ou B.

Sujet A : Réflexion

Pensez-vous, comme la grand-mère de Nina, qu'avoir un métier soit synonyme de liberté et de pouvoir ?
Votre rédaction sera d'une longueur minimale d'une soixantaine de lignes (300 mots environ).

Sujet B : Imagination

La jeune fille annonce sa décision finale à Vladimir. Elle a pris en compte les remarques de sa grand-mère pour choisir ou non de se marier.
Imaginez le dialogue des deux jeunes gens et les réactions qu'il suscite.
Votre rédaction sera d'une longueur minimale d'une soixantaine de lignes (300 mots environ) et mêlera dialogue et narration.

CORRIGÉ

Partie I : Travail sur le texte littéraire et sur une image

Premier réflexe : observer le texte

• Ce texte récent est extrait d'un des romans d'Alice Ferney, auteur contemporain qui prend souvent pour sujet les relations de couple.
• Essentiellement fondé sur un dialogue, ce texte est facile à comprendre.
• Le choix, en 2017, de ce texte est significatif : son thème – la mise en garde d'une jeune fille prête à se marier contre le risque de devoir abandonner ses études, de perdre ainsi l'indépendance que donne un métier – révèle à quel point sont fragiles les victoires qu'a remportées la lutte pour l'égalité femme-homme depuis 1958. Ce texte littéraire fait donc aussi bien écho au thème d'Histoire « Femmes et hommes dans la société des années 1950 aux années 1980 qu'aux axes thèmes du programme d'enseignement moral et civique : « le droit et la règle », « l'engagement ».

QUESTIONS

Remarques préalables

• Un nombre limité de questions : vous avez donc tout le temps de les traiter mais prenez conscience que les questions 6, 7 et 8 attendent une réponse longue, réfléchie et bien appuyée sur le texte. Comme si vous deviez faire un commentaire du texte et de l'image en y mêlant vos réactions.
• Pour la question 8, vous pouvez décrire l'image pour appuyer votre analyse comparée avec le texte.

Grammaire et compétences linguistiques

1. « désenchanté » est un participe passé passif qui est employé ici comme adjectif. Il est formé de deux préfixes successifs : « dés- », préfixe négatif qui signifie le contraire, l'arrêt, la fin d'une action (par exemple « faire » et « défaire »). C'est donc ici la fin de l'« enchantement », mot lui-même formé du préfixe « en- » qui signifie qu'on entre dans quelque chose. Et le radical « chant » a ici son sens antique de « charme puissant », presque d'« envoûtement ». Dans ce texte, « désenchanté » signifie que la grand-mère ne se fait plus d'illusions sur ce que deviennent l'amour et le mariage, usés par le quotidien des relations femme-homme à l'époque : une réduction de la femme à ses tâches domestiques (cuisiner le lapin par exemple). Elle n'est plus dupe du « charme » des amours romantiques.

2. Le mode employé dans les paroles de la grand-mère (l. 31-32) est l'impératif (au temps présent). C'est le mode injonctif, le mode de l'ordre, du commandement. Il est employé pour les cinq verbes (l'un avec une négation) des trois lignes de parole de la grand-mère pour marquer sa détermination, la force de ce qu'elle a à dire à Nina : ce sont réellement des ordres qu'elle lui donne car préserver son indépendance est à ses yeux, une question de salut, une question vitale pour l'avenir de sa petite-fille.

3. Réécriture

Repérer les difficultés

• S'adresser « aux filles » (pluriel) nécessite de mettre tous les verbes à l'impératif présent (*cf.* question 4) à la 2e personne du pluriel : par chance, c'est beaucoup plus facile à écrire que la 2e personne du singulier ! Il suffit d'ajouter la désinence « **-ez** » à chaque verbe.
• Attention ! il faut aussi penser à mettre les déterminants et les pronoms personnels à la 2e personne du pluriel : « ta » devient « votre », « te » devient « vous ».
• Pensez à faire l'accord du verbe « dire » avec son sujet inversé pluriel « vos grands-parents ».

Travaill**ez**, **les filles**. Étudi**ez** le plus longtemps possible et gagn**ez** **votre** vie. Ne dépend**ez** jamais d'un homme ! Écout**ez** ce que **vous disent vos grands-parents.**

Compréhension et compétences d'interprétation

4. Sacha Javorsky est la grand-mère de Nina et on devine, d'après le texte, que la relation est très forte entre elles. D'ailleurs la ligne 15 précise que : « Elle n'avait pas élevé sa petite-fille pour en faire une gourde ». On peut donc en déduire que la grand-mère représente plus qu'une présence affectueuse et parfois distante. Sacha a dû être une mère pour Nina, en tout cas elle a veillé de près à son éducation. Ce rôle d'éducatrice s'accompagne de sentiments forts car, dès le premier paragraphe, il est dit que le cœur de la grand-mère bat « plus vite », malgré son caractère trempé (« si forte fût-elle », l. 3).

5. Sacha est d'abord très surprise (« étonnement » l. 1, « stupéfaite » l. 2) de la décision de se marier que lui annonce sa petite-fille : en effet celle-ci est jeune (seize ans) et sa grand-mère a dû lui inculquer que son avenir se trouverait dans l'amour du savoir, des études, de la littérature, de la science et non pas dans l'attente du Prince charmant. La grand-mère devient « agacée » (l. 14) – premier pas vers la colère qu'on sent dans les dernières paroles du texte – quand elle constate que sa petite-fille ne prend pas conscience de la « prison » que va représenter son mariage, étant donné la condition féminine dans les années 1950-1960. Le « ton amolli et romantique » de Nina – signe qu'elle est aveuglée par l'amour, comme on dit – déclenche les répliques plus vives de Sacha.

6. C'est la grand-mère qui domine la conversation : ses répliques sont plus longues et plus nombreuses que celles de Nina (environ deux fois plus de lignes du texte) et, sur la fin, Nina ne parle plus, elle sait que cela ne sert à rien (l. 21) et elle « écoute ». Le discours de Sacha est vif, assuré (« avec un air d'être sûre de ce qu'elle avançait » l. 11), avec de nombreuses tournures qui martèlent (« ça..., ça... » l. 18-19), des prédictions sur l'avenir qui font figure d'oracle (« Tu n'auras plus le temps d'étudier » l. 11-12) et des phrases injonctives, comme les dernières lignes 31-32. Elle réagit ainsi car elle a veillé à l'éducation de sa petite-fille, elle a tenu à ce qu'elle ait le meilleur niveau possible afin d'assurer un métier. On peut supposer que la grand-mère a souffert elle-même de ne pas pouvoir faire éclore ses qualités intellectuelles, qu'elle a souffert d'être « noyée » sous les tâches domestiques et soumise à un mari.

7. Selon Sacha, Nina risque d'être brimée après son mariage : Vladimir, pour l'instant très amoureux, va retrouver les « instincts » despotiques des hommes, s'habituer, vu ses responsabilités et son niveau d'études, à commander les hommes sous son autorité (l. 24-25) mais aussi sa femme et exiger qu'elle soit à son service, c'est-à-dire qu'elle lui fasse la cuisine (« les lapins grillés » l. 20), la lessive et autres tâches domestiques. Nina ne pourra pas continuer ses études et acquérir un métier qui lui permettrait de ne pas dépendre financièrement de son mari. Elle sera contrainte à rester une femme au foyer alors que sa grand-mère a veillé à ce qu'elle atteigne un niveau d'études qui lui permette de prétendre à s'épanouir professionnellement.

Image

8. La sérigraphie de B. Kruger est construite en deux parties qui s'opposent : la partie droite montre, comme si c'était le négatif d'une photographie, la moitié d'un visage de femme : on la distingue mal, elle « n'apparaît » pas, on pourrait dire qu'elle est floue. La partie gauche au contraire « révèle » parfaitement son visage : on la distingue parfaitement, elle existe, on peut la reconnaître. Le slogan qui traverse ces deux parties d'image semble donner l'explication : c'est le « savoir » qui révèle la femme, qui lui permet de choisir. Il faut comprendre « pouvoir » au sens ici de « capacité, pas forcément de puissance.

Le texte, lui aussi, souligne ce contraste entre une femme qui « sait » et qui, par conséquent, peut vivre correctement et une femme qui est dépendante parce qu'elle n'a pas fait d'études et n'a pas acquis un métier. Pour la grand-mère, Nina va passer du statut de jeune fille étudiante ayant un avenir professionnel – la moitié claire du visage de la sérigraphie - à celui de femme au foyer, prisonnière de son ménage et dépendante de son mari – la moitié « négative » de la sérigraphie.

DICTÉE

■ Repérer les difficultés

• **Difficultés grammaticales :**

– faire attention à la préposition « sans » suivie d'un nom ou d'un verbe à l'infinitif (« sans s'excus**er** ni préven**ir** », « sans entrain ») ;

– bien identifier les démonstratifs écrits avec un « c » dans « ce qui n'était jamais arrivé », « celui qu'on trouve », « celui qu'on perd » ;

– la présence de « deux » vous aide à penser à mettre la marque du pluriel dans « aux deux répétitions » ;

– bien identifier « n'en » dans la phrase « Elle n'en avait pas. » : il faut penser

à décomposer la négation « ne » et le pronom « en » qui remplace « les nouvelles » pour éviter la répétition : « elle n'avait pas de nouvelles ».
• **Difficultés de conjugaison :** beaucoup de verbes au passé simple de l'indicatif à la 3e personne du singulier ou du pluriel (« il vint », « il fut », « vit », « chutèrent ») ; les autres formes verbales sont des imparfaits, plus faciles à mémoriser.
• **Difficultés lexicales :** pas de mot difficile, même « orchestre » vous est rappelé par l'introduction du texte.

Partie II : Rédaction

Sujet A : Réflexion

Comprendre le sujet A

• Beau sujet pour des jeunes gens qui vont quitter le collège et partir sur une première orientation que ce thème de réflexion : « Avoir un métier est-il synonyme de liberté et de pouvoir ? ». C'est le moment de mobiliser ce que vous avez découvert au long de votre parcours Avenir.
• Ne limitez pas la réflexion, surtout si vous êtes une jeune fille, au dilemme entre « femme au foyer » et « femme active » : la question du métier source d'épanouissement concerne garçons et filles. Mais vous pouvez quand même vous appuyer sur le cas de Nina et le document d'Histoire.
• Pensez à prendre comme exemples différents métiers que vous voyez autour de vous pour élargir la réflexion.
• Pensez à faire la distinction entre « avoir un métier » et « avoir du travail ».

[Introduction] Pour Nina qui a 16 ans en 1958, se marier risque de signifier, aux yeux de sa grand-mère, abandonner ses études, ruiner la perspective d'acquérir « un métier. Et un salaire ! » qui lui assureront son indépendance La grand-mère de Nina pense à l'indépendance de sa petite fille quand elle travaillera. Pouvons-nous penser comme elle que métier signifie liberté et pouvoir ?

[Développement de la thèse : un métier assure liberté et pouvoir] Exercer un métier donne accès à un salaire, l'argent semblant être la condition indispensable pour assurer sa survie matérielle et donc se libérer des contraintes que sont, pour survivre, se nourrir, se loger, se vêtir. Quand on « gagne sa vie » – comme on dit et l'expression est significative – on n'a pas besoin de demander de l'argent à ses parents ou à quiconque et on n'a donc pas à justifier ce qu'on va faire de son argent. C'est une forme de liberté.

D'ailleurs les personnes qui ne peuvent travailler en raison de leur âge ou d'un handicap ou du chômage se voient accorder un revenu : les personnes âgées ont une retraite, les handicapés ou les chômeurs bénéficient d'un minimum. Quant aux personnes qui ne peuvent bénéficier d'aucune source de revenu et qui n'ont pas de famille ou d'amis pour les aider se retrouvent le plus souvent malheureusement à la rue, à mendier ou comme SDF. La plupart du temps, leur condition physique douloureuse ne nous permet pas de penser qu'elles sont libre ni qu'elles ont le choix... Exercer un métier qui apporte une rémunération est bien facteur d'indépendance.

Exercer un métier peut aussi être source d'épanouissement personnel. Si l'on a des goûts prononcés pour une activité, pour un art, si l'on a un talent et qu'on arrive à en faire son métier, on libère son potentiel et on décuple ses qualités. Par exemple quelqu'un qui est doué pour la musique et qui devient concertiste ou musicien dans un orchestre ou chanteur peut à la fois vivre sa passion et en tirer un revenu : son métier réalise ses goûts, sa passion. Mais il en va de même pour un adolescent qui, au collège, aime à s'occuper des autres, à leur apporter attention et écoute, et qui pourra en faire son métier comme psychologue ou assistant social. Là encore le métier révèle, traduit et libère le talent de chacun.

[Développement de l'antithèse : travailler entraîne des contraintes] Quant à dire qu'un métier est une source de liberté, en plus de la liberté financière, c'est à examiner de plus près ! Souvent on identifie « métier » et « travail ». Or l'étymologie du mot « travail » est « tripallium », mot latin qui désignait un instrument de torture fait de trois pieux auxquels on attachait la victime. Exercer un métier signifie avoir des contraintes horaires, être confronté à d'autres personnes pas toujours bien disposées à ce que vous exerciez correctement votre métier : un commercial fera face à des clients trop exigeants ou difficiles à convaincre, un infirmier aura affaire à des patients bougons. Et le temps de travail restreint celui des loisirs où l'on est supposé exercer des activités qui nous plaisent.

Par ailleurs c'est difficile de dire qu'un certain nombre de métiers non gratifiants, non choisis, non qualifiés, sont réellement source de liberté. Ils sont subis pour des raisons économiques en raison de la nécessité de devoir subvenir à ses besoins mais permettent difficilement un épanouissement personnel. Ils sont parfois épuisants comme le travail des mineurs dans le roman Germinal de Zola. Le seul pouvoir que donne un travail dans ce cas est celui du « pouvoir d'achat », parfois d'ailleurs très limité.

[Synthèse : il est important d'acquérir un métier] Toutefois la grand-mère de Nina a raison quand elle incite sa petite-fille à avoir un métier : la première liberté est l'indépendance financière. En 1958, époque du roman, la femme occidentale est encore le plus souvent confinée au foyer, soumise à son mari qui « tient les cordons de la bourse ». Obligée de justifier ses dépenses pour le ménage, elle ne peut envisager de s'offrir ce qui pourrait lui faire plaisir sauf à « gratter » quelques sous sur l'argent des courses. Comme elle dépend du bon vouloir de celui qui gagne l'argent, elle finit par être considérée comme inférieure…

L'évolution de la condition féminine sur les soixante dernières années va donc assurer aux femmes – qui travaillent depuis longtemps sans que cela soit reconnu – une forme de liberté. Elles vont aussi pouvoir continuer leurs études et accéder ainsi à des professions hautement qualifiées.

[Conclusion] Ce doit être l'ambition de chacun, fille comme garçon : choisir la voie qui correspond à ses goûts et à son talent et y viser l'excellence. Car que l'on soit pâtissier ou médecin, quand on exerce un métier qui vous plaît, on n'en perçoit plus les contraintes. Elles signifient seulement le cadre à l'intérieur duquel on perfectionne son talent.

Sujet B : Imagination

Comprendre le sujet B

• Le sujet demande de mêler narration et dialogue, cas très classique. Mais cela doit vous faire éviter le piège de ne transcrire que des répliques entre les deux personnages, Vladimir et Nina. Le sujet précise bien d'évoquer les « réactions » des personnages : il vous faut donc décrire des sentiments, des changements d'attitude.

• Le sujet vous laisse le choix de la décision de Nina : va-t-elle se marier ou pas ? tout de suite ou plus tard ? En tout cas vous avez à lui faire justifier son avis.

[Inquiétude de Vladimir] Vladimir attendait Nina, impatient mais vaguement inquiet : il aperçut de loin sa fine silhouette, son cœur qui se mettait à battre la chamade l'aurait reconnue entre mille ! Il était tombé amoureux au premier regard, ou plutôt à la première écoute : elle jouait de la flûte dans l'orchestre et son interprétation l'avait tout de suite subjugué. Il aimait, chez Nina, ce mélange de douceur, de gaieté mais aussi de gravité et de volonté. Elle tenait ce trait de caractère de sa famille qui avait connu un parcours difficile et notamment de sa chère grand-mère, Sacha, qui l'avait élevée.

Quelle allait être la réponse de Nina ? Celle-ci l'avait prévenu qu'elle parlerait de sa demande en mariage à sa grand-mère. Il lui en voulait un peu, à cette grand-mère, d'interférer dans sa vie : c'était à Nina de prendre sa décision mais il savait aussi combien cette dame comptait dans la vie de la jeune fille.

Nina était là, debout en face de lui et lui souriait. Vladimir n'osait encore rien espérer et elle lui dit alors :

« J'ai parlé à ma grand-mère …

— Et que t'a-t-elle dit ?

— Tu es trop impatient ! »

Elle le faisait languir…

[Affrontement] « Lorsque je lui ai dit que tu m'avais demandée en mariage je ne peux pas dire qu'elle a sauté de joie !

— Mais enfin c'est une bonne nouvelle !, répliqua Vladimir étonné.

— Elle s'est même mise en colère, continua Nina, soudain plus grave. Une bonne nouvelle, ça dépend pour qui... Pour toi, oui, certainement.

— Et pas pour toi ? s'irrita Vladimir qui sentait brusquement que ses espoirs s'amenuisaient… Mais je suis ingénieur, j'ai un bon poste, j'ai de l'avenir, je gagnerai bien ma vie et je t'aime et je veux t'épouser et... »

Vladimir s'arrêta, à bout d'arguments, désorienté.

Nina fut émue par son air dépité mais elle se disait qu'il fallait résister, ne pas se laisser attendrir par son air de petit garçon qui voit ses désirs contrariés.

« Le problème est là, Vladimir : dans tes paroles, il y a “je” et “je” et “je”. Tu parles de ton métier, de ton avenir ... Mais quelle est ma place ? C'est sur cela que ma grand-mère a voulu me mettre en garde.

— Je ne comprends pas : quel est le danger ? Je ne suis pas assez bien pour elle ? On ne s'aime pas ? Tu n'es pas bien dans mes bras ? »

Vladimir secouait la tête, réellement malheureux désormais. Lui qui avait tant confiance en lui, en leur amour, en un avenir heureux, se voyait fauché dans ses rêves par les craintes d'une vieille femme qu'il ne comprenait même pas.

« Mais si, Sacha trouve que tu es un garçon remarquable, que tu appartiens à une famille honorable et surtout que tu as un beau métier…

— Alors ? dit Vladimir sur un ton un peu agressif.

— Alors, c'est de moi qu'il s'agit. Je n'ai que seize ans, j'ai des études à poursuivre, j'aime étudier et je ne réussis pas mal. Moi aussi, je peux avoir un métier.

— Mais tu n'auras pas besoin de travailler, Nina ! Je gagne bien ma vie, tu pourras mener une vie aisée, te consacrer à nos enfants et...

— Et m'occuper de toi, de tes chemises et des lapins mijotés que tu réclameras ! » asséna-t-elle en lui coupant la parole avec véhémence.

Nina comprenait soudain, devant l'égoïsme candide de Vladimir, à quel point sa grand-mère avait raison. Et pourtant, malgré son agacement, elle se sentait pleine de tendresse pour son « charmant despote ».

— Ta grand-mère, elle a démoli notre amour !

[Résolution] Nina vit les rides qui barraient son front et d'un geste tendre, elle voulut les effacer. Il se recula. Elle vit le chagrin dans ses yeux, elle voulut encore expliquer :

— Mais pas du tout ! Vladimir, je n'ai pas dit que je ne t'aimais pas ; tu es mon premier amour. Mais ma grand-mère m'a ouvert les yeux : je suis jeune, je ne connais encore rien de la vie… Elle veut faire de moi quelqu'un de bien et prendre un peu une revanche sur sa vie. Laisse-moi finir mes études, avoir un bon métier… et moi, je rêve toujours d'être ta femme, pour l'instant je reste ta fiancée. »

Vladimir reconnut chez Nina ce mélange de fermeté et de douceur qui lui plaisait tant. Il se dit qu'il aurait à ses côtés, s'il parvenait à la séduire encore et encore, une femme dont il serait fier.

Sujet 13

Jean Giono
Les Vraies Richesses

Partie I : Travail sur le texte littéraire et sur une image

1 heure 10 min — 50 points

Document 1 Texte littéraire — 16 points

Giono a décidé de vivre à la campagne, au plus près de la nature. Néanmoins, il va parfois à Paris. Il évoque ici son expérience de la ville.

Quand le soir vient, je monte du côté de Belleville[1]. À l'angle de la rue de Belleville et de la rue déserte, blême et tordue, dans laquelle se trouve *La Bellevilloise*[2], je connais un petit restaurant où je prends mon repas du soir. Je vais à pied. Je me sens tout dépaysé par la dureté du trottoir et le balancement des hanches qu'il faut avoir pour éviter ceux qui vous frôlent. Je marche vite et je dépasse les gens qui vont dans ma direction ; mais quand je les ai dépassés, je ne sais plus que faire, ni pourquoi je les ai dépassés, car c'est exactement la même foule, la même gêne, les mêmes gens toujours à dépasser sans jamais trouver devant moi d'espaces libres. Alors, je romps mon pas et je reste nonchalant[3] dans la foule. Mais ce qui vient d'elle à moi n'est pas sympathique. Je suis en présence d'une anonyme création des forces déséquilibrées de l'homme. Cette foule n'est emportée par rien d'unanime. Elle est un conglomérat de mille soucis, de peines, de joies, de fatigues, de désirs extrêmement personnels. Ce n'est pas un corps organisé, c'est un entassement, il ne peut y avoir aucune amitié entre elle, collective, et moi. Il ne peut y avoir d'amitié qu'entre des parties d'elle-même et moi, des morceaux de cette foule, des hommes ou des femmes. Mais alors, j'ai avantage à les rencontrer seuls et cette foule est là seulement pour me gêner. Le premier geste qu'on aurait si on rencontrait un ami serait de le tirer de là jusqu'à la rive, jusqu'à la terrasse du café, l'encoignure de la porte, pour avoir la joie de véritablement le rencontrer. […]

De tous ces gens-là qui m'entourent, m'emportent, me heurtent et me poussent, de cette foule parisienne qui coule, me contenant sur les trottoirs devant *La Samaritaine*[4], combien seraient capables de recommencer les gestes essentiels de la vie s'ils se trouvaient demain à l'aube dans un monde nu ?

Qui saurait orienter son foyer en plein air et faire du feu ?

Qui saurait reconnaître et trier parmi les plantes vénéneuses les nourricières comme l'épinard sauvage, la carotte sauvage, le navet des montagnes, le chou des pâturages ?

Qui saurait tisser l'étoffe ?

Qui saurait trouver les sucs pour faire le cuir ?

Qui saurait écorcher un chevreau ?

Qui saurait tanner la peau ?

Qui saurait vivre ?

Ah ! c'est maintenant que le mot désigne enfin la chose ! Je vois ce qu'ils savent faire : ils savent prendre l'autobus et le métro. Ils savent arrêter un taxi, traverser une rue, commander un garçon de café ; ils le font là tout autour de moi avec une aisance qui me déconcerte et m'effraie.

Jean Giono, *Les Vraies Richesses*, © éditions Gallimard, 1936.

---

1. Belleville : quartier parisien dans l'Est de la ville.
2. *La Bellevilloise :* coopérative ouvrière qui permettait aux ouvriers d'acheter des produits de consommation moins chers. C'est aussi en 1936 un lieu culturel très connu.
3. Nonchalant : lent et indifférent.
4. *La Samaritaine :* grand magasin parisien, fondé en 1870.

Document 2 Image

Daniel Fung, « Croisement de piétons », Hong-Kong, © Shutterstock.

QUESTIONS

Les réponses aux questions doivent être entièrement rédigées.

Grammaire et compétences linguistiques
Réécriture

1. Réécrivez le passage ci-dessous en remplaçant « je » par « nous » et en mettant les verbes conjugués à l'imparfait.
« je connais un petit restaurant où je prends mon repas du soir. Je vais à pied. Je me sens tout dépaysé par la dureté du trottoir et le balancement des hanches qu'il faut avoir pour éviter ceux qui vous frôlent. » **(10 points)**

Compréhension et compétences d'interprétation

2. En vous appuyant sur le premier paragraphe, expliquez la formule du narrateur « Je me sens tout dépaysé » (ligne 4). **(4 points)**

3. a) Quel est ici le sens du mot « entassement » (ligne 14) ?
Trouvez un synonyme de ce nom dans les lignes qui précèdent ?
b) Elle est … personnels. » (lignes 12-13) : quel est le procédé d'écriture utilisé dans cette phrase ?
c) En vous appuyant sur vos deux réponses précédentes, expliquez comment le narrateur perçoit la foule. **(8 points)**

4. Ligne 25 à ligne 33 :
a) Quelles remarques pouvez-vous faire sur la disposition et les procédés d'écriture dans ce passage ? Trois remarques au moins sont attendues.
b) Quel est, selon vous, l'effet recherché par le narrateur dans ce passage ? Développez votre réponse. **(8 points)**

5. Dans le dernier paragraphe, pourquoi le narrateur est-il déconcerté et effrayé (ligne 37) ? Justifiez votre réponse en vous appuyant sur le texte. **(4 points)**

6. Ce texte est extrait d'un livre intitulé *Les Vraies Richesses*. Quelles sont, selon vous, « les vraies richesses » auxquelles pense l'auteur ? Rédigez une réponse construite et argumentée. **(8 points)**

Image

7. Que ressentez-vous en regardant la photo de Daniel Fung (document 2) ? Expliquez votre réponse. **(4 points)**

8. Cette œuvre (document 2) peut-elle illustrer la manière dont le narrateur perçoit la foule dans le texte de Jean Giono (document 1) ? Développez votre réponse. **(4 points)**

DICTÉE 20 min 10 points

De temps en temps, je m'arrête, je tourne la tête et je regarde vers le bas de la rue où Paris s'entasse : des foyers éclatants et des taches de ténèbres piquetées de points d'or. Des flammes blanches ou rouges flambent d'en bas comme d'une vallée nocturne où s'est arrêtée la caravane des nomades. Et le bruit : bruit de fleuve ou de foule. Mais les flammes sont fausses et froides comme celles de l'enfer. En bas, dans un de ces parages sombres est ma rue du Dragon, mon hôtel du Dragon. Quel ordre sournois, le soir déjà lointain de ma première arrivée, m'a fait mystérieusement choisir cette rue, cet hôtel au nom dévorant et enflammé ?

Il me serait facile, d'ici, d'imaginer le monstre aux écailles de feu.

Jean GIONO, *Les Vraies Richesses*, 1936.

Partie II : Rédaction

1 heure 30 min 40 points

Vous traiterez au choix le sujet A ou B.

Sujet A : Réflexion

Pensez-vous comme Jean Giono que la ville soit un lieu hostile ?
Vous proposerez une réflexion organisée et argumentée en vous appuyant sur vos lectures et vos connaissances personnelles.

Sujet B : Imagination

Vous vous sentez vous aussi « dépaysé(e) » en arrivant dans une ville. Racontez cette expérience. Vous décrivez les lieux que vous découvrez, vous évoquez vos impressions et vos émotions.

CORRIGÉ

Partie I : Travail sur le texte littéraire et sur une image

Premier réflexe : observer le texte

• C'est un texte récent d'un écrivain du début du XXe siècle, **Jean Giono** (1895-1970). Né à Manosque, il a consacré une bonne partie de son œuvre à magnifier la campagne provençale et à défendre des valeurs de vie simple mais riche près de la nature.

• Ce texte a pour thème central le **malaise** que l'on peut ressentir en ville face à la foule des passants qui se pressent autour de vous dans l'indifférence et l'anonymat. Ce texte est fort par la **réflexion intime** qu'il expose avec une grande sensibilité mais qui n'est pas forcément facile à comprendre pour des adolescents, surtout ceux habitués à vivre en ville.
• Malgré sa date de publication (1936) qui peut vous paraître éloignée, il fait écho à des thèses très contemporaines de retour à la nature, d'une vie plus simple, de relations plus humaines.

QUESTIONS

Remarques préalables

• Deux questions (la 2 et la 3) font appel à vos connaissances sur les effets de style (ou procédés d'écriture) ainsi qu'à votre compréhension du vocabulaire par déduction.
• L'ensemble des questions repose sur votre compréhension fine du texte à appuyer sur des extraits précis. Soignez en particulier la question 5, notée sur 4 points, qui attend une réponse développée – au moins 5 lignes.

Grammaire et compétences linguistiques

1. Réécriture

Repérer les difficultés

• Passer à l'imparfait 1re personne du pluriel (« nous » + terminaison « -ions ») est plutôt facile, d'autant plus qu'aucun verbe ici n'est un piège.
• Attention ! Passer au pluriel (1re personne) ne touche pas que les verbes. Il faut aussi accorder au pluriel les adjectifs ou participes qui se rapportent au sujet « nous » : c'est le cas pour « dépaysé ».
• N'oubliez pas de changer « mon repas » en « notre repas ». Prononcez la phrase dans votre tête, cela vous sera évident.
• Les deux derniers verbes peuvent éventuellement rester au présent si l'on considère que c'est un présent de vérité générale (il faut toujours balancer des hanches pour éviter ceux qui vous frôlent). Mais si on reste dans le contexte du narrateur, on les met aussi à l'imparfait.

Nous connaissions un petit restaurant où nous prenions notre repas du soir. Nous allions à pied. Nous nous sentions tout dépaysés par la dureté du trottoir et le balancement des hanches qu'il fallait avoir pour éviter ceux qui vous frôlaient. (ou en conservant un présent de vérité générale : le balancement des hanches qu'il faut avoir pour éviter ceux qui vous frôlent.)

Compréhension et compétences d'interprétation

2. Le narrateur se sent dépaysé en ville parce que, venant de la campagne, il n'a pas l'habitude de marcher sur le bitume des trottoirs dont il retient avant tout la « dureté »

(l. 4) alors qu'il est habitué au sol plus souple au pied des chemins de terre ou même des champs.

Il est en même temps perturbé par la densité des passants qui le « gênent » continûment dans sa marche (à la campagne, on ne se bouscule pas) et l'obligent, pour passer, à esquiver les corps qui sont autant d'obstacles, « sans jamais trouver devant [lui] d'espaces libres » (l. 8-9).

Troisième cause de son dépaysement : il ne parvient pas à identifier les êtres ou les lieux. La ville lui fait l'effet d'une répétition sans fin : « exactement la même foule, … les mêmes gens » (l. 7-8).

3. a) « entassement » signifie ici « accumulation », « empilement » *[pensez au verbe « entasser » dont le sens vous est plus familier]*. Son synonyme est le nom « conglomérat » (l. 12) *[pensez au sens du préfixe « com/n- », venu de la préposition cum qui, en latin, signifie « avec » et au verbe « agglomérer » dont le sens de « mettre ensemble » vous est peut-être plus familier]*.

b) La phrase «Elle est un conglomérat de mille soucis, de peines, de joies, de fatigues, de désirs extrêmement personnels. » (l. 12-13) contient une énumération. *[Cette figure de style a pour effet d'insister sur le nombre, l'abondance, la densité.]*.

c) La foule, par sa densité, son nombre, est d'abord une « gêne » physique pour le narrateur (l. 8). Sur le plan moral, elle ne lui apparaît pas comme des personnes humaines bien identifiées qu'il pourrait rencontrer, avec qui il pourrait engager une conversation, mais comme un amoncellement de choses « anonyme(s) » (l. 11) avec qui il ne peut lier une « amitié » (l. 14-15). C'est pourquoi il ne peut entrer en sympathie (l. 10) avec personne. La ville, à son avis, déshumanise les relations entre les êtres.

4. a) Les lignes 25 à 33 sont constituées de nombreux paragraphes réduits pour six d'entre eux sur sept à une ligne : une phrase pour chaque paragraphe. Chacune de ces sept phrases est interrogative et commence par « Qui saurait » : on peut donc parler d'anaphore. L'emploi du mode conditionnel souligne le doute déjà exprimé par la tournure interrogative.

b) Ces procédés d'écriture accumulés cherchent à interroger le lecteur, à le faire réfléchir car toutes ces phrases évoquent des savoir-faire des gens de la campagne et que les citadins ont perdus. Il s'agit de lui faire prendre conscience de la société très sophistiquée dans laquelle il vit : ayant perdu les savoir-faire vitaux, l'homme qui vit en ville est dépendant de tous ceux qui le nourrissent, l'habillent, le chauffent, l'éclairent...

5. Si on lit le texte au premier degré, on a l'impression que c'est l' « aisance » (l. 37) à vivre en ville du citadin qui déconcerte et effraie le narrateur. En fait la remarque est ironique car cette aisance est plutôt une inconscience : le citadin ne se rend pas compte qu'il passe son temps à consommer des services pour se faire transporter (autobus, métro, taxi), pour boire (commander le garçon de café) mais qu'il ne produit rien de réellement utile lui-même. Et c'est cette vanité de ces occupations – au sens de stérilité, inutilité de leur vie – qui déconcerte et effraie le narrateur : comment le citadin ne peut-il pas s'en apercevoir ?

6. « Les vraies richesses », pour Giono, ce sont les « gestes essentiels de la vie » (l. 23-24) car effectivement ils évoquent des savoir-faire ancestraux, certains remontant même aux hommes préhistoriques (comme faire du feu l. 25, la cueillette l. 26-28 ou préparer la viande l. 31) mais nécessaires à la survie de l'espèce. Implicitement ce texte est une critique d'une société urbaine où toutes ces tâches de base sont éclipsées par l'industrialisation ou le commerce, où on achète avec son argent un travail souvent dévalorisé (celui des agriculteurs pour les plantes, celui des éleveurs ou des gens travaillant dans les abattoirs, par exemple) mais dont on percevrait le rôle crucial si on se retrouvait dans un « monde nu » (l. 24), comme après une guerre ou une explosion nucléaire. *[Lire sur ce thème de la survie après l'apocalypse – une catastrophe nucléaire – le roman* Malevil *de Robert Merle.]*

Image

7. *[La question est « Que ressentez-vous ? » : la réponse est donc très personnelle et peut différer de ce que nous proposons.]* Les piétons donnent l'impression de fourmis qui se déplacent : « ça grouille », tous dans la même direction, mais on ne sait pas où tout ce monde va. En tout cas aucun ne s'arrête, aucun ne discute avec un autre : on avance, comme contraints par une force. Une impression d'anonymat où l'on ne se retrouve jamais, où l'on ne se rencontre jamais. Cela pourrait être une illustration d'une condition humaine absurde : il faut vivre et avancer sans en comprendre le sens, sans dominer son destin.

8. La photo de Daniel Fung illustre bien le texte de Giono pour ces trois aspects au moins :
– la foule des passants, nombreux, serrés, qui, à l'exception de l' « allée » centrale, semblent prêts à se bousculer pour passer ;
– l'anonymat : ils sont tous semblables, des silhouettes d'hommes indifférenciées ;
– l'absence de communication : aucun ne converse avec un autre, ils ne se croisent même pas.
En revanche les interrogations de Giono sur la vacuité des actions des citadins (l. 21-37), qui ont perdu le sens des activités essentielles à la vie, n'apparaît pas explicitement. Cependant ces passants ne font rien d'autre qu'avancer : cela peut paraître absurde.

DICTÉE

■ Repérer les difficultés

• **Difficultés grammaticales :** essentiellement, dans ce texte, des questions d'accords à ne pas oublier :
– de nombreux accords au pluriel dans les groupes nominaux (« **des** foyers éclatan**ts** et **des** taches de ténèbres piquet**ées** de points d'or » où il faut penser à mettre « points » au pluriel parce qu'il en faut plusieurs pour piqueter ; « Des flammes blanches ou rouges ») ;
– accord des adjectifs attributs avec le sujet au féminin pluriel («les flammes sont fausses et froides ») ;
– ne pas oublier la logique d'accord au féminin pluriel pour « celles » qui remplace « les flammes » ;

– attention à l'accord du participe passé de la forme verbale « s'est arrêtée » avec son sujet inversé « la caravane » ;
– bien identifier le « où » avec accent qui est le pronom relatif du « ou » sans accent qui signifie « ou bien ».

• **Difficultés lexicales** : elles sont peu nombreuses ; le mot « flamme », bien connu, prend deux « m » ; le verbe « s'arrêter » prend deux « r » ; ne pas confondre la « tache », marque de couleur ou de lumière, avec la « tâche », le travail à accomplir.

Partie II : Rédaction

Sujet A : Réflexion

Comprendre le sujet A

• On vous demande de réfléchir à la ville comme « lieu hostile » : « hostile » vient du mot latin *hostis* qui signifie « ennemi », mot fort qui suggère que la ville « tue » l'être humain. Le texte de Giono montre que les relations humaines sont absentes et que le citadin ne sait plus « vivre » : vous pouvez réagir à ces deux idées.
• Que vous soyez un(e) collégien(ne) de la ville ou de la campagne, évitez de faire un « procès à charge », pour ou contre la ville. Même si vous avez une opinion tranchée, pensez à envisager quelques arguments opposés.
• Vous pouvez structurer votre argumentation en des paragraphes entièrement dédiés à une position « pour » ou « contre » ou, comme, le corrigé vous le propose, nuancer chacun des aspects de la ville que vous évoquez : les contraintes matérielles de la ville, son influence sur la psychologie des gens, ses aspects culturels.

[Introduction] Giono fut le chantre de la nature et de sa province natale, la Provence, qu'il évoque dans ses romans comme *Regain*, *L'homme qui plantait des arbres*, *Un de Baumugnes* où il écrit : « Les choses de la terre, mon vieux, j'ai tant vécu avec elles, j'ai tant fait ma vie dans l'espace qu'elles laissaient, j'ai eu tant d'amis arbres, le vent s'est tant frotté contre moi que, quand j'ai de la peine, c'est à elles que je pense pour la consolation ». Lorsque cet homme de la nature se retrouve à Paris, il perd ses repères et voit la ville comme un lieu hostile où l'on se sent anonyme, sans relations humaines, occupé à des activités vaines. La ville peut-elle être réduite à cette vision négative ? Si elle impose des contraintes matérielles plus difficiles, si elle risque de déshumaniser ses habitants, ne peut-elle pas être aussi un lieu de beauté et d'épanouissement personnel ?

[Premier argument : les contraintes matérielles] Comme le souligne Giono dans le texte extrait des Vraies Richesses, la ville est ressentie comme un milieu « dur » à vivre. Elle impose des conditions quotidiennes qui peuvent être perçues comme agressives : les transports sont bondés, les problèmes de panne ou d'incidents fréquents, les temps de trajet pour aller travailler longs et pénibles. De plus les logements

sont souvent beaucoup plus petits qu'à la campagne et, en revanche, beaucoup plus chers : les gens sont obligés de s'y entasser. De manière générale, le peu d'espace dont les gens jouissent est de médiocre qualité : pollution (les habitants de Pékin se sont transformés en fantômes suffocants, perdus dans un brouillard jaunâtre), saleté (les touristes déplorent l'état des rues de Paris). Dès le xixe siècle, cette ville, en particulier, apparaît comme un lieu sordide : l'extrait du roman de Zola en témoigne (L'Assommoir).

À cela s'ajoute le bruit incessant de la circulation anarchique comme dans certaines grandes villes qui ont poussé sans plan d'urbanisme concerté (les embouteillages de Bombay).

L'architecture offre des aspects plus contrastés : la hauteur des immeubles peut les transformer en murailles qui emprisonnent les habitants aux yeux de certains et les constructions sont parfois vétustes ou juste fonctionnelles, sans aucune harmonie, sans nature pour les égayer. En revanche, la ville offre aussi ses beautés architecturales, qu'elles soient anciennes comme le Parthénon à Athènes ou les gratte-ciels – de New York par exemple aux yeux de Jean-Paul Sartre ou de Shangaï ou de Kuala Lumpur – qui peuvent capter le regard vers l'horizon, vers le ciel et sublimer leur construction audacieuse.

[Deuxième argument : l'influence sur la psychologie] La ville, aux yeux de Giono, est vue avant tout à travers ses habitants qui vaquent à des occupations futiles ou stériles, de manière indifférenciée (c'est toujours « la même foule, la même gêne, les mêmes gens »), anonyme, égoïste (« conglomérat de désirs extrêmement personnels »). Giono considère la ville et ses habitants comme la négation de l'individu auquel ils enlèvent toute possibilité d'épanouissement personnel. Les hommes ne semblent plus être que des automates comme sur le lavis de Stora : des êtres qui se suivent sans s'arrêter, sans communiquer. La même déshumanisation se retrouve dans le film Metropolis de Fritz Lang : des ouvriers sont écrasés par l'architecture monstrueuse des buildings.

Et comme la ville attire des paysans ou des migrants qui espèrent échapper à la misère, qu'elle leur expose des vitrines rutilantes d'objets de consommation, elle favorise à la fois une concentration de misères (les favelas de Rio) et des trafics criminels (la plupart des films noirs ou des films policiers se déroulent dans le décor de villes inhospitalières et gigantesques).

Cependant c'est cette même offre diversifiée, cette richesse d'expériences ou de rencontres à chaque coin de rue qui permet aux êtres humains de découvrir des aspects inconnus de la civilisation.

[Troisième argument : les aspects culturels] Alors que les villes se développent de plus en plus dans le monde, ne peut-on y voir que des aspects négatifs ? Après un urbanisme un peu débridé, les villes sont actuellement repensées pour en faire des lieux plus conviviaux : les centres-ville sont réaménagés pour que les piétons puissent y flâner de manière sûre et tranquille.

La ville, c'est un endroit pratique où sont réunis de nombreux lieux de travail, tous les commerces et les services, administratifs, médicaux mais avant tout culturels comme les cinémas, les théâtres, les bibliothèques, les musées. Les collèges eux-mêmes y sont souvent proches et c'est plus pratique que d'attendre le car de ramassage scolaire…

Les citadins sont conscients que la nature leur manque et développent des moyens d'y remédier : murs de plantes, potagers en ville, sur les toits… La ville, est aussi un lieu de loisirs et de rencontres, d'ouverture sur les autres avec des terrasses de café où il fait bon discuter et s'attabler, des parcs où il est possible de se promener. La ville c'est un lieu où la vie pulse de jour comme de nuit, contrairement à certains endroits que l'on qualifie de « déserts ».

Dans « ville » on pourrait presque dire qu'il y a le mot « vie » !

[Conclusion] La vision de la ville dépend de l'expérience et de la sensibilité de chacun : en général les gens apprécient les aspects pratiques et sympathiques de la ville pendant la semaine ou l'année mais ils aiment aussi passer leur week-end et leurs vacances dans des endroits plus tranquilles et verdoyants… Ils ont besoin des deux. En tout cas, faire de la ville un lieu agréable est une volonté et un métier : celui d'urbaniste !

Sujet B : Imagination

■ Comprendre le sujet B

• Attention à bien lire le sujet : il vous demande de décrire combien vous êtes « dépaysé(e) » en arrivant dans une ville. « Dépaysé » ne veut pas dire que vous ressentez forcément une impression négative comme Giono. C'est seulement que vous ne connaissez pas cette ville, qu'elle vous surprend parce qu'elle est différente de votre cadre de vie habituel.

• Si vous habitez déjà en ville, vous pouvez choisir une ville étrangère où vous avez voyagé, ou une toute petite ville si vous habitez une grande métropole, ou l'inverse. Vous pouvez aussi imaginer une ville à travers vos lectures ou un documentaire ou un film que vous avez vu : pourquoi pas une ville futuriste ?

Comme nous avions un exposé à présenter sur un pays lointain de notre choix, mes parents m'avaient autorisé(e) à regarder une série de documentaires centrés sur des pays asiatiques sur une chaîne télévisée spécialisée dans ce genre de reportages. Il s'agissait du Vietnam et j'avais été impressionné(e) par les rizières où l'on voyait les gens courbés sous leurs grands chapeaux de paille pointus mais aussi par la visite de Saïgon, désormais appelée Hô-Chi-Minh Ville.

J'étais allée me coucher plus tard que d'habitude, la tête farcie d'images et déjà désireux(euse) d'y aller…

Je ne sais ni comment ni pourquoi mais quelques heures plus tard je me retrouvais avec mon frère, projetés dans les rues d'une ville que je ne reconnaissais pas.

« Mais qu'est-ce qu'on fait là ? Où sont Papa et Maman ? Où doit-on aller ? demandai-je à Pierre, mon frère.

– Mais je n'en sais rien ! Où est-on ? Ça n'est pas chez nous ! Regarde cette cohue ! » me répliqua-t-il sur un ton angoissé.

Et là ! à voir les cohortes de vélos, cyclomoteurs, motos et à entendre le vacarme de leurs pots d'échappement ou de leurs klaxons, puis, par moments, les visages des passants tous aux cheveux bruns, raides, au visage rond, aux yeux noirs bridés, j'eus une illumination ! Je lui criai, les bras levés en signe de victoire : « Je reconnais ! C'est Saïgon ! »

Il me regarda, éberlué, voire inquiet, mais je lui communiquai mon enthousiasme : « Ah ! c'est trop bien ! On va pouvoir visiter ! »

[Description de la ville] Pour moi qui étais habitué(e) au silence – nous habitions une maison dans une rue très calme d'une toute petite ville – quel étonnement

d'entendre ce bruit pétaradant mais incessant des cyclomoteurs ou des motos ! Une foule incroyable circulait dans ces rues où quelques voitures cabossées tentaient de se frayer un chemin. Mais le plus surprenant était l'amoncellement sur chaque selle de deux roues : l'un portait d'énormes ballots d'herbes, l'autre des centaines de paires de tongs dans des sacs plastique, un troisième emmenait sa femme et ses deux enfants sur un seul véhicule et un quatrième avait comme un collier de poulets vivants, pattes liées, autour du cou !

[Description des sensations] La poussière d'une route à peine asphaltée montait en nuages sous la pression des pneus. On était apparemment le matin mais il faisait une chaleur moite que je ne connaissais qu'en plein été quand s'annonçait un orage. Je suffoquais et moi qui n'avais jamais toussé, je me mis à avoir une crise d'asthme, enfin je crois, comme mon copain Max de mon collège.

Tout à coup, sans prévenir, une pluie d'une densité et d'une force incroyables nous tomba dessus. En quelques instants, nous étions trempés et nous vîmes des courants de boue jaune commencer à parcourir la chaussée. Et pourtant pas de coup de tonnerre, pas d'éclair !

« C'est la mousson ! » me cria mon frère qui avait, lui, fait des exposés sur le dérèglement climatique et connaissait tous les climats de la planète.

Nous avons cherché où nous réfugier alors que nous constations que tous les gens continuaient, sans paraître incommodés, leur route… Il y avait sur le côté de la rue, une ouverture béante où des gens entraient et sortaient. Il en sortait aussi plein d'odeurs inconnues. C'était un grand marché couvert. Nous décidâmes de nous aventurer à l'intérieur de cette halle en attendant la fin de la pluie…

[Description du marché et des gens] Les yeux écarquillés, nous découvrîmes des étals incroyables : du jamais vu pour nous, habitués aux étalages joliment alignés de fruits, de légumes sous les bâches du marché en plein air du samedi. Les vendeurs étaient accroupis sur leurs monceaux de marchandises. Ils s'interpellaient dans cette langue inconnue, assez saccadée. L'un était assis sur des empilements de petits seaux en plastique, l'autre découpait des morceaux de viande qu'il accrochait ensuite sur des fils comme si c'était du linge à sécher ! Un troisième brassait des fruits inconnus, comme de minuscules pommes, dans une bassine d'eau. Une dame voulait nous vendre des tee-shirts et nous les enfilait presque sur le dos.

[Description des sensations] C'était le bazar, il est vrai, c'est le cas de le dire, mais ces étalages, ces colonnes de choses hétéroclites et empilées nous attiraient par leurs couleurs vives et chatoyantes. En fait j'adorais être au milieu de cette foule, entendre cette langue différente, et peu m'importait de ne pas comprendre ou que les odeurs ne soient pas toutes agréables. Je ressentais une fierté à me dire « Eh bien moi, je suis très loin de chez moi et je profite de toutes ces sensations nouvelles ! ».

Quel éblouissement d'observer tout ce qui était différent de chez nous ! Tout cela sentait formidablement la vie, l'énergie, tout était plein d'élan même si l'impression d'un capharnaüm frappait d'abord les yeux. Et quel embarras du choix pour les aliments, tous plus exotiques par leur texture, leurs formes…

J'allais me laisser tenter par un légume – ou un fruit – qui ressemblait à un ballon de football vert à l'extérieur et blanc et dur à l'intérieur quand… le réveil sonna et ma mère, passant la tête par la porte, me dit : « Allez, c'est l'heure ! »

Tout au long de mon chemin vers le collège, je ne cessais de dire : « J'irai à Saïgon et pas seulement en rêve ! »

Sujet 14

Marcel Aymé
Uranus

Partie I : Travail sur le texte littéraire et sur une image

1 heure 10 min — 50 points

Document 1 Texte littéraire

La scène se déroule, après la Seconde Guerre mondiale, dans la ville de Blémont qui a subi d'importantes destructions.

Léopold s'assura que la troisième était au complet. Ils étaient douze élèves, quatre filles et huit garçons qui tournaient le dos au comptoir. Tandis que le professeur gagnait sa place au fond de la salle, le patron alla retirer le bec de cane[1] à la porte d'entrée afin de s'assurer contre toute intrusion. Revenu à son zinc[2], il but encore un coup de vin blanc et s'assit sur un tabouret. En face de lui le professeur Didier s'était installé à sa table sous une réclame d'apéritif accrochée au mur. Il ouvrit un cahier, jeta un coup d'œil sur la classe de troisième et dit :

– Hautemain, récitez.

Léopold se pencha sur son siège pour voir l'élève Hautemain que lui dissimulait la poutre étayant le plafond. La voix un peu hésitante, Hautemain commença :

Seigneur, que faites-vous, et que dira la Grèce ?
Faut-il qu'un si grand cœur montre tant de faiblesse ?[3]

– Asseyez-vous, dit le professeur lorsque Hautemain eut fini. Quinze.

Il notait avec indulgence. Estimant que la plupart de ces enfants vivaient et travaillaient dans des conditions pénibles, il voulait les encourager et souhaitait que l'école, autant que possible, leur offrît les sourires que leur refusait trop souvent une existence troublée.

À son zinc, Léopold suivait la récitation des écoliers en remuant les lèvres et avalait anxieusement sa salive lorsqu'il sentait hésiter ou trébucher la mémoire du récitant. Son grand regret, qu'il n'oserait jamais confier à M. Didier, était de ne participer à ces exercices qu'en simple témoin. Léopold eût aimé réciter, lui aussi :

Captive, toujours triste, importune à moi-même,
Pouvez-vous souhaiter qu'Andromaque vous aime ?[3]

Malgré la timidité et le respect que lui inspirait Andromaque, il lui semblait qu'il eût trouvé les accents propres à émouvoir le jeune guerrier. Il se plaisait à imaginer sa voix, tout amenuisée par la mélancolie et s'échappant du zinc comme une vapeur de deuil et de tendresse.

– Les cahiers de préparation, dit le professeur Didier.

Les élèves ayant étalé leurs cahiers, il alla de table en table s'assurer qu'ils avaient exécuté le travail portant sur un autre passage d'Andromaque. Pendant qu'il regagnait sa place, Léopold se versa un verre de blanc.

– Mademoiselle Odette Lepreux, lisez le texte. [...]

Odette se mit à lire d'une voix claire, encore enfantine, où tremblaient des perles d'eau fraîche :

Où fuyez-vous, Madame ?

N'est-ce point à vos yeux un spectacle assez doux
Que la veuve d'Hector pleurante à vos genoux ?[4]

Sur ces paroles d'Andromaque, la patronne, venant de sa cuisine, pénétra discrètement dans l'enceinte du zinc. Comme elle s'approchait du cafetier, elle eut la stupéfaction de voir les larmes ruisseler sur ses joues cramoisies et interrogea :

– Qu'est-ce que t'as ?

– Laisse-moi, murmura Léopold. Tu peux pas comprendre. [...]

Odette Lepreux poursuivait sa lecture :

Par une main cruelle hélas ! J'ai vu percer
Le seul où mes regards prétendaient s'adresser.[4]

La patronne considérait cet homme étrange, son mari, auquel ses reproches et ses prières n'avaient jamais réussi, en trente ans de vie commune, à tirer seulement une larme. Ne revenant pas de son étonnement, elle oublia une minute ce qu'elle était venue lui dire.

Marcel AYMÉ, *Uranus*, © éditions Gallimard, 1948.

1. Bec de cane : élément de serrurerie qui permet de fermer une porte de l'intérieur sans utiliser de clé.
2. Zinc : comptoir de bar.
3. Le texte en italique renvoie à des extraits de la tragédie Andromaque de Jean Racine (1667). Après la prise de Troie, Andromaque, veuve d'Hector, devient la prisonnière de Pyrrhus, qui tombe amoureux d'elle. Dans ces deux passages, Andromaque s'adresse à Pyrrhus pour le convaincre de renoncer à cet amour.
4. Dans ces extraits, Andromaque s'adresse à Hermione qui devait épouser Pyrrhus. Hermione considère donc Andromaque comme une rivale. Andromaque lui déclare qu'elle n'aime que son mari, Hector, mort transpercé par une épée.

Document 2 Image

Photogramme tiré du film *Uranus* réalisé par Claude BERRI, 1990.

QUESTIONS

Les réponses aux questions doivent être entièrement rédigées.

Compréhension et compétences d'interprétation

1. Où se déroule la scène ? Qui est Léopold ? Pourquoi la situation présentée peut-elle surprendre ? Justifiez votre réponse. **(4 points)**

2. Lignes 10 à 23 : Comment se manifeste l'intérêt de Léopold pour le cours du professeur Didier ? Développez votre réponse en vous appuyant sur trois éléments significatifs. **(6 points)**

3. Lignes 23 à 29 : Quels liens Léopold établit-il avec le personnage tragique d'Andromaque ? Comment l'expliquez-vous ? Développez votre réponse. **(6 points)**

4. Lignes 35 à 44 : Que ressent Léopold quand Odette lit l'extrait d'Andromaque ? Justifiez votre réponse en vous appuyant sur une image que vous analyserez. **(6 points)**

Image

5. a) Par quelles oppositions la scène du film reproduite ci-dessus cherche-t-elle à faire rire le spectateur ? Donnez trois éléments de réponse. **(6 points)**
b) Qu'est-ce qui peut relever également du comique dans la fin du texte (lignes 40 à 53) ? **(4 points)**

Grammaire et compétences linguistiques

6. L'une des phrases suivantes contient une proposition subordonnée relative et l'autre une proposition subordonnée complétive :

« Léopold s'assura que la troisième était au complet. » (ligne 1)
« Léopold se pencha sur son siège pour voir l'élève Hautemain que lui dissimulait la poutre étayant le plafond. » (lignes 9-10)

a) Trouvez dans quelle phrase se trouve la proposition subordonnée relative. Recopiez-la sur votre copie. **(1 point)**

b) Trouvez dans quelle phrase se trouve la proposition subordonnée complétive. Recopiez-la sur votre copie. **(1 point)**

c) Expliquez comment vous avez pu différencier chacune de ces deux propositions). **(3 points)**

7. Réécriture Voici deux phrases au discours direct dont le verbe introducteur est au présent :
Andromaque demande à Pyrrhus : « Seigneur, que faites-vous, et que dira la Grèce ? »
Andromaque déclare à Hermione : « J'ai vu percer le seul où mes regards prétendaient s'adresser. »
Sur votre copie, réécrivez ces deux phrases au discours indirect en mettant le verbe introducteur au passé simple. Vous ferez toutes les modifications nécessaires. **(10 points)**

8. *« La patronne considérait cet homme étrange, son mari, auquel ses reproches et ses prières n'avaient jamais réussi, en trente ans de vie commune, à tirer seulement une larme. »* (lignes 50 à 53)

a) Donnez un synonyme de l'adjectif « étrange ». **(1 point)**

b) L'adjectif « étrange » vient du latin « *extraneus* » qui signifiait « qui n'est pas de la famille, étranger ». Comment ce sens premier peut-il enrichir le sens de cet adjectif dans le texte ? **(2 points)**

DICTÉE 20 min 10 points

Le collège de Blémont étant détruit, la municipalité avait réquisitionné certains cafés pour les mettre à la disposition des élèves, le matin de huit à onze heures et l'après-midi de deux à quatre. Pour les cafetiers, ce n'étaient que des heures creuses et leurs affaires n'en souffraient pas. Néanmoins Léopold avait vu d'un très mauvais œil qu'on disposât ainsi de son établissement et la place Saint-Euloge avait alors retenti du tonnerre de ses imprécations. Le jour où pour la première fois les élèves étaient venus s'asseoir au café du Progrès, il n'avait pas bougé de son zinc, le regard soupçonneux, et affectant de croire qu'on en voulait à ses bouteilles. Mais sa curiosité, trompant sa rancune, s'était rapidement éveillée et Léopold était devenu le plus attentif des élèves.

D'après Marcel Aymé, *Uranus*, © éditions Gallimard, 1948.

Partie II : Rédaction

1 heure 30 min — 40 points

Vous traiterez au choix le sujet A ou B.

Sujet A : Imagination

« Laisse-moi, murmura Léopold. Tu peux pas comprendre. »
À la fin du cours, c'est à M. Didier, le professeur de français, que Léopold se confie sur son grand regret de n'avoir pu poursuivre ses études et découvrir des œuvres littéraires. Racontez la scène et imaginez leur conversation en insistant sur les raisons que donne Léopold et sur les émotions qu'il éprouve.

Sujet B : Réflexion

Vous avez lu en classe ou par vous-même de nombreuses œuvres littéraires dans leur intégralité ou par extraits. Vous expliquerez ce que vous ont apporté ces lectures et vous direz pour quelles raisons il est toujours important de lire aujourd'hui.

CORRIGÉ

Partie I : Travail sur le texte littéraire et sur une image

Premier réflexe : observer le texte

- Marcel Aymé (1902-1967) a souvent dénoncé l'ennui, la médiocrité et l'hypocrisie du monde qui l'entourait grâce à des personnages naïfs et émerveillés comme Léopold.
- Le texte est long et son implicite n'est pas facile à comprendre. En vous appuyant sur le photogramme, sur le paratexte (« après la Seconde Guerre mondiale », « importantes destructions », 1948), prenez le temps de situer la scène, de comprendre qui sont les personnages. Toutes ces informations sont données par la dictée (p. 202).
- Ne passez pas à côté de l'ironie de ce personnage un peu caricatural de Léopold, qui reste émouvant : il souligne l'écart entre la situation et l'émotion tragique du texte de Racine.

QUESTIONS

Remarques préalables

- Les questions paraissent difficiles si on n'a pas compris la situation : il faut se concentrer sur les indices donnés par l'extrait, le paratexte et l'image.
- Les questions 6 à 8 marient analyse de la phrase, passage du discours direct à indirect et vocabulaire : elles exigent que vous ayez bien révisé vos cours.

Compréhension et compétences d'interprétation

1. La scène se déroule dans un café dont Léopold est le « patron » (l. 1 à 5), le « cafetier » (l. 41). Ce qui est surprenant, c'est que ce café sert de salle de classe où le professeur, M. Didier, donne son cours de français aux élèves. Comme, en 1948, il y a eu « d'importantes destructions » dues à la Seconde Guerre mondiale, on peut supposer que l'école a été détruite ou qu'elle est impraticable et qu'il faut faire classe ailleurs.

2. En l'absence de clients (Léopold a fermé la porte l. 3-4), un cafetier est censé laver ses verres, ranger ses bouteilles, nettoyer son comptoir ou, ici, s'absenter pour ne pas gêner la classe. Léopold ne fait rien de tout cela car il est passionné par ce cours de français : il se « penche » (l. 9) pour écouter l'élève, « sui(t) la récitation des écoliers » avec tellement d'intérêt qu'il en « remu(e) les lèvres » en même temps et semble plus anxieux de ne pas se tromper que les récitants eux-mêmes (l. 19-21). Il aimerait « réciter » à leur place (l. 22-23).

3. Léopold éprouve « timidité » et « respect » (l. 26) pour le personnage tragique d'Andromaque qui l'émeut car elle exprime sa tristesse inconsolable d'avoir perdu son époux, le seul homme qu'elle aimait. Il est sensible à cette fidélité à son « deuil » (l. 29), à son désespoir et aimerait le faire comprendre en récitant le texte avec des intonations plus sentimentales de « tendresse » (l. 29) et de « mélancolie » (l. 28).

4. *[Attention ! « Une image » ne renvoie pas au photogramme, sinon on aurait écrit « l'image » ; ici « une image » est une figure de style à chercher dans les lignes citées.]*
Léopold est bouleversé par Andromaque, cette reine déchue, qui s'humilie en se prosternant aux pieds d'Hermione. La petite fille qui récite, Odette, déclenche ses pleurs car elle s'exprime d'une voix « où trembl(ent) des perles d'eau fraîches », c'est-à-dire d'une voix cristalline où l'on entend comme des sanglots ou des « larmes ». Cette métaphore des « perles d'eau » traduit la fragilité d'Andromaque.

Image

5. a) *Un photogramme est une image extraite isolément d'un film.* Le comique de la scène joue sur trois contrastes. Contraste entre la posture très « inspirée » de Léopold (joué par Gérard Depardieu) – comme celle des tragédiens des XIXe-XXe siècles – et son aspect physique avec ses mains pataudes et son costume de tous les jours. Contraste également entre l'attitude de sa femme qui est concentrée sur son occupation du quotidien (éplucher des pommes de terre) et son mari qui se croit sur une scène. Opposition entre le fond du décor du café, verres et bouteilles qui évoquent le penchant de Léopold pour la boisson (il se verse deux verres de vin blanc pendant la scène, l. 5 et l. 33, et ce ne sont pas les premiers – « encore » l. 5) et la mine tragique qu'il veut prendre.
b) Le comique de la dernière scène (l. 40 à 46) repose sur l'exagération : « larmes » qui ruissellent sur les « joues cramoisies » alors qu'il s'agit juste d'enfants qui récitent – sans mettre suffisamment le ton d'ailleurs – des vers. On peut aussi parler de comique de situation car la femme de Léopold est stupéfaite et étonnée (l. 42 et l. 52) devant l'émotivité soudaine de son mari : il est même qualifié d'« étrange » (l. 50).

Grammaire et compétences linguistiques

6. a) La proposition subordonnée relative se trouve dans cette phrase et est écrite en gras : « Léopold se pencha sur son siège pour voir l'élève Hautemain **que lui dissimulait la poutre étayant le plafond** ».
b) La proposition subordonnée complétive se trouve dans cette phrase et est écrite en gras : « Léopold s'assura **que la troisième était au complet**. »
c) **« que lui dissimulait la poutre étayant le plafond »** est une subordonnée relative car elle complète le GN « l'élève Hautemain » et « que » est un pronom relatif COD qui remplace ce GN dans la subordonnée (« la poutre dissimulait l'élève Hautemain »). En revanche le « que » de l'autre phrase ne remplace aucun mot, il n'est pas un pronom mais une conjonction. La subordonnée **« que la troisième était au complet »** est le COD du verbe « s'assura ».

7. Réécriture

■ Repérer les difficultés

• Passer du discours direct au discours indirect impose de supprimer les marques du discours direct (ponctuation), changer les pronoms personnels de l'énonciation (« je » > « elle » ; « vous » > « il ») et les déterminants possessifs qui s'y rapportent, changer les mots interrogatifs (1re phrase) ou introduire une conjonction (2de phrase). L'apostrophe « Seigneur » doit disparaître ou, à la rigueur, être remplacée par « Sa Majesté ».
• Mettre le verbe introducteur au passé simple impose la concordance des temps : le présent devient un imparfait, le futur un conditionnel et le passé composé un plus-que-parfait.

Andromaque **demanda** à Pyrrhus **ce qu'il faisait** et **ce que ferait** la Grèce (ou **ce que faisait Sa Majesté** et **ce que ferait** la Grèce).
Andromaque **déclara** à Hermione **qu'elle avait vu** percer le seul où **ses** regards prétendaient s'adresser.

8. a) « étrange » signifie « bizarre, insolite », voire « incompréhensible ».
b) Le sens originel « qui n'est pas de la famille » peut s'appliquer à Léopold car il apparaît comme très différent de sa famille et de son environnement. Il est sensible aux textes littéraires alors que son origine, son métier ne l'y prédisposent pas. Il dit à sa femme qu'elle ne peut pas le comprendre (l. 46), comme s'il parlait une autre langue, aspirait à autre chose que ce que lui apporte sa vie quotidienne.

DICTÉE

■ Repérer les difficultés

• **Difficultés grammaticales :**
– accord avec le COD seulement s'il est placé devant, quand le participe est employé avec l'auxiliaire « avoir » : ici pas d'accord nécessaire pour « avait réquisitionné », « avait vu », « avait retenti », « il n'avait pas bougé » puisqu'il n'y a pas de COD ou qu'il est placé après le verbe ;

– accord avec le sujet quand le participe est employé avec l'auxiliaire « être » : « le collège étant détruit », « Léopold était devenu » ;
– accord avec le sujet également pour les participes des verbes pronominaux réfléchis : « sa curiosité s'était éveillée ».
• **Difficultés de conjugaison** : repérer le subjonctif imparfait 3e personne du singulier de « disposât » – et non le passé simple de l'indicatif « disposa » ; l'emploi du subjonctif s'explique parce que « voir d'un très mauvais œil » exprime un sentiment de rejet, de refus.
• **Difficultés lexicales** : plusieurs mots à retenir comme « la municipalité », mot féminin sans *-e* final comme bien d'autres mots en *-té* (ex. « curiosité ») ; « réquisitionner » ; « une imprécation » ; « soupçonneux » et « attentif ».

Partie II : Rédaction

Sujet A : Imagination

Comprendre le sujet A

• C'est une scène entre deux personnages : mêlez récit et dialogue.
• Mettez-vous dans l'esprit de Léopold qui a été privé de faire des études. Pour trouver des arguments, pensez à un enfant de pays pauvre qui ne bénéficie pas d'une scolarité obligatoire en toutes disciplines jusqu'à 16 ans.
• Attention ! il ne faut pas envisager des arguments visant l'éducation en général mais plus particulièrement les cours et les œuvres de littérature, de poésie, de théâtre, d'histoire des arts…
• La consigne précise « raisons » et « émotions » : il faut donc insérer le lexique des sentiments (Fiche 13 page 20), signalé en gras dans le corrigé.

Léopold, encore tout **remué** de la poésie légère et **poignante** de ces vers, essuya ses **larmes**, attendit que les élèves soient partis et retint par la manche Monsieur Didier qui allait sortir.

Monsieur Didier voyait bien que ce balourd attendrissant hésitait à lui dire quelque chose d'important. Les joues déjà couperosées du cafetier **prirent une teinte encore plus rouge**. Monsieur Didier encouragea les paroles décisives qu'il sentait venir.

« Léopold, n'ayez pas peur, dites-moi ce qui vous tracasse.

– Eh bien, Monsieur Didier, je voulais vous avouer quelque chose… Mais surtout ne dites rien aux autres du village ! Ils se moqueraient. Eh bien… euh … je sais à peine lire et écrire », murmura à grand peine Léopold.

– Ça compter, je sais !, reprit-il **fièrement**, c'est capital dans mon métier. Je suis à peine allé à l'école. J'ai pas eu cette chance. J'ai commencé à aider mes parents au café, j'avais douze ans. Je n'ai même pas passé mon certificat d'études, le maitre n'avait pas souhaité me présenter et de toute façon je crois que je l'aurais raté. Alors voilà ! j'aimerais tant mieux savoir lire et écrire de belles choses.

– Qu'est-ce que vous voulez dire par « belles choses », interrompit M. Didier, **touché** par cette soif de savoir qu'il ne rencontrait pas toujours chez ses élèves...

– Parce que, vous savez, continuait Léopold **avec passion**, les textes que j'entends lire dans mon bar me **secouent** au-delà de ce que je n'aurais jamais pu imaginer. Ça remue des choses dans mon cœur, des choses que je ne pourrais même pas vous expliquer… Je n'ai pas les mots. Mais je sens, je sens… que c'est beau !

Monsieur Didier écoutait attentivement la confession de cet homme qui, sous sa rude écorce, semblait dissimuler **un cœur facile à émouvoir**.

« Lorsque j'entends vos élèves réciter les vers d'*Andromaque* je me vois, modeste serviteur au cœur du palais de Pyrrhus, et j'entends ses aveux à la veuve d'Hector. Comment peut-elle résister à cet amour aux accents si **déchirants** ? Elle me rappelle une de mes tantes qui avait perdu son fiancé à la Grande Guerre et qui ne s'était jamais mariée malgré les bons partis qui se présentaient : elle était restée inconsolable et éternellement fidèle à son amour de jeunesse. Mais lui, Pyrrhus, comment peut-il être aussi **cruel** en menaçant son fils ? Moi, j'oserais jamais faire ça à une femme mais c'est vrai que quand on aime sans retour, on n'sait plus ce qu'on ferait pour la gagner. C'est violent, ça. »

– Ça, ça s'appelle la tragédie, Ou plus exactement la catharsis.

– La quoi ? Ah ! vous en connaissez des mots, vous ! Vous en avez de la chance. »

Et Léopold se remit à pleurer à gros sanglots qui **ébranlèrent** le sage M. Didier.

« Léopold, vous savez ce qu'on va faire ? Je resterai après la classe dans votre café. Vous me servirez un chocolat bien onctueux, comme vous savez les faire, et en échange, je vous ferai lire des « beaux textes » de ma bibliothèque. On en discutera ensemble, ça vous dit ? »

Le visage de Léopold **s'illumina**.

Pyrrhus menace Andromaque de livrer son fils à la vengeance des Grecs si elle ne l'épouse pas.
catharsis : sorte de « purification » que produit sur l'esprit des spectateurs le spectacle des personnages de tragédie qui expriment des passions violentes que la morale interdit.

Sujet B : Réflexion

Comprendre le sujet B

• Attention à bien cerner le sujet : il ne porte pas sur la lecture en général mais sur celle d'œuvres littéraires, « patrimoniales » ou contemporaines étudiées en classe, lues en dehors ou vues au théâtre.
• Au brouillon, passez en revue ces textes pour noter ce qu'ils vous ont apporté. Mais évitez de faire un catalogue en citant un exemple d'œuvre et son intérêt, puis une autre œuvre, puis une autre : regroupez vos idées (voir le plan proposé *infra* à enrichir de vos exemples).

[Introduction] Depuis que nous avons appris à lire, les adultes mais aussi nos amis nous conseillent – voire nous imposent ! – des lectures pas toujours faciles car ce sont des œuvres littéraires qui demandent de l'attention. Nous protestons mais nous finissons souvent par les comprendre et être émus. Les œuvres littéraires sont-elles un simple divertissement ou nous apportent-elles quelque chose de plus profond ?

[La lecture d'œuvres littéraires est un divertissement] La lecture est sans doute avant tout un divertissement, tout comme les spectacles, les jeux, le sport, la musique… Elle nous procure un réel plaisir en nous faisant vivre des aventures, en nous transportant dans un ailleurs différent du quotidien que l'on vit, nous permettant d'oublier sa monotonie. Ainsi les contes ou les histoires de science-fiction nous permettent de nous évader dans des mondes imaginaires, parfois enchantés, parfois terrifiants. Nous découvrons la vie d'autres personnages, différents de nous, à d'autres époques (par exemple, les personnages des *Misérables* de V. Hugo).

À la différence d'un film, un livre ne nous impose pas son point de vue sur l'histoire : nous avons le plaisir d'imaginer à notre guise personnages, décors et aventures.

[La lecture d'œuvres littéraires nous forme : 1 – en maîtrise de la langue] Les œuvres littéraires nous apportent aussi une aide précieuse pour apprendre à s'exprimer : la langue, le style utilisés, surtout dans les œuvres patrimoniales, améliorent nos connaissances lexicales, nos tournures de phrase et nous pouvons par imitation prétendre mettre un peu de style dans nos écrits (par exemple une apposition au nom d'un personnage en dit long chez La Fontaine ou Maupassant sur son caractère).

[La lecture d'œuvres littéraires nous forme : 2 – en élargissant nos connaissances et en affinant notre sensibilité] En nous identifiant ou non au héros, nous apprenons à nous connaître nous-mêmes. Parfois nous découvrons, par la poésie lyrique, que tel personnage a vécu les mêmes évènements et ressenti les mêmes émotions que nous (pour la perte d'un être cher comme *Demain dès l'aube* de V. Hugo) : cette lecture permet de réfléchir à nos réactions et d'apaiser ce qui a pu nous causer révolte ou souffrance (par exemple les héros romantiques confrontés au mal de vivre peuvent offrir un miroir à l'adolescent qui cherche son identité). Ou bien, tout au contraire, certains personnages nous paraissent très éloignés, très « étranges » – Léopold pour sa femme, un ambitieux sans scrupule comme le Bel-Ami de Maupassant – et nous apprenons la différence. De même, les romans historiques de Dumas ou les romans « sociaux » de Zola ou ceux d'auteurs étrangers qui nous révèlent des époques, des sociétés et des cultures où la vie diverge complètement de la nôtre élargit notre vision du monde.

Quant aux œuvres poétiques, elles nous font apprécier des images surprenantes et nous ouvrent aux surprises et aux beautés du monde (ainsi un poème de Francis Ponge sur tel « objet » banal nous affûte le regard sur lui).

[La lecture d'œuvres littéraires interroge l'homme et le monde] Les livres permettent de forger notre esprit critique par la confrontation entre les idées : que ce soit grâce à La Fontaine dénonçant dans ses *Fables* les injustices de la société de cour ou aux auteurs du Siècle des Lumières (Montesquieu, Voltaire…) qui nous font sortir des idées reçues, nous sommes amenés à questionner les codes trop habituels de la société. L'Antigone de Sophocle ou celle d'Anouilh nous apprennent à réfléchir sur les valeurs qui nous paraissent les plus importantes. Confrontés à la lecture de la poésie engagée, nous nous interrogeons sur ce que serait notre comportement en cas de dictature. D'ailleurs les régimes politiques dictatoriaux brûlent souvent les livres qui permettraient de réfléchir : dans *Fahrenheit 451* de R. Bradbury, lire est un exercice de liberté, dont on ressort grandi et plus fort.

[Conclusion] On fréquente une œuvre littéraire comme on a des amis : on aime leur compagnie parce qu'ils nous divertissent, nous font réfléchir, ne sont pas d'accord avec nous et nous obligent ainsi à clarifier notre pensée

Sujet 15

Jean-Christophe Rufin
Globalia

Partie I : Travail sur le texte littéraire et sur une image

1 heure 10 min 50 points

Document 1 Texte littéraire

Baïkal et Kate sont sortis clandestinement de « Globalia », le monde dans lequel ils vivent. Ils se retrouvent dans la « non-zone » qu'ils ne connaissent pas.

– Tu ne comprends pas, Kate, je te l'ai souvent répété. Ce sera *partout* la même chose. Partout nous serons en Globalia. Partout, nous retrouverons cette civilisation que je déteste.

– Évidemment, puisqu'il n'y en a qu'une ! Et c'est heureux. Aurais-tu la nostalgie du temps où il y avait des nations différentes qui n'arrêtaient pas de se faire la guerre ?

Baïkal haussa les épaules. Kate poussa son avantage.

– Il n'y a plus de frontières, désormais. Ce n'est tout de même pas plus mal ?

– Bien sûr que non, Kate. Tu me récites la propagande que tu as apprise comme nous tous. Globalia, c'est la liberté ! Globalia, c'est la sécurité ! Globalia, c'est le bonheur !

Kate prit l'air vexé. Le mot de propagande était blessant. Il ne s'agissait ni plus ni moins que de la vérité.

– Tu te crois certainement plus malin que moi, mais tu ne peux tout de même pas nier qu'on peut aller partout. Ouvre ton multifonction[1], sélectionne une agence de voyages et tu pars demain dans n'importe quel endroit du monde…

– Oui, concéda Baïkal, tu peux aller partout. Mais seulement dans les zones sécurisées, c'est-à-dire là où on nous autorise à aller, là où tout est pareil.

– Mais tout Globalia est sécurisé ! L'Europe, l'Amérique, la Chine… Le reste, c'est le vide, ce sont les non-zones.

Baïkal reprit d'un ton passionné et s'écria :

– Moi, je continue à croire qu'existe un ailleurs.

Kate soupira.

– C'est ce que tu m'as expliqué et c'est pour cela que je t'ai suivi. Mais rends-toi à l'évidence. L'ailleurs est dans tes rêves, mon amour. Il n'y a que quelques endroits pourris aux confins du monde, des réserves, des friches.

– Depuis six mois je recoupe les informations, insista Baïkal en secouant la tête – mais on sentait le désespoir éteindre sa voix. Je suis sûr que toutes ces non-zones sont en continuité. On peut sortir d'ici et rejoindre la mer, il doit y avoir des déserts, des villes peut-être. J'ai fait l'impossible pour obtenir des plans. J'ai soudoyé[2] un type dont le grand-père était botaniste[3]. Il avait effectué des missions dans les non-zones. Il m'a vendu ce logiciel cartographique, mais il est sans doute dépassé : on ne reconnaît plus rien.

Kate se sentait au bord des larmes. Elle passa sa main dans ses cheveux, lissa ses éternels épis couleur de jais[4] qui se redressaient aussitôt.

– Rentrons maintenant, souffla-t-elle. Nous raconterons que nous nous sommes perdus, que la porte était ouverte, que nous avons voulu être seuls dans la montagne. Cela n'ira pas bien loin. Une amende peut-être.

– Non, dit Baïkal en secouant la tête. Je ne retournerai pas là-bas. Ce monde est une prison.

Jean-Christophe RUFIN, *Globalia*, © éditions Gallimard, 2004.

1. Multifonction : ordinateur.
2. Soudoyer : payer quelqu'un pour obtenir quelque chose de défendu.
3. Botaniste : scientifique qui étudie les plantes, les fleurs et les arbres.
4. Jais : de couleur noire.

Document 2 Image

Quino, scénariste et auteur de bandes dessinées argentin, porte un regard critique sur la société, notamment celle de son pays.

Quino, extrait de *Y a un truc !*, © éditions Glénat, 1981.

QUESTIONS

Les réponses aux questions doivent être entièrement rédigées.

Grammaire et compétences linguistiques

1. « Globalia » (ligne 2)
a) À partir de quel mot ce terme est-il formé ? **(1 point)**
b) Expliquez le sens de « Globalia ». **(1 point)**

2. « […] là où on nous autorise à aller » (ligne 18), « mais on sentait le désespoir éteindre sa voix » (ligne 28), « on peut sortir d'ici et rejoindre la mer » (ligne 29).
a) Quelle est la classe grammaticale du mot « on » ? **(1 point)**
b) Identifiez ce que désigne chacun des trois mots soulignés. **(3 points)**

3. « Nous raconterons que nous nous sommes perdus, que la porte était ouverte, que nous avons voulu être seuls dans la montagne. » (lignes 36-38).
Comment les paroles du personnage sont-elles rapportées ? **(1 point)**

4. « Globalia, c'est la liberté ! Globalia, c'est la sécurité ! Globalia, c'est le bonheur ! » (lignes 10-11). Identifiez une figure de style employée dans ce passage. **(1 point)**

5. « Mais rends-toi à l'évidence. » (lignes 24-25)
a) Quel mode est employé dans cette phrase ? **(1 point)**
b) Expliquez l'emploi de ce mode. **(1 point)**

6. « Je ne retournerai pas là-bas. Ce monde est une prison. » (lignes 39-40).
a) Nommez la relation logique qui unit les deux phrases. **(1 point)**
b) Réécrivez-les en utilisant une conjonction de subordination qui exprime la même relation logique. **(1 point)**

7. Réécriture

« Tu ne comprends pas, Kate, je te l'ai souvent répété. Ce sera *partout* la même chose. Partout nous serons en Globalia. Partout, nous retrouverons cette civilisation que je déteste. » (lignes 1 à 3)
Réécrivez ce passage en commençant par : *Baïkal explique à Kate qu'elle…* **(10 points)**

Compréhension et compétences d'interprétation

8. Quel est le sujet central de la conversation entre Kate et Baïkal ? **(2 points)**

9. a) Que pense Kate de Globalia ? **(2 points)**
b) Reformulez deux arguments qu'avance Kate pour défendre son opinion. Vous illustrerez votre réponse à l'aide de deux citations. **(4 points)**

c) Dans les lignes 4 à 16, nommez un procédé qu'elle utilise pour convaincre Baïkal. Justifiez-le à l'aide d'un exemple issu du texte. **(2 points)**

10. a) Quelle vision Baïkal a-t-il de Globalia ? Relevez deux arguments. **(3 points)**
b) Quel est son projet ? Justifiez votre réponse. **(3 points)**

11. Quelle proposition Kate formule-t-elle à la fin de l'extrait ? Pour quelle raison ? **(2 points)**

12. En vous appuyant sur les réponses précédentes et votre lecture du texte, que pensez-vous de Globalia ? Développez votre réponse de manière argumentée. **(4 points)**

13. Image

a) Quelles sont les caractéristiques de la société représentée par Quino dans cette planche de bande dessinée ? **(3 points)**
b) Quels liens établissez-vous avec le texte *Globalia* ? **(3 points)**

DICTÉE 20 min 10 points

Tout à coup, emportés par leur élan, ils butèrent contre la vitre qui courait à mi-pente. Elle rendit un son vibrant quand ils la heurtèrent. Ils étaient tombés accroupis, emmêlés. Baïkal se redressa, couvert d'aiguilles sèches. Il aida Kate à se relever. Elle n'osait pas toucher la vitre. C'était la première fois qu'elle approchait des limites. Le mur lisse et brillant était transparent de près mais prenait un ton vert glauque à mesure qu'il s'éloignait et qu'on le voyait de biais. [...] La pente qu'ils avaient dégringolée était si raide qu'il semblait impossible de la remonter.

Jean-Christophe Rufin, *Globalia*, © éditions Gallimard, 2004.

Écrire au tableau : Baïkal, Kate, glauque, biais.

Partie II : Rédaction

1 heure 30 min 40 points

Vous traiterez au choix le sujet A ou B.

Sujet A : Imagination

Kate rentre seule à Globalia. Imaginez une situation qui lui ouvre les yeux, l'amenant à considérer Globalia comme une prison et à partager le point de vue de Baïkal sur ce monde.

Vous respecterez les caractéristiques de la narration et du cadre spatio-temporel du texte.
Vous intégrerez dans votre récit les pensées et les sentiments de Kate.

Sujet B : Réflexion

Comment l'expression artistique (la littérature, la peinture, le cinéma, la musique…) permet-elle de dénoncer le totalitarisme ?
Vous vous appuierez sur vos lectures, vos connaissances personnelles et culturelles.

CORRIGÉ

Partie I : Travail sur le texte littéraire et sur une image

■ Premier réflexe : observer le texte

• C'est un texte d'un auteur contemporain, Jean-Christophe Rufin, essentiellement constitué de dialogue : il est facile à comprendre, d'autant plus que quelques mots moins courants sont expliqués.
• Ce texte d'anticipation qui imagine un nouveau monde, Globalia, et place l'histoire dans un cadre spatio-temporel qui diffère de la réalité actuelle, peut être qualifié de dystopie (ou contre-utopie, genre de fiction qui dépeint une société imaginaire dont les habitants ne peuvent atteindre le bonheur, même si on leur promet le contraire).
• Appuyez-vous sur la dictée également pour en comprendre les caractéristiques. C'est un monde apparemment clos par des « vitres » et des « murs » (l. 1, 4 et 5 de la dictée), fermé par des « portes » (l. 37 du texte). Au-delà de ce monde, il y a des « non-zones » peu décrites ici (« des réserves, des friches » l. 26, « des déserts, des villes peut-être » l. 30).
• Jean-Christophe Rufin est né en 1952. Il a mené une carrière médicale avant de devenir écrivain, s'est impliqué dans de nombreux organismes humanitaires et a été ambassadeur. Il fait partie de l'Académie française depuis 2008.

QUESTIONS

■ Remarques préalables

• De nombreuses questions (13) mais les premières (1 à 6) attendent des réponses courtes et rapides, d'autant plus qu'elles portent sur des connaissances grammaticales ou linguistiques bien identifiées.

• Consacrez plus de temps – et de lignes ! – aux questions 8 à 13 qui concernent l'interprétation du texte et sollicitent votre avis (notamment la question 12).

Grammaire et compétences linguistiques

1. a) Le terme inventé « Globalia » est formé sur l'adjectif « global », lui-même dérivé du nom « globe ».
b) « Globalia » signifie un monde où l'on considère tout en bloc, de manière générale, sans prendre en compte les nuances ni les différences.

2. a) « On » est un pronom *[personnel indéfini]*.
b) Le premier « on » (l. 18) désigne le gouvernement de Globalia, ses dirigeants.
Le deuxième « on » (l. 28) renvoie au public de tous ceux qui pourraient entendre parler Baïkal et, en l'occurrence, aux lecteurs.
Le troisième « on » (l. 29) équivaut à un « nous » car il englobe les deux personnages et ceux qui vivent à Globalia.

3. Les paroles de Kate sont rapportées au style *[ou discours]* indirect. *[Les paroles rapportées dépendent d'un verbe introducteur « raconter ».]*

4. La phrase des lignes 10-11 comporte une anaphore. *[C'est le procédé qui consiste à commencer par les mêmes mots – « Globalia, c'est » – les divers membres de la phrase. On peut aussi ajouter que ce parallélisme des 3 formules est renforcé par le rythme 3/5, 3/6, 3/4 et l'effet de rime en -té pour les deux premières formules.]*

5. a) « Rends-toi » est à l'impératif *[présent]*.
b) Kate donne un conseil, presque un ordre, à Baïkal pour qu'il revienne à ce qui passe pour raisonnable.

6. a) La relation logique entre les deux phrases des lignes 39-40 est une relation de cause à conséquence : c'est parce qu'il considère que Globalia est une prison que Baïkal décide de ne plus y retourner.
b) *[On peut exprimer la relation de cause par différentes conjonctions de subordination.]* Je ne retournerai pas là-bas parce que c'est une prison.
ou Je ne retournerai pas là-bas puisque c'est une prison *[« Puisque » souligne la subjectivité de la cause (« c'est une prison »), qui est une opinion.]*
ou Je ne retournerai pas là-bas vu que / étant donné que c'est une prison.

7. Réécriture

■ Repérer les difficultés

• La transformation demandée consiste à passer du style *[ou discours]* direct au style *[ou discours]* indirect en faisant dépendre les paroles du verbe « expliquer ». Il faut donc appliquer les règles de transformation des pronoms à la 3e personne, conjuguer les verbes à cette personne et supprimer les traces de l'expression directe (par exemple, on n'interpelle pas l'autre personnage, Kate ; on inverse la place de « partout »).
• Comme le verbe introducteur est au présent, il n'y a pas de problème délicat pour la transformation des verbes : ils restent au même temps.

Baïkal explique à Kate qu'**elle** ne **comprend** pas, qu'**il le lui a** souvent **répété**, que ce **sera** partout la même chose, qu'**ils seront** partout en Globalia, qu'**ils retrouveront** partout cette civilisation qu'**il** déteste.

Compréhension et compétences d'interprétation

8. Le sujet central de la discussion entre Kate et Baïkal est la capacité à voyager en toute liberté dans le monde de Globalia et à y vivre heureux et en paix.

9. a) Kate apprécie et défend Globalia car elle considère qu'uniformiser le mode de vie a permis de supprimer les guerres, que ce monde est sécurisé, qu'on peut y voyager librement alors qu'ailleurs, dans les non-zones, selon elle, c'est sordide, dangereux, « pourri » (l. 26).
b) Le premier argument de Kate est la paix instaurée par Globalia (« Aurais-tu la nostalgie du temps où il y avait des nations différentes qui n'arrêtaient pas de se faire la guerre ? » l. 4-6). Le deuxième argument est l'attractivité de ce monde – notamment par la liberté de se déplacer – que garantit la sécurisation de Globalia : « on peut aller partout » (l. 15), « tout Globalia est sécurisé ! L'Europe, l'Amérique, la Chine… » (l. 19) alors que « le reste, c'est le vide, ce sont les non-zones » (l. 20), « quelques endroits pourris » (l. 26).
[On peut aussi mettre en avant comme argument la liberté de voyager car il n'y a plus de frontières (l. 8)].
c) Kate essaie de persuader Baïkal par différents procédés :
– le plus évident est de l'apostropher en direct par des interrogations rhétoriques (« Aurais-tu la nostalgie … faire la guerre ? » l. 4-6, « Ce n'est tout de même pas plus mal ? » l. 8) ; on pourrait presque dire qu'elle emploie l'ironie ;
– elle utilise aussi la démonstration par l'exemple concret comme aux lignes 15-16 où elle lui montre comme il est simple de parcourir le monde en quelques clics d'ordinateur ; et la démonstration par le contre-exemple : effet répulsif de l'époque où les nations se faisaient la guerre (l. 4-6) ;
– elle le flatte un peu (« plus malin que moi » l. 14), autre moyen de persuasion.

10. a) Baïkal déteste l'uniformité du monde de Globalia, la pensée et le mode de vie uniques qu'on leur impose (« ce sera *partout* la même chose » l. 1-2). On veut leur faire croire qu'il n'y a rien de séduisant ni d'intéressant dans les non-zones, en dehors de Globalia.
Ils jouissent donc d'une fausse liberté puisque « aller partout » signifie aller « là où tout est pareil » (l. 18). C'est pourquoi Baïkal dit que « ce monde est une prison » (l. 39-40).
b) Le projet de Baïkal est d'échapper à ce monde uniformisé (« Je ne retournerai pas là-bas » l. 39), de chercher « un ailleurs » (l. 22), d'aller explorer les régions qui existent encore en dehors de la vaste fédération unifiée de Globalia. Il n'espère pas quelque chose de plus beau mais de différent (« il doit y avoir des déserts, des villes » l. 29-30). Cette diversité lui procure une forme d'aventure et de liberté car il agit par lui-même et non selon les codes de la société de Globalia.

11. Kate propose de « rentrer » dans le monde de Globalia en présentant leur aventure comme une erreur involontaire : ils se sont « perdus » en passant par une « porte ouverte ». Soit elle le fait par crainte des représailles (ils pourraient payer plus cher qu'« une amende » l. 38), soit elle le fait pour éviter à Baïkal d'être déçu, soit encore parce que les non-zones l'effraient. *[Le contexte ne permet pas de trancher.]*

12. *[Cette question vous incite à donner votre avis personnel sur la société promise par Globalia : soit, comme Kate, vous appréciez Globalia pour son côté sécurisant (pas de guerre, les mêmes codes partout) ; soit, comme Baïkal, vous détestez l'uniformité et l'absence de choix qu'on vous impose. Mais vous pouvez aussi développer une position plus nuancée en appréciant tel aspect et en rejetant tel autre.]*

13. Image

a) Dans la société représentée par Quino, tout le monde parle en utilisant des carrés : cela semble être la seule forme d'expression autorisée car, dans la bande 3, le personnage au chapeau se cache pour donner quelque chose au personnage en costume noir qui ne s'exprimait pas dans les vignettes précédentes. C'est donc une société où la liberté de parole – et sans doute d'autres libertés – est réduite. Le personnage en costume noir manifeste un grand plaisir à utiliser un autre moyen d'expression : les cercles, grâce au compas qui lui a été fourni. Cette bande dessinée dénonce donc la pensée unique qui semble sévir dans cette société.

b) Dans cette société comme dans Globalia, tout est « pareil », tout est uniformisé. Apparemment les gens doivent suivre le même mode d'expression, le même mode de vie qui sont présentés comme la seule vérité, la seule source du bonheur. Mais Baïkal, comme le personnage en costume noir de la BD, aspire à plus de diversité.

DICTÉE

■ Repérer les difficultés

- **Difficultés grammaticales :**

– **L'accord du participe passé** est la principale difficulté du texte : lorsqu'il est employé seul, il s'accorde comme un adjectif avec le mot qu'il complète (« emport**és** », « accroup**is** », « emmêl**és** ») ; lorsqu'il est employé avec l'auxiliaire « être », il est en général accordé avec le sujet (« ils étaient tomb**és** ») ; lorsqu'il est employé avec l'auxiliaire « avoir », il ne s'accorde jamais avec le sujet mais avec le complément d'objet direct si celui-ci est placé avant l'auxiliaire (« la pente qu'ils avaient dégringol**ée** »). Prenez bien le temps de réfléchir à quel mot se rattache le participe, notamment pour le premier (« emport**és** ») car, comme il est en tête de phrase, on ne sait pas encore quel mot il précise.

– **Bien identifier les infinitifs** après une préposition ou un premier verbe qui n'est pas un auxiliaire : « à se relev**er** », « elle n'osait pas touch**er** », « de la remont**er** ».

– Mettre au pluriel « aiguill**es** sèch**es** » car Baïkal en est « couvert » : ce ne peut pas être avec une seule aiguille.

- **Difficultés de conjugaison :**

– **Révisez le passé simple** à la 3e personne du singulier (« elle rend**it** », « se redress**a** », « il aida ») et à la 3e personne du pluriel (« ils but**èrent** », « ils heurt**èrent** »).

– Les autres formes verbales sont à l'**imparfait** (« elle n'os**ait** pas », « (c')ét**ait** », « elle approch**ait** », « pren**ait** », « il s'éloign**ait** », « on voy**ait** » », « il sembl**ait** ») ou au **plus-que parfait** (« Ils ét**aient** tombés », « ils av**aient** dégringolé(e) ») et ne posent pas de problème majeur.

• **Difficultés lexicales :**

– Retenez l'orthographe de « à mi-pente », « heurter », « accroupi », « de près », « de biais ».

Partie II : Rédaction

Sujet A : Imagination

■ Comprendre le sujet A

• Vous avez en quelque sorte à écrire une suite du texte, mais essentiellement centrée sur Kate qui rentre, seule, dans Globalia : vous devez donc respecter les contraintes d'une suite de texte (même cadre spatio-temporel, mêmes caractéristiques du personnage…).

• Néanmoins il faut faire évoluer le personnage de Kate puisqu'elle va finir par partager l'aversion de Baïkal pour Globalia. Inventez un épisode qui va révéler la vraie nature du gouvernement de Globalia : pas un évènement trop violent puisque ce régime prétend rendre tout le monde heureux.

• Pour traduire les « pensées et sentiments de Kate », vous pouvez les insérer dans un dialogue, si elle rencontre des gens, utiliser un monologue intérieur ou le style *[ou discours]* indirect libre.

Kate était tiraillée entre son amour pour le jeune homme et sa peur : elle craignait que sa famille soit surveillée, voire harcelée, si jamais elle ne rentrait pas dans Globalia. Ce n'était pas la même chose pour Baïkal qui n'avait aucune attache. Les larmes aux yeux, elle embrassa une dernière fois son ami et se décida à rebrousser chemin. Il lui murmura : « Si jamais tu changes d'avis, je serai " à la mer ". »

Elle rentra sans incident chez elle tout en se félicitant de tous les moyens sécuritaires mis en place par le gouvernement de Globalia : vidéoprotection, patrouilles de l'armée, parcours balisés…

[Événement perturbateur]

Mais deux jours plus tard, elle fut convoquée au bureau de police de son quartier.

« Qu'avez-vous fait lundi ? », demanda d'emblée l'un des « Gardiens de la Paix ». Kate s'étonna du ton agressif employé. Elle essaya de protester en demandant pourquoi on l'interrogeait : y avait-il eu un meurtre pour que l'on vérifie ainsi les emplois du temps ? Mais le Gardien, bientôt accompagné d'un collègue, lui signifia qu'ils n'avaient pas à se justifier. Ils reprirent à deux leur questionnement.

« Je ne travaillais pas, je me suis promenée, répondit Kate avec l'air le plus détaché possible.

– Où cela ?

– Je ne me souviens plus précisément : au hasard.

– Ne mentez pas : la vidéo vous a enregistrée au-delà du mur. Que faisiez-vous dans les non-zones ? Et votre copain, où est-il ? »

Kate avait déjà préparé son excuse : la porte était ouverte, elle s'était perdue en voulant se retrouver seule dans la montagne. Mais elle était très choquée de découvrir qu'elle était ainsi épiée. Jusque-là elle pensait qu'on ne visionnait les bandes de films qu'en cas de problème grave, pas pour surveiller tout un chacun. Une certaine angoisse commençait à l'étreindre.

« Et votre copain, où est-il ? répéta le Gardien de la Paix. » Son regard noir, dur, fermé fit frissonner Kate : « Je ne sais pas, il a dû, il a dû… rentrer de son côté », bredouilla-t-elle. Les deux gardes se rapprochèrent d'elle jusqu'à la toucher. Elle suffoquait presque. Elle essaya encore de défendre sa version mais elle se rendit vite compte que c'était inutile.

Ils finirent par la laisser partir sans qu'elle ait « avoué » quoi que ce soit mais leur dernière phrase – « On vous a à l'œil ! » – prenait tout son sens.

[Suite de l'évolution de Kate]

Kate continuait sa vie dans Globalia mais les dernières paroles de Baïkal la taraudaient et au lieu d'accepter avec une satisfaction béate ce monde que l'on prétendait heureux, libre et sûr, elle se mit à mieux observer autour d'elle. Elle ne pouvait plus sortir en ville sans repérer toutes les caméras qui la pistaient. Elle se surprit à porter des foulards, des chapeaux, des lunettes pour se dissimuler. Elle constata que certains de ses voisins la regardaient un peu trop attentivement : des espions eux aussi ? Et beaucoup de ses amis prenaient comme elle un air apeuré quand ils se rencontraient, sans oser confier la raison de leur anxiété.

Un jour, elle n'y tint plus : elle entreprit de nouveau de rôder près de la frontière espérant qu'une porte serait de nouveau ouverte. Elle apprit à déjouer la surveillance des gardes et prit de plus en plus d'assurance.

Le traitement agressif, disproportionné qu'elle avait subi fut le déclic de sa révolte : le masque tombait, les dirigeants de Globalia révélaient leur véritable ambition – supprimer toute volonté d'échapper au modèle imposé, toute curiosité d'un ailleurs.

[Dénouement]

Une seule pensée continua à renforcer sa détermination : un jour, elle serait plus maline que les gardes, elle sortirait pour rejoindre Baïkal. Il fallait qu'elle résiste encore et encore : l'image de Baïkal courant vers elle sur une plage en lui ouvrant les bras lui permettait d'échapper à la surveillance insidieuse et hypocrite de Globalia.

Baïkal avait été un précurseur, ce qu'elle vivait actuellement lui ouvrait définitivement les yeux : Globalia n'était qu'une prison, dorée certes mais une prison quand même.

Sujet B : Réflexion

■ Comprendre le sujet B

• Ce sujet pose la problématique générale des pouvoirs et des missions de l'art. C'est une question que vous avez dû aborder via les thématiques « La fiction pour interroger le réel » en 4e, « Agir sur le monde » ou « Progrès et rêves scientifiques » en 3e. Vous la retrouverez au lycée.

• La notion de « totalitarisme » ne vous pose pas de problème : vous en avez étudié plusieurs exemples en cours d'Histoire sur la période du XXe siècle. Mobilisez ces connaissances car vous avez dû voir, dans vos manuels ou en Histoire des arts, des reproductions d'œuvres artistiques en relation avec les régimes totalitaires.
• Nous nous autorisons, dans le texte proposé ici, à citer des œuvres qui sortent du contexte 1930-1990 mais qui luttent contre d'autres formes d'oppression (monarchie absolue, coups d'État, racisme…). Ces exemples vous permettent d'élargir le sujet mais il faut bien signaler qu'ils ne traitent pas à proprement parler du totalitarisme.
• Faites bien attention à la formulation du sujet : la question est posée par le mot interrogatif « Comment ? ». Il ne s'agit donc pas de répondre par « Oui, l'art peut dénoncer le totalitarisme / Non, il est impuissant » mais d'analyser **par quels moyens** l'expression artistique le permet. Essayez d'organiser vos idées et vos exemples par ce biais.
• Envisagez les différentes formes d'art, comme c'est suggéré par le sujet : littérature, peinture, cinéma, musique…

[Introduction]

Avec des régimes comme le nazisme d'Hitler, le communisme avec Staline ou la révolution chinoise avec Mao, le XXe siècle a malheureusement illustré le mot « totalitarisme », idéologie qui met en place, à travers la fondation d'un parti unique, un contrôle et une domination absolus sur la pensée individuelle.

Or, comme le disait Camus, « tout artiste aujourd'hui est embarqué dans la galère de son temps […] L'artiste, comme les autres, doit ramer à son tour, sans mourir s'il le peut ». Qu'est-ce qui donne à l'artiste une force d'opposition ? À quels moyens recourir pour dénoncer ces régimes ? Ces œuvres sont-elles efficaces ?

[Première partie : Force et vulnérabilité de l'artiste]

Le totalitarisme cherche à contrôler toutes les productions humaines et n'accepte ni la nuance, ni la contradiction : l'art doit donc servir à sa louange, sinon toute expression personnelle déviante se trouve en première ligne pour être censurée et dominée. Ainsi, pendant l'exposition de 1937 à Munich, les œuvres de peintres allemands considérés comme « dégénérés » furent violemment critiquées, voire détruites ensuite. À cette expression artistique personnelle l'État totalitaire oppose des œuvres monumentales de commande pour servir sa propagande : par exemple *L'Ouvrier et la Kolkhozienne* sculptés par Vera Moukhine en 1937.

De son côté, l'artiste est traditionnellement considéré comme un être exceptionnel à la sensibilité exacerbée qui lui permet de vibrer et réfléchir aux événements du monde qu'il voit par « d'autres yeux ». Cette auréole de prestige lui confère le pouvoir de guider, de « réveiller le peuple » (Hugo) face aux puissants. Picasso, lui aussi, écrit en 1937 : « j'ai toujours cru et je crois encore que les artistes qui vivent et travaillent selon des valeurs spirituelles ne peuvent et ne doivent pas demeurer indifférents au conflit dans lequel les plus hautes valeurs de l'humanité et de la civilisation sont en jeu ».

Dans un régime totalitaire, il apparaît donc que l'artiste risque bien plus que la censure de ses œuvres : il risque la déportation (dans un camp de concentration ou au goulag comme Soljenitsyne) ou sa vie lorsqu'il essaye de dénoncer le manque de liberté de ses concitoyens et la terreur à laquelle ils essayent de survivre. C'est donc très difficile de dénoncer les exactions d'un régime totalitaire en continuant à vivre dans le pays : de nombreux artistes, tels de grands réalisateurs comme Billy Wilder ou Fritz Lang, ont émigré de l'Allemagne vers les États-Unis au moment de la montée du nazisme.

[Deuxième partie : Les moyens artistiques pour dénoncer le totalitarisme]

Comment s'y prend l'artiste pour dénoncer quand la destruction de son œuvre, voire de sa propre vie, est en jeu ?

Il en prend parfois le risque en choisissant une expression artistique totale et directe. C'est le cas d'écrivains comme Hugo dont *Les Châtiments* (1853) dénoncent le coup d'état puis l'instauration de l'empire de Louis-Napoléon Bonaparte devenu Napoléon III. Son expression poétique est violente : elle ne recule devant aucune exagération, aucune caricature, aucune insulte. Les poètes de la Résistance, eux, ont alterné sobriété et lyrisme : « Liberté » de Paul Eluard évoque les objets du quotidien (« mes cahiers d'écolier ») mais la répétition de « J'écris ton nom » suggère la force de la détermination et crée l'émotion de ce texte.

La peinture, elle aussi, peut traduire directement la révolte. En 1937, Picasso peint *Guernica* à la suite du bombardement de la petite ville basque : ses personnages torturés qui hurlent leur souffrance et leur désespoir illustrent ce qu'il pouvait écrire sur « la guerre d'Espagne [qui] est la bataille de la réaction contre le peuple, contre la liberté. Toute ma vie d'artiste n'a été qu'une lutte continuelle contre la réaction et la mort de l'art. » Regarder ce tableau provoque l'indignation face à l'horreur.

Le réalisateur de cinéma peut également adopter une dénonciation sans détour. Charlie Chaplin dans *Le Dictateur* qu'il a réalisé en 1940 parodie Hitler qui devient un misérable pantin excité ; il écrit dans ses *Mémoires* « [en 1937] j'étais décidé à aller de l'avant, car il fallait rire de Hitler. Si j'avais connu les réelles horreurs des camps de concentration allemands, je n'aurais pas pu tourner en dérision la folie homicide des nazis. Mais j'étais décidé à ridiculiser leurs bla-bla sur les races de sang pur ». Le rire, le comique sont donc des armes efficaces.

D'autres artistes préfèrent des moyens de dissimulation ou de contournement. À l'époque des Lumières, les auteurs avaient recours au regard venu d'ailleurs : dans les *Lettres persanes* de Montesquieu (1721), un étranger visite d'un œil critique la France pour dénoncer les travers de la société de l'Ancien Régime.

Les procédés de mise à distance que sont le comique et l'ironie permettent d'attaquer les abus totalitaires tout en protégeant les auteurs : ainsi dans le film de Roberto Benigni *La vie est belle* (1998), le personnage de Guido anéantit par le rire les procédés de destruction des camps nazis, en les présentant à son fils comme un jeu.

On peut aussi décaler le contexte, inverser les rôles (comme dans *L'Île des esclaves* de Marivaux, jouée en 1725, où les valets prennent un temps la place des maîtres), prendre le contrepied de ce qui était attendu. Ainsi, dans la dystopie *La Ferme des animaux* d'Orwell (1945), les traits de Napoléon, le cochon qui instaure le culte de la personnalité à son profit et travestit la réalité, font penser à Staline. Dans *Fahrenheit 451* (1953), Bradbury dénonce, à travers une société imaginaire, tous les autodafés qui ont pu avoir lieu parce que les régimes autoritaires anéantissent toute pensée qui ne leur est pas favorable. Le décalage peut être encore plus important comme dans *Rhinocéros* de Ionesco (1959) où les personnages se muent en rhinocéros : est-ce la traduction de la bestialité à laquelle le totalitarisme nous condamne ?

[Troisième partie : l'efficacité des œuvres artistiques]

Face à la diversité des moyens utilisables, il faut s'interroger sur l'efficacité des œuvres. Certaines qui sont trop ancrées dans leur époque ou leur contexte peuvent voir leur pouvoir de persuasion s'étioler au fil de l'Histoire : elles ne parlent plus aux générations suivantes. Ainsi, si *Les Châtiments* de Hugo peuvent ne plus nous émouvoir, *Les Misérables* qui dénoncent l'injustice de la misère conservent leur force. Les tableaux de Jean-Michel Basquiat qui dénoncent le plus souvent le racisme anti-Noirs aux États-Unis expriment par leurs couleurs, leurs formes, leurs symboles une rage si puissante que tout un chacun peut partager sa lutte. Il n'est pas donné à tout artiste d'atteindre une dimension universelle : il lui faut du génie.

Il faut aussi savoir toucher le plus grand nombre en choisissant des supports très visibles et très lisibles. Ainsi le « street art » affiche ses enjeux aux yeux du plus grand public : Basquiat a commencé ainsi. Le cinéma, fondé sur l'image souvent associée à la narration, rend les messages de révolte accessibles au plus grand nombre : ainsi dans le film d'Alain Resnais *Nuit et brouillard* (1956), les pelleteuses charriant et amoncelant les corps décharnés des déportés morts sont une vision insoutenable et inoubliable.

La photographie, elle aussi, donne à voir et est plus aisément compréhensible. John Heartfield écrit dans les années 1920 : « Utilisez la photographie comme une arme ! ». Dans un photomontage de 1933, Hitler se regarde dans un miroir et dit : « Miroir de mes désirs, qui est le plus fort du royaume ? » mais, dans son reflet, on voit en fait qu'il est étranglé par la Mort représentée par un squelette.

L'architecture peut efficacement traduire le concept dominant : ainsi les lignes brisées, les échancrures du Musée juif de Berlin, œuvre de l'architecte Daniel Libeskind (1998), annoncent au visiteur l'histoire torturée et les souffrances du peuple juif.

Avoir recours à des témoignages authentiques permet de toucher au cœur le public : lorsque Soljenitsyne (prix Nobel de littérature en 1970) fait paraître, en 1973, *L'Archipel du goulag* (camp où le régime totalitaire de l'URSS fit disparaître tant d'opposants), ce livre fait l'effet d'une véritable bombe pour la conscience mondiale.

Mais certains jugent le « clin d'œil », l'« écho » plus efficaces que l'attaque directe : ainsi les dystopies fonctionnent sur ce décalage. Elles évoquent les dérives de régimes qui nous menacent : l'eugénisme à la base de la société du *Meilleur des mondes* d'Aldous Huxley (1931) n'est pas sans faire penser à celui mis en place par le nazisme dès 1933 ; la société hypersurveillée et le bonheur obligatoire de « Globalia » sont en germe dans notre société actuelle.

[Conclusion]

L'expression artistique, dans quelque domaine qu'elle puisse s'exprimer, va donc agir comme le détonateur d'une prise de conscience chez le lecteur, le spectateur... L'artiste, parce qu'il est plus réfléchi ou plus sensible, parce que sa conscience individuelle est plus développée et qu'il ne peut se résoudre à y renoncer, va lutter pour dénoncer l'oppression des régimes totalitaires de manière plus acérée et par là-même défendre la liberté de chacun.

Sujet 16

Victor Hugo
Toute la lyre

Partie I : Travail sur le texte littéraire et sur une image

1 heure 10 min   50 points

Document 1 Texte littéraire

Jeunes gens, prenez garde aux choses que vous dites.
Tout peut sortir d'un mot qu'en passant vous perdîtes.
Tout, la haine et le deuil ! – Et ne m'objectez[1] pas
Que vos amis sont sûrs et que vous parlez bas… –
Écoutez bien ceci :
Tête-à-tête, en pantoufle,
Portes closes, chez vous, sans un témoin qui souffle,
Vous dites à l'oreille au plus mystérieux
De vos amis de cœur, ou, si vous l'aimez mieux,
Vous murmurez tout seul, croyant presque vous taire,
Dans le fond d'une cave à trente pieds sous terre,
Un mot désagréable à quelque individu[2] ;
Ce mot que vous croyez qu'on n'a pas entendu,
Que vous disiez si bas dans un lieu sourd et sombre,
Court à peine lâché, part, bondit, sort de l'ombre !
Tenez, il est dehors ! Il connaît son chemin.
Il marche, il a deux pieds, un bâton à la main,
De bons souliers ferrés, un passeport en règle ;
– Au besoin, il prendrait des ailes comme l'aigle ! –
Il vous échappe, il fuit, rien ne l'arrêtera.
Il suit le quai, franchit la place, *et cetera*[3],
Passe l'eau sans bateau dans la saison des crues,
Et va, tout à travers un dédale de rues,
Droit chez l'individu dont vous avez parlé.
Il sait le numéro, l'étage ; il a la clé,
Il monte l'escalier, ouvre la porte, passe,
Entre, arrive, et, railleur[4], regardant l'homme en face,
Dit : – Me voilà ! je sors de la bouche d'un tel[5]. –

Et c'est fait. Vous avez un ennemi mortel.

Victor HUGO, *Toute la lyre*, III, XXI, 1888.

1. objecter : formuler une objection, opposer un argument.
2. un mot désagréable à quelque individu : un mot désagréable à propos de quelque individu.
3. *et cetera :* locution latine abrégée généralement en français par etc., qu'on emploie au terme d'une énumération et qui signifie « et ainsi de suite ».
4. railleur : moqueur, ironique.
5. un tel : désigne ici la personne qui a parlé.

Document 2 Image

Norman ROCKWELL, *The Gossips (Les Commérages)*, huile sur toile, collection privée, 1948.

QUESTIONS

Grammaire et compétences linguistiques

1. a) Donnez le mode et le temps de « prenez » (vers 1), « objectez » (vers 3), « Écoutez » (vers 5). **(2 points)**

b) Pourquoi ce mode est-il utilisé ? **(2 points)**

2. Vers 1 à 3 : relevez les déterminants contenus dans les trois premières phrases du texte. **(2 points)**

Réécriture

3. Réécrivez le passage suivant en remplaçant « il » par « ils ». Faites toutes les modifications nécessaires. **(10 points)**

« Il vous échappe, il fuit, rien ne l'arrêtera.
Il suit le quai, franchit la place, *et cetera*,
Passe l'eau sans bateau dans la saison des crues,
Et va, tout à travers un dédale de rues,
Droit chez l'individu dont vous avez parlé. »

4. « Et ne m'objectez pas / Que vos amis sont sûrs » (vers 3 et 4).
a) Quelle est la nature de « que » ? **(2 points)**
b) Justifiez votre réponse. **(2 points)**

Compréhension et compétences d'interprétation

5. Expliquez les conséquences qu'entraîne, selon ce texte, le fait de prononcer un « mot désagréable » (vers 11). Justifiez votre réponse en vous appuyant sur deux éléments du texte. **(4 points)**

6. Vers 3 à 11 : quelles sont les précautions que les « jeunes gens » peuvent estimer avoir prises pour éviter que leurs paroles ne soient rapportées ? Citez au moins deux éléments en prenant appui sur le texte. **(4 points)**

7. Vers 12 à 27 :
a) À quel terme renvoie le pronom « il » ? **(2 points)**
b) Quelle figure de style est ici utilisée ? **(2 points)**
c) Quel effet cette figure de style produit-elle ? **(2 points)**

8. Vers 13 : « Que vous disiez si bas dans un lieu sourd et sombre ».
a) Quel effet sonore remarquez-vous dans ce vers ? **(2 points)**
b) Pourquoi le poète l'emploie-t-il ? **(3 points)**

9. Quel conseil le poète souhaite-t-il adresser aux « jeunes gens » dans ce texte ? Selon vous, quel passage l'illustre avec le plus de force ? Expliquez pourquoi. **(5 points)**

Image

10. a) Dans le tableau de Norman Rockwell, pourquoi chaque personnage est-il représenté deux fois ? **(2 points)**
b) Comparez le texte et le tableau de Norman Rockwell. Dans les deux documents, comment la parole prononcée se retourne-t-elle contre son locuteur ? **(4 points)**

DICTÉE 20 min 10 points

L'homme baissa la tête, ramassa le sac qu'il avait déposé à terre, et s'en alla. Il prit la grande rue. Il marchait devant lui, au hasard, rasant de près les maisons comme un homme humilié et triste. Il ne se retourna pas une seule fois. S'il s'était retourné, il aurait vu l'aubergiste de *la Croix-de-Colbas* sur le seuil de sa porte, entouré de tous les voyageurs de son auberge et de tous les passants de la rue, parlant vivement et le désignant du doigt ; et, aux regards de défiance et d'effroi du groupe, il aurait deviné qu'avant peu son arrivée serait l'événement de toute la ville.

Il ne vit rien de tout cela. Les gens accablés ne regardent pas derrière eux. Ils ne savent que trop que le mauvais sort les suit.

Victor HUGO, *Les Misérables*, 1862.

Écrire au tableau : la Croix-de-Colbas.

Partie II : Rédaction

1 heure 30 min **40 points**

Vous traiterez au choix le sujet A ou B.

Sujet A : Imagination

Dans votre quartier, les habitants s'interrogent sur la soudaine fortune d'un voisin. Les rumeurs les plus extravagantes circulent.
Imaginez les conversations qui s'ensuivent, jusqu'à ce que la vérité éclate.
Vous veillerez à caractériser les personnages et à mêler récit et dialogue. Votre texte produira un effet comique.

Sujet B : Réflexion

« Jeunes gens, prenez garde aux choses que vous dites ».
Selon vous, faut-il redouter, rechercher ou même désirer le pouvoir de la parole ?
Vous répondrez à cette question en vous appuyant sur votre expérience, sur les textes étudiés en classe ainsi que sur votre culture personnelle.

CORRIGÉ

Partie I : Travail sur le texte littéraire et sur une image

Premier réflexe : observer le texte

• La découverte de ce poème en vers de Victor Hugo, auteur du XIXe siècle, peut vous inquiéter car vous craignez de ne pas comprendre un texte écrit en niveau de langue soutenu. Rassurez-vous : ce n'est pas le cas ici. Lisez-le en continu, comme s'il était écrit en prose, pour faciliter sa compréhension. En particulier, cherchez la structure simple « sujet + verbe + complément d'objet » pour comprendre l'essentiel.

• Réalisez bien ce dont on parle dès le premier vers : les « choses que vous dites ». C'est repris ensuite par le « mot », puis par le pronom « il » des vers 15 à 27.

• Ces « choses que vous dites » vont se transformer en ragot, commérage et même rumeur – tout ce qui peut alimenter le harcèlement. Ce n'est donc pas un sujet éloigné de vos préoccupations de collégien.

QUESTIONS

■ Remarques préalables

• Chacune des questions 1 à 8 vise un point de votre programme bien identifié en grammaire (valeur des modes, déterminants...), en figures de style (personnification, allitération...). Si vous avez révisé, vous devez pouvoir répondre sans problème.
• Gardez du temps pour les questions 9 et 10 qui sont notées sur 11 points à elles seules.

Grammaire et compétences linguistiques

1. a) Les formes verbales « prenez », « objectez » et « Écoutez » sont au présent du mode impératif.
b) Le mode impératif exprime un conseil aux jeunes gens *[« exprimer un ordre » est acceptable mais un peu trop fort ici]*.

2. Dans les trois premières phrases, les déterminants sont « aux » (choses, v. 1), « un » (mot, v. 2), « la » (haine, v. 3) et « le » (deuil, v. 3).

3. Réécriture

■ Repérer les difficultés

• En remplaçant le pronom « il » par « ils », vous devez mettre les 6 verbes dont « il » est le sujet au pluriel : « échapper », « fuir », « suivre », « franchir », « passer » et « aller ».
• Attention ! Il faut aussi penser à remplacer le pronom complément d'objet : « l' » (mis pour « le ») doit être mis au pluriel « les ».

« **Ils** vous échappent, **ils fuient**, rien ne **les** arrêtera.
Ils suivent le quai, **franchissent** la place, *et cetera*,
Pas**sent** l'eau sans bateau dans la saison des crues,
Et **vont**, tout à travers un dédale de rues,
Droit chez l'individu dont vous avez parlé. »

4. a) « Que » est ici une conjonction de subordination.
b) La conjonction « que » ne remplace aucun mot de la proposition principale ; elle sert seulement à introduire la proposition subordonnée conjonctive « que vos amis sont sûrs » qui complète le verbe « objecter ».

Compréhension et compétences d'interprétation

5. « Murmurer un mot désagréable à quelque individu » signifie « dire du mal de quelqu'un ». V. Hugo prévoit que cette médisance (ou méchanceté, critique, moquerie) va être répétée de l'un à l'autre et finir par atteindre celui qu'elle vise. Non seulement cela va le blesser moralement mais cela va en plus déclencher sa volonté de se venger. L'auteur emploie les mots très forts « haine » et « deuil » (v. 3) pour caractériser ces conséquences. Il parle également en conclusion d'« ennemi mortel » (v. 28) que devient celui que l'on a ainsi blessé.

6. Les deux précautions que les jeunes gens croient prendre sont, d'abord, de ne confier ces mots désagréables qu'à des amis « sûrs » (v. 4), de confiance à qui l'on dit : « Tu ne le répètes pas mais… » ; ensuite, d'éviter que quelqu'un d'autre vous entende (« parler bas », v. 4, « portes closes », v. 6, « dans le fond d'une cave à trente pieds sous terre », v. 10, « si bas dans un lieu sourd et sombre », v. 13).

7. a) Le pronom « il » remplace le groupe nominal « ce mot » du vers 12.
b) La figure de style employée dans ces vers est la personnification *[l'auteur prête au mot le comportement d'un être humain capable de mouvements, v. 16, 19, d'intelligence – « il connaît son chemin » v. 15, « il sait le numéro » v. 24 – et de parole, v. 27]*.
c) Cette personnification, soutenue par la multiplicité des verbes de mouvement juxtaposés et le rythme rapide de la phrase, traduit la rapidité avec laquelle une rumeur se propage et renforce l'impression que rien ne peut l'arrêter.

8. a) Le vers 13 présente une allitération en [s] (<u>s</u>i, <u>s</u>ourd, <u>s</u>ombre) *[ne relevez pas « disiez » car le son est différent : [z]]*.
b) Cette allitération permet d'imiter le chuchotement, le murmure mais en même temps le sifflement du son [s] fait comprendre que le mot se glisse d'une bouche à l'autre comme un serpent maléfique qui se faufile.

9. Le poète invite les jeunes gens à ne pas médire des autres, à ne pas lancer de raillerie pour ne pas blesser un camarade mais aussi pour éviter d'enclencher la vengeance et la haine de celui dont on s'est moqué.
Les passages qui illustrent le mieux cette mise en garde sont *[au choix]* : la première moitié du vers 3 qui, par sa forme ramassée et la force du lexique (« Tout, la haine et le deuil ! ») lance un avertissement marquant. À la fin du texte, un autre passage très concis, rythmé par la ponctuation forte du point, illustre la violence de la rumeur : « Et c'est fait. / Vous avez un ennemi mortel. » (v. 28). On peut préférer les vers 26-27 qui mettent en scène le mot devenu personnage : « [Il] Entre, arrive, et, railleur, regardant l'homme en face / Dit : – Me voilà ! je sors de la bouche d'un tel. » Le rythme haché du vers 26, le détachement de « railleur » qui souligne sa force, l'impact de la parole rapportée directement mettent en relief la vigueur de la rumeur et sa violence.
[Pour des jeunes de votre génération, cette mise en garde fait écho au harcèlement moral lorsqu'un(e) élève lance des moqueries méchantes contre un(e) autre élève.]

Image

10. a) Chaque personnage est représenté deux fois mais pas dans le même sens pour illustrer la façon dont se propage la rumeur : on reçoit la raillerie et on se retourne pour la transmettre à un autre.
b) Sur le tableau de N. Rockwell, le dernier personnage qui reçoit avec une expression choquée le message est le même que le premier qui l'a lancé. Le peintre signifie ainsi l'effet « boomerang » du commérage : après avoir circulé de bouche en bouche, il revient blesser son émetteur qui se croyait préservé. La « victime » visée par le commérage ne semble pas représentée. En quelque sorte l'œuvre du peintre signifie qu'on ne tire jamais profit de médire de quelqu'un, qu'on se nuit à soi-même.
Dans le texte de V. Hugo, le traitement est un peu différent : les émetteurs sont désignés par « vous », se référant aux jeunes gens ; la raillerie est personnifiée et occupe la majorité du texte ; la personne ciblée est mentionnée par « l'homme en face » qui devient l'« ennemi mortel » qui, en ripostant, se vengera de celui qui a lancé le commérage. La « leçon » de V. Hugo dit que la médisance déclenche la haine dans un groupe.

DICTÉE

Repérer les difficultés

• **Difficultés grammaticales :**
– L'accord des participes : le participe présent actif est invariable quel que soit le nombre du mot auquel il se rapporte ; donc « rasant », « parlant », « désignant » restent au singulier, qu'ils se rapportent à « l'homme » ou à « tous les voyageurs et tous les passants » ; le participe passé passif s'accorde comme un adjectif (« un homme humilié », « entouré », « les gens accablés »).
– L'accord du GN : au masculin pluriel pour « tous les voyageurs » et « tous les passants », au féminin singulier pour « toute la ville », « une seule fois ».

• **Difficultés de conjugaison :**
– Bien comprendre la dernière phrase (« le mauvais sort les suit ») : il faut dissocier le pronom complément « les », renvoyant aux « gens accablés », du verbe « suit » (3e personne du singulier du verbe suivre au présent de l'indicatif).
– Révisez le passé simple : vous en avez ici des exemples du 1er groupe (« baissa », « ramassa », « se retourna ») et du 3e groupe (« il prit », « il vit » mais « s'en alla »).
– Le conditionnel passé (« il aurait vu », « il aurait deviné ») a les mêmes terminaisons pour l'auxiliaire que le conditionnel présent et l'imparfait.

• **Difficultés lexicales :**
– Retenez l'orthographe de « humilié », « auberge / aubergiste », « seuil », « effroi », « défiance », « accablé(s) ».

Partie II : Rédaction

Sujet A : Imagination

Comprendre le sujet A

• « Faire fortune » n'est pas forcément à prendre au pied de la lettre : comme on vous demande de décrire le moment de surprise où les gens s'interrogent sur des « signes extérieurs de richesse » d'un voisin, cela peut être un gain au Loto, une victoire à un jeu télévisé, un héritage… et pas forcément une réussite de longue durée.

• Ce qui compte pour la qualité de votre rédaction, c'est **l'association entre le comportement** (récit) **et les paroles** (dialogue rapporté en style direct ou indirect) **de chaque personnage** qui va réagir à la vue du « nouveau riche ». Pensez à des « types » – la vieille commère aigrie, l'homme un peu bête et trop naïf, le jaloux… – que vous n'hésiterez pas à caricaturer.

• « Votre texte produira **un effet comique** » : c'est moins facile qu'on ne le croit. Pensez à utiliser les « ficelles » du comique : créez des jeux de mots ou des répétitions, exagérez les traits, décrivez des gestes et mouvements saccadés ou excessifs des personnages, imaginez des quiproquos, des retournements de situation… Les procédés comiques sont écrits **en gras** dans le texte proposé ci-dessous.

[Situation initiale]

Un jour, au milieu de la rue des Champs-Fleuris à Trifouilly, la plus calme des banlieues, on vit s'arrêter une superbe limousine, longue comme un autocar, les chromes étincelants, les vitres comme des miroirs, toute rutilante. Et combien de chevaux sous le capot ! Aussitôt les personnes qui promenaient leur chien dans cette rue tranquille s'immobilisèrent. Les bêtes tiraient désespérément sur leur laisse sans plus pouvoir faire avancer leur maître d'un seul pas. Sur la façade des maisons, **de manière immédiate et synchronisée, des pans de rideau se levèrent**. Les personnes qui jardinaient ou taillaient leur haie restèrent **comme statufiées, avec leur binette ou leur sécateur en l'air.** Mais les vitres fumées ne laissaient pas voir qui était le conducteur…

Bref, tout le quartier était **pétrifié**, comme s'il avait croisé le regard de Méduse. Qui conduisait cette magnifique voiture dans ce quartier d'ordinaire si tranquille ?

[Description des hypothèses et des réactions individuelles]

Une fois les premiers moments de stupeur passés, l'immobilité et le silence se lézardèrent bien vite. Les supputations se multiplièrent.

Madame Dupont, qui était aux premières loges, **attrapa frénétiquement son portable** pour appeler sa meilleure amie :

« Tu te rends compte ! C'est incroyable ce qui se passe devant chez moi ! Une limousine absolument fabuleuse – je n'en ai jamais vu de pareille – vient de s'arrêter ! Et personne n'en descend !

– **Une quoi ? Une limousine ? Mais c'est une race bovine, une limousine ! Personne ne chevauche une vache** !

– Mais non, une limousine !

– Je n'entends rien, il y a de la friture. Tu dis « **une mousseline** » : **ça, c'est de la purée** !

– Non, une ma-gni-fi-que VOI-TU-RE, u-ne VOI-TU-RE, u-ne VOI-…

– Ah ! une voiture ! tu ne pouvais pas le dire plus tôt ? N'est-ce pas ton voisin, Crésus, qui l'a gagnée ? Il passe son temps à concourir à plein de jeux !

– Penses-tu ! **Le plus beau cadeau qu'il ait jamais gagné jusqu'ici, c'est 3 kg de croquettes pour son chien, alors qu'il n'a pas de chien !**

– Et si tu descendais voir qui conduit cette voiture ?

– Je n'ose pas, j'aurais l'air de quoi face à un riche… ».

Pendant ce temps, Monsieur Durand, **frétillant comme un gardon hors de l'eau,** prenait la voiture en photo sous tous les angles avec son portable. **Il se coucha même sur la chaussée**, **se tortilla pour passer dessous** et capter le châssis. Et aucun signe de vie à l'intérieur… Puis il envoya bien vite tous ces indices à son copain gendarme : « **À coup sûr, c'est la voiture d'un gangster », répétait-il à l'envi !** Il accompagna ses photos d'une légende : « Je te parie que c'est Crésus qui a blanchi son fric en achetant un carrosse ! **Avec toutes les herbes bizarres qui poussent dans son jardin, il doit s'en faire, du blé** ! »

Tout le quartier était maintenant en émoi et bourdonnait comme une ruche, chacun y allant de son interprétation. Madame Martin soupçonnait Monsieur Crésus d'avoir **trucidé un aïeul parti faire fortune en Amérique il y a fort longtemps car il se vantait d'être allé à « Niouork ».** Mais Madame Arthur rejetait farouchement cette hypothèse en affirmant que jamais aucun Crésus ne s'était aventuré plus loin que le centre de Trifouilly.

Monsieur Toto, qui croyait aux ovnis et était toujours un peu dans la lune, penchait pour la théorie d'un véhicule extraterrestre : **il tripotait l'antenne, les rétroviseurs, les poignées pour entrer en communication avec l'au-delà** et s'adressait au supposé Crésus **en tournant la tête de droite et de gauche à chaque syllabe :** « Cré-sus, Cré-sus, sors de ce vais-seau spa-tial ! » Selon lui qui avait vu la scène un jour de très, très grand soleil, les extra-terrestres avaient enlevé Crésus et le renvoyaient sous forme de robot en or.

[Dénouement]

Soudain une jeune femme habillée et maquillée comme une rock-star fit son apparition à la portière et dit, avec un fort accent étranger : « Oh ! **les Champs-Élysées** ; c'est ici ? ». Une voix s'éleva dans la foule : « Oui, ici ce sont **les Champs mais ils sont simplement fleuris !** »

Crésus se campa debout sur le marchepied de la limousine, brandissant un ticket de loto. Il jeta alentour un regard satisfait en voyant ses voisins ébahis : « Oui, chers amis, j'ai tous les numéros gagnants. Me voici millionnaire ! ». « Eh bien ! commence par t'acheter des lunettes : tous les 1 sur ton ticket, ça devrait être des 7 ! Je crains mon "pauvre" Crésus, que tu n'aies pas coché les bons numéros… »

Sujet B : Réflexion

Comprendre le sujet B

• Pour bien comprendre le sujet, pensez à toutes les « professions » où celui/celle qui parle a un rôle important : votre délégué de classe, l'avocat, l'acteur, le politicien lors d'une campagne électorale, le chef menant ses troupes… Pensez aussi aux situations (y compris des expériences personnelles) où l'on s'engage par la parole ou bien où l'on va être évalué(e) : promesse, oral d'examen ou de concours, conférence de presse d'un sportif, vœux de mariage…

• Un plan de ce texte argumentatif vous est suggéré par le sujet : « faut-il 1. redouter 2., rechercher ou même 3. désirer le pouvoir de la parole ? ». Mais vous pouvez l'organiser en 2 parties seulement, comme c'est fait ici, car « rechercher » et « désirer » sont proches. En quelque sorte, il s'agit d'envisager les dangers et les avantages de la parole.

[Introduction] Nous avons, durant cette année de troisième, présenté nos premiers examens oraux : soutenance du stage en entreprise, oral du Brevet. Ce fut source d'inquiétude et de nombreuses répétitions, seul(e) devant son miroir ou devant les parents. Mais ce fut aussi source de plaisir d'avoir brillé devant nos professeurs, de les avoir convaincus. En revanche, la parole, ce sont aussi toutes ces méchancetés que les élèves peuvent colporter les uns sur les autres et qui font mal. Faut-il donc redouter, rechercher ou même désirer le pouvoir de la parole ? Quels sont ces pouvoirs ?

[Première partie : Il faut redouter la parole qui a un pouvoir de nuisance]

Nous, adolescent(e)s, nous sommes incité(e)s à prendre la parole pour donner notre avis, mais parfois, en classe ou entre nous, nous en usons pour nous moquer de nos camarades ou les critiquer. Cela se veut seulement des plaisanteries mais savons-nous si elles ne blessent pas profondément l'autre ? D'ailleurs le phénomène du harcèlement, de vive voix ou via les réseaux sociaux, est la pire dérive de cette volonté de parler pour moquer.

La parole ne sert pas alors à faire preuve d'esprit critique mais à colporter une raillerie, une méchanceté qui n'a même pas de fondement. Une fausse information (une « fake news » comme on dit actuellement), un jugement médisant se propagent sans qu'on sache forcément qui les a lancés, encore moins vérifiés. L'anonymat du « on (a) dit que » ou encore des réseaux sociaux déresponsabilise celui/celle qui les transmet.

Cette rumeur peut devenir calomnie, elle contribue au harcèlement et, par sa violence, détruit moralement quelqu'un. Beaumarchais la décrit ainsi dans *Le Barbier de Séville* (acte II, scène 8) : « La calomnie, Monsieur ! vous ne savez guère ce que vous dédaignez ; j'ai vu les plus honnêtes gens près d'en être accablés. Croyez qu'il n'y a pas de plate méchanceté, pas d'horreurs, pas de conte absurde, qu'on ne fasse adopter aux oisifs d'une grande ville en s'y prenant bien [...]. Telle bouche [...] recueille [le trait empoisonné], et *piano, piano*, vous le glisse en l'oreille adroitement. Le mal est fait, il germe, il rampe, il chemine, et *rinforzando* de bouche en bouche, il va le diable ». C'est ce cheminement rapide qu'illustre l'œuvre de N. Rockwell.

Sans aller jusqu'à la méchanceté, la parole peut être mielleuse, hypocrite, uniquement destinée à vous séduire pour obtenir de vous ce que l'on veut. Les *Fables* de La Fontaine illustrent souvent ce pouvoir de persuasion de la parole, comme dans « Le Corbeau et le Renard » : l'animal rusé flatte l'oiseau pour lui faire lâcher le fromage ou encore d'autres fables ou récits où, par la parole, un animal l'emporte sur un autre qui est plus fort.

Ou bien encore la parole peut être trompeuse car elle n'est pas fixée : on promet quelque chose, mais comme ce n'est pas écrit, on ne « tient pas parole », on oublie volontairement son engagement. C'est pourquoi un proverbe populaire dit : « les paroles s'envolent, les écrits restent ». Néanmoins, il y eut des époques où la parole donnée avait force d'exécution.

[Deuxième partie : Le pouvoir de la parole est bénéfique]

S'il existe des formes de communication chez certaines espèces animales (grands singes, cétacés...), c'est chez l'homme que le langage est le plus évolué et le plus nuancé. Et on constate chez le jeune enfant (le mot veut dire étymologiquement « qui ne parle pas ») qu'il traduit ses émotions et ses frustrations par des cris, des pleurs, faute d'arriver à les exprimer en mots. Le langage est donc un atout précieux.

C'est par la parole que, le plus souvent, on va se faire des amis : est-ce qu'on ne passe pas des heures à échanger avec ceux qui nous sont le plus chers – et les milliers de SMS ne tissent-ils pas le lien avec ceux à qui on ne peut pas parler en face ?

En classe, les mots d'encouragement d'un professeur, ses félicitations prononcées à haute voix, ou la satisfaction exprimée par les parents font du bien, confortent l'adolescent(e) et l'aident à s'épanouir alors que leur absence peut semer le doute et détruire la confiance en soi.

L'Histoire, tout autant que la fiction romanesque ou la vie réelle, montrent des grandes figures de l'éloquence : les qualités d'orateur de Mirabeau ou Danton leur firent infléchir certains événements de la Révolution. Les hommes politiques actuels s'entraînent à tenir des meetings ou à bien répondre dans un débat et leur élection en dépend souvent. Les discours des généraux de l'Antiquité sont des modèles de rhétorique pour galvaniser les troupes et l'on dit que Napoléon savait stimuler ses grognards.

En effet, celui qui manie bien le langage exerce souvent une prépondérance sur le groupe ou l'individu : dans le roman *Quatrevingt-treize,* le marquis de Lantenac parvient à « retourner » Halmalo, le marin qui était prêt à le tuer, et Hugo intitule ce chapitre « La parole, c'est le Verbe » (écho de la Bible où la parole de Dieu peut créer ou sauver). Certains policiers sont entraînés à parler aux forcenés pour les amener à plus de raison. Les plaidoiries des avocats modifient les opinions des jurys... Mais le danger de la parole réapparaît ici car le charisme d'un personnage, voire son magnétisme, peut obscurcir la clairvoyance des foules comme le discours d'Hitler à Nuremberg.

[Conclusion]

L'éloquence reste un atout : c'est d'ailleurs la raison pour laquelle le Ministère de l'Éducation nationale veut introduire cette formation dès la troisième. Mais, comme le disait Ésope dès l'Antiquité, la parole est la meilleure et la pire des choses. Il faut apprendre à la manier en toute conscience pour contrer ses dangers.

Sujet 17

Albert Camus
Le Premier Homme

Partie I : Travail sur le texte littéraire et sur une image

1 heure 10 min — 50 points

Document 1 Texte littéraire

Dans son roman, Le Premier Homme, *Albert Camus raconte son enfance en Algérie dans les années 1920. Il s'est représenté dans le personnage de Jacques et évoque ici les jeux qu'il partage avec ses camarades.*

Tous les jours, à la saison, un marchand de frites activait son fourneau. La plupart du temps, le petit groupe n'avait même pas l'argent d'un cornet. Si par hasard l'un d'entre eux avait la pièce nécessaire, il achetait son cornet, avançait gravement vers la plage, suivi du cortège respectueux des camarades et, devant la mer, à l'ombre d'une vieille barque démantibulée, plantant ses pieds dans le sable, il se laissait tomber sur les fesses, portant d'une main son cornet bien vertical et le couvrant de l'autre pour ne perdre aucun des gros flocons croustillants. L'usage était alors qu'il offrît une frite à chacun des camarades, qui savourait religieusement l'unique friandise chaude et parfumée d'huile forte qu'il leur laissait. Puis ils regardaient le favorisé qui, gravement, savourait une à une le restant des frites. Au fond du paquet restaient toujours des débris de frites. On suppliait le repu[1] de bien vouloir les partager. Et la plupart du temps, sauf s'il s'agissait de Jean, il dépliait le papier gras, étalait les miettes de frites et autorisait chacun à se servir, tour à tour, d'une miette. […] Le festin terminé, plaisir et frustration aussitôt oubliés, c'était la course vers l'extrémité ouest de la plage, sous le dur soleil, jusqu'à une maçonnerie à demi détruite qui avait dû servir de fondation à un cabanon disparu et derrière laquelle on pouvait se déshabiller. En quelques secondes, ils étaient nus, l'instant d'après dans l'eau, nageant vigoureusement et maladroitement, s'exclamant, bavant et recrachant, se défiant à des plongeons ou à qui resterait le plus longtemps sous l'eau. La mer était douce, tiède, le soleil léger maintenant sur les têtes mouillées, et la gloire de la lumière emplissait ces jeunes corps d'une joie qui les faisait crier sans arrêt. Ils régnaient sur la vie et sur la mer, et ce que le monde peut donner de plus fastueux[2], ils le recevaient et en usaient sans mesure, comme des seigneurs assurés de leurs richesses irremplaçables.

Ils en oubliaient même l'heure, courant de la plage à la mer, séchant sur le sable l'eau salée qui les faisait visqueux, puis lavant dans la mer le sable qui les habillait de gris. Ils couraient, et les martinets[3] avec des cris rapides commençaient de voler plus bas au-dessus des fabriques et de la plage. Le ciel, vidé de la touffeur[4] du jour, devenait plus pur puis verdissait, la lumière se détendait et, de l'autre côté du golfe, la courbe des maisons et de la ville, noyée jusque-là dans une sorte de brume, devenait plus distincte. Il faisait encore jour, mais des lampes s'allumaient déjà en prévision du rapide crépuscule d'Afrique. Pierre, généralement, était le premier à donner le signal : « il est tard », et aussitôt, c'était la débandade, l'adieu rapide. Jacques avec Joseph et Jean couraient vers leurs maisons sans se soucier des autres. Ils galopaient hors de souffle. La mère de Joseph avait la main leste[5]. Quant à la grand-mère de Jacques…

Albert CAMUS, *Le Premier Homme*, © Éditions Gallimard, 1994.

1. Le repu : celui qui n'a plus faim.
2. Fastueux : très luxueux.
3. Martinets : oiseaux au vol rapide, qui ressemblent aux hirondelles.
4. Touffeur : chaleur étouffante.
5. Avoir la main leste : donner facilement des gifles, des coups, en guise de réprimandes.

Document 2 Image

Robert DOISNEAU, « La voiture fondue », 1944, © Atelier Robert Doisneau.

QUESTIONS

Grammaire et compétences linguistiques

1. Lignes 8 à 10 : « L'usage était alors qu'il offrît une frite à chacun des camarades, qui savourait religieusement l'unique friandise chaude et parfumée d'huile forte qu'il leur laissait. »

a) Quel est le groupe complément d'objet de « savourait » ? **(1 point)**
b) Pour vérifier la délimitation de ce groupe complément d'objet, réécrivez la phrase en le remplaçant par un pronom. **(1 point)**
c) Relevez deux expansions du nom « friandise » de nature (ou classe) grammaticale différente. Précisez la nature (ou classe) grammaticale de chacune d'elles. **(4 points)**

2. Lignes 14 à 16 : « Le festin terminé, plaisir et frustration aussitôt oubliés, c'était la course vers l'extrémité ouest de la plage ».
Remplacez les deux groupes soulignés par deux propositions subordonnées conjonctives compléments circonstanciels de temps. **(2 points)**

3. Réécriture

« Si par hasard l'un d'entre eux avait la pièce nécessaire, il achetait son cornet, avançait gravement vers la plage, suivi du cortège respectueux des camarades et, [...], plantant ses pieds dans le sable, il se laissait tomber sur les fesses, portant d'une main son cornet bien vertical et le couvrant de l'autre ».
Réécrivez ce passage en remplaçant « l'un d'entre eux » par « deux d'entre eux ». Faites toutes les modifications nécessaires. **(10 points)**

Compréhension et compétences d'interprétation

4. Lignes 1 à 14 :
a) La scène évoquée se répète plusieurs fois. Qu'est-ce qui l'indique précisément ? Deux éléments de réponse sont attendus. **(2 points)**
b) Pourquoi ce moment est-il particulièrement important pour les enfants ? Vous justifierez votre réponse en vous appuyant sur le texte. Deux éléments de réponse sont attendus. **(4 points)**

5. Lignes 14 à 29 :
a) Comment l'écrivain montre-t-il que les enfants sont heureux au moment de la baignade ? Vous justifierez votre réponse en vous appuyant sur le texte. Deux éléments de réponse sont attendus. **(4 points)**
b) Pourquoi peut-on dire qu'ils sont transformés par la baignade ? Vous justifierez votre réponse en vous appuyant sur le texte. Deux éléments de réponse sont attendus. **(4 points)**

6. Lignes 29 à 37 : Quels changements apparaissent à la fin du texte ? Développez trois éléments de réponse en vous appuyant sur des passages précis. **(6 points)**

7. En vous aidant de vos réponses aux questions précédentes, donnez un titre significatif à chacun des trois moments de la journée évoqués dans le texte (lignes 1 à 14, lignes 14 à 29 et lignes 29 à 37). **(6 points)**

Image

8. Quels liens pouvez-vous établir entre la photographie de Robert Doisneau et le texte d'Albert Camus ? Développez votre réponse en vous appuyant sur des éléments précis. **(6 points)**

DICTÉE 20 min 10 points

Dès qu'ils étaient au complet, ils partaient, promenant la raquette le long des grilles rouillées des jardins devant les maisons, avec un grand bruit qui réveillait le quartier et faisait bondir les chats endormis sous les glycines poussiéreuses. Ils couraient, traversant la rue, essayant de s'attraper, couverts déjà d'une bonne sueur, mais toujours dans la même direction, vers le champ, non loin de leur école, à quatre ou cinq rues de là. Mais il y avait une station obligatoire, à ce qu'on appelait le jet d'eau, sur une place assez grande, une énorme fontaine ronde à deux étages, où l'eau ne coulait pas, mais dont le bassin, depuis longtemps bouché, était rempli jusqu'à ras bord, de loin en loin, par les énormes pluies du pays.

D'après Albert Camus, *Le Premier Homme,* © Éditions Gallimard, 1994.

Est inscrit au tableau : les glycines.

Partie II : Rédaction

1 heure 30 min **40 points**

Vous traiterez au choix le sujet A ou B.

Sujet A : Imagination

Devenu adulte, un des enfants de la photographie de Robert Doisneau raconte, comme Albert Camus, les jeux de son enfance. Il évoque la scène représentée sur la photographie.

Vous imaginerez son récit en montrant comment le jeu permet aux enfants, dans un moment de joie partagée, de transformer la réalité qui les entoure.

Vous choisirez d'écrire votre récit à la première ou à la troisième personne.

Sujet B : Réflexion

La littérature, le cinéma et les autres arts permettent de découvrir la vie de personnages fictifs ou réels. Que peut vous apporter cette découverte ?

Vous développerez votre point de vue en prenant appui sur des exemples précis, issus de votre culture personnelle et des œuvres étudiées lors de votre scolarité.

CORRIGÉ

Partie I : Travail sur le texte littéraire et sur une image

■ Premier réflexe : observer le texte

• Ce texte décrit une scène très simple : de jeunes garçons, sur une plage algérienne, dégustent des frites, se baignent et rentrent chez eux.
• L'extrême sensibilité de l'auteur, Albert Camus, affine la description de cette scène : le texte s'enrichit d'adjectifs qualificatifs, de compléments et sa lecture en est plus complexe. Mais lisez-le groupes de mots par groupes de mots pour bien vous imprégner de la finesse d'analyse des réactions des jeunes garçons.
• Albert Camus (1913-1960) est l'un des plus grands auteurs français du xxe siècle : prix Nobel de littérature en 1957, il est très connu pour ses romans (*La Peste, L'Étranger*) et son engagement.

QUESTIONS

■ Remarques préalables

• Des questions pas trop nombreuses et précises : on vous dit très clairement ce qui est attendu de vous (par exemple, « Vous justifierez votre réponse en vous appuyant sur le texte. Deux éléments de réponse sont attendus. »).
• Faites des réponses très précises, notamment sur les questions de langue (questions 1, 2 et 3) : les notions demandées sont basiques (complément d'objet, expansions du groupe nominal…) et doivent être acquises.

Grammaire et compétences linguistiques

1. a) Le groupe complément d'objet du verbe « savourait » est « l'unique friandise chaude et parfumée d'huile forte qu'il leur laissait ». *[Vous devez relever tout ce groupe de mots et rien qu'eux.]*
b) En remplaçant le groupe complément d'objet par un pronom, la phrase devient : « L'usage était alors qu'il offrît une frite à chacun des camarades, qui la savourait religieusement ». *[Le remplacement du GN par un pronom démonstratif, au lieu du pronom personnel « la » est également possible : « qui savourait celle-ci religieusement ».]*
c) Les expansions du nom « friandise » sont :
– deux adjectifs qualificatifs : « unique » et « chaude » ;
– un (groupe) participe passé employé comme adjectif « parfumée d'huile forte » ;
– une proposition subordonnée relative : « qu'il leur laissait ».
[Vous devez relever et identifier deux expansions différentes, un adjectif et la relative par exemple.]

2. *[Transformer ces groupes en propositions subordonnées conjonctives compléments circonstanciels de temps impose d'employer une conjonction de subordination et de conjuguer les verbes au temps de l'indicatif qui convient ici. Pour la*

conjonction, vous avez le choix entre « quand », « lorsque », « après que » – suivi de l'indicatif ! – ou celles qui marquent la rapidité « dès que », « aussitôt que ».]
La transformation de ces groupes en propositions subordonnées conjonctives de temps donne : « quand / lorsque / une fois que / dès que le festin était terminé », « quand / lorsque / aussitôt que plaisir et frustration étaient oubliés ».

3. Réécriture

■ Repérer les difficultés

- Passer de « l'un d'entre eux » à « deux d'entre eux » oblige à mettre les verbes dont ils sont le sujet au pluriel : ce n'est pas compliqué, surtout pour ces verbes à l'imparfait.
- En revanche, il faut penser à l'accord du participe passé passif qui se rattache au sujet : **« suivis »**. Le participe présent actif « plantant » est, lui, invariable.
- Et surtout il faut remplacer les déterminants possessifs « son » ou « ses » par **« leur »** et **« leurs »**.
- Attention ! même s'ils sont deux, ils achètent chacun UN SEUL cornet avec LA pièce nécessaire. On écrit donc « leur cornet » au singulier. En revanche, ils ont chacun deux pieds, donc « **leurs** pieds ».

Si par hasard **deux** d'entre eux **avaient** la pièce nécessaire, **ils achetaient leur** cornet, **avançaient** gravement vers la plage, **suivis** du cortège respectueux des camarades et, [...], plantant **leurs** pieds dans le sable, **ils** se **laissaient** tomber sur les fesses, portant d'une main **leur** cornet, bien vertical et le couvrant de l'autre.

Compréhension et compétences d'interprétation

4. a) Pour signifier la répétition de cette scène l'auteur emploie d'une part des indices lexicaux : « tous les jours » (l. 1), « à la saison » (complément de temps qui indique une durée et une répétition dans le temps, l. 1), « toujours » (l. 11), « la plupart du temps » (l. 2) ou encore « l'usage était » (l. 8) ; d'autre part il a recours à l'imparfait itératif (imparfait d'habitude, de répétition) pour chacun des verbes : « activait », « avait », « achetait », « avançait », etc.
b) Déguster un cornet de frites est, pour ces jeunes garçons, un moment très important en raison de leur pauvreté (ils n'ont pas toujours « l'argent » pour se l'offrir, l. 2) et de la valeur de partage qui l'accompagne (« L'usage était alors qu'il offrît une frite à chacun des camarades » l. 8, « autorisait chacun à se servir » l. 14).
L'importance de ce moment est soulignée par les termes très valorisants qui qualifient les frites : « friandise » (l. 9) dont il ne faut pas perdre une miette (« pour ne perdre aucun des gros flocons croustillants », l. 7-8), adjectifs mélioratifs – « unique », « chaude et parfumée » (l. 9), verbe « savourer » (l. 9) et finalement « festin » (l. 14).
Ce moment est aussi décrit comme un rite sacré : les termes « gravement » (l. 4), « cortège respectueux » (l. 4) et « religieusement » (l. 9) le traduisent.

5. a) *[De très nombreux procédés stylistiques traduisent le bonheur des enfants : on vous demande de n'en citer que deux illustrés par les citations du texte.]*

Le bonheur des enfants est transcrit par :
– l'expression lexicale du bonheur : « s'exclamant » (l. 19), « joie » (l. 22), « crier » (l. 22) ; et celle du plaisir : la mer est qualifiée de « douce », « tiède » (l. 21), le « dur soleil » leur devient « léger » (l. 21), la vie leur offre ses « richesses » (l. 25) ;
– des hyperboles (ou exagérations) que ce soit dans la phrase, « la gloire de la lumière emplissait ces jeunes corps » (l. 21-22), ou dans la comparaison (« comme des seigneurs », l. 24) et la métaphore qui suit (« ils régnaient », l. 23) ; ainsi que l'emploi des adjectifs « fastueux » (au superlatif l. 24) et « irremplaçables » pour qualifier les « richesses » (l. 25) ;
– l'expression de l'intensité : « vigoureusement » (l. 19), « le plus » (l. 20), « sans arrêt » (l. 22-23), « sans mesure » (l. 24) ;
– cette intensité se traduit aussi par un rythme accéléré : les participes présents des verbes d'action s'enchaînent juxtaposés (« nageant », « bavant », « recrachant », « se défiant » (l. 20), « courant », « séchant » (l. 26), et les indications de temps marquent la brièveté : « en quelques secondes » (l. 18), « l'instant d'après » (l. 18), « maintenant » (l. 21), « ils en oubliaient [...] l'heure » (l. 26).

b) La baignade libère les adolescents de leur condition sociale : dans l'eau, ils jouent comme d'autres enfants, ils ne sont plus pauvres mais deviennent des rois de la mer : « régnaient » (l. 23), « de plus fastueux » (l. 23-24), « seigneurs » (l. 24), « richesses » (l. 25).

Par ailleurs, leur plaisir physique va bien au-delà du bien-être : ils entrent en communion avec la nature et, plus largement, avec la vie, ils en sont les rois, voire les dieux (« ils régnaient sur la vie et sur la mer », l. 23, « la gloire de la lumière emplissait ces jeunes corps », l. 21-22).

6. *[On ne vous demande que trois éléments illustrés par les citations du texte, parmi ceux proposés ici.]*

La fin du texte (l. 29 à 37) décrit le retour à une triste réalité pour ces garçons : la magie a cessé. En effet :
– le décor et le contexte de la ville redeviennent visibles : « la courbe des maisons et de la ville, noyée jusque-là dans une sorte de brume, devenait plus distincte » (l. 31-32) ;
– la belle lumière cède à la nuit (« la lumière se détendait », l. 30, « Il faisait encore jour, mais des lampes s'allumaient déjà en prévision du rapide crépuscule d'Afrique », l. 32-33) et la conscience du temps qui passe resurgit (« "il est tard", et aussitôt, c'était [...] l'adieu rapide », l. 34-35) ;
– l'unité du groupe des enfants se brise : c'est la « débandade » (l. 35), chacun retrouve son individualisme (« sans se soucier des autres », l. 36) et ses contraintes familiales (« La mère de Joseph avait la main leste », l. 36-37).

7. *[« Donner un titre significatif » impose de bien traduire l'esprit du texte. Vous ne pouvez pas vous contenter de proposer « Les frites », « Le bain », « Le retour », titres trop fades ; il faut les qualifier pour faire comprendre à quel point ces moments étaient précieux pour les garçons.]*

– Lignes 1 à 14 : « La dégustation » ou « Un plaisir partagé » *[On peut ajouter « des frites » ou employer le terme du texte « Un festin partagé »]* ;
– Lignes 14 à 29 : « Bain miraculeux » ou « Bain magique » ou « Magie du bain » ;
– Lignes 29 à 37 : « Fin du rêve » ou « Triste crépuscule » ou « Retour à la dure réalité ».

Image

8. La photographie de Doisneau comme le texte de Camus montrent des enfants qui échappent à leurs conditions de vie difficiles par le jeu. Sur la photographie de Doisneau, les petits comme les grands semblent vivre, à bord de leur « carrosse », des aventures extraordinaires qui les transforment en héros alors que leur véhicule n'est qu'une carcasse de voiture, sans doute brûlée (« fondue ») dans un terrain vague. Ils oublient ainsi le décor sordide, un monde réel peu agréable à vivre et sans doute également les dangers de la guerre (la photographie a été prise en 1944).

DICTÉE

Repérer les difficultés

• **Difficultés grammaticales :**

– bien repérer que le « ils » renvoie aux garçons : donc faites attention aux pluriels à chaque fois, sauf pour « il y avait » ;

– l'accord des participes est la principale difficulté de cette dictée : les participes présents sont invariables (« promen**ant** », « travers**ant** », « essay**ant** » qui se rapportent à « ils » pronom au pluriel) ; – le participe passé, s'il est utilisé comme un adjectif, s'accorde avec le nom auquel il se rapporte (« les grilles rouill**ées** », « les chats endormi**s** », « [les garçons] couvert**s** », « le bassin [...] bouch**é** » ; s'il est utilisé avec l'auxiliaire « être », il s'accorde en général avec le sujet (« le bassin [...] était rempl**i** ») ;

– à l'oreille, on pourrait confondre « bondir » et « bondirent » (passé simple de l'indicatif, 3e personne du pluriel). Mais « bondir » est ici forcément à l'infinitif puisqu'il est employé après le verbe « faire » ;

– bien identifier la préposition **« à »**, le pronom démonstratif **« ce »** dans l'expression « à ce qu'on appelait ».

• **Difficultés de conjugaison :**

L'imparfait est le seul temps employé dans ce texte, à la 3e personne du singulier **(-ait)** ou du pluriel **(-aient)** : il ne pose pas de difficulté.

• **Difficultés lexicales :**

– attention aux « t » et aux « p » dans « s'attraper » et « appeler » ;

– apprenez « jusqu'à **ras bord** », « poussiéreux / poussiéreuse(s) », « jet d'eau ».

Partie II : Rédaction

Sujet A : Imagination

Comprendre le sujet A

• Ce sujet est facile à réaliser car vous avez le support visuel de la photographie de Doisneau et le « modèle » du texte de Camus. Il faut *a minima* transposer le texte à la situation de la photo.

• Votre copie sera valorisée si vous faites preuve de créativité : observez bien chaque détail de la photo et en particulier chaque personnage pour décrire ses actions et réactions et ainsi enrichir la scène.

- En particulier veillez à respecter deux consignes :
– « dans un moment de joie partagée » : faites appel au vocabulaire de la joie (signalé en gras dans le corrigé proposé) ;
– « transformer la réalité qui les entoure » : tenez compte de tous les éléments de décor (la carcasse de voiture, le terrain vague jonché de cailloux, les immeubles urbains en arrière-plan) et du contexte (1944, c'est encore le temps de la guerre).

[Appel au lecteur : situation à l'âge adulte] Je viens de sortir du garage au volant de ma première voiture ! Mon premier achat important d'adulte ! Oh ! bien sûr, c'est une voiture d'occasion, mais **elle me ravit** comme si c'était une Porsche ou une Ferrari, les voitures de mes rêves ! Devinez pourquoi ? Parce que je rêvais d'une voiture depuis nos jeux d'enfants sur la vieille guimbarde « fondue » dans notre terrain vague. Alors bien sûr, j'ai filé directement vers l'appartement de Pierre et de Jean, mes meilleurs copains depuis l'école primaire ! **Je jubile** à l'idée de partager à nouveau avec eux nos aventures automobiles.

[Évocation des jeux de l'enfance] Chaque fois que j'évoque le prénom de mes meilleurs amis, je nous revois lorsque nous étions enfants : c'était vers la fin de la guerre, j'avais dix ans. Le père de Pierre et de Jean était prisonnier en Allemagne ; ils en faisaient voir de toutes les couleurs à leur mère mais celle-ci ne s'en laissait pas conter et avait souvent la main leste.

Toute une partie de notre quartier avait été détruite par des bombardements et au beau milieu des ruines subsistait, isolée, la carcasse brûlée d'une voiture, on l'appelait « la voiture fondue » car il ne restait plus que sa carrosserie, les pare-brises avaient disparu et effectivement les pneus avaient comme fondu.

Sitôt l'école terminée, tous les gamins du quartier se retrouvaient **avec entrain** sur ce tas de débris : ce décor sinistre ne nous affectait pas car les aventures que nous inventions ensemble faisaient **nos délices**. Nous nous empressions de courir retrouver « notre » voiture. Pierre et moi, nous étions les plus âgés et les premiers à prendre possession du « carrosse ». Les autres demandaient à embarquer chacun son tour, notamment Jean, son petit frère, qui voulait toujours participer à nos jeux de grands. Mais **sa satisfaction** n'était parfaite que si nous lui accordions la permission d'emmener ses copains dans « sa » diligence : magnanimes, nous acceptions à condition qu'ils se tiennent le plus sages possible ! Il fallait voir leur visage **radieux** dès que nous les acceptions ! **Ils étaient aux anges !**

Il suffisait que je m'asseye sur le capot, nous devenions tour à tour explorateurs au long cours à la découverte d'un nouveau continent ou d'un trésor perdu, mousquetaires escortant le carrosse de la reine, ou même, avec plus d'**exaltation** encore, pilotes d'escadrilles allant défier l'ennemi. Je galvanisais mes troupes pour leur faire traverser les rigoles entre les cailloux devenues des rivières remplies de crocodiles ou parlementer avec des tribus hostiles qui se cachaient au loin dans les falaises percées de grottes *[transfiguration des immeubles]*. Ou encore nous participions à la « croisière jaune » – ce grand raid de 13 000 km entre Beyrouth et Pékin ! – organisé par Citroën dans les années 1930 : le père de Pierre lui en avait tellement parlé ! Pour mon copain, dans **la griserie** du jeu, c'était un peu une manière d'avoir encore son père à ses côtés…

Le plus grand **plaisir** que nous puissions faire à Jean, c'était de le laisser grimper sur le toit, ou ce qu'il en restait ! Avec une badine en main, il se transformait en cocher de diligence et fouettait ses chevaux pour que le courrier puisse arriver à temps tout en échappant aux hordes d'Indiens qui voulaient nous encercler. Certains jours, il préférait se transformer en Ben-Hur sur le point de gagner la course de chars ! Ou encore en tankiste qui, orientant sa puissance de feu dans la tourelle de son blindé, allait irrémédiablement écraser l'ennemi !

L'euphorie nous emportait tous. Nous étions fiers ! Nous étions invincibles ! Nous étions libres ! Les ruines autour de nous, la faim et le chagrin disparaissaient…

[Conclusion] La fin de la guerre est heureusement arrivée ; après une période difficile nos familles ont réussi à avoir un peu plus d'aisance et nous ont offert de « vrais » jouets pour nos anniversaires ou Noël, mais jamais aucun d'eux ne nous a procuré autant d'**allégresse** que cette « voiture fondue » que notre imagination transformait : elle était tout simplement magique…

Sujet B : Réflexion

■ Comprendre le sujet B

• Ce sujet est facile à cerner : que vous apporte de découvrir des personnages fictifs ou réels, c'est-à-dire soit totalement inventés, soit directement inspirés de personnes réelles, sujets des biographies ou autobiographies, des « biopics » ?
• Vous avez un large choix pour les références à citer : « littérature, cinéma » et « autres arts ». Faites appel aussi bien à vos lectures (littérature classique, contemporaine ou de jeunesse) qu'aux films que vous avez vus. Commencez par mobiliser les œuvres étudiées en cours, notamment de français, d'histoire et d'histoire des arts. Essayez de citer au moins un exemple de tableau.
• Évitez un plan : « 1. Personnages fictifs ; 2. Personnages réels » ou « 1. Personnages de romans ; 2. Personnages de films » car vous répéteriez les mêmes idées d'un paragraphe à l'autre.

[Introduction] Lorsque nous choisissons un livre ou un film, lorsque nous nous rendons dans une exposition de peinture, que cherchons-nous finalement ? Certes le désir de nous distraire ou la curiosité sont les premières motivations mais, au-delà d'un plaisir immédiat, n'y a-t-il pas d'autres bénéfices pour le lecteur, le spectateur ?

[Première découverte : se connaître] Lorsque nous lisons des ouvrages ou regardons des films mettant en scène des personnages proches de nous, qui nous ressemblent, cette rencontre nous aide d'abord à mieux nous connaître nous-mêmes. En effet, nous nous identifions facilement à ces êtres de papier ou d'images et l'analyse de leurs réactions et sentiments nous permet d'y voir plus clair dans notre propre caractère ou notre affectivité. Ainsi le récit du jeune garçon du texte de Camus, même s'il n'appartient pas à notre génération, révèle les plaisirs simples que nous pouvons vivre à la plage ou… en partageant un paquet de bonbons à la sortie du collège !

Certains de ces adolescents nous ouvrent la voie pour surmonter nos problèmes : ils nous aident à être plus lucides face aux obstacles que sont le harcèlement, l'obésité, le manque de confiance en soi… Quand Noémya Grohan confesse ses années de souffrance en tant qu'élève harcelée dans son autobiographie *De la rage dans mon cartable*, mais décrit également sa patiente reconstruction, elle apporte un modèle précieux à des collégien(ne)s qui seraient victimes comme elle et qui pourraient apercevoir, grâce à elle, le bout du tunnel.

Parfois, au contraire, ces personnages sont « répulsifs » : en les suivant au fil des pages ou des images, nous comprenons que pour rien au monde nous ne voudrions leur ressembler ni vivre leur vie. Les enfants maltraités par leur mère dans *Vipère au poing* d'Hervé Bazin développent une rancœur à laquelle nous souhaitons échapper.

Ainsi les personnages nous sont des miroirs au contact desquels nous découvrons et définissons notre propre image.

[Deuxième découverte : se dépasser] Nombreux sont les personnages qui sont loin de nous, adolescent(e)s, soit parce qu'ils évoluent à des époques passées ou futures, soit parce que leur caractère et leurs aventures ne ressemblent en rien à notre vie.

Un premier rôle de ces personnages est de nous divertir, de nous offrir une évasion de notre quotidien, qu'il soit confortable ou attristé : « [je n'ai] jamais eu de chagrin qu'une heure de lecture ne m'ait ôté » écrit Montesquieu au XVIIIe siècle. Regarder un film permet de passer un agréable moment : le succès des personnages comiques prouve notre besoin de distraction. Ou bien ils nous ouvrent les portes d'aventures que nous ne pourrions vivre : Ulysse, dans *L'Odyssée* d'Homère, rencontre des personnages fabuleux (les Sirènes, Circé la magicienne, le Cyclope Polyphème…) comme les héros des différents films du *Monde de Narnia* qui vivent des aventures fantastiques ; d'Artagnan nous fait partager les chevauchées et les missions des mousquetaires, Dantès (*Le Comte de Monte-Cristo* d'Alexandre Dumas) surmonte la prison, la noyade pour revenir se venger des traîtres.

Les personnages qui incarnent une époque, une société, un problème, nous font découvrir et mieux comprendre ce contexte historique ou social. Ainsi les récits qui se situent dans le contexte de la montée du nazisme et de l'antisémitisme nous présentent des personnages qui nous touchent : que ce soit Anne Frank, dans son *Journal*, ou les jeunes Allemands dont l'amitié est peu à peu détruite par l'influence de ce pouvoir dans *L'Ami retrouvé* de F. Uhlman ou *Inconnu à cette adresse* de K. Taylor, ou encore Luna dans le ghetto de Varsovie (*Chante, Luna* de P. du Bouchet), tous, par leur témoignage ou leur récit, nous font comprendre intimement l'horreur de ce régime et de cette période. De la même façon, le personnage de la petite Ruby Bridges du tableau de Norman Rockwell *« The problem we all live with »* qui va, en 1960, à l'école des Blancs escortée des agents fédéraux qui la protègent ou les trois Afro-américaines, scientifiques très douées des *Figures de l'ombre* (film de Th. Melfi tiré du livre *Hidden Figures* de Margot Lee Shetterly) qui parviennent à s'imposer dans cette société masculine et raciste de la NASA, sont des exemples de persévérance et de compétence pour les jeunes filles.

Ces héros ou héroïnes du quotidien nous éloignent du simple divertissement : ils sont une véritable leçon de vie. Fictifs ou réels, ils nous font réfléchir. Ils nous entraînent à leur suite en nous communiquant leur force et leur énergie positive. Ils incarnent les mêmes valeurs que les héros de fiction aux pouvoirs extraordinaires comme Spiderman, Iron Man ou Thor de la maison d'édition Marvel. Nous découvrons en leur compagnie qu'avec ou même sans pouvoirs, rien n'est impossible si l'on est animé(e) par une farouche détermination et beaucoup de courage.

Certains personnages, sans forcément en être les vecteurs, traduisent l'idéal de l'auteur : Agnès, de *L'École des femmes* de Molière, nous met en garde, à sa manière tout innocente mais déterminée, contre la domination conjugale que veut lui imposer Arnolphe. Dantès, par sa soif de justice, et inversement Georges Duroy (dans *Bel-Ami* de Maupassant), par son arrivisme, nous montrent les perversités de nos sociétés où la flatterie, l'hypocrisie règnent, comme La Fontaine le montrait déjà dans sa fable « Les Animaux malades de la peste ». Ou cet avertissement est tourné vers le futur : la dérive eugéniste évoquée dans *Le Meilleur des Mondes*, roman d'A. Huxley, ou dans le film d'A. Niccol *Bienvenue à Gattaca* n'est-elle pas une sournoise et permanente tentation humaine ?

[Conclusion] « Le but suprême du romancier est de nous rendre sensible l'âme humaine, de nous la faire connaître et aimer dans sa grandeur comme dans sa misère, dans ses victoires et dans ses défaites. » écrit Georges Duhamel au XXe siècle. Par la rencontre de ces personnages, nous apprenons à nous connaître et à mieux vivre.

Sujet 18

Centres étrangers, groupe 1, 2022
Antoine de Saint-Exupéry
Vol de nuit

Partie I : Travail sur le texte littéraire et sur une image

1 heure 10 min   50 points

Document 1 Texte littéraire

Au début du XXe siècle, Fabien, pilote d'une compagnie aéropostale, accompagné d'un opérateur radio, effectue son premier vol de nuit. Rapportant le courrier de Patagonie, il se dirige vers Buenos Aires. Il tente d'échapper à une tempête.

Il monta, en corrigeant mieux les remous[1], grâce aux repères qu'offraient les étoiles. Leur aimant pâle l'attirait. Il avait peiné si longtemps, à la poursuite d'une lumière, qu'il n'aurait plus lâché la plus confuse. Riche d'une lueur d'auberge, il aurait tourné jusqu'à la mort, autour de ce signe dont il avait faim. Et voici qu'il montait vers des champs de lumière.

Il s'élevait peu à peu, en spirale, dans le puits qui s'était ouvert, et se refermait au-dessous de lui. Et les nuages perdaient, à mesure qu'il montait, leur boue d'ombre, ils passaient contre lui, comme des vagues de plus en plus pures et blanches. Fabien émergea.

Sa surprise fut extrême : la clarté était telle qu'elle l'éblouissait. Il dut, quelques secondes, fermer les yeux. Il n'aurait jamais cru que les nuages, la nuit, pussent éblouir. Mais la pleine lune et toutes les constellations les changeaient en vagues rayonnantes.

L'avion avait gagné d'un seul coup, à la seconde même où il émergeait, un calme qui semblait extraordinaire. Pas une houle ne l'inclinait. Comme une barque qui passe la digue, il entrait dans les eaux réservées. Il était pris dans une part de ciel inconnue et cachée comme la baie des îles bienheureuses. La tempête, au-dessous de lui, formait un autre monde de trois mille mètres d'épaisseur, parcouru de rafales, de trombes d'eau, d'éclairs, mais elle tournait vers les astres une face de cristal et de neige.

Fabien pensait avoir gagné des limbes[2] étranges, car tout devenait lumineux, ses mains, ses vêtements, ses ailes. Car la lumière ne descendait pas des astres, mais elle se dégageait, au-dessous de lui, autour de lui, de ces provisions blanches.

Ces nuages, au-dessous de lui, renvoyaient toute la neige qu'ils recevaient de la lune. Ceux de droite et de gauche aussi, hauts comme des tours. Il circulait un lait de lumière, dans lequel baignait l'équipage. Fabien, se retournant, vit que le radio[3] souriait.

– Ça va mieux ! criait-il.

Mais la voix se perdait dans le bruit du vol, seuls communiquaient les sourires. « Je suis tout à fait fou, pensait Fabien, de sourire : nous sommes perdus. »

Pourtant, mille bras obscurs l'avaient lâché. On avait dénoué ses liens, comme ceux d'un prisonnier qu'on laisse marcher seul, un temps, parmi les fleurs.

« Trop beau », pensait Fabien. Il errait parmi des étoiles accumulées avec la densité d'un trésor, dans un monde où rien d'autre, absolument rien d'autre que lui, Fabien, et son camarade, n'était vivant. Pareils à ces voleurs des villes fabuleuses, murés dans la chambre aux trésors dont ils ne sauront plus sortir. Parmi des pierreries glacées, ils errent, infiniment riches, mais condamnés.

Antoine de SAINT-EXUPÉRY, *Vol de nuit*, © Éditions Gallimard, 1931.

1. Remous : des tourbillons, de l'agitation.
2. Limbes : a) Séjour des âmes des morts dans la religion catholique. b) Région mal définie.
3. Le radio désigne l'opérateur radio qui accompagne Fabien et s'occupe des communications radio avec les autres avions et le sol.

Document 2 Image

Dans la mythologie antique, fasciné par le fait de voler, Icare monte toujours plus haut malgré les appels à la prudence de son père. Ses ailes fixées avec de la cire d'abeille fondent lorsqu'il se rapproche du soleil. Le jeune homme tombe dans la mer et disparaît.

Jacob Peter GOWY, *La chute d'Icare*, huile sur toile, 1636-1637, musée du Prado (Madrid).

QUESTIONS

Compréhension et compétences d'interprétation

1. Lignes 1 à 9 : quelle est la trajectoire de l'avion ? Justifiez votre réponse en citant au moins deux éléments du texte. **(3 points)**

2. Lignes 10 à 13 :

a) Quelle est l'émotion ressentie par Fabien ? **(1 point)**

b) Expliquez la cause de cet état. Justifiez votre réponse. **(3 points)**

3. a) Relevez quatre mots appartenant au champ lexical de la lumière. **(2 points)**
b) Pourquoi, selon vous, cette lumière est-elle omniprésente ? Deux éléments de réponse sont attendus. **(4 points)**

4. En quoi ce texte présente-t-il un aspect poétique ? Deux éléments de réponse sont attendus. **(4 points)**

5. Pourquoi peut-on dire que cette expérience sort de l'ordinaire ? Appuyez-vous sur le texte et l'ensemble de vos réponses. **(5 points)**

Image

6. Pourrait-on rapprocher le personnage de Fabien du jeune Icare représenté sur le tableau de Gowy ? Justifiez votre réponse en vous appuyant à la fois sur le tableau de Gowy et le texte de Saint-Exupéry. **(6 points)**

Grammaire et compétences linguistiques

7. Réécriture

Réécrivez le passage suivant en remplaçant « ***il*** » par « ***ils*** » (Fabien et son passager).
Vous ferez toutes les modifications nécessaires. **(10 points)**
« *Il s'élevait peu à peu, en spirale, dans le puits qui s'était ouvert, et se refermait au-dessous de lui. Et les nuages perdaient, à mesure qu'il montait, leur boue d'ombre, ils passaient contre lui* [...]. *Fabien émergea. Sa surprise fut extrême : la clarté était telle qu'elle l'éblouissait. Il dut, quelques secondes, fermer les yeux. Il n'aurait jamais cru que les nuages, la nuit, pussent éblouir.* » (lignes 6 à 12)

8. « *Fabien, se retournant, vit que le radio souriait* » (lignes 27-28)
a) À quels temps sont les verbes soulignés ? **(2 points)**
b) Quelles sont leurs valeurs ? **(2 points)**

9. « *rayonnantes* » (ligne 13)
Expliquez la formation du mot en nommant chaque élément. **(2 points)**

10. « *"Trop beau", pensait Fabien.* » (ligne 35)
Quelle remarque pouvez-vous faire sur la construction de la phrase « *Trop beau* » ? **(2 points)**

11. « *Je suis tout à fait fou, pensait Fabien, de sourire : nous sommes perdus.* » (ligne 31)
a) Quel lien logique les deux points expriment-ils ? **(2 points)**

b) Réécrivez la phrase en remplaçant les deux points par le connecteur logique qui convient. **(2 points)**

DICTÉE 20 min 10 points

Sont inscrits au tableau : « Argentine », « rabot », « labour », « charrue ».

La terre nous en apprend plus long sur nous que tous les livres. Parce qu'elle nous résiste. L'homme se découvre quand il se mesure avec l'obstacle. Mais, pour l'atteindre, il lui faut un outil. Il lui faut un rabot, ou une charrue. Le paysan, dans son labour, arrache peu à peu quelques secrets à la nature, et la vérité qu'il dégage est universelle. De même l'avion, l'outil des lignes aériennes, mêle l'homme à tous les vieux problèmes.

J'ai toujours, devant les yeux, l'image de ma première nuit de vol en Argentine, une nuit sombre où scintillaient seules, comme des étoiles, les rares lumières éparses dans la plaine.

Chacune signalait, dans cet océan de ténèbres, le miracle d'une conscience.

Antoine de SAINT-EXUPÉRY, *Terre des hommes*, © Éditions Gallimard, 1939.

Partie II : Rédaction

1 heure 30 min 40 points

Vous traiterez au choix le sujet A ou B.

Sujet A : Imagination

« La tempête, au-dessous de lui, formait un autre monde de trois mille mètres d'épaisseur, parcouru de rafales, de trombes d'eau, d'éclairs […]. *»*

Fabien et son opérateur radio se trouvent finalement pris à l'intérieur de la tempête. Vous raconterez cette expérience du point de vue de Fabien. Vous veillerez à prendre en compte sa manière sensible et poétique de la percevoir. Vous insisterez sur les émotions ressenties.

Sujet B : Réflexion

Les progrès technologiques permettent-ils encore à l'être humain de s'évader ? Vous répondrez à cette question dans un développement argumenté et organisé en vous appuyant sur votre expérience, vos lectures, votre culture personnelle et les connaissances acquises dans l'ensemble des disciplines.

CORRIGÉ

Partie I : Travail sur le texte littéraire et sur une image

Premier réflexe : observer le texte

• Antoine de Saint-Exupéry a été, comme le personnage Fabien, pilote de ligne et pilote d'essai. Né en 1900, il a trouvé la mort au cours de l'une de ses missions, le 31 juillet 1944. Ses expériences ont inspiré son œuvre littéraire. Il est notamment l'auteur du célèbre, poétique et fantaisiste *Petit Prince* (1945).
• Le texte est long, dense, poétique : lisez-le plusieurs fois pour bien le comprendre.
• Gardez bien à l'esprit les éléments importants : c'est la nuit, un premier vol à une époque où l'aviation est encore une aventure risquée, une tempête qui met le pilote et son opérateur radio en danger…

QUESTIONS

Remarques préalables

• Onze questions clairement exprimées qui correspondent bien aux notions que vous avez apprises (champ lexical, temps et valeurs des verbes, formation des mots, phrase nominale, lien logique…).
• Soignez particulièrement vos réponses aux questions 5 et 6 qui vous permettent de réfléchir à l'ensemble du texte, à sa singularité et au rapprochement avec la mythologie (la figure d'Icare) et la peinture.

Compréhension et compétences d'interprétation

1. L'avion tourne sur lui-même en s'élevant, comme le prouvent les éléments « **il monta** » (l. 1), repris par « il montait (vers des champs de lumière) » (l. 5), « il s'élevait peu à peu, **en spirale** » (l. 6), « à mesure qu'il montait » (l. 7), « émergea » (l. 9), « émergeait » (l. 14), « au-dessous de lui » répété plusieurs fois (l. 18, 23, 25).

2. a) Fabien ressent une « surprise » « extrême » (l. 10) à cause de la luminosité intense.
b) La scène se passe en pleine « nuit » (l. 12), au milieu des « nuages » (l. 11) et néanmoins il est aveuglé par la « clarté » (l. 10) éblouissante, « rayonnante » que dégagent la lune et les étoiles et qui est reflétée par la couverture des nuages en dessous.

3. a) Le champ lexical de la lumière comprend « lueur » (l. 3), « ombre » (l. 8), « clarté » (l. 10), « éblouir » (l. 10 et 12), « rayonnantes » (l. 13), « éclairs » (l. 19), « lumineux » (l. 21-22). *[On pourrait ajouter par extension « étoiles », « pâle », « pleine lune », « constellations », « astres »].*
b) La lumière est omniprésente car l'avion est passé au-dessus des nuages (« Fabien émergea », l. 9) et donc plus rien ne fait obstacle à la luminosité de « la pleine lune et

toutes les constellations » (l. 12). De plus cette lumière (blanche comme la « neige ») de la lune se réfléchit sur les nuages (« ces nuages, au-dessous de lui, renvoyaient toute la neige qu'ils recevaient de la lune », l. 25-26).

4. Cette narration, qui pourrait être très technique pour décrire les manœuvres d'un pilote et de son avion en proie à une tempête, prend une couleur poétique grâce à la transfiguration des éléments : la lumière de la lune est qualifiée de « neige » (l. 20, 25), le ciel est assimilé à la terre ou à la mer (« champs de lumière », l. 5, « vagues » l. 8, 13, « houle », l. 15, « les eaux réservées », l. 16, « la baie des îles », l. 17).
De plus, la pureté auréole ce ciel et en fait un espace extraordinaire, réservé à quelques privilégiés : « les nuages perdaient [...] leur boue d'ombre » (l. 7-8), « des vagues de plus en plus pures et blanches » (l. 8-9), « vagues rayonnantes » (l. 13), « un calme [...] extraordinaire » (l. 14-15), « les eaux réservées » (l. 16), « une part de ciel inconnue et cachée comme la baie des îles bienheureuses » (l. 17), « un autre monde » (l. 18), « une face de cristal et de neige » (l. 20), « un lait de lumière » (l. 26-27).
Ces privilégiés sont libres comme des « prisonnier[s] » dont on a dénoué les « liens » (l. 32-33) et « riches » (l. 39) « d'un trésor » (l. 36) inconnu et « fabuleu[x] » (l. 37-38).

5. Le premier vol motorisé a eu lieu en 1903 (frères Wright) et Louis Blériot a réussi la première traversée de la Manche en 1909. Là, nous sommes en 1931 : voler reste une aventure extraordinaire, d'autant plus que Fabien effectue son vol la nuit pour la première fois. Les risques sont très importants, Saint-Exupéry lui-même a perdu la vie lors d'une mission. De plus, les conditions météorologiques sont très mauvaises : Fabien affronte une tempête.
Par ailleurs, au-delà de ces aspects extraordinaires liés à l'aviation, l'expérience sort de l'ordinaire car le pilote, qui emmène son avion de plus en plus haut, a le sentiment de côtoyer la lune et les étoiles et d'accéder à un autre monde. Cet espace de lumière intense lui offre un asile de calme, une île bienheureuse, et c'est d'autant plus étonnant qu'il en arrive à oublier le danger imminent de la mort.

Image

6. Icare, avec son père Dédale également représenté sur le tableau de Gowy, passe pour le pionnier des aviateurs : il a voulu s'échapper du labyrinthe-palais du Minotaure en volant le plus près possible du Soleil. Il est donc monté trop haut et la chaleur du Soleil a fait fondre la cire des ailes qu'il s'était fabriquées. Or ce que représente le tableau, c'est sa chute et non son ascension.
Fabien, comme Icare, cherche à échapper au danger (la tempête) et fait monter son avion toujours plus haut. C'est d'un autre astre qu'il s'approche (la Lune et les étoiles) et qui l'éblouit. Est-ce cette clarté intense qui provoque sa perte (« nous sommes perdus », l. 31) comme la chaleur du Soleil a fait chuter Icare ? Non, la comparaison s'arrête là. Monter trop haut est dû à l'orgueil, à l'*hybris* d'Icare alors que Fabien cherche seulement à éviter la tempête. Rien n'est dit, dans cet extrait, de la chute de l'avion : tout est concentré sur l'extase que provoque en lui la lumière éclatante qu'il découvre au sommet, alors que du tableau de Gowy se dégagent tristesse et tragédie. Le blanc du peintre attire l'œil sur le corps d'Icare mais ne suscite pas le ravissement.

Le décor du tableau reste réaliste : on voit un village en bord de mer alors que dans le texte de Saint-Exupéry le ciel est transfiguré, les éléments se brouillent et les personnages semblent accéder à un paradis.
L'ambiance est donc complètement différente, voire opposée, entre le tableau de la chute d'Icare et le texte de l'ascension de Fabien.

Grammaire et compétences linguistiques

7. Réécriture

Repérer les difficultés

- Passer de « il » à « ils » impose d'accorder au pluriel les verbes dont ce pronom est le sujet et eux seuls. Attention à bien orthographier la 3e personne du pluriel du passé simple pour « émergea » et « dut ».
- L'autre modification nécessaire, quand le référent est pluriel, porte sur les formes déclinées du pronom « ils » (« les », « eux ») et les déterminants possessifs (« sa » devient « leur »).

Ils s'élevaient peu à peu, en spirale, dans le puits qui s'était ouvert, et se refermait au-dessous d'**eux.** Et les nuages perdaient, à mesure qu'**ils montaient,** leur boue d'ombre, ils passaient contre **eux** [...]. **Fabien et son passager / Ils émergèrent. Leur** surprise fut extrême : la clarté était telle qu'elle **les** éblouissait. **Ils durent,** quelques secondes, fermer les yeux. **Ils n'auraient** jamais cru que les nuages, la nuit, pussent éblouir.

8. a) Le verbe « voir » est au passé simple de l'indicatif, le verbe « sourire » est à l'imparfait de l'indicatif.
b) Les deux verbes fonctionnent dans le système habituel des temps du récit au passé : l'action ponctuelle de premier plan « voir » est au passé simple, l'imparfait « souriait » convient à l'action de second plan qui ici, de surcroît, décrit l'état de bonheur du passager.

9. « rayonnantes » est formé du radical « rayon(n) », du suffixe « -ant » qui permet de former le participe présent, ici utilisé comme un adjectif, et de la désinence du féminin pluriel « -es » puisqu'il qualifie les « vagues ». *[On peut préciser que le « n » du radical « rayon » est doublé.]*

10. La phrase « Trop beau » n'est pas construite comme la majorité des phrases dites « verbales », qui comportent au minimum sujet + verbe : elle est réduite à un adjectif et son adverbe d'intensité. *[Ce raccourci, qui s'apparente à une phrase nominale, permet de valoriser le sentiment d'admiration exprimé.]*

11. a) Le signe de ponctuation « : » exprime un lien logique de cause à conséquence.
b) « Je suis tout à fait fou, pensait Fabien, de sourire **puisque** nous sommes perdus. » *[On peut aussi utiliser « **vu que, parce que, étant donné que** » ou une coordination « **car, en effet** », mais « **puisque** » est préférable car il introduit une cause subjective, le sentiment d'être perdus. Attention à ne pas dénaturer la phrase en négligeant son début : Fabien ne dit pas « Je souris alors que nous sommes perdus » – rapport d'opposition – mais « Je suis fou (de sourire) puisque nous sommes perdus ».]*

DICTÉE

■ Repérer les difficultés

• Difficultés grammaticales

– **Un accord sujet inversé/verbe à ne pas rater** car le sujet inversé n'est pas situé juste à côté du verbe : réalisez bien que le sujet du verbe « scintiller » est le groupe nominal pluriel « les rares lumières » situé après lui, donc accord au pluriel. Ne vous laissez pas piéger par le groupe nominal la « nuit sombre » placé avant. Demandez-vous : « qu'est-ce qui scintille ? »

– **Les accords dans les groupes nominaux** : pensez à mettre au pluriel tous les éléments qui se rattachent au nom pluriel comme dans « **tous les** livre**s** », « quelque**s** secret**s** », « **des** ligne**s** aérienne**s** », « **tous les** vieu**x** problème**s** », « seule**s**, comme **des** étoile**s**, **les** rare**s** lumière**s** éparse**s** ».

• Difficultés de conjugaison

C'est la diversité des terminaisons du présent de l'indicatif qu'il faut maîtriser dans cette dictée. Rappelons que, pour la 3e personne du singulier, c'est « -e » pour les verbes du 1er groupe (« elle résist**e** », « il se mesur**e** », « il arrach**e** », « il dégag**e** », « il mêl**e** ») mais aussi pour certains verbes du 3e groupe (« il se découvr**e** »). En revanche, la terminaison de 3e personne du présent est « -t » pour « il fau**t** » (3e groupe) et « -d » pour « la terre appren**d** » (3e groupe).

• Difficultés lexicales

– « rabot », « labour » et « charrue » vous sont donnés : mémorisez-les.

– Ne confondez pas « l'atteindre » avec « la teindre » : « teindre la terre » n'aurait pas de sens, ni « teindre l'obstacle » si vous hésitez sur ce que représente le pronom « l' ».

– Retenez « a**tteind**re », « a**rr**acher », « **scin**tiller » et « con**science** ».

Partie II : Rédaction

Sujet A : Imagination

■ Comprendre le sujet A

• Il s'agit de décrire l'avion, son pilote et le radio pris dans la tempête en plein ciel : il faut les imaginer secoués dans un avion attaqué de toutes parts par les éléments déchaînés et mobiliser le vocabulaire de mouvements violents. Si vous avez vu des « films catastrophe », ils peuvent vous aider à vous mettre en situation.

• Adopter le « point de vue de Fabien » vous permet d'écrire le texte à la 1re personne (point de vue interne) ou à la 3e personne – notre choix – en veillant à concentrer les notations et les sensations sur la personne du pilote.

• La consigne précise qu'il faut narrer cette expérience « de manière sensible et poétique » comme dans le texte de Saint-Exupéry : introduisez dans votre récit des comparaisons, des métaphores qui transfigurent les éléments. Ces procédés poétiques sont écrits en *italique* dans le corrigé proposé.
• La consigne demande également que vous exprimiez les « émotions ressenties » par Fabien : il faut donc faire appel au vocabulaire des sentiments (*cf.* fiche 13 p. 20) en choisissant bien évidemment les mots et expressions qui correspondent à la situation. Ils sont écrits en **gras** dans le texte proposé ci-dessous. *[Certains mots peuvent exprimer à la fois le sentiment ressenti par Fabien et la métamorphose des éléments : ils sont en italique et **en gras**.]*

[Situation initiale]

La tempête, au-dessous de lui, formait un autre monde de trois mille mètres d'épaisseur, parcouru de rafales, de trombes d'eau, d'éclairs… Fabien, qui n'avait jamais rencontré des conditions météorologiques aussi épouvantables, se concentrait au maximum et essayait de toutes ses forces de maintenir l'avion le plus horizontal possible mais l'appareil se cabrait sous les violents coups de boutoir du vent, les ailes vibraient sourdement de manière discontinue.

[Personnification et transfiguration des éléments]

Toute la carlingue grondait *comme un fauve échappé d'une cage*. Il semblait à Fabien que ce monstre rassemblait ses forces pour mener à leur perte les hommes qui, dans leur orgueil, avaient cherché à pénétrer dans ces mondes aériens jusqu'ici sauvages et inviolés. Les nuages, *hauts comme des tours*, encerclaient l'avion de tous côtés, le faisaient tourbillonner *comme s'il n'avait été qu'une vulgaire petite toupie dans les mains d'un jeune enfant.*

[Expression des sentiments]

Fabien **les sentait animés d'une force mauvaise, prenant un malin plaisir** à boucher l'horizon, *tels des gardiens* ***hostiles*** *protégeant un trésor*. Toute possibilité de s'échapper était interdite à l'avion encerclé. **Fabien se sentait oppressé :** dans leur toute-puissance, les nuages voulaient **se jouer de lui et l'écraser**. Pas une étoile pour se repérer ; seul *le ballet* des éclairs illuminait les flancs rebondis de ces nuages gigantesques. Plus de lumière, plus de clarté : **il se sentait perdu *comme dans la plus sombre des forêts***.

Au comble du désespoir mais gardant malgré tout toute sa lucidité, Fabien se cramponnait aux manettes qui ne répondaient plus. Il entrevoyait du coin de l'œil le radio navigateur qui, **avec acharnement,** cherchait à trouver un signal pour joindre une quelconque tour de contrôle. Mais quel espoir pouvait-on attendre ? **Ils devaient bien se résigner et reconnaître qu'ils étaient tous les deux égarés** au cœur de cette tempête apocalyptique. Malgré toute son **angoisse** dans cet avion soufflé *comme un vulgaire fétu de paille*, Fabien **ne pouvait se retenir d'admirer** la démonstration de la toute-puissance de la nature, l'étalage des forces cosmiques qui ramenaient l'homme à son infinie petitesse… Ne s'était-il pas finalement brûlé les ailes comme Icare cherchant, par son orgueil démesuré, à s'élever plus haut que les dieux ?

Fabien et son opérateur radio **durent se rendre à l'évidence** : il ne leur serait jamais possible de sortir de cette tempête et d'atteindre Buenos Aires. Lorsqu'ils étaient montés dans leur avion en Patagonie, ils étaient tout à fait conscients des risques qu'ils prenaient mais ils étaient **si fiers** de participer à cette aventure fulgurante de la conquête des airs, rêve de l'homme depuis l'Antiquité ! Maintenant, en luttant jusqu'au dernier moment contre les forces déchaînées de la tempête, ils étaient devenus des héros qui pensaient n'avoir accompli que leur devoir.

[Dénouement]

Ils sentirent l'appareil qui se mettait brutalement en vrille ; impossible de le redresser ou même de le maintenir. Tous les voyants clignotaient et étaient au rouge : danger de crash imminent !!!! Dans un dernier éclair de conscience, les noms des pionniers visionnaires de l'aviation, Clément Ader, les frères Wright, Blériot, Roland Garros… virevoltèrent dans leur esprit. Ils se regardèrent une dernière fois et se serrèrent solennellement la main avant de s'écraser au sol dans une gigantesque explosion.

[Conclusion]

Leur sacrifice n'était pas vain : d'autres hommes poursuivraient la voie qu'ils avaient commencé à tracer. Certes, ils avaient été vaincus par la toute-puissance hostile et démesurée de la nature mais, dans un futur proche, d'autres aviateurs se porteraient volontaires et, grâce à leur courage et leur abnégation, cette extraordinaire entreprise un peu folle de l'Aéropostale finirait par s'accomplir.

Sujet B : Réflexion

Comprendre le sujet B

• La consigne de ce sujet est assez vague : « les progrès technologiques » recouvrent de nombreux domaines ; « s'évader » doit être précisé (que signifie s'évader ? de quoi s'évade-t-on ?) ; « encore » suppose que la question se pose de façon plus cruciale de nos jours. Rédigez votre brouillon en répondant d'abord à ces questions pour clarifier votre réflexion.

• En fin de collège, on attend surtout de cette réflexion qu'elle soit appuyée sur quelques exemples et structurée. Rassemblez donc des exemples empruntés à la littérature (science-fiction, bande dessinée également), au cinéma, à vos connaissances personnelles sur l'évolution des moyens technologiques, si possible aussi à vos connaissances disciplinaires en physique-chimie ou autre ; analysez-les et organisez votre plan.

• Nous indiquons un plan possible par les titres en *italique* et entre crochets. La nuance ou l'opposition pour/contre sont insérées dans chaque partie.

[Introduction]

Depuis l'invention de la roue, l'un des premiers progrès technologiques majeurs réalisés par l'être humain au IVe millénaire avant J.-C. en Mésopotamie, jusqu'à la création actuelle de l'intelligence artificielle capable d'autonomie, de réactivité et d'apprentissage, nous constatons l'accélération des progrès technologiques. Importante au XIXe siècle en lien avec la révolution industrielle, elle s'accentue actuellement de manière incroyable. Les progrès technologiques semblent donc offrir une extension infinie de nos capacités, mais permettent-ils encore à l'être humain de s'évader ?

[Première partie : pourquoi l'être humain aurait-il besoin de s'évader ?]

La recherche d'évasion peut traduire une insatisfaction : nous nous sentons prisonniers dans la vie réelle, parce qu'elle nous paraît banale et médiocre, et nous rêvons d'une vie stimulante qui déclenche l'adrénaline. Mais la tentation de s'évader procède aussi de la curiosité qui nous pousse à connaître autre chose que le quotidien ou à améliorer la vie courante. C'est la preuve d'un appétit de connaissance qui est la marque de la grandeur de l'esprit humain, cet appétit qui a généralement initié les découvertes et les progrès.

[Deuxième partie : s'évader physiquement grâce aux progrès technologiques]

On peut s'évader de manière physique, en se déplaçant. Et dans ce domaine, il est évident que les progrès technologiques ont révolutionné les déplacements et le rapport au temps. Le premier vol de nuit de l'Aéropostale en Amérique du Sud, narré par le texte de Saint-Exupéry, a pour objectif de concurrencer le transport du courrier par rail pour gagner du temps. La trottinette électrique permet de s'échapper facilement ; le TGV, le Concorde (quand il volait), ou même le futur « hyperloop », offrent la possibilité de partir ailleurs plus vite, dans des pays que l'on rêve de découvrir. Et que dire des progrès dans le domaine des techniques aérospatiales ? Après le premier vol habité dans l'espace avec Gagarine en 1961, le premier pas de l'homme sur la Lune en 1969, il est désormais question de coloniser Mars dans le courant du XXIe siècle. Cette perspective évoquée par la science-fiction deviendrait-elle réalité ? Nous voici rêvant que la Terre et les humains ne seront que l'un des aspects de la vie intergalactique évoqués par les œuvres de science-fiction comme *Dune* ou *La Guerre des étoiles.*

Est-ce que cela garantit qu'on s'évade ? Les voyages imaginés par Jules Verne dans *Le Tour du monde en 80 jours* ou *De la Terre à la Lune* ont plus fait rêver les lecteurs par l'étrangeté des expériences vécues que par la rapidité des déplacements ou l'éloignement des contrées visitées. Quant à la découverte de la grotte de Lascaux, elle doit tout au hasard et rien au progrès mais la contemplation de ses fresques nous plonge dans un tout autre univers. C'est donc le monde que l'on découvre qui nous dépayse avant tout.

Encore faut-il préserver l'étrangeté et l'authenticité de ces mondes. Or les progrès dans les transports ont aussi conduit à une uniformisation mondiale et un tourisme de masse préjudiciable qui a fragilisé certains paysages ou certaines cultures : ainsi l'île Phi-Phi en Thaïlande où avait été tourné le film *La plage* avec Leonardo DiCaprio doit maintenant être protégée de l'afflux touristique.

[Troisième partie : s'évader intellectuellement grâce aux progrès technologiques]

L'évasion nous est aussi offerte par notre imagination : celle-ci est-elle encouragée, stimulée, entraînée vers de nouveaux horizons par les progrès technologiques ? La lecture nous projette depuis longtemps dans d'autres mondes réels ou fantaisistes, nous fait découvrir d'autres sensibilités, d'autres cultures… Plus récemment, les effets spéciaux du cinéma multiplient et accentuent nos sensations : nous sommes éblouis, émerveillés, subjugués… La diversité des chaînes de télévision ou de plates-formes vidéo offre un choix extrêmement riche de découvertes sans partir de chez nous, les jeux vidéo font parcourir des mondes virtuels en transformant le joueur immobile en héros, en explorateur jusqu'au métaverse qui, par le seul truchement d'un « casque », projette son utilisateur dans des univers autres où il n'est pas seulement spectateur : il rencontre d'autres êtres.

Mais cette évasion grâce aux progrès technologiques n'atteint-elle pas certaines limites ? Ainsi les effets spéciaux du cinéma nécessitent tant de technologies que l'on est parfois plus sensible à l'épure des arts vivants comme le cirque ou le théâtre. Des études en cours montreraient que les écrans et leurs prodiges de technologie étouffent l'imagination des enfants.

Par ailleurs, si l'on y réfléchit bien, l'avion est au contraire un piège pour Fabien, alors que son imagination lui permet de ne pas envisager la mort qui l'attend. L'esprit révèle ici une puissance exceptionnelle alors que l'évasion produite par les moyens technologiques peut se révéler artificielle. Et la désillusion est alors cruelle : que penser d'un être humain qui tombe amoureux d'une voix féminine très intelligente et sensuelle appartenant à un programme informatique sophistiqué comme dans le film *Her* de Spike Jonze en 2014 ?

Le retour à la réalité quotidienne est si frustrant que l'on risque de vouloir s'en déconnecter et rechercher frénétiquement et sans cesse l'évasion dans le virtuel. Cela devient quasiment une addiction à laquelle il devient difficile d'échapper. N'oublions pas également les dangers d'internet : le Web est une « toile », peut-être une toile d'araignée qui enserre et retient prisonnière l'imagination car, en fait, elle impose des modes de pensée, une certaine vision de la civilisation.

[Conclusion]

Les progrès technologiques font évoluer la société et multiplient nos capacités d'exploration mais l'imagination personnelle demeure sans doute le moteur le plus puissant de nos évasions.

Sujet 19

France métropolitaine, 2022
Jean de La Fontaine
Le Lion et le Moucheron

Partie I : Travail sur le texte littéraire et sur une image

1 heure 10 min — 50 points

Document 1 Texte littéraire

« Va-t'en, chétif[1] insecte, excrément de la terre[2] ! »
C'est en ces mots que le Lion
Parlait un jour au Moucheron.
L'autre lui déclara la guerre.
« Penses-tu, lui dit-il, que ton titre de Roi
Me fasse peur ni me soucie ?
Un bœuf est plus puissant que toi :
Je le mène à ma fantaisie[3]. »
À peine il achevait ces mots
Que lui-même il sonna la charge[4],
Fut le Trompette[5] et le Héros.
Dans l'abord il se met au large[6];
Puis prend son temps, fond[7] sur le cou
Du Lion, qu'il rend presque fou.
Le quadrupède écume, et son œil étincelle ;
Il rugit ; on se cache, on tremble à l'environ ;
Et cette alarme universelle
Est l'ouvrage d'un Moucheron.
Un avorton de Mouche en cent lieux le harcelle :
Tantôt pique l'échine[8], et tantôt le museau,
Tantôt entre au fond du naseau.
La rage alors se trouve à son faîte[9] montée.
L'invisible ennemi triomphe, et rit de voir
Qu'il n'est griffe ni dent en la bête irritée

Qui de la mettre en sang ne fasse son devoir.
Le malheureux Lion se déchire lui-même,
Fait résonner sa queue à l'entour de ses flancs,
Bat l'air, qui n'en peut mais[10] ; et sa fureur extrême
Le fatigue, l'abat : le voilà sur les dents.
L'insecte du combat se retire avec gloire :
Comme il sonna la charge, il sonne la victoire,
Va partout l'annoncer, et rencontre en chemin
    L'embuscade d'une araignée ;
    Il y rencontre aussi sa fin.

Quelle chose par là nous peut être enseignée ?
J'en vois deux, dont l'une est qu'entre nos ennemis
Les plus à craindre sont souvent les plus petits ;
L'autre, qu'aux grands périls tel a pu se soustraire,
    Qui périt pour la moindre affaire.

Jean de LA FONTAINE, *Fables*, livre II, fable 9, 1668.

1. Chétif : faible.
2. Excrément de la terre : ce qui est rejeté par la terre. Il s'agit d'une insulte méprisante.
3. À ma fantaisie : comme je veux.
4. Sonna la charge : annonça l'attaque.
5. Trompette : celui qui joue de la trompette pendant une bataille.
6. Dans l'abord il se met au large : pour commencer, il s'éloigne.
7. Fond : se précipite pour attaquer.
8. L'échine : le dos de l'animal.
9. À son faîte : au plus haut.
10. Qui n'en peut mais : qui n'en peut plus.

Document 2 Image

Illustration d'Auguste Vimar pour le recueil *Fables de La Fontaine*, Alfred Mame, 1897.

QUESTIONS

Compréhension et compétences d'interprétation

1. Vers 1 à 8 :

a) Qui parle au vers 1 ? À qui s'adresse-t-il ? **(1 point)**

b) Quelle réaction ce propos déclenche-t-il et pourquoi ? **(2 points)**

2. Vers 9 à 29 :

a) Quel animal domine le combat ? Justifiez votre réponse en relevant trois expressions dans ce passage. **(2 points)**

b) Quelle tactique est utilisée par le Moucheron aux vers 12 à 29 ? Quel en est le résultat ? **(3 points)**

c) Comment le fabuliste met-il en évidence le mouvement et l'agitation du combat ? Pour justifier votre réponse, vous vous appuierez notamment sur les verbes, les adverbes et le rythme des vers. **(4 points)**

3. Vers 15 à 29 : Par quels groupes nominaux le Lion est-il désigné ? Quel est l'effet produit ? **(3 points)**

4. Vers 30 à 34 : Quel est le retournement de situation raconté par cette fable ? **(2 points)**

5. Au cours de la fable, de quel défaut le Lion et le Moucheron font-ils preuve à tour de rôle ? Justifiez votre réponse en vous appuyant sur l'ensemble de la fable. **(5 points)**

6. Vers 35 à 39 : Comment comprenez-vous les deux enseignements que le fabuliste donne au lecteur ? **(4 points)**

7. Image

a) Comment l'illustration donne-t-elle à voir les effets de l'attaque du Moucheron sur le Lion ? **(4 points)**

b) Comment s'y prend l'illustration pour laisser entrevoir la fin de la fable ? **(2 points)**

Grammaire et compétences linguistiques

8. « L'autre lui déclara la guerre » (vers 4).

a) Donnez la fonction précise de chaque complément souligné. **(1 point)**

b) Réécrivez la phrase en remplaçant le pronom « lui » par le groupe nominal auquel il renvoie. **(1 point)**

c) Quelles manipulations avez-vous utilisées pour identifier la fonction de « la guerre » ? **(2 points)**

9. « Il rugit ; on se cache » (vers 16).

Transformez ces deux propositions en une phrase complexe comportant une proposition subordonnée. **(2 points)**

10. « L'invisible ennemi » (vers 23).

a) De quels éléments le mot souligné est-il composé ? **(1,5 point)**

b) Donnez sa définition en vous appuyant sur la signification des éléments qui le composent. **(0,5 point)**

11. Réécrivez le passage suivant en remplaçant « Le malheureux Lion » par « Les malheureux Lions » :

« Le malheureux Lion se déchire lui-même,
Fait résonner sa queue à l'entour de ses flancs,
Bat l'air […] ; et sa fureur extrême
Le fatigue, l'abat » (vers 26-29) **(10 points)**

DICTÉE 20 min 10 points

Est inscrit au tableau : D'après Ésope, *Fables*, VIIe-VIe siècle avant J.-C.

Le moustique et le lion

Un moustique s'approcha d'un lion et lui dit : « Je n'ai pas peur de toi, et tu n'es pas plus puissant que moi. Si tu veux, je te provoque même au combat. » Et, sonnant de la trompe, le moustique fondit sur lui, mordant le museau dépourvu de poil autour des narines. Quant au lion, il se déchirait de ses propres griffes, jusqu'à ce qu'il renonce au combat. Le moustique, ayant vaincu le lion, sonna de la trompe, entonna un chant de victoire, et prit son envol. Mais il s'empêtra dans une toile d'araignée : tandis qu'elle le dévorait, il se lamentait d'être tué par un vulgaire animal, une araignée, lui qui avait combattu les plus puissants animaux.

D'après ÉSOPE, *Fables*, VIIe-VIe siècle avant J.-C.

Partie II : Rédaction

1 heure 30 min 40 points

Vous traiterez au choix le sujet A ou B.

Sujet A : Imagination

Le Moucheron *« sonne la victoire »* et *« va partout l'annoncer »*.
Imaginez le récit que fait le Moucheron de son combat victorieux aux autres animaux. Vous mettrez en évidence le caractère, les sentiments et les réflexions du Moucheron et vous pourrez montrer les réactions des autres animaux.
Votre récit peut être rédigé à la première ou à la troisième personne du singulier.

Sujet B : Réflexion

La littérature et les œuvres artistiques peuvent-elles nous aider à réfléchir sur notre propre comportement ? Vous répondrez à cette question dans un développement organisé, en vous appuyant sur des exemples pris dans les œuvres littéraires et artistiques que vous connaissez.

CORRIGÉ

Partie I : Travail sur le texte littéraire et sur une image

■ Premier réflexe : observer le texte

• Vous avez peut-être déjà lu ou étudié cette fable bien connue de La Fontaine (1621-1695).
• Comparez le texte d'Ésope proposé en dictée et celui de La Fontaine : vous constaterez à quel point le fabuliste transforme une histoire simple en une narration riche, savoureuse, ironique grâce aux procédés stylistiques qu'il emploie. Ce texte est un très bel exemple de la qualité de la narration (c'est-à-dire la manière dont l'auteur raconte les faits).

QUESTIONS

■ Remarques préalables

• La première partie des questions insiste sur la compréhension du récit (quels personnages ? quelles actions ? quel dénouement ?) et la « morale » du texte (questions 5 et 6). Deux questions (2c et 3) portent sur quelques-uns des nombreux procédés stylistiques qu'emploie La Fontaine.
• Les questions 8 à 11 concernent des points de langue bien connus (pronominalisation, lien logique, formation des mots…).

Compréhension et compétences d'interprétation

1. a) Le lion s'exprime au vers 1 et s'adresse au moucheron, en le tutoyant (« Va-t'en »), en le traitant de « chétif insecte » et en l'insultant (« excrément de la terre »).
b) Ce propos injurieux provoque la colère du moucheron qui ne supporte pas que le lion le chasse et l'humilie. Sa réaction immédiate et violente se traduit par sa « déclaration de guerre » : il réplique et va attaquer physiquement le lion. *[Vous pouvez appuyer votre explication sur différents points : la violence verbale du lion car le tutoiement et l'impératif prouvent que le lion se croit supérieur au moucheron ; il souligne la faiblesse physique de l'insecte (« chétif ») et le considère comme une espèce inférieure qu'on rejette (« excrément » est, à l'époque de La Fontaine, un terme de mépris – préfixe « ex- » qui signifie qu'on l'exclut).]*

2. a) Contre toute attente, c'est le moucheron qui domine le combat. *[Attention ! « Dominer » ne se limite pas à « vaincre » : il faut relever des expressions qui montrent que l'insecte mène le combat du début jusqu'à la victoire finale.]* Plusieurs expressions le signifient : il joue tous les rôles (« [il] [f]ut le Trompette et le Héros », v. 11), c'est lui qui lance les attaques (il « fond sur le cou », v. 13), et les tournures emphatiques accentuent sa domination (« cette alarme universelle », v. 17,

« en cent lieux », v. 19) ; « l'invisible ennemi *[à savoir le Moucheron]* triomphe » (v. 23) *[le verbe « triomphe » est particulièrement mis en valeur par la coupe placée après la 8e syllabe alors que, dans un alexandrin, elle est généralement placée à l'hémistiche, 6e syllabe]*, « sa fureur extrême [...] l'abat » (v. 28-29), « le voilà sur les dents » (v. 29) *[les pronoms « le » et « l' » renvoyant au Lion]*, « L'insecte du combat se retire avec gloire » (v. 30), « il sonne la victoire » (v. 31).

b) Le moucheron emploie en quelque sorte une tactique de **guérilla** : comme d'autres combattants qui n'ont pas la puissance physique ou militaire de leur ennemi, **il harcèle** le lion, l'attaque par petites touches de tous côtés comme le prouvent le vers 13 (attaque du « cou » en premier), puis les vers 19 à 21 (« Un avorton de mouche en cent lieux le harcelle, / Tantôt pique l'échine, et tantôt le museau, / Tantôt entre au fond du naseau. »). Par conséquent, le lion qui ne peut attraper le moucheron, trop petit et trop mobile, s'énerve et s'épuise en se battant contre lui-même (« Le malheureux Lion se déchire lui-même », v. 26).

c) *[Les procédés stylistiques pour traduire les attaques du moucheron sont très nombreux ; nous commençons par ceux qui sont suggérés par la consigne et ajoutons d'autres procédés aussi pertinents.]*

– Les verbes utilisés dans les vers 12 à 29 sont essentiellement des verbes de mouvements, que ce soit ceux du moucheron (« se mettre au large », v. 12, « fondre », v. 13, « piquer », v. 20, « entrer », v. 21), ou des autres protagonistes (« se cacher », v. 16, « se déchirer », v. 26, « battre », v. 28, « abattre », v. 29) ; d'autres verbes évoquant le bruit (« sonner », v. 10, « rugir », v. 16, « rire », v. 23, « faire résonner », v. 27) ou la fureur (« écumer » et « étinceler », v. 15 ; « trembler », v. 16) traduisent également l'agitation qui règne.

– L'adverbe « tantôt » est répété trois fois (v. 20-21) : les dentales [t] et [d] (dans « tantôt », « entre », « du ») font entendre comme des coups de boutoir contre le lion ; *[la répétition du son [o] dans « tantôt », « museau », « naseau » rend encore plus sonores ces vers].*

– Le rythme des vers est haché :

- les propositions sont brèves (4 syllabes, par exemple, au vers 13) et plus souvent juxtaposées que coordonnées afin de traduire la rapidité et la répétition des attaques du moucheron ;
- l'alternance d'alexandrins et d'octosyllabes, d'abord deux par deux (v.15-16 et v.17-18), puis vers à vers (v. 20 et v. 21), accentue la vivacité de l'insecte ;
- les coupes (par exemple, au vers 16 « Il rugit 3/ on se cache 3/ on tremble à l'environ 6/ », ou au vers 29 dont le rythme 4/2/6 et la coupe à l'hémistiche appuyée par la ponctuation forte mettent en valeur la défaite du lion terrassé) et les enjambements (par exemple, « fond sur le cou / Du lion », v. 13-14, « et sa fureur extrême / Le fatigue, l'abat », v. 28-29) renforcent l'impression de désordre, de chaos qui affolent le lion.

[On peut aussi relever l'emploi du vocabulaire militaire (« sonner la charge », v. 10, « Trompette » et « Héros », v. 11, « dans l'abord », v. 12, « alarme », v. 17), l'emphase (« fou », v. 14, et « fureur extrême », v. 28, « alarme universelle », v. 17, et « cent lieux », v. 19, « à son faîte montée », v. 22) : ces deux procédés donnent une tonalité épique au vol du moucheron.]

3. *[Attention à ne pas vous tromper entre les dénominations des deux animaux ! Ne relevez ni « Un avorton de Mouche » (v. 19), ni « L'invisible ennemi » (v. 23) qui désignent le moucheron.]*
Le lion est désigné par « Le quadrupède » (v. 15), « la bête irritée » (v. 24), « Le malheureux Lion » (v. 26). Ces dénominations décrivent le lion d'un point de vue morphologique (« quadrupède » : il a quatre pattes) ou signalent ses réactions (« irrité[e] », « malheureux ») mais ne mentionnent pas du tout la majesté, la puissance, le prestige qu'on attribue habituellement au roi des animaux. Ainsi le lion est « banalisé » et même diminué, comme réduit à ses pattes ou à ses réactions négatives (exaspération, détresse). *[Ajouter éventuellement « la rage », v. 22, et « sa fureur extrême », v. 28 : en réduisant le lion à ces deux réactions de colère intense et de folie furieuse, on pourrait presque parler de « métonymies » pour le désigner.]*

4. Le fier vainqueur du combat épique contre le lion est vaincu à son tour : il se fait piéger par une simple toile d'araignée et meurt. Ce retournement de situation est renforcé par les procédés de style : alors que la victoire du moucheron est célébrée par trois alexandrins emphatiques (vers 30, 31, 32 : « gloire » et « victoire » à la rime, répétition de « sonner », universalité de l'adverbe « partout »), les deux derniers octosyllabes évoquent avec sobriété sa mort (le verbe « rencontrer » semble anodin, le mot « embuscade » est un peu plus inquiétant et le vers 34 s'achève brutalement sur les mots « sa fin », litote pour dire « sa mort »).

5. Le moucheron, comme le lion, font preuve d'**arrogance / de présomption :** le lion avait méprisé le moucheron pour sa faiblesse (« chétif insecte, excrément de la terre », v. 1) mais ce dernier se montre aussi vaniteux (« Un bœuf est plus puissant que toi / Je le mène à ma fantaisie. », v. 7-8 ; il va partout annoncer sa victoire, v. 32).
Ils font également preuve de **bêtise / manque de discernement, d'intelligence :** leur vanité les rend aveugles, leur ôte leur capacité de jugement. Ils surévaluent leur force et sous-estiment celle de l'adversaire ou simplement le danger : le lion se croit invincible, le moucheron, qui est réellement petit et faible, se montre très imprudent. *[L'un ou l'autre défaut suffit. Mais la réponse « orgueil » ne convient pas car lorsqu'on est orgueilleux, cela n'implique pas toujours qu'on méprise l'autre.]*

6. Le premier enseignement, formulé aux vers 36-37, est à tirer surtout du comportement du lion : il ne faut pas se montrer présomptueux ou arrogant envers les autres, il est dangereux de les sous-estimer et, pire encore, de les injurier car leur apparente faiblesse peut devenir une force (le lion ne parvient pas à tuer le moucheron en raison précisément de sa petitesse).
Le second enseignement des vers 38-39 est plutôt illustré par le comportement du moucheron : tout occupé à fanfaronner après sa victoire contre le lion, il perd toute prudence, tout discernement et tombe dans le piège de l'araignée. Le lion non plus n'avait pas perçu la capacité de nuisance du moucheron.
En fait, avec ces deux personnages, La Fontaine veut donner une leçon de **modestie** et de **prudence.** *[Vous pouvez aussi utiliser des synonymes proches : humilité et sagesse / intelligence / discernement.]*

Image

7. a) Le dessinateur Auguste Vimar traduit l'attaque du moucheron par la position étrange du lion : un lion est habituellement représenté stable, voire assis ou en mouvement, sur ses quatre pattes. Ici il est dessiné debout sur deux pattes, mais pas dans une attitude de domination. Au contraire, il est complètement tordu et semble en déséquilibre et désarticulé : la patte avant droite surgit au-dessus de la tête, disproportionnée par rapport à la gauche ; la patte arrière droite est levée, la gauche repose à peine au sol, elles ne peuvent assurer un appui. La tête du lion est baissée (c'est plutôt un signe de défaite) et son regard est concentré sur le minuscule insecte devenu son obsession. On imagine que la patte avant droite, énorme, va chercher à le frapper mais sa position, le fait qu'on ne voit pas le membre en entier suggèrent que les mouvements ne sont pas bien coordonnés.
Le dessinateur accentue cette impression de désordre et de trouble par le poil de la crinière et de la queue, tracé à petits traits multiples qui le font paraître hérissé. La gueule ouverte suggère le rugissement mais aussi l'essoufflement.
b) Si l'illustration consacre la majeure partie de l'espace au lion, c'est au détriment d'un décor à peine suggéré : rien à l'arrière-plan. On pourrait avoir l'impression d'être dans un désert sauf que, au premier plan, l'œil est attiré par une butte, quelques touffes d'herbe, une branche morte dressée (est-ce un signe prémonitoire de la mort du moucheron ?) sur laquelle s'accrochent une toile et son araignée qui paraissent disproportionnées au regard de la branche. L'araignée et sa toile prennent donc de l'importance, elles ne sont pas un détail d'un décor inexistant. Selon l'orientation du lion, il semble foncer vers cette toile. Est-ce lui la proie ? Mais le moucheron est dessiné entre les deux : c'est bien lui qui est visé.

Grammaire et compétences linguistiques

8. a) Dans la phrase « L'autre lui déclara la guerre. » (v. 4), le complément d'objet direct (COD) du verbe « déclarer » est « la guerre » et son complément d'objet indirect (COI) est le pronom « lui ». *[On accepte aussi « complément d'objet second » ou « COS ».]*
b) « L'autre déclara la guerre au lion. » *[à la rigueur, « L'autre déclara au lion la guerre. »].*
c) Pour identifier le complément d'objet direct (COD), on essaie de le supprimer : la suite de mots « L'autre lui déclara » n'a plus de sens, « la guerre » est donc un complément essentiel de « déclarer » qui est un verbe transitif direct.
On peut aussi identifier le COD par la transformation passive : il devient « sujet » (« La guerre lui fut déclarée. »), ou encore par la pronominalisation (le pronom personnel « L'autre **la** lui déclara » ou le pronom relatif dans la tournure de mise en relief « C'est la guerre **que** l'autre lui déclara. »).
[Manipulation ne signifie pas poser la question « L'autre lui déclara quoi ? » ; ce n'est pas un procédé sûr pour identifier le COD.]

9. *[On peut admettre deux rapports logiques différents entre ces deux propositions : soit un rapport de temps (simultanéité), soit un rapport de cause à conséquence, d'où nos deux propositions de corrigés. La proposition subordonnée est en gras. N'employez pas de conjonctions de coordination (car, en effet, alors...).]*

« **Dès qu'il rugit / Quand il rugit**, on se cache. » : lien temporel.
« **Comme il rugit,** on se cache. » : la conjonction « comme » permet d'associer le lien temporel et le lien causal.
« **Parce qu'il rugit / Vu qu'il rugit / Étant donné qu'il rugit,** on se cache. » ou « Il rugit **tant / si bien / de sorte qu'on se cache. »** expriment un lien logique de cause à conséquence ou inversement.

10. a) « Invisible » est formé du radical « vis- », précédé du préfixe négatif « in- » et suivi du suffixe exprimant la possibilité « -ible » *[comme « -able » et « -uble »].*
b) Le radical « vis- » est celui qu'on trouve dans « vision ». L'adjectif « invisible » qualifie donc quelqu'un ou quelque chose **qu'on ne peut pas voir.**

11. Réécriture

■ Repérer les difficultés

• Mettre au pluriel le groupe nominal « Le malheureux Lion » implique avant tout d'accorder au pluriel les verbes dont il est le sujet mais seulement eux : « se déchire », « fait » et « bat ». Ne pas transformer « fatigue » et « abat » qui ont pour sujet au singulier « sa fureur extrême ».
• Il faut aussi mettre au pluriel les déterminants possessifs et les pronoms personnels qui renvoient à ce groupe : « lui-même », « sa (queue) », « ses (flancs) », « sa (fureur) », « le (fatigue) » et « l'(abat) ».
• Attention ! « même » est ici un adjectif qui renforce le pronom et il s'accorde.

« Les malheureux Lions se déchirent eux-mêmes, / Font résonner **leur** queue à l'entour de **leurs** flancs, / **Battent** l'air […] ; et **leur** fureur extrême / **Les** fatigue, **les** abat ».

DICTÉE

■ Repérer les difficultés

• **Difficultés de conjugaison** dans ce texte plutôt facile d'Ésope :
– **Attention aux désinences du passé simple, 3e personne du singulier, selon le groupe : « -a »** pour les verbes du 1er groupe (il « s'approcha », « sonna », « entonna », « s'empêtra ») ; « **-it** » pour les verbes du 3e groupe présents dans ce texte (il « **dit** », « **fondit** », « **prit** »).
– **Quelques 1res et 2e personnes du singulier du présent de l'indicatif de verbes très connus** : « je n'**ai** pas », « tu n'**es** pas » [remarquez que ces deux formes en gras sont des homonymes], « tu **veux** », « je **provoque** ».
– **Deux participes passés du 3e groupe :** « vaincu », « combattu ».
• **Difficultés lexicales :**
– Ne confondez pas « quant à », locution qui met en relief un mot (ici « quant au lion ») et la conjonction « quand », introduisant une notion temporelle.
– N'oubliez pas la double consonne « n » dans « sonnant » et « sonna ».
– Retenez l'orthographe de « s'empêtrer ».

Partie II : Rédaction

Sujet A : Imagination

Comprendre le sujet A

• Il s'agit de raconter la scène de combat, avec ses péripéties et son ambiance, du point de vue du moucheron : recopier le texte de la fable en se contentant de mettre le récit à la première (ou à la troisième) personne ne suffit pas ! Il vous faut faire preuve d'invention, voire d'originalité.
• Respectez la personnalité du moucheron telle que La Fontaine le décrit : vantard, fanfaron, imprudent mais aussi malin puisqu'il parvient à ce que le lion retourne sa force contre lui-même. Faites ressortir tel ou tel trait dans les commentaires dont le moucheron parsèmera son récit.
• Mais il ne faut pas limiter votre texte à ce récit du combat : la consigne demande de « montrer les réactions des autres animaux ». C'est là que vous pouvez apporter votre touche personnelle, en accentuant par exemple le comique de cette histoire, comme le corrigé proposé essaie de le faire.
• Pour constituer le public, faites appel à des animaux que vous avez rencontrés dans les fables de La Fontaine : ce « clin d'œil » à la littérature devrait plaire aux correcteurs ! Mais vous pouvez aussi introduire des personnages des dessins animés que vous aimiez.
• Écrivez les noms d'animaux avec ou sans majuscule mais choisissez la même présentation pour tous.
• C'est ici un récit au présent.

[Situation initiale]

Le moucheron, ivre de gloire et exalté par sa victoire éclatante sur le roi des animaux, ce lion si sûr de lui, si pétri d'orgueil et de mépris, ne cesse de voleter de-ci de-là. Mais il ne voit personne aux alentours ! Aucun témoin de son exploit ! Allons ! il faut aller trompeter son épopée aux autres animaux ! Il ne tient plus en place et n'a de cesse de vouloir réunir autour de lui un public qui, il n'en faut point douter, se pâmera d'admiration devant son héroïsme. Il s'époumone : « Oyez ! Oyez ! Braves gens, venez, accourez, précipitez-vous ! »

[Narration : le rassemblement du public]

Les autres animaux, intrigués par son agitation frénétique, finissent par sortir de la torpeur de leur sieste et commencent tranquillement à se rassembler : « Que peut bien nous vouloir ce minus ? Allons, une histoire est toujours bonne à entendre ». « Et quelle histoire ! », pense le moucheron qui trouve qu'on ne se presse pas assez.

[Premier épisode : la joute verbale]

L'insecte, jugeant enfin que son auditoire est prêt à l'entendre, prend une pose avantageuse et commence son récit :

« Mes chers amis, si je vous réunis ici, c'est pour vous faire part d'une très grande nouvelle !!! D'une nouvelle absolument inouïe, remarquable, extraordinaire, époustouflante, merveilleuse, épatante, sensationnelle*…

– Bon, ça va maintenant, abrège ! nous aimerions la connaître enfin, ton histoire ! », intervient brutalement le renard.

– « … incroyable et pourtant vraie… », insiste le moucheron, un peu vexé de cette interruption irrespectueuse.

Mais comme il ne veut pas le montrer, il enchaîne le récit mirifique de son épopée : « Eh bien voilà, alors que je me promenais paisiblement ce matin, j'ai croisé le chemin du lion. J'attendais qu'il me saluât, n'est-ce pas, mais il m'a tout de suite apostrophé méchamment : “Va-t'en, chétif insecte, excrément de la terre !”. Vous vous rendez compte, me dire ça à moi, alors que je passais tranquillement près de lui ! Vouloir me chasser ! me traiter de faiblard ! Alors, vous me connaissez, je suis poli, gentil, prévenant, respectueux… »

Quelques toussotements se font entendre dans l'auditoire. Le moucheron n'y prend pas garde : « Mais j'ai le sang vif et il n'a fait qu'un tour : j'ai immédiatement pris la décision de laver mon honneur bafoué… »

Fuse alors un rire moqueur et le héros du jour tourne un regard offensé et réprobateur vers la hyène qui baisse la tête mais n'en pense pas moins… « Qu'a donc ce vantard à parler d'honneur ? »

« Pfff ! Continuons donc : comme je vous le disais, j'ai voulu prendre ma revanche ! De quel droit le lion me traitait-il ainsi ? Quelle arrogance ! Il faut en finir avec la tyrannie de ceux qui se croient plus beaux, plus grands, plus forts ! Il faut venger les animaux opprimés ! »

Il repère à ce moment-là dans l'assemblée de nombreux herbivores qui acquiescent vigoureusement à ces paroles : l'âne, la génisse, la brebis, la chèvre qui ne peuvent jamais donner leur avis sous peine de châtiment immédiat et sanglant comprennent bien ce que le moucheron veut dire, eux qui ne sont bons qu'à satisfaire les appétits gloutons de Sa Majesté**. Mais ils n'oublient pas non plus, le bœuf surtout !, les nombreuses fois où cette bestiole les a agacés en vrombissant autour d'eux et en les piquant à volonté, surtout aux endroits si sensibles comme le museau !

[Deuxième épisode : le combat physique]

Le moucheron sent qu'il tient l'auditoire sous sa coupe et il poursuit, dans un élan de profonde jubilation : « Eh bien ! ce tyran odieux et méprisant, je l'ai complètement terrassé, mis en miettes, en sang, réduit à néant, le museau écumant ! »

« Alors ça ! je me demande bien comment ? », s'étonne un candide agneau qui aimerait bien régler un vieux compte à certain loup. « Oui, comment ? comment ? » reprennent en chœur tous les animaux maintenant médusés.

« Je me suis mis alors à harceler la bête de tous côtés, elle est devenue mon jouet, mon souffre-douleur. Je la piquais à droite, je la piquais à gauche, je la piquais au milieu, au ventre, au dos et surtout au museau. Elle ne savait plus comment se débarrasser de moi ! Je lui faisais vivre un enfer. Elle se tordait en tous sens : sa grosse patte griffue, elle la brandissait, menaçante. Mais quand elle s'abattait, ça tombait sur du vide, je n'étais déjà plus là. Ou pire, elle frappait violemment son flanc, sa cuisse, et même sa gueule. Ce pauvre diable avait beau donner aussi des coups de queue dans tous les sens, il ne faisait que se déchirer lui-même. Ah ! il fallait le voir, ce misérable : il écumait, il rugissait, mais c'était ses propres flancs qu'il lacérait… Sa peau est désormais tellement abîmée qu'un chasseur n'en voudrait même pas comme carpette chez lui ! Et ce massacre est mon œuvre ! »

Un peu essoufflé de sa tirade héroïque, le moucheron s'interrompt et attend les applaudissements. Des murmures flatteurs commencent à circuler jusqu'à ce que l'éléphant dise : « Oui, en fait, il s'est détruit tout seul, le vieux stupide. »

[Troisième épisode : changement de couronne]

Contrarié de ce coup de canif à sa gloire, l'insecte surenchérit : « Moi, le minuscule moucheron si méprisé, j'ai magistralement réussi à triompher du soi-disant roi des animaux ! Et je suis prêt, pour vous défendre vous aussi, à en découdre avec l'humanité tout entière jusqu'à la fin des temps ! Qui est le véritable Roi maintenant ? » assène-t-il en bombant les ailes.

Une fourmi, habituée aux forfanteries d'un certain autre insecte, hoche les antennes : « Il faudra bien voir cela au long terme, quand l'hiver sera venu et le moucheron disparu… »

Les courtisans s'entreregardent : il n'est bien sûr pas question pour eux de remplacer le Roi par ce misérable avorton ! Mais le renard, le loup, l'ours se verraient bien porter la couronne… Ils commencent à se jauger et à aiguiser leurs dents… Les uns rivalisent de fanfaronnades, d'autres animaux, plus paisibles, s'alarment : quelle tyrannie vont-ils encore subir ?

[Dénouement]

Le moucheron exulte : non seulement il a brillamment triomphé du Roi déchu mais il va régner sur toute la gent animale quand les « seigneurs » se seront entretués ! Son pouvoir va éclater et ne connaîtra plus aucune limite !

C'est alors qu'une araignée vient discrètement proposer ses services…

---

* Pastiche de la lettre 72 (15 décembre 1670) de Madame de Sévigné annonçant à son cousin le mariage du duc de Lauzun avec la Grande Mademoiselle, cousine germaine de Louis XIV.

** Allusion à la fable « Les Animaux malades de la peste » (Livre VII, 1) ; reconnaissez aussi les allusions à « La Génisse, la Chèvre et la Brebis en société avec le Lion » (I, 6), « Le Loup et l'Agneau » (I, 10), « La Cigale et la Fourmi » (I,1).

Sujet B : Réflexion

■ Comprendre le sujet B

• C'est un sujet de réflexion assez classique du type : « À quoi sert l'art ? » mais il faut ici centrer l'argumentation sur **l'apport psychologique et moral des œuvres** puisque la consigne demande si les œuvres nous font « réfléchir sur notre propre comportement ». Donc n'hésitez pas à exposer les réactions personnelles que vous avez eues après avoir lu tel texte, étudié tel tableau, vu tel film… ainsi que les échanges et réflexions que vous avez pu avoir en classe ou avec vos camarades.

• Le plan proposé pour ce sujet progresse de l'auteur (ou l'artiste), créateur d'une œuvre – partie 1 – à son récepteur (lecteur ou spectateur) – partie 2 – pour élargir, en partie 3, aux répercussions sur la société.

[Introduction]

La Fontaine, qui a souvent terminé (ou parfois commencé) ses fables par une « morale », s'est fait accuser d'immoralité par Rousseau et de cynisme par Lamartine. A-t-il échoué dans son dessein, lui qui affichait de vouloir, par son œuvre, *« docere et placere »*, « instruire et plaire » ? Faut-il donc penser qu'une fable, et plus généralement un texte ou toute œuvre d'art, doit seulement chercher à distraire ? Ou bien les œuvres d'art peuvent-elles au moins nous aider à nous connaître et à réfléchir sur notre propre comportement ?

[Première partie : toute œuvre d'art est une parcelle d'humanité]

Tout d'abord, les créateurs d'œuvres artistiques sont des hommes « presque comme les autres » pourrions-nous dire. Ils perçoivent le monde de manière sans doute plus sensible et plus aiguë mais ils revendiquent de donner une forme, à travers leur œuvre, à leurs propres rêves, à leurs propres souffrances, à leurs propres hantises. Dans l'Antiquité, Térence écrit : « Je suis homme et rien de ce qui est humain ne m'est étranger » et Hugo dans *Les Contemplations* aura ce cri du cœur : « Ah ! Insensé qui crois que je ne suis pas toi ! ».

Les œuvres artistiques, quelle que soit leur époque et quel que soit leur lieu de création, transmettent un fond humain qui se veut intemporel et universel. Ainsi les fables peuvent être lues et appréciées différemment à tout âge ; les œuvres de l'Antiquité continuent de nous émouvoir et d'inspirer les créateurs (pour exemple, le chagrin d'Achille à la mort de Patrocle ou la supplique de Priam venant réclamer le corps d'Hector, son fils, dans *L'Iliade*, sont très justement transcrits dans le film *Troie* de W. Petersen, 2004). L'éloignement des faits n'entrave pas notre sensibilité : ainsi nous compatissons au désarroi des deux orphelins japonais victimes de la guerre dans *Le Tombeau des lucioles* (film d'animation d'Isao Takahata, 1988). Nous retrouvons partout les sujets qui concernent l'homme, que ce soit la guerre comme dans *Guernica* de Picasso dont les personnages hurlent de douleur, l'amour dans les poèmes d'Aragon, l'engagement dans l'œuvre d'Éluard…

[Deuxième partie : une œuvre d'art est un miroir]

Dès lors que Socrate, philosophe de l'Antiquité, a érigé comme pilier de toute vie morale et intellectuelle le célèbre aphorisme : « Connais-toi toi-même », on se retrouve à penser que toute lecture, toute contemplation d'une œuvre est un miroir de notre personnalité et que ce reflet nous aide à la comprendre. Ainsi, nous avons tous nos héros préférés : nous avons rêvé, l'un d'être Ulysse, Rodrigue, Edmond Dantès ou d'Artagnan, l'autre d'être Batman ou Superwoman, ou bien un personnage plus modeste qui fait son chemin et conquiert sa liberté comme Agnès de *L'École des femmes* (Molière) ou Figaro chez Beaumarchais.

En revanche nous éprouvons de la répulsion pour certains autres : Georges Duroy (le *Bel-Ami* de Maupassant) ou le Joker, au comportement méprisable, ont peu de chances de nous séduire.

Cette confrontation avec des personnages qui portent un idéal ou incarnent un défaut nous permet de définir notre personnalité, d'entrevoir nos ambitions.

Le créateur, notre *alter ego*, va plus loin : il nous place en face de lui-même ou en face de ses créatures ou créations pour nous poser des questions, « pour tenter d'éclairer la part d'ombre qui nous échappe » (Ionesco). Ainsi une autobiographie qui nous raconte le cheminement de quelqu'un d'autre, un étranger pour nous, nous amène néanmoins à approfondir la connaissance que nous croyons avoir de nous-mêmes. Parfois elle nous permet de comprendre que nous ne sommes pas seuls à nous battre contre nos angoisses ou nos complexes : d'autres les partagent et cette complicité nous aide à mettre à distance ces « ombres » en nous et à les maîtriser.

[Troisième partie : une œuvre d'art est formatrice]

La Fontaine annonce clairement, à la suite de la fable « Le Héron » (VII, 4) : « Ce n'est pas aux hérons que je parle / Écoutez, humains, un autre conte : / Vous verrez que chez vous j'ai puisé ces **leçons** ». En effet le XVIIe siècle, par ses fables, ses comédies, ses tragédies affichait l'ambition de « corriger les mœurs », d'améliorer les hommes pour atteindre l'idéal du parfait « honnête homme ».

Les œuvres artistiques peuvent nous faire réfléchir sur notre propre comportement, parfois de manière assez légère et amusante, « en riant », selon le précepte *« Castigat ridendo mores »** de la comédie. Effectivement Harpagon doit nous détourner de l'avarice, Cathos et Magdelon de la préciosité ridicule et M. Jourdain du snobisme. Quant à la fable « Le Lion et le Moucheron », elle nous incite à combattre l'arrogance, qui nous empêche de prendre la juste mesure de nous-mêmes et des ennemis ou des dangers que nous affronterons sans prudence. Serions-nous capables d'avoir l'ambition effrénée et féroce d'un personnage comme Rastignac dans *Le Père Goriot* (Honoré de Balzac) ou la trouvons-nous choquante ? Et dans un registre moins réjouissant que les fables, la nouvelle « La Parure » de Maupassant nous met en garde contre la vanité et le désir de paraître.

En insérant leurs personnages dans ces sociétés, la littérature et l'art peuvent aussi nous aider à construire une conscience sociale : « Les Animaux malades de la peste » (Fable VII, 1, 1668) tout autant que le film *Ridicule* de Patrice Leconte (1996) dénoncent la courtisanerie, fléau de toutes les époques. Que ce soient les romans de Zola ou *Bel-Ami* de Maupassant qui mettent en relief les injustices et perversités de la société, ou le film de Quentin Tarantino, *Django unchained* (2012), qui donne à voir toute la cruauté de l'esclavage, les réactions d'empathie ou de révolte qu'ils suscitent nous aident à devenir citoyens.

Les œuvres nous interpellent de manière beaucoup plus grave encore en nous confrontant à des situations de crise : face à la nécessité d'agir, le ferions-nous de la manière la plus pragmatique possible comme Créon, même si ses décisions semblent injustes et révoltantes, ou refuserions-nous au contraire tout compromis comme Antigone ? Celle-ci, au nom de la lutte pour son idéal, ne se montre-t-elle pas égoïste ? Dans *La Vague* (roman de Todd Strasser, paru en 1981 et adapté en film par Dennis Gansel en 2008), aurions-nous suivi ceux qui deviennent de plus en plus autoritaires, aurions-nous eu peur de nous faire exclure du groupe ? Réfléchir sur notre comportement nous amène nécessairement à réfléchir sur le monde et la société qui nous entourent.

[Quatrième partie : les limites]

Quel que soit leur impact sur notre conscience, il n'est pas certain qu'art et littérature nous fassent changer. Nous pouvons rire des personnages ridicules de Molière mais nous comporter comme eux. Quant à la science-fiction et aux dystopies qui imaginent un ailleurs ou un futur qui ne ressemblent pas à notre réalité commune, elles nous intriguent, nous dérangent : changeons-nous de comportement pour autant ? Que faisons-nous, chacun et chacune d'entre nous, pour essayer d'améliorer les choses dans les années à venir ?

Il est vrai qu'à trop vouloir convaincre, on rate souvent sa cible : les œuvres les plus engagées ne sont pas forcément les plus convaincantes. Celles qui posent un dilemme sans imposer de solution ont plus de chance de nous influencer.

Et c'est là qu'intervient un autre facteur : c'est l'échange avec d'autres humains en prenant comme appui un livre, un film, un tableau, une sculpture qui sera plus efficace pour nous faire avancer par la confrontation des idées et la défense de nos convictions.

[Conclusion]

Les œuvres d'art contribuent à notre « chemin d'apprentissage ». Comme les gens qui nous entourent, elles ne parviennent pas toujours à nous donner des leçons : elles peuvent se contenter d'accompagner notre vie. Mais souvent, sans que nous en soyons conscients, œuvres et gens nous aident à grandir.

---

* [La comédie] corrige les mœurs par le rire.

Notes

Notes

Notes

Notes

Notes

Achevé d'imprimer en août 2022 en République Tchèque par Finidr
Dépôt légal : août 2022 - Édition 01
27/8534/4